日時計

シャーリイ・ジャクスン

The Sundial

渡辺庸子 訳

文遊社

バーニス・バウムガルテンへ。

日時計

日時計　登場人物

オリアナ・ハロラン（ハロラン夫人）　リチャード・ハロランの妻。
リチャード・ハロラン　ハロラン家の現在の当主。
ライオネル　オリアナ・ハロランとリチャード・ハロランの息子。
メリージェーン　ライオネルの妻。ハロラン家の若夫人。
ファンシー　ライオネルとメリージェーンの娘。
フランシス・ハロラン（ファニーおばさま）　リチャード・ハロランの妹。
ミス・オグルビー　ファンシーの家庭教師。
エセックス　ハロラン家の図書室係。
オーガスタ・ウィロー　ハロラン夫人の古い友人。
アラベラ　オーガスタ・ウィローの娘。ジュリアの姉。
ジュリア　オーガスタ・ウィローの娘。アラベラの妹。
グロリア・デズモンド　ハロラン夫人の従兄弟の娘。
キャプテン　ハロラン家に招かれた流浪の旅人。

1

　葬儀がすむと、一同は、今やまぎれもなくハロラン夫人の所有物となった屋敷に戻ってきた。広々とした美しい玄関ホールで、さて、これからどうしたものかと、だれもが居心地悪く足を止めるなか、当の夫人は、ライオネルの野辺の送りがつつがなくすんだことを夫に伝えるために、右翼棟の奥へ入っていく。そんな姑の姿を見送りながら、ハロラン家の若夫人、メリージェーンは期待のない声で言った。「あの人だって、今にころりと死んでくれるかもしれない。ファンシー、わたしのかわいい子、おばあちゃんがそこらでころっと死んだらいいと思わない?」

「そうね、ママ」ファンシーは祖母に着せられた黒いドレスの長いスカートを引っ張った。メリージェーンの感覚からすれば、黒は十歳の女の子に似つかわしい色ではなかった。が、それ以前に、このドレスは丈が長すぎて、娘のサイズにあっていないし、そもそも、世間に名だたるハロラン家の一員が着るものとしては、見るからに質素で質が悪すぎる——そうした不平不満が高じ、葬儀当日のまさに今朝、彼女は抗議するように喘息の発作を起こしたのだが、その甲斐もなく、幼い娘はこの黒いドレスを着せられてしまった。もっとも、ファンシー自身は、着なれぬ長いスカートが面白くて、葬儀のあいだも、移動の車中でも、その動きや感触を楽しんでいた。これで祖母さえそばにいなければ、少女は今日という日をもっと存分に楽しんだことだろう。

「それが実現することを、あたしは一生、願い続けるわ」そう言いながら、メリージェーンは両手をぎゅっと握りあわせた。

「あたしが突き落としてあげようか?」ファンシーが訊いた。「おばあちゃんがパパを突き落としたみたいに」

「ファンシー!」ミス・オグルビーが声をあげた。

「言いたいように言わせてあげて」メリージェーンが言った。「わたしだって、この子にはきちんと覚えていてほしいもの。さあ、ファンシー、もう一度、言ってごらんなさい」

「おばあちゃんがパパを殺した」ファンシーは素直にくり返した。「パパを階段から突き落として殺した。おばあちゃんがやった。そうでしょ?」

ミス・オグルビーは両目を天に向け、それでも、葬送の日のしめやかな空気を乱さぬように声音をおさえた。「メリージェーン、あなたのしていることは、子供の心をゆがめる行為ですよ。それに、ファンシーに与えられるはずの相続権をも無にしかねない——」

「今日のこの場で」メリージェーンはネズミじみた顔に、どこか厳かなものを感じさせる非難の表情を張りつけた。「あたしはみんなに、はっきり理解しておいてほしいし、できれば、常に思い出してほしいわ。ファンシーが今日、父親のいない子供になってしまったのは、あの意地の悪い老女のせいだということをね。あの人は許せなかったのよ。この屋敷が、いずれ自分以外の人間の手に渡ることが。その時点で、その人の伴侶、愛する妻の座にあたしがいるはずだってことが」メリージェーンは浅く息を吸い、両手を胸に押しあてると、陰鬱に吐き出した。「だから、彼を階段から突き落としたんだわ」

「王よ、汝は父の亡霊を殺したもう」エセックスはファンシーにそう言うと、あくびをし、ビロード張りの長椅子に座って、伸びをした。「葬式料理の焼肉はどこだ? あのばあさんも、まさかぼくたちを飢え死にさせる気はないだろうし、準備中かな?」

「ああ、いやだ」メリージェーンが言った。「ライオネルを弔ったばかりだというのに、もう食事の心配だなんて。ファンシー」彼女が手を差し出すと、ファンシーは長すぎる黒いスカートを揺らしながら、渋々、母親のもとへ近づいた。メリージェーンは踵を返し、大階段へ向かった。「今のあたしの居場所は、父を亡くしたわが子のそばだけ」彼女は肩越しに言った。「夕食はファンシーといっしょに上の部屋でとることにするわ。なんだか、また喘息の発作が起きそうだし」

大階段の踊り場にはアーチ形の窓があり、その上の壁には、〈今、生きずして、いつ生きるのか?〉という警句が、金を差し色にした黒のゴシック文字で書かれていた。その窓の前でメリージェーンは足を止め、振り返った。ファンシーは足に絡まるスカートにてこずり、まだ下の階段をうろうろしている。「この深い悲しみ」メリージェーンは片手を胸にあて、もう片方の手を、つややかな幅広の手すりに軽くそわせて言った。「尽きせぬ、わが悲しみよ。ファンシー、さっさといらっしゃい」ファンシーが踊り場に追いつくと、メリージェーンは娘の肩に軽くもたれかかりながら、つい先日までライオネルとともに暮らしていた広大な左翼棟の二階へと残りの階段をのぼりはじめ、その姿は、しだいに玄関ホールから見えなくなった。

下でふたりを見送っていたエセックスが嫌悪もあらわに言った。「ライオネルのやつ、自分はさっさと死ねてよかったと喜んでいるんじゃないのかな」

「口を慎んで」ミス・オグルビーがたしなめた。「話相手がわたしでも、自分たちは使用人だということを忘れないでちょうだい。わたしたちは、この家の家族じゃないのよ」

「それに、わたくしもまだ、ここにいるわけですからね」ホールの片隅にたまった、深い暗がりの奥から、ファニーおばさまの声が急に割って入った。「もちろん、こうして黙っていれば、〝ファニーおばさま〟がこの場にいることなんて、だれも気づきやしないんでしょうけれど。でもね、わたくしの前だからって、なにも遠慮して話すことはないのよ。そりゃあ、わたくしはハロラン家の人間だけれど、無用な気遣いは――」

エセックスがまたあくびをした。「腹がへったな」

「今日は、ちゃんとしたお食事が出るのかしら?」ミス・オグルビーが言った。「ここのお葬式に出るのははじめてだから、夫人がどういう段取りでいるのか、よくわからないわ。まあ、立ったまま放っておかれることはないと思うけれど」

「〝ファニーおばさま〟が無事に部屋へ戻ったかどうかなんて、だれも、これっぽっちも気にかけやしないんでしょうね」ファニーおばさまはそう言うと、エセックスに声をかけた。「兄の妻に伝えておいてちょうだい。夕食をすませたら、故人をしのんで、ともに悲しみにひたりますから、って」

「ぼくも葬式ははじめてさ」エセックスはだるそうに立ちあがり、また伸びをした。「なんとも眠たい行事だよ。今日はこういう日だし、ばあさん、酒は出さないように片づけちまっているのかな?」

「台所に行けば、いくらでも飲めるでしょう」と、ミス・オグルビーが言った。「わたしは、ほんの一杯もあればじゅうぶんだけれど」


「終わりました」ハロラン夫人は車椅子のうしろに立って、夫の後頭部を見おろしながら言った。この位置にいれば、うんざりしている自分の気持ちが顔や態度に出てしまうのを無理におさえる必要もない。ハロラン氏が車椅子に頼りきりの生活になる前は、よき妻としての表情を取り繕うのにもいいかげん疲れてしまって、さっと手を引く拒絶のしぐさが少なからず出ていた彼女だが、ハロラン氏が車椅子の身となり、素早く振り向くこともできなくなった今は、車椅子のうしろという安全地帯に立つことで、いつも夫に対してしとやかにふるまい、穏やかな声を出すことができる。

「あの子は旅立ちましたよ、リチャード。万事、立派に執り行われました」

ハロラン氏は泣き続けていた。といっても、これは珍しいことではない。自分の人生に、若いころと同じように生きられる第二幕はないのだと思い知らされてから、彼はすっかり涙もろくなり、なにかにつけて泣いているのだ。「わしのたったひとりの息子が」彼は囁くように言った。

「ええ」ハロラン夫人は指先で車椅子の背を落ち着きなく叩きそうになるのをこらえた。病人の前では苛立ちをあらわにするものではない。車椅子に縛られて暮らす老人の前では、できるだけ我慢強くあるべきだ。彼女は音をもらさずにため息をついた。「気を強く持ってくださいな」

「覚えているかね」ハロラン氏が震える声で言った。「あの子が生まれた日、わしらは馬車置場の上にかかっている鐘を鳴らしたものだ」

「ええ、そうでしたね」ハロラン夫人は思いやり深く言った。「あなたがそうしたいのなら、今日もまた、あの鐘を鳴らすように命じましょうか」

「いや、いい」ハロラン氏が言った。「しなくていい。鳴らせば、村人たちは何事かと思うだろうし、そう世間に迷惑をかけてまで、わしらは感傷的な思い出にひたるべきじゃあない。それに」ハロラン氏は言葉を切って、こう続けた。「鐘を鳴らしたところで、その音は、もう、ライオネルの耳には届かんのだから」

「そうです、ライオネルはもういません」と、ハロラン夫人。「だから、うちの地所を管理するために、だれか人を雇わなければと考えているんですけれど」

「そういう仕事が、ライオネルは実に下手だった。以前はこの部屋のテラスからバラ園が見事に見えたものだが、それがどうだ、今は生垣しか見えないときている。あんな生垣はすべて刈り払ってくれ。今すぐに」

「興奮してはいけませんよ、リチャード。あなたはいつだっていい父親でした。生垣はきちんと刈るように、わたしから言っておきますから」

　妻の言葉に心を揺り動かされ、ハロラン氏の目に、また涙があふれてきた。「そういえば、頼んでおいたあの子の遺髪は？」

　ハロラン夫人はかすかな哀愁を加えた微笑を顔に張りつけると、車椅子の前にまわって、夫を正面から見た。「いとしいリチャード、そんなものを大事に持つのは、あなたのためによくないわ。それに、ライオネルが、この世のだれよりあなたを愛していたことは、わたしがよく知っています」

「それはいかん」と、ハロラン氏が言った。「ライオネルには、今や、妻と子供がいるのだから、あの子にとって一番の存在が父親であっていいはずがない。そんなことは、わしが承服しないと、あの子に言ってやってくれ。これからの人生でまず一番に考えるべきこと、あの子に課せられたただひとつの責務は、妻に迎えた素晴らしい女性とかわいいわが子を、大切に愛し、守っていくことだ。それを、ライオネルに……」

そこで、彼はおぼつかなげに言葉を止め、しばらく間をおいて、訊き返した。「死んだのは、ライオネルか？」

　ハロラン夫人は車椅子のうしろに戻り、だれをはばかることなく、疲れた顔で目をとじた。そして、思案しながら片手をあげると、それを夫の肩にそっと置いた。「あの子のお葬式は、つつがなく終わりましたよ」

「覚えているかね」ハロラン氏が言った。「あの子が生まれた日、わしらは馬車置場の上にかかっている鐘を鳴らしたものだ」

　ハロラン夫人はワインのグラスを音もなく静かにテーブルに置くと、エセックスからミス・オグルビーへと視線を移して言った。「ファニーおばさまは、デザートを食べにくるのかしら？」

「最後の最後に、せっかくのお楽しみを逃して、とびきりの一日を台無しにするようなことはしないでしょう」と、エセックス。

　ハロラン夫人は彼をしばらく見つめ、おもむろに口をひらいた。「その言葉を聞いたら、ライオネルはあなたにこう言いたくなったんじゃないかしら。きみは皮肉を言うためにここにいるんじゃない、朝食室の壁に絵を描くためにいるんだ、って」

「いとしのオリアナ」エセックスはわざとらしい笑い声を小さくもらした。「あなたでも間違うことがあるとは意外だな。朝食室の壁に絵を描いたのは昔の若者。ぼくは今の若者で、図書室の蔵書整理をするために、ここにいる」

「ライオネルはなにも知らなかったのかも」と言って、ミス・オグルビーはほんのり顔を赤くした。

「だとしても、察していたかもしれないわ」ハロラン夫人はさらりと言い、それからこう続けた。「ファニーおばさまが来たようね。戸口のあたりで咳払いが聞こえたわ。エセックス、ドアをあけてあげて。放っておいても、自分じゃ絶対にノブをつかんでまわさない人だから」

　エセックスは大げさな身振りでドアをあけた。「ごきげんよう《グッドイブニング》、ファニーおばさま。今日という悲しき一日を、つつがなくすごされましたか？」

「ありがとう。でも、わたくしのことなど、だれも心配してくれなくて結構よ。ごきげんよう、オリアナ、ミス・オグルビー。どうぞ、わたくしには構わないで。〝ファニーおばさま〟は気遣う必要のない人間だって、みなさん、よくご存じでしょ？　ねえ、オリアナ、わたくしはここで立ちん坊をしていたって構わないのよ」

「エセックス」ハロラン夫人が言った。「ファニーおばさまに椅子の用意を」

「わざわざ若い人の手をわずらわせるなんて、気が引けるわ、オリアナ。だって、わたくし、自分で自分のことをするのには慣れているもの。あなたが昔からよく知っているようにね」

「エセックス、ファニーおばさまにワインを」

「あら、オリアナ、ワインをいただくなら、それにふさわしい相手がいないと。兄のリチャードは――」

「部屋で休んでいます。夕食はすませたし、薬も飲みました。でも、あとであの人に会いたいというのなら、それはどうぞご勝手に。ですから、ファニーおばさま、今は席におつきなさい」

「わたくしは人から指図されるような育ちの人間ではなくてよ、オリアナ。もっとも、今はあなたがこの屋敷の主のようだから、仕方がないんでしょうけれど」

「ええ、まさにおっしゃるとおり。エセックス」ハロラン夫人は座ったままくるりと身体の向きを変えると、くつろいだ様子で椅子の背に頭をもたせかけた。「あなたが青春をいかに無駄にしたかを、話して聞かせて。それも、恥知らずのみっともない話がいいわ」

「人生という名の道は、進めば進むほどまっすぐに、そして細くなっていくもの」と、エセックスは口をひらいた。「歳月の圧力を受けてね。道はナイフの刃のようになり、ぼくはその上を這うように進む。両脇からも、頭の上からも、歳月が容赦なく押し寄せてくるのを感じながら、それでも足を踏みはずさぬよう、必死に道にしがみついている」

「それはみっともないけれど、恥知らずな話じゃないわね」と、ハロラン夫人。

「残念ながら」ファニーおばさまが横から言った。「この青年には、わたくしたちが言うところの〝特権《アドバンテージ》〟がなかったのよ。この世に生きる全員が、たくさんのものに満たされた贅沢な環境で育つ幸運に恵まれるわけではない。そのことは、あなた自身がよくご存じのはずよね、オリアナ」

「統計学的に語るなら」と、エセックスが続けた。「ぼくがまだ二十歳で、人生の期限というものを意識することがなかった頃、心臓病で亡くなる可能性は百十二にひとつの割合だった。ぼくが二十五歳で、見当違いの恋に生まれてはじめて身を焦がしていた頃、ガンにかかって死ぬ可能性は七十八にひとつの割合だった。それが三十歳になり、日々の早さや時間の重さを実感しはじめた頃、事故で死ぬ可能性は、五十三にひとつの割合になった。そして、三十二歳の今、人生の道がひたすら細くなっていくなかで、どのような理由であろうと死を迎える可能性は、ひとつにひとつ、だ」

「実に味わい深い話ね」と、ハロラン夫人。「だけどそれも、わたしが聞きたい話とは、まるで違うわ」

するとエセックスがこう言い出した。「ミス・オグルビーの宝物の話をしよう。彼女は音楽室からくすねた黒檀の箱を、化粧台の右の一番上の抽斗の、ハンカチの下に隠している。そこに入っているのは、リチャード・ハロランが四年前に……こんな説明は野暮だけど、つまりは彼が車椅子生活になる以前に、彼女に書き送った手紙だ。彼は大広間にある大きな青い七宝焼きの壺の下に、毎晩、手紙を忍ばせていたんだ」

「なんてことを」ミス・オグルビーが青ざめた。「彼女が聞きたいと言ったのは、そういう話じゃないはずよ」

「慌てることはないわ、ミス・オグルビー」ハロラン夫人は面白そうに言った。「図書室の仕事などしているものだから、エセックスはみんなの秘密を嗅ぎまわるのが癖になってしまってね。それはそれは面白い話をわたしに聞かせてくれるのよ。しかも、彼の情報はいつも正確」

「とどめを刺すとはこのことね」ファニーおばさまがきつい声で言った。「あのときも、なんて下品で下世話なのかと、わたくしは言ったものだけど、あらためて言わせてもらうわ。なんて下品で下世話なの」

「でも、それなら、わたしは、今頃ここには――」ミス・オグルビーがしどろもどろになる。

「もちろん、居座っていてもおかしくないわ。あなたを屋敷から追い払うことなど、できやしなかったんだから」ハロラン夫人はやさしく言った。「あなたの間違いは、このわたしを妻の座から追い払える気でいたこと。早い話が、ファニーおばさまの目論見ははずれたということね」

「こんな戯事は、もう、うんざり」と、ファニーおばさまが言った。「オリアナ、あなたが寛大な心をもって許可してくれるなら、わたくしは部屋にさがらせてもらいます」

「いいえ、ファニーおばさま、そこに座って、ワインを最後までお飲みなさい。そのあいだに、エセックスがあなたのために恥知らずな話をさらに思い出してくれるでしょうから」

「道は細くなる一方だな」エセックスがにやりと笑った。「覚えていますか、ファニーおばさま？　ライオネルの誕生日に、シャンパンで酔っ払ったあなたが、このぼくに――」

「具合が悪くなりそう」と、ファニーおばさま。

「いいわ、寛大な心をもって退室を許可しましょう」と、ハロラン夫人が言った。「エセックス、その話は不愉快よ。ファニーおばさまがどうであれ、あなただけは疑わなくてもいい人でいてくれなければ。ファニー、まだひと騒ぎ起こす気でいるなら、ここではもう、やめてちょうだい。バックギャモンをはじめる前に、わたし、散歩をしておきたいの。そうでなくても、今日は予定が狂いっぱなしなんだから。ミス・オグルビー、ワインは飲み終わった？」

「あなた、バックギャモンをする気なの？」ファニーおばさまが愕然として声をあげた。「今夜も？」

「ここはもう、わたしの屋敷だと、あなたもさっき、そう言ってくれたじゃありませんか、ファニーおばさま。なのに、自分の屋敷でバックギャモンをしてはいけない理由がどこにあるんです？」

「駄目なものは駄目に決まってるでしょう」と、ファニーおばさまが言い返した。「わたくしたちは喪に服している最中なのよ」

「自分の葬式のせいで、母親がバックギャモンを楽しめないかもしれないと思ったら、きっとライオネルは、死ぬのを遠慮したでしょうよ。ミス・オグルビー、ワインはもういいかしら?」そう言うと、ハロラン夫人は立ちあがった。「行くわよ、エセックス」

ハロラン家の家屋敷には、なかなか興味深い個性と特徴があるといえるかもしれない。屋敷そのものは小高い場所に建てられ、その所有地を隅から隅まで広く見渡している。一族の土地と外の世界との境界を示すのは一枚の石塀で、それはハロラン家の地所をぐるりと隙間なく囲っており、それで、塀の内側はすべてハロラン家のもの、外側はそれ以外のもの、と明確に区別されている。初代のハロラン氏、すなわち、リチャードとファニーおばさま——その当時は〝おばさま〟ではなく〝フランシス・ハロラン〟だったが——の父親は、突然にして巨万の富を手に入れた人物で、彼がその状況に舞いあがるまま思いついた財産の一番いい使い道というのが、自分自身の世界を築きあげることだった。では、どのような屋敷を造りたいのかというと、その注文に関しては、建築家から、室内装飾家、大工、造園家、石工、体力自慢の荷運び労働者に対してまで、いかにも言葉の足りない説明しかなされなかったのだが、要するに、そこはすべてのものが揃っている場所でなければならない、というのがハロラン氏の信念だった。だから彼は、その他の世界、つまり、ハロラン一族が一線を画した外の世界から美を体現するあれこれを容赦なく奪い、それでみずからの家屋敷を満たし、彩ることに躊躇しなかった。無限の力がもたらす喜びを、ここに住む人々が享受できるように。家屋は、その美しさを存分に引き出すために際限なく飾り立てられるべきであり、それを取り巻く広大な敷地も完璧な計算のもとにすべてが配され、一分の隙もなく整えられる必要があった。屋敷の目の前には、白鳥が浮かぶ観賞用の美しい池を。それから、どこかに仏塔《パゴダ》を。迷路やバラ園も、もちろん造る。屋敷の壁を彩るのは、精霊《ニンフ》の乙女と半獣神《サテュロス》が花や木々に囲まれて戯れている、やわらかな色彩の絵柄がいい。装飾には金や銀だけでなく、エナメル細工や螺鈿細工もふんだんに取り入れる。ハロラン氏は絵画というものにさして関心があるほうではなかったが、それでも、室内装飾家の言いなりにはならず、屋内を飾る絵画の一枚として――現実的かつ虚栄心の強い性格そのままに――自分の肖像画を選ぶと、理性を捨てて設計にあたった建築家本人が〝謁見の間《ユア・ドローイング・ルーム》〟と呼んでいた応接室の暖炉の上に、それを飾ることを強く求めた。また、ハロラン氏は本好きではなかったが、自分の要求を耳にして建築家と室内装飾家が見せた苦笑いをものともせずに図書室を造らせると、その空間を埋めるにふさわしい大理石の胸像と、どれも革で装丁されている一万冊もの書籍を遠方より取り寄せた。鉄道で輸送されてきたそれらの荷物は、箱詰めのまま図書室に運びこまれ、その箱は、仕分け作業のために雇われた人々の手によって丁寧に開封され、それぞれが決められた棚に整然と収められた。さらに、ハロラン氏はぜひとも日時計を置きたいと思い、こういう商品の取り扱いに慣れているフィラデルフィアの某商社に注文を出し、それを設置する正確な場所をみずから決めた。彼は日時計の盤面に刻まれる銘文がどのような言葉になるか――その選択は、こういうことに詳しいフィラデルフィアの人たちに一任してあったので――期待半分にあれこれ想像していた。ありそうなのは〈時は思いのほか過ぎている〉という、ロバート・サーヴィスの詩の一節だが、ひょっとしたら『ルバイヤート』の〈動ける指は書きて、つづりゆく〉かもしれない。しかし、フィラデルフィアのだれの思いつきによるものか――それを知るすべは、もはやどこにもないのだが――届いた日時計に刻まれていたのは『カンタベリー物語』の〈この世はなんなのだろう?〉という言葉だった。ハロラン氏はしばし考え、これも時間にまつわるひとつの表現かもしれないと、自分なりに納得したところで、この時計がおおいに気に入った。

日時計は、書籍が図書室に収められたときと同じ慎重さをもって所定の場所に運ばれ、綿密な計算のもと、きちんと時刻が合うように設置された。これで、応接室にある翡翠の小さな時計や、図書室に置かれている大きな振り子時計《グランドファーザー・クロック》や、食堂にある大理石の時計など見たくないと思ったら、だれでも庭に出て、太陽に時間を教えてもらうことができる。庭に面したどの窓からも、観賞池の手前の芝生のなかほど、中央より少し横にずれた場所に鎮座する日時計はよく見えた。ハロラン氏は几帳面な性格の人で、屋敷の一階に並ぶ窓の数は、左翼棟側に二十枚、右翼棟側も二十枚だった。ただし、両棟を結ぶ中央部分に正面玄関の大きな二枚扉があるので、二階に並ぶ窓の数は合計で四十二枚。さらに三階に並ぶ窓も四十二枚で、その真上にかざす屋根の端には精緻な作りの彫刻が並んだ。この、屋根を飾る彫刻について、ハロラン氏は、花や豊饒の角をたくさん作るように指示し、その要望はまぎれもなく叶えられた。

一階中央にある大扉の両脇には、玄関口から続くテラスがそのまま伸びていて、右には八十六枚の黒いタイルと八十六枚の白いタイルが張られ、左にも同じ色と数のタイルが張られた。左のテラスの手すりは百六本の細い支柱に支えられた大理石製で、もちろん右にも、百六本の支柱に支えられた大理石の手すりがあり、さらに、左側には大理石で造られた幅が広くて段差のゆるい八段の階段が、同じく、右側にも八段の階段があって、ともに庭の芝生へとおりていた。なめらかに刈りこまれた芝生は、正面に造られた美しい青い池――これは正方形をしている――を左右から均等に囲って、さらにその先のやわらかな起伏を鮮やかに覆いながら、はるか四阿《あずまや》まで続いている。名も知らぬ数学の神の聖堂にも見えるその建物は、左右の端に六本ずつ立つ細い柱が屋根を支えるだけの、素通しの造りだ。その周囲には、枝ぶりや葉の茂り具合において、芝生の両端を縁取る手入れの行き届いた木立とのバランスなど、ことさらに意識されてはいないものの、四本のポプラの木が等間隔に植えられている。また、四阿の内側は緑と金で彩色され、屋根は、支柱を這って伸びたつる草で一面に覆われていた。

そして、この全景のバランスを意図的に壊し、見る者の視線を否応なしに惹きつけるのが、わざと中心からずらして設置された日時計であり、そこに刻まれた〈この世はなんなのだろう?〉の言葉だった。

壁面を彩る作業が終わり、鏡板が張りめぐらされ、金襴や宝石をあしらった品々が届き、絨毯が敷きつめられ、ベッドにシルクのシーツがかかり、池の水が鮮やかな青に染まって、ついに屋敷が完成すると、初代のハロラン氏は、彼の妻、すなわち初代のハロラン夫人と、まだ幼かったふたりの子供を呼び寄せて、ここでの生活をはじめた。しかし、ハロラン夫人は、それから三か月もしないうちに亡くなった。この美々しい屋敷に移り住んで、彼女が目にすることができたのは、寝室の窓から見える日時計くらいなものだった。せっかく造られた迷路のなかに入ってみることもなければ、秘密の花園を訪れることもなく、果樹園に足を運んで、自分の手でアンズの実をもぐこともできずに終わった。もっとも、彼女のもとには半透明の青い器に盛った新鮮な果物が毎朝のように運ばれてきたし、バラ園で咲いたバラの花も、温室で育てられたランやクチナシの花も届けられた。夕方になれば、夫のハロラン氏が単に〝応接室〟と呼ぶようになった一階の部屋に移されて、赤々と燃える暖炉の前の椅子に座ってすごしもした。ハロラン夫人は、ここよりはるかに遠い街のはずれにある、二世帯住宅の家に生まれ育ったのだが、そこは一年のほとんどが冬のように寒い地域だったので、こうして屋敷の応接室の暖炉の前に座るようになるまで、自分が暖かさを満喫できる日など一生あるはずがないと思っていた。だから、この屋敷にいれば、自分が冬の寒さに悩むことは二度とないのだ……とは、とても信じきれず、常夏のような自分の部屋で、バラやクチナシやアンズに囲まれているときでさえ、安心することはなかった。今だって、窓の外ではきっと雪が降っているはずだと、彼女はそう信じたまま亡くなった。

そして、その次に、新たなハロラン夫人となったのが、リチャードの妻であるオリアナだった。舅が生きているあいだ、彼女はなにごとにも感謝を示し、従順な態度をとるよう、ことのほか気を遣った。「思うんだけど」アジアをめぐる新婚旅行から戻り、この大きな屋敷での生活がはじまったあと、彼女はリチャードにこう言ったことがある。「わたしたちには、あなたのお父さまの晩年を幸せなものにしてさしあげる義務があるわ。だって彼は、あなたにとって、たったひとりの身内ですもの」

「たったひとりの身内って、そんなわけはないだろう」リチャードがいぶかしげな顔で訂正した。「ぼくには妹のフランシスがいるし、ニューヨークにはハーヴェイおじさんがいて、奥さんや子供と暮らしている。ほかにも、まだ二、三人は親戚がいるはずだ」

「だけど、その人たちは、だれひとりとして、あなたのお父さまの財産を自由にできる立場にないじゃない」

「きみがぼくと結婚したのは、父の金が欲しかったからか?」

「まあ、そうね。それに、このお屋敷も」


「また、聞かせてちょうだい」ハロラン夫人は、暖かな夕闇に沈む日時計を見おろしながら言った。

「〝この世はなんなのだろう?〟」エセックスが静かにそらんじた。「〝人は、なにを得ようと求めるのか? 今は愛する人とともにあろうと、冷たい墓に入りし時は、だれに添われることもなく、ひとり横たわるしかないというのに〟」

「わたしはこれが嫌いよ」静かにたたずんだまま、ハロラン夫人は片手を伸ばし、指先で日時計に触れた。木立がかすかな葉擦れの音をたて、池の水のなかでなにかの動く気配がする。夜につつまれはじめた屋敷はずっと遠くにあるように見えて、屋内の明かりがひどく小さい。ハロラン夫人は日時計に触れた指先で〝この世《ワールド》〟の〝W〟の文字をなぞりながら、思った。これがここになかったら、この芝庭はさぞや間が抜けて見えるだろう。そして、そう感じるところに、人の醜悪さがある。つまり人は、数学的に計算しつくされたものが生み出す錯覚に、いとも簡単にだまされてしまう、ということなのだから。でも、わたしとてただの人間――と、ハロラン夫人は良心的に自分に言い聞かせた――この日時計を、ほかの人たちと同じ感覚で見てしまうのは当然のこと。わたしにも心はあるのだから、もし、日時計がここから消えたら、きっとだれもがそうするように、方々に視線をめぐらせて、不完全でも、失われた日時計の代わりになるものを見つけようとするだろう――たとえば、星とか。

「寒いんじゃない?」と、エセックスが声をかけてきた。「身体が震えてる」

「ええ」と、ハロラン夫人は答えた。「急に冷えてきたようね。そろそろ屋敷に戻りましょう」

ハロラン夫人はやわらかな足取りで、この素晴らしき土地の揺るぎない強さを愛でるように歩きながら、それによく似た感触の、今は袖に覆われているエセックスの腕の硬さを否応なく意識した。そして、彼がごくわずかながら、その筋肉をこわばらせたことも。それは、彼女が示したほんのわずかな守りのしぐさによって、付け入る隙が失われたことへの反応だ。だって仕方がない。自分は今、心地よい沈黙のなかにある石を、大地を、木の葉を、草花を心のままに味わいながら、どれもこれも、すべてが自分のものになったのだと実感しているところなのだ。彼女は、エセックスをお払い箱にしようと決めたことを思い出して、ふっと笑みを浮かべた。哀れなエセックス。調子のいいご機嫌取りに徹することが、かえってマイナスに働くことを、まるで理解できずにいるとは。彼女はあらためて思った。ついにわたしはこの家の主になった。そして言葉では表せないほど、この屋敷を愛している。

広い応接室では、リチャード・ハロランの座る車椅子が暖炉のすぐそばに置かれ、ミス・オグルビーは、彼とあえて距離を置くため、暖炉から離れたテーブルのほうにいた。本を読んでいる彼女のかたわらにはファニーおばさまがいて、トランプを手に〝ソリティア〟というひとり遊びをしているのだが、部屋をじゅうぶんに明るくするのは、自分の任ではないという態度を決めこんでいるので、ふたりはどちらも背を丸め、手元に目を凝らしていた。

「オリアナ」ハロラン夫人とエセックスが、テラスに面した背の高い扉から部屋に入ると、リチャードが声をかけた。「ライオネルのことを考えていたよ」

「それは、もっともなことね、リチャード」ハロラン夫人はスカーフをはずしてエセックスにわたし、夫の車椅子の背後にまわった。「でも、考えないようにしなくちゃいけませんよ。でないと、眠れなくなりますから」

「あの子は、わしの息子だったんだ」と、リチャード・ハロランが丹念に説明する。

ハロラン夫人は夫のほうに軽く身をかがめた。「暖炉から椅子を離しましょうか、リチャード？　ここは暑すぎるのでは？」

「兄をせっつくような真似はしないで」引いたカードを明かりの近くにかざして確認しながら、ファニーおばさまが言った。「リチャードはいつだって、完璧な決断を下してきた人よ、オリアナ。自分にとってはなにが快適か、ということも含めてね」

「ええ、ハロランさまは昔から、そういう強さを持った方です」ミス・オグルビーが愛しげに言い添えた。

「あの子の一歳の誕生日に、わしらは馬車置場の上にかかっている鐘を鳴らしてね」ハロラン氏は、離れた場所にいるファニーおばさまとミス・オグルビーに説明した。「それで妻は、今日もまた鐘を鳴らしたらどうかと――つまり、別れを告げる意味で――考えたんだが、わしは、そうは思わなかった。ファニー、おまえはどう思う?」

「論外ですよ」ファニーおばさまがきっぱり言った。「なんて、嘆かわしい。考えなくてもわかるでしょう」彼女はハロラン夫人に視線を移し「考えなくてもね」と、くり返した。

「エセックス」ハロラン夫人はその場から動かずに言った。「やっぱり、わたしたちは鐘を鳴らすべきだったんじゃないかしらね」エセックスは猫のように音もなく室内を横切り、慇懃な態度で彼女のとなりに立った。ハロラン氏はうなずいて、言った。「いい心配りだ。きっとあの子も、それを望んでいるだろう。ライオネルの一歳の誕生日に、わしらは馬車置場の上にかかっている鐘を鳴らしてね」彼はミス・オグルビーに言った。「そのあとも、毎年、誕生日がくると、同じように鐘を鳴らしたもんだ。あの子が、もうやめてくれと言うようになるまで」

「でも、今日はもう遅いから、残念だけれど、鐘を鳴らすのはやめにしませんとね」ハロラン夫人は深刻な声で夫に言った。

「ああ、そうだな。いつものことながら、お前の言うことは正しい。かわいそうなライオネルには、どうせ鐘の音など聞こえんだろうし。それに、明日でも遅いということはないんじゃないかな」

「ライオネルはすてきな人でした」ミス・オグルビーはうなだれて、悲しみを示した。「彼がいないなんて、これからさみしくなりますわ」

「まったくだ。おまえ、だれかに言って、生垣を刈らせないといけないぞ」ハロラン氏が妻に注意する。

「ライオネルの父親は、いつだって、少年が望みうるすべてのものをそなえた人だったのに」そうつぶやくと、ファニーおばさまは兄に声をかけた。「リチャード、そんなに暖炉のそばにいて大丈夫なの? 昔から、暑すぎるのは苦手でしょう」それから、彼女はこう続けた。「そうは言っても、見たところ、たいして火は燃えていないようね。少なくとも、この部屋を明るくするほどではないわ」

「エセックス」ハロラン夫人が言った。「ファニーおばさまに、ランプをつけてあげて」

「せっかくだけど、結構よ、オリアナ」と、ファニーおばさま。「わたくしの不便を気遣っての斟酌など一切無用。わたくしがあなたになんの助けも求めていないことは、先刻ご承知のはずでしょう？ あなたの手だけではなく」彼女は夫人の横に立つエセックスにちらりと目をやった。「そこにいる、雇われ者の――」

「蔵書整理の若造の手もいらない、ですか」と、エセックスがしめくくった。

「ハロランさま」ミス・オグルビーが声をかけた。「肩にショールをおかけしましょうか？ 背中がお寒いのでは？ そういうことって、よくありますものね。火にあたっている前のほうは……」そこで彼女は言いよどみ、こう続けた。「端のほうまで暖かくても」

「それは、足のことを言っているのかしら、ミス・オグルビー？」と、ハロラン夫人が訊き返した。「だったら安心して。リチャードにも、まだ足はあるわ。隠れて見えないことは多いけれどね」それから彼女は目線をさげ、夫に説明した。「ミス・オグルビーが、あなたの足を気遣ってくれていますよ」

「わしの足？」ハロラン氏は微笑んだ。「もう、あまり歩けなくなってしまってね」丁寧さのなかにも親しみのこもった口調で自分に説明する彼の言葉に、ミス・オグルビーは赤くなった。

「ファニーおばさま」ハロラン夫人が呼びかけた。その声に、それまでとはどこか違う響きを感じ、全員が彼女を見た。「わたしにはなんの助けも求めていないと、そう言ってくださって、本当にうれしいわ。実はわたし、みなさんに話したいことがあるのだけれど、あなたの今の言葉には、それを言い出す勇気がもらえたから」

「え？」ファニーおばさまがぎょっとした顔になる。

「人生の基盤というものは、往々にして変わるもの」ハロラン夫人は穏やかに続けた。「ここにおいでの、知性あふれるみなさんなら、そのことにご同意くださるでしょう。そして、最近、わたしたちに訪れたひとつの変化——もちろん、これはライオネルが死んだことですけれど——」

「そうか、死んだのはライオネルだったか」ハロラン氏が、暖炉の前で納得したようにうなずく。

「——それによって、ここの生活は一新され、よりよい方向へ対応しやすくなりました。ライオネルが消えたこの家で、わたしたちはとてもうまくやれるはず。そこで、わたしは確信しました。今こそ、徹底的な大掃除をすべきだと。もちろん、リチャードにはこの屋敷にいてもらいますが」彼女が夫の肩にそっと手を置くと、彼は嬉しそうに、またうなずいた。「エセックス」ハロラン夫人はかたわらに目を向けた。「わたしはね、あなたをこのまま屋敷に引き留めておくのはどうかと思うの」

「でも、図書室は——」エセックスは女主人を凝視したまま、そろえた指先を口元に押しあてた。

「図書室なら、当分は今のままにしておいて構わないだろうし、わたしの化粧室の壁に絵を描くほうは、ほかの者にやらせればいいだけのことよ。もちろん、多少の退職手当はあげるから、あなたはそれで、ささやかな学究生活にでも入ったらどうかしら」

「道は細くなる一方か」エセックスがこわばった声で言った。

「さすが、賢いわね」と、ハロラン夫人。

「でも——」エセックスは一縷の望みをかけて言った。「この先、もしも、あなたが——」

「エセックス、あなたは今、三十二歳。人生の新たな道を見つけるのに遅すぎる年ではないわ。なんなら、肉体労働だってできるでしょうしね。まあ、一日、二日は時間をあげるから、今後のことを考えなさい。ミス・オグルビー」ミス・オグルビーは反射的に片手を浮かし、そのやりどころに困って、座っている椅子の肘掛をつかんだ。「わたしね、あなたといっしょにいると楽しいの。これは皮肉ではないのよ。だって、あなたは今どき珍しいくらいの淑女だもの。あなたはずっと、箱のなかで暮らしてきた――ここに来たのは、ファンシーが生まれる、少し前だったかしらね？――以来、あなたは、もともと生きるはずだった世界を離れ、この屋敷の庇護を受けてきた。そんなあなたを、軽々しく外に出し、無防備な状態で生活をさせることなどできないわ。そこで考えたんだけれど、あなたには、どこかの小さな下宿屋を世話しようと思うの。もちろん、品のいいところを選んで――それならあなたも前向きに考えられるんじゃないかしら。品がよくて、なおかつ、あなたの生まれや生活レベルにふさわしい下宿よ。水のある場所はどう？　海のそばとか？そこであなたは、オフシーズンに、似たような境遇にある女性たちと、仲よくクリベッジ（注：トランプ遊びの一種）に興ずるの。でも、あなたのことだから、まだ暖かな秋口あたり、波の音や、少しずつ消えていく桟橋のにぎわいに心を急かされるまま、見知らぬ男の魔の手に落ちるかもしれないわね。それを言うなら、学問の道をあてどなくさまようエセックスがあなたを見つけて、お金を持ち逃げすることだってありそう。だったら、そこらの遊び人の手に身をゆだねるのが、あなたには得策というものよ。だって、ここで受け取る虎の子の退職金など、きっとあなたは自由に使えずに終わるのだから。あなたにとって賢明な道は、それしかないと思うわ」

「なんて残酷な人」ミス・オグルビーは力なく椅子に沈みこんだ。「こんな仕打ちは、あんまりです」

「そうかもしれないわね。でも、わたしが寛大な気持ちになっている分だけ、よかったと思ってちょうだい。退職金をあげると言っているんだから」

「それで、わたくしは？　わたくしのことも、追い出す気？」

「かわいいファニーおばさま、ここはあなたのご実家ですよ。そこからあなたを追い出すなんて、わたしがそんなひどい人間に見えます? あなたはここで、ご両親と暮らしてきた。お母さまと、そして、お父さま——素晴らしい方でしたわね。お父さまのことは、わたしもよく覚えています」

「母も父も、あなたとはなんの関係もないわ。兄が——」

「そうそう」ハロラン夫人は相手をさえぎって続けた。「あなたはこの屋敷の大広間で、人生最初で最後の舞踏会に出たんでしたっけ。あの頃は、まだ〝ミス・ハロラン〟と呼ばれていて。ファニーおばさまが、あの〝ミス・ハロラン〟だということを、これからは忘れないようにしなければね。まあ、それはそれとして、今やあなたのお兄さまとわたしは夫婦ふたりきり。結婚して以来、わたしたちがこの屋敷でふたりだけになるなんて、未だかつてなかったことだし、それを思えば、あなたとわたしがともに暮らせる余地は十分にありそうよ、ファニー」ハロラン夫人は寛大に言った。

「わたくしは、そんなふうに考えたことなど一度もないわ」と、ファニーおばさま。

「ファニー、塔を覚えています? あなたのお父さまが建てた、あの塔のこと。確か、展望室として造られていたのではなかったかしら? こちらに嫁いで間もないころ、作業の職人たちがよく出入りしていたわ。あの塔なら、すばらしく居心地のいい場所になるでしょうね。あなたさえよければ、今やすべてわたしのものである家具のなかから、お好きなものを、あそこに運んでもいいんですよ。この屋敷にあるものなら、あなたがどれを選ぼうと、反対はしません。ただし、だれかの強い思い入れがある品だけは、遠慮してくださいね。大広間にある青い七宝焼きの壺は、ミス・オグルビーが持っていきたいでしょうから」

「母の宝石を持っていくわ」

「この先、何年かしたら、この屋敷に足を踏み入れた人たちが、きっと口々に言いはじめるでしょうね。この塔には幽霊が住んでいる、って」ハロラン夫人は声をたてて笑った。「さて、あとは、だれが残っていたかしら？　このままここで暮らすのは、メリージェーンにとってさみしいことでしょうね。ライオネルに対するあの人の気持ちが本物だったことは、わたしも認めているの。でも、それを踏まえて、あれこれ配慮をするのは、どうかと思うし……やはり、彼女は元の場所《ホーム》に帰すべきだわ。ライオネルはあの人を、街の図書館で見初めたのだから、あそこがあの人の戻る場所よ。当時は小さなアパートメントに住んでいたから、同じように小さなアパートメントを用意することにしましょう。でも、図書館の仕事にまで戻る必要はどこにもないわ。なぜかといえば、それは、もちろん、わたしが気前のいいところを見せるからよ。あちらに戻って、古いお友達と再会すれば、また昔と変わらないお付き合いがはじまることも、あるかもしれないわね。ただ気の毒なのは、この先、彼女の前に第二のライオネルが現れることだけは絶対にないということ。だって、人生においてライオネルのような人間と出会える機会は、だれにとっても一度あればじゅうぶんなことだもの」

「じゃあ、ファンシーは？」ミス・オグルビーがやっとのことで言った。「わたしは、あの子の家庭教師です。だから――」

「今では、ファンシーもわたしのものよ」ハロラン夫人は笑みを浮かべた。「いつの日か、わたしの財産はすべてファンシーのものになる。だから、あの子は手元においておくわ」

「ぼくが思うに、あなたはさっきから、みんなをからかっているんじゃないのかな」エセックスが気力の抜けきった、感情のない声で言った。「これは全部、いつもと同じ冗談だよね、オリアナ。あなたは、自分の言葉にぼくたちが震えあがって、泣きつく姿が見たいんだ。そうしたら、あとは笑って、今の話は全部嘘だと――」

「本気でそう思っているの、エセックス？　だとしたら、ぜひとも試してみたいものだわ。わたしがどれだけ冗談を言ったら、あなたたちが泣きついてくるのかを。リチャード?・」妻の声に、ハロラン氏は目をあけた。そして、にっこり笑うと、ほがらかな声で「寝る時間だな」と言った。ハロラン夫人は車椅子の向きを変えた。「じゃあ、おやすみなさい」「みんな、おやすみ」自分に続いて夫があいさつをすませると、ハロラン夫人は車椅子を押して、戸口に向かった。エセックスはふたりの前に慌てて走り、間一髪でドアをあけた。

ミス・オグルビーがもらし続ける泣き声は、低くおさえられてはいても、ひどく耳障りに響いた。ライオネルが死んだときも、彼女は静かに涙を流したが、ほとんどお義理で、鼻の頭が赤くもならなかったあの泣き方に比べたら、今はだいぶ様子が違う。ファニーおばさまは心に渦巻く黒いものをぐっと飲みこんで座ったまま、暖炉の火を凝視していた。その手は、膝の上で握りあわされたまま。兄と義姉が部屋を出ていくときに「おやすみ、リチャード」と声をかけたのを最後に、一言も口をきいていない。エセックスは室内を歩きまわり、気をまぎらわせていた。それでも、いったん足を止めれば、これまでの自分のあれこれが否応なしに見えてくる。「媚びへつらって、心をつかもうとした。嘘をついて、秘密を探って、だれかれなく挑発して、揚句、当然のようにお払い箱。ファニーおばさま、ミス・オグルビー――」彼はふたりに言った。

「――ぼくたちは実に浅ましいよ」

「わたしはいつだって、最善の努力をしてきたのに」ミス・オグルビーがみじめにつぶやいた。「あの人に、あんな言われ方をする覚えはないわ」

「そうだったんだよな」エセックスが続けた。「ぼくはずっと薄氷の上にいたんだ。自分は機転のきく、頭のいい人間で、なにがあろうと切り抜けられると思っていたけれど、身を守るには、それじゃ考えが甘すぎたわけだ。自分は彼女のお気に入りだと自負していたのに、結局それは、ペットの猿に成り下がっていただけのこと」

「もっと、穏やかな物言いだってできたはずよ」と、ミス・オグルビー。

「猿だよ。小さな醜い化け物」

「黙って」ファニーおばさまの声が響き、ふたりは驚いて、振り向いた。彼女の視線を追って、戸口に目をやると、ドアがひらいて、ファンシーがするりと部屋に入ってきた。

「ファンシー」ファニーおばさまが声をかけた。「こんな遅い時刻に階下《した》に来るなんて、おじいさまが知ったら、感心なさらないわ。すぐに部屋にお戻りなさい」

ファンシーはファニーおばさまの言葉を無視し、まっすぐ暖炉の前まで行くと、そこに敷かれた小さな絨毯にあぐらをかいた。「あたし、いつもここに長い時間いるの。だいたい、みんなが寝ちゃったあとに」そう言うと、少女はミス・オグルビーに目を向けた。「先生は、いつも鼾をかいてる」

ミス・オグルビーは痛いところを衝かれ、かみつくように言い返した。「悪い子は、お仕置きですよ」

ファンシーはやわらかな絨毯をしっとりとした手つきで撫でた。「おばあちゃんが死んだら、これはあたしのもの。おばあちゃんが死んじゃったら、だれが反対したって、この家と、ここにある全部が、あたしのものになる」

「いいえ、あなたのおじいさま――」ファニーおばさまが口をひらいた。「わたくしの兄が――」

「はいはい」ファンシーは、聞き分けのない子供を相手にするような口調で言った。「本当は全部おじいちゃんのだって、そんなの、言われなくても知ってるよ。だって、これって、ハロラン家の財産だもん。だけど、そんなふうにはちっとも見えないと思わない？　だから、あたし、ときどき思うんだ。おばあちゃん、早く死なないかな、って」

「ちびの獣め」と、エセックス。

「今の発言は、とてもほめられたものではありませんね、ファンシー」ミス・オグルビーが厳めしく注意した。「あなたに、こんなに良くしてくださっているおばあさまが死ぬことを考えるなんて、礼儀知らずにもほどがあります。おまけに、夜中に家のなかをこそこそ歩きまわって、寝ている人たちを盗み見し、あとで、あれこれあげつらうなんて——」そこで彼女は言葉に迷い、こう続けた。「もっと、お行儀よくなさい」

「それと、もうひとつ」ファニーおばさまが横から言った。「まだ手に入れてもいない財産のことなど、あれこれ考えるのはおやめなさい。あなた、おもちゃならたくさん持っているでしょう」

「あたしね、ドールハウスを持ってるの」いきなりそう言うと、ファンシーはこの部屋に来て初めて、ファニーおばさまをちゃんと見た。「小さくてきれいな、お人形のおうちで、ドアノブは本物と同じにできているし、電気もつくし、お料理用のストーブもちゃんと使えて、お風呂には水が流れるの」

「あなたは、とても恵まれた子だわ」と、ミス・オグルビー。

「もちろん、お人形もたくさんあって、そのうちの一体は」ファンシーはククッと笑った。「本物の水が入った、小さな湯船のなかで寝ているところ。みんな、ドールハウス専用のお人形だから、椅子に座らせても、ベッドに寝かせても、大きさがぴったり。小さなお皿だって揃っているんだから。でね、あたしがベッドに寝かしつけたら、みんなちゃんと寝なくちゃいけないの。おばあちゃんが死んだら、こっちのおうちも、それと同じようにあたしのものよ」

「そのとき、ぼくたちはどこにいることになるのかな、ファンシー?」エセックスがやさしくたずねた。

ファンシーは、彼ににっこり笑った。「おばあちゃんが死んだら、ドールハウスは叩き壊すよ。だって、もう必要ないもん」

エセックスは暗闇のなかでみじろぎもせずに横たわっていた。ドアの外に聞こえるような声や物音をたてさえしなければ、この苦難はやりすごせるのだと、自分に言い聞かせながら。こうして、ひたすら身を固くしているとき、彼はいつも、いっそ本物の死体になれたら、どんなに楽かと思ってしまう。

「エセックス」ファニーおばさまが声をひそめて呼びかけながら、またドアを小さく叩いた。「エセックス、なかに入れてくれない?」

はじめのうちこそ、彼はときどき、呼びかけに答える努力をした。「消えてくれよ、ファニーおばさま」それが、いつもの決まり文句。「おばさま、そこから消えてくれ」しかし、今の彼は、もっとましな方法を知っていた。それは、答えたり動いたりしないこと。それが一番の安全策なら、死体にだってなってやる。

「エセックス——わたくしは、まだ四十八歳なのよ。エセックス?」

ぼくは今、どっしりとした棺のなかの、せまくて冷たい空間に閉じこめられている。その上には、たくさんの土が、どこまでも厚くかかっている。

「オリアナのほうが、わたくしより年上よ。エセックス?」

寝返りは打てない。頭も動かせない。目はひらいているのかいないのか、自分でもよくわからない。無理に手を動かして、身体を取り囲む木材に触れるようなことはしない。

「エセックス? ねえ、エセックス?」

やがて、耳をふさがれたような静寂に向かい、ぼくは声を出そうとする。動こうとして、首をまわそうとして、手を上げようとして、そして、ぼくはとらえられる。かたく、きつく、からめとられる。

「部屋に入れて、エセックス——わたくしといっしょなら、あなたもこの屋敷にいられるわ」

翌日、朝というにはあまりにも早く、まだ一条の光すら射してはいない早朝。テラスも、その先に広がる芝生も暗闇に沈んでいるが、朝がくれば日がのぼることだけは疑いのない事実であって、その瞬間は、ほのかな明るさとともに、じきにやってくるであろう、そんな時刻。亡き母親の寝室に入りこみ、夜通し起きていたファニーおばさまと、目が覚めるなり、眠っている母親のそばからこっそり抜け出してきたファンシーは、テラスで鉢合わせして、お互いに肝をつぶした。どちらの目にも、最初に映った相手の姿は黒いシルエットでしかなかったが、やがて、ファニーおばさまが気づいて「ファンシー?」と、小声でささやいた。「あなた、ここでなにをしているの?」

「遊んでたの」ファンシーは言葉を濁した。

「遊んでた? こんな時刻に?」ファニーおばさまはファンシーの手を取り、テラスの階段をおりた。「いらっしゃい、ファンシー。いっしょに、お庭のほうへ行ってみましょう。なにをして遊んでいたの?」

ファンシーは、人をいらつかせる笑みを浮かべた。「べつに。ただ、遊んでいただけ」

「ここのすべてが、いずれはあなたのものになるって、だれに言われたの?」ファニーおばさまは突然そう質問し、足を止めて、ファンシーを見おろした。「お母さま? そうに決まっているわね。きっとあなたの母親は、自分には正当な権利があると思っているだろうから。さあ、こっちの小道を行きますよ。〝ファニーおばさま〟は、早朝の秘密の花園がお気に入りなの。いいこと、ファンシー。お母さまや、おじいさまや、〝ファニーおばさま〟に大事にしてもらっている十歳の小さな女の子が、いつの日か自分の手に入るもののことなど、ずっと考えていてはいけないわ。わたくしたちは、みんなあなたを愛しているの。わかるでしょう? 〝ファニーおばさま〟は、あなたを愛しているわ」

ふたりの歩く小道は、足元もおぼつかないほど暗かったが、ファニーおばさまには、興味深げに自分を見あげているファンシーの顔が見えた。この子には、身内ならではの親しみがまるで感じられない――そう思って、ため息をついた次の瞬間、彼女はなにかにつまずいた。こんなに暗いうちから、この道を歩くのは無謀だったかもしれないという後悔が胸をよぎったものの、行くのも引き返すのも同じくらいの距離まで、もう来てしまっている。そろそろ空が白んできてはいないかと、ファニーおばさまは天を仰ぎ、いらだちの音を小さくもらした。庭師たちは、こういう小道の手入れとなると、屋敷から離れた場所ほど手を抜くようになる。普段からこのへんを歩いているのはファニーおばさまひとりだということを知ったうえでのことに違いない。だから、両脇に続く生垣は、長いこと刈られた様子もないまま、今では緑の高い壁のようになっている。実際、空を見あげようとしたファニーおばさまの目に映ったのは、まるで野生の樹木のように生長しきった生垣の姿で、ひどいところでは、左右から伸びた先端が頭上を覆うようにつながってしまい、それが、新鮮な気分で心地良く散歩するためにあるはずの道に影を落とし、陰気な雰囲気を与えていた。「お父さまが生きていらしたら、こんなことはお許しにならないのに」ファニーおばさまは思わず言った。「ファンシー、ごらんなさい。本当なら、この道は気軽に楽しく歩けるように、曲がり角のひとつひとつもわかりやすく、完璧に手入れがされていなければいけないの。なのに、今のわたくしたちは、伸びた枝に身体を打たれながら、ここはどこかと迷うほどよ。せっかくお造りになった庭なのに、それがどんなことになってしまったか、叶うことなら、お父さまに見ていただきたいものだわ」

「あ、庭師だ」ファンシーが言った。

その瞬間、ファニーおばさまの心のなかに薄く漂っていた感覚が色を深めて凝縮し、それで、自分が憂鬱にさいなまれていることを、彼女ははじめて自覚した。これまでは、庭を歩けば、いつでも幸せな気持ちになれた。でも、今日は幸せを感じるどころか、ファンシーが庭師を見つけるのと同時に、いつのまにか自分たちが本来の道をはずれて、どこにいるのかわからなくなっていることに気づかされたのだ。ひょっとしたら、他人《ひと》の土地にまで入りこんでしまったのではないか。そう心配になったものの、彼女はすぐに自分に言い聞かせた。いいえ、敷地を囲む石塀を抜けてはいないのだから、それだけは大丈夫。それに、屋敷を出てからここに来るまで、まだ十分も歩いていない。ハロラン家の土地は、屋敷からどの方向に進んだところで、十分歩いたくらいでは、とても端まで行き着けない広さがあるのだ。

「ファンシー」彼女は落ち着かなげに声をかけた。「もう、戻りましょう。そのほうがいいわ」しかし、すでにファンシーは先へと駆け出していた。ようやく日がのぼったのか、あたりはほんのり明るくなったものの、いつしか霧が出はじめていた。左右に茂る緑は、今や恐ろしいほどの勢いで、頭のそばへ梢を伸ばし、霧は、その葉先に触れて静かに渦巻き、枝の隙間を抜けて流れながら、走っていくファンシーの足元さえ、よく見えないほどに覆っていく。それに気づいたファニーおばさまは、あっというまに息苦しいほどの緊張につつまれ、情けない混乱に陥った。「ファンシー、早くこっちに戻って」しかしファンシーは、どれだけ追いかけても決して追いつけない夢の世界にいるかのように、足首を隠すほどにたまった霧のなかを走り続けている。時折くるりと振り返り、笑い声さえあげながら、見通しの悪い生垣の合間を、おかまいなしに走っていく。「ファンシー!」ファニーおばさまは焦りにかられて叫んだ。「戻りなさい!」

その時、ようやく彼女にも庭師の姿が見えた。まだ、いくらか距離のある先のほうで、彼は小道に置いた脚立の上に立ち、生垣の剪定をしていた。ファニーおばさまは困惑した。この道はうねっていて見通しがきかないのに、なぜ、ファンシーはあんなに遠く離れた場所から、庭師の姿に気づけたのだろう? しかし、当のファンシーは、楽しげに笑いながら、早くも庭師のそばへと駆けよっている。ファニーおばさまは息を切らしながら、懸命に足を急がせた。ファンシーが脚立の脚をつかんで、笑いながら話しかける。庭師が振り向いて少女を見おろし、うなずいて、どこかを指さす。ファニーおばさまが、ようやくその場に追いつくと、すでに庭師は生垣に向き直って、剪定作業を再開していた。「ファンシー」ファニーおばさまは少女を引き寄せた。「すぐにここを離れますよ。庭師の前で走ったり、笑ったりするもんじゃありません」彼女はやわらかな口調ながら、厳しく注意した。「わたくしたちは、常に礼儀作法に気をつけなければいけないの。それなのに、わたくしを置き去りにして走るなんて、あなたの態度は本当に感心しないわ」

「だって、庭師に道を訊きたかったんだもん」と、ファンシーが答えた。今はおとなしく歩きはじめたものの、少女の頰は走った名残で、まだ軽く上気している。「あの人、変だと思わなかった?」

「さあ、気がつかなかったわ。そんなことより、いいこと、ファンシー――」

「だって、着ているものが変だったじゃない。それに、あの帽子も」

「ファンシー、言ったでしょう?　わたくしはなにも気がつかなかった――」

「だったら、見てよ」ファンシーは足を止め、ファニーおばさまの身体を揺さぶった。「振り返って、どんなに変てこりんか、見てみて」

「わざわざ振り返って、庭師の姿を見ろというの?　このわたくしに?」ファニーおばさまは苛立ちのにじむ手つきで、ファンシーを小さく引っ張った。「ファンシー、少しはいい子になさい」

「まあ、いいや。庭師もどこかに行っちゃったし」そう言うと、ファンシーはまた少し先へと進み、そこで声をあげた。「あれえ、ここって花園だ。いつのまに、ここまで来ちゃったんだろう?」少女は、頭の上にアーチを作っている木々のあいだをどんどん歩きはじめた。その足元を、霧がゆっくり流れていく。またはじまった勝手な行動に、ファニーおばさまは閉口しつつもぎょっとして、さらに疲れを覚えながら、あわててあとを追った。このままファンシーとはぐれてしまうわけにはいかない。なにしろ、こちらは幼い少女とか弱い女のふたり連れ……そう考えたとたん、ファニーおばさまは激しい恐怖にかられた。このあたりには得体のしれない庭師たちがうろついている（そう、ファンシーが言っていたとおり、さっきの庭師には、確かに奇妙なところがあった――だって、頭の動きがおかしくなかった？）そのうえ、今の自分たちは、どちらへ進めば屋敷に戻れるのかもおぼつかないのだ。

「待ってちょうだい、ファンシー」ファニーおばさまは声をかけながら、少女を追って花園に踏み入り、足を止めた。そこは、彼女の秘密の花園ではなかった。さっき歩いてきた小道の先に待っているはずの庭園ではなかった。だれか、この場所の存在を知っている人はいるのだろうかと、おばさまが呆然としながら考えてしまうほどの、まさに〝秘密の花園〟だった。ファンシーは、霧になかば姿を隠されながら、芝生の上で踊っていた。あたりに鈍く浮びあがる赤や黄色やオレンジの色は、霧に沈んだ花々だ。さらに遠くに目をやると、濁った空気の向こう側に硬質な白い色が見え、やがて、ふとした霧のわずかな晴れ間に、細い大理石の柱があらわれた。「ファンシー」身を守るように両手を胸元で握りあわせ、前に進みながら、ファニーおばさまは叫んだ。「どこにいるの？」

「ここよ」

「どこ？」

「おうちのなか」

そこで声が途切れた。今やすっかり霧にまかれたファニーおばさまは、なすすべもなく半泣きで声を張りあげた。「ファンシー！」

「ファニーおばさま」声は返ってきたものの、その距離ははるかに遠い。

よろめきつまずきながら、ファニーおばさまは懸命に進み続け、やがて前に伸ばしていた手が大理石に触れた。しかし、それは妙に生温かく、彼女は反射的に手を引っこめた。太陽の熱がまだ残っていたのだろうか、気色の悪いこと――そう思ってから、彼女ははっと気がついた。ひょっとして、これは四阿？　だとしたら、自分は庭を大まわりしただけなのでは？　小道からはずれて歩いているあいだに、いつもと違う方向から花園に入ってしまって、だから、知っている場所も知らない場所に思えたのかもしれない。そう、確かにこれは四阿だ。なのに怯えて、泣いたりつまずいたりしていたなんて、本当に間抜けもいいところ。ファニーおばさまは、とりあえず四阿に入り、ベンチに座ることにした。それで、人心地がついたら、こちらに戻ってくるよう、あらためてファンシーを呼び続けてみればいい――また、わたくしを置き去りにするなんて、本当に悪い子だ――いや、それより、この霧が少し晴れるのを、動かずに待ってみようか。だって、晴れないわけはないのだから。こんなのは、ただの早朝の霧で、なんていうことはない。いずれ太陽が出れば、きれいに消え去るはずだ。だいたい自分は、もっとひどい霧を何度も体験しているけれど、それに怯えたことなど一度もなかった。今日はたまたま、思いがけないことが重なったのが悪かっただけ。だから、落ち着いて歩けるようになるまで、この四阿で休んでいこう。

彼女はその場に立ったまま、しばらく目をつむり、秘密の花園の様子を正確に思い描こうとした。この霧のなかでも、失敗なく四阿に入っていけるように。こんなところで、下手につまずいで転ぶわけにはいかなかった。そうなったら、きっと自力では起きあがれない。ここで転べば、本当に笑い事ではすまないことになる。だれかの助けを呼ばなければならなくなるのだから。

「ファンシー！」　彼女はもう一度呼んでみた。「ファンシー！」

視界がきかないなか、ファニーおばさまは見えない足元に精一杯の注意を払い、つまずくことのないように、これ以上はないゆっくりとした動きで、慎重に、慎重に、四阿の周囲をめぐりはじめた。屋根を支える柱と、建物のまわりを影のように囲んでいる茂みと、等間隔に植えられている四本のポプラの木と、出入り口についている二段の低い大理石の階段のありかを、正確に推し測りながら。秘密の花園の四阿のベンチに座れたら——彼女は自分を励ますように、心でくり返した——秘密の花園から四阿に入ったら、秘密の花園を通って四阿のなかに入れたら、あとは大理石の床をたった四歩、小さな歩幅で四歩進むと、もう四阿の反対側、そこからは延々と続く芝に覆われた地面が見えて、その芝生を先のほうまで目で追っていくと、池があって、日時計が見えて、そして屋敷が建っている。四阿のなかに入ってしまえば、こんな霧がかかっていようと、わたくしには屋敷の場所がわかる。だからあとは、四阿の反対側にある二段の低い大理石の階段をおりて、その先の美しい芝生へ進み、そのまままっすぐ、芝生の真ん中を歩いていけば、こんなに濃い霧のなかでも、日時計の横を通って、わたくしは屋敷までたどり着ける。

そこで彼女は気がついた。きっと、ファンシーも同じように考えて、とっくに屋敷へ向かったのだろう。今頃は、あの長い芝生を半分ほども進んでいるに違いない。

なにかにつまずいて、彼女はとっさに手を伸ばし、大理石の柱をつかんだ。しかし、わずかに薄れた霧の合間に姿をあらわしたそれは、柱ではなく、大理石の彫像の長い太腿だった。台座の上にじっとたたずむ、背の高い静かな造形物は、どこかやさしい眼差しで、そっとこちらを見おろしている。その脚は生温かく、ファニーおばさまはぱっと手を離し、悲鳴をあげた。「ファンシー、ファンシー！」返事はない。彼女は身をひるがえすと、花を踏みつぶしながら狂ったように駆けまわり、装飾的に刈りこまれた茂みの上に倒れこんだ。「ファンシー！」すぐ横に差し出された大理石の手をつかんで、悲鳴をあげる。「ファンシー！」抱擁を乞う大理石の腕に飛びこみかけ、すんでのところで足を止める。「ファンシー！」喉元に近づいてくる大理石の唇から、半狂乱で身をそらす。

「ファニーおばさま？」

「ファンシー！　どこにいるの？」

「おうちのなか」

「お願いだから戻って、ファンシー。お願い、戻ってきてちょうだい」気がつくと、彼女の横には大理石のベンチがあった。長く手入れをされていないらしく、背もたれと脇の肘掛け部分に汚れが染みついている。脚の一本には縦方向にくっきりとひびが走っており、座面には枯葉が散り落ちていて、隅に山ができていた。ファニーおばさまは、ありがたく腰をおろしてみたものの、このベンチもまた生温かく、それで身を縮めながら、端の部分に軽くお尻をのせるだけに座りなおした。そして思った。これは、なんということだろう。気づかぬうちに、わが家の墓地に迷いこんでしまったのだろうか？　なぜ、こんなことが起こっているの？

　その時、思いがけないことに、エセックスのことが頭に浮かんで――道は細くなる一方だ、と彼女はつぶやき――急に気持ちが落ち着いた。今のわたくしを見たら、きっと彼は笑うだろう。もっと、心を強く持たなければ。彼女は生温かい感触が誘う吐き気を毅然とこらえながら、丸めていた背中を強いて伸ばして、大理石のベンチの端で上品な姿勢をとった。それから、着ている黒いリネンのドレスの、膝の上にできたしわをきれいに直し、ほつれて乱れた髪を元のとおりにきちんと撫でつけ、左右の足首を形よく交差させたあと、胸元から取り出した黒い縁取りのハンカチで目に残る涙を押さえ、顔についた湿気や汚れを拭き取った。これでいい、と彼女は思った。このまま気がふれてしまうとしても、見かけだけは貴婦人でいられる。

　エセックスを思い出すのと同時に、ファニーおばさまのなかには、それまでまるでなじみのなかった、ある種のユーモアがわいてきていた。もし、彼がここにいたら……と、彼女は妄想した。もし、彼がここにいたら、わたくしたちはこの大理石のベンチに並んでいただろう。でも、その姿は、霧に隠されて、だれにも見られることはない。わたくしたちは、人目をさけた庭の奥深くにいて——今や彼女は、濃厚に漂ってくるバラの香りまで感じていた——低く作られた美しいベンチの、ほどよく温もった大理石の座面にそっと手をつきながら座っていて……。すると遠くのほうから、噴水の奏でる音楽が聞こえてきた。水が水にはじける涼やかな音《ね》に、とうとうと流れ落ちる低くて静かな響き。これはきっと、大理石のニンフ像が空に向かってゆるやかに曲げている両手のあいだをこぼれた水が、腕から肩へ、胸元へと、その身をやさしく覆いながら、とめどなく落ちていく音だ。その水は、ニンフの足元にある大きな水盤からあふれると、さらにその下で、たくさんの水を受け止めようと手を伸ばすサテュロス像の石の腕のなかに届き、弧を描く半獣神の背中を伝って、その足元で彼を支えるイルカたちの、高くもたげた頭へやさしく落ちていく。そうして、イルカの頭を濡らしたあとは、動かぬ彼らが泳ぐ水盤にたまり、たまるそばから、また下に落ち、ふたりの乙女がともに掲げる大きな杯を満たしてあふれ、微笑む乙女たちの石の顔、硬い巻き髪の上を通って、さらにその下、岩場に咲く大理石のユリに降り注ぎ、大理石の魚の周囲をめぐり、石でできた鳥たちの、いつも必ず首を曲げ、興味深げになにかを見つめている、その長い脚のあいだを流れていくのだ。こうして、天に向かって曲線を描くニンフの手からサテュロスの身体をめぐり、イルカたちの上へ落ち、ふたりの乙女のあいだを抜けて、岩場に、ユリに、魚に、鳥に別れを告げ、はるか遠くまで流れた水は、その長くて美しい旅の果てに、とうとう最後の難関を迎える。どこにも逃れられぬまま、せまく苦しい空間に導かれて、身をよじるように渦巻きながら、だれも知らない地下の道を押しに押されて進んだ水は、そう、たぶん、屋敷の前にある、青く彩られた観賞用の池へとたどり着く。そして、風に吹かれては、かすかに波を立てるだけになるのだ。

バラの花……わたくしのこの手で、エセックスに一本のバラの花を与えてやりたい。ファニーおばさまは、大理石のベンチの背もたれにゆっくりと頭をあずけ、頬を涙で濡らしながら、噴水が奏でる水の歌に耳を傾けた。(「フランシス、きみのことを、ずっとずっと待っていたんだ……」「せっかちな人ね、エセックス」「せっかちだって? それを言うなら、恋の熱に浮かされた……愚か者と呼んでくれ……」)彼女は身を揺らし、微笑んで、相手をやさしく押しとどめるように片手をあげ、次の瞬間、ベンチの横の祭壇から冷やかすようにこちらを見ている、悪魔の大理石像と目が合った。その頭のあたりには、低く伸びたバラの木が生い茂り、落ちて黒ずんだ花びらが、鋭く突き出した歯のあいだに何枚もはさまっていた。

「ファンシー!」彼女は悲鳴をあげながら、必死に呼んだ。「ファンシー、ファンシー!」

噴水で流れている水が「ファンシー、ファンシー」と、遠くほのかに声をあげ、苦悶を浮かべる悪魔の大理石の顔が生温かくなった。

「ファニーおばさま?」

「お願い、助けて。お願い、ここに来て。お願いだから、急いで!」

「あたしなら、おうちのなかにいるよ」

「早く!」

「今、行ってあげる。ほら、あたし、手を出しているから。もう、大丈夫、ファニーおばさま。あたしはここだよ」

その言葉に、ファニーおばさまは振り返り、ファンシーの手を握った。それは、生温かい、大理石だった。どこか遠くで、ファンシーの人を馬鹿にしたような笑い声が、そして、歌っている声が聞こえた。

ファニーおばさまは泣きじゃくりながら、なんとか霧を通り抜け、四阿に入って大きく四歩、その先に広がる芝生に出ると、薄闇に鎮座している日時計を目指して走った。すると、声が聞こえてきた。ファンシーのものとは似ても似つかない、太くて大きな重い声が、頭の内側で、外側で反響しながら、ぐるぐる響いた。フランシス・ハロラン……。声が呼びかけてくる。フランシス……フランシス・ハロランよ……。彼女は両手を振りまわし、めちゃくちゃに暴れながら走り続けた。フランシス・ハロラン……。声はなおも呼びかけてくる。フランシス……。

フランシス・ハロラン……。今にも止まりそうな苦しい息を、彼女は必死にあえいでつないだ。途中で片方の靴が脱げ、草を踏んだストッキングの足が、思いがけないほど濡れた。フランシス・ハロラン。彼女は突然、足を止めた。闇に沈む日時計のそばに、なにかの存在を感じたのだ。でも、彫像ではないし、エセックスでもない。「だれ?」ファニーおばさまは短く声に出した。

「フランシス・ハロラン――」どこからともなく響く声。

ファニーおばさま、かつての〝フランシス・ハロラン〟は、その場に凍りつくしかないほどの、これ以上はない恐怖をおぼえた。これは気のせいではなく、本当になにかがいるのだろうか? なにが? そう思ってから、彼女は軽いショックとともに考え直した。この状況で、もし、そこになにもいなかったなら、そのほうが最悪ではないか。正体はどうあれ、これはだれかの本物の声であるべきだ。だって、そうでなかったら、この声は自分の頭のなかだけで聞こえていることになるのだから。動くこともできぬまま、ファニーおばさまは思った。これは、本物の声よ。

「フランシス?」

ファニーおばさまの手が、自然に動いた。「お父さま?」声にならない声で訊き返す。「お父さまなの?」

「フランシス、危険がせまっている。屋敷に戻れ。彼らに伝えよ、屋敷のなかで、彼らに伝えよ、屋敷のなかの、彼らに危険があると伝えよ。屋敷にいる者たちに、屋敷にいれば安全だと伝えるのだ。そなたの父はこの屋敷を守り続けるが、危険はせまっている。彼らに伝えよ」

わたくしは、今、この声を本当に聞いているのだろうか？　ファニーおばさまは意識的に自分に問いかけ、答えに迷った。「お父さま？」

「そなたの父はわが子のもとを訪れて、その庇護の内にとどまれば、なにも恐れることはないと、やさしく教えている。父はわが子のもとを訪れた。屋敷の者たちに危険があると伝えよ」

「危険って？　お父さま？」

「空から、大地から、海から、危険はやってくる。屋敷の者たちに伝えよ。黒い炎と赤い水のなかで、大地はねじれ曲がり、世界は悲鳴に満ちる。それが起こるのだ」

「お父さま――お父さま――それはいつ？」

「そなたの父はわが子たちのもとを訪れ、危険があると伝えている。危険がせまっている。父の庇護の内にあれば、なにも恐れることはない。そなたの父はわが子たちのもとを訪れた。屋敷の者たちに伝えよ」

「お願い――」

「空がふたたび晴れたとき、子供たちの身は安全になろう。そなたの父は、救われるべきわが子のもとを訪れた。屋敷のなかの者たちに、そなたたちは救われるであろうと伝えよ。彼らを屋敷から出してはならない。彼らに伝えよ。恐れるな、父は子供たちを守るであろうと。そなたの父の屋敷に戻り、これらのことを伝えよ。彼らに危険があると伝えよ」

ファニーおばさま、かつての〝フランシス・ハロラン〟は、片手を日時計の上に置き、その盤面が温かいことに気づいた。「お父さま？」その呼びかけと同時に、世界はまぶしい日差しにつつまれた。しかし、そばには、だれの姿もない。「あなたがわたくしに、こんなにやさしく接してくださったことなど、昔は一度もなかったのに」ファニーおばさまの口から、とぎれとぎれに言葉がもれた。

そして彼女は、エセックスを求めて泣き叫びながら、飛ぶようにその場を逃げ出して、勢いよくぶつかったテラスの扉を力まかせに叩きあけると、そこでぴたりと動きを止めた。彼女が憑かれたように凝視する先には、朝食のテーブルを囲んでいる人々の、驚きに目をみはり、口をぽかんとあけてこちらを見ている顔があった。

「あなたたちに、話したいことがあるの」ファニーおばさまはそう言うと——そのあとの出来事には、室内にいた全員が心地の悪い驚きにみまわれた。まさか彼女が、これほど単純明快に、間違いなくその意味を伝える、飾り気のない態度を見せることがあるとは、だれも夢にも思っていなかったのだ——ファニーおばさまは気絶した。

2

エセックスはファニーおばさまを応接室へと運んだ。そこには寝椅子があって、彼女を寝かせることができる一番近い場所だったからだ。彼のあとには、水の入ったグラスを持って、息を切らしながら走るミス・オグルビーと、好奇心たっぷりの顔をしたファンシーと、ポケットに常備している薬瓶から出した二錠のアスピリンを握りしめたメリージェーンが続き、その後、少しも慌てることなくコーヒーを飲みほしたハロラン夫人が、ようやく応接室に移動すると、そこには、先の四人がとり囲んでいる寝椅子の上で、頭をしきりに揺り動かしながら、うわごとをつぶやいているファニーおばさまの姿があった。

「手首をこすってやりなさい。それから、コルセットをゆるめて」ハロラン夫人は指示を出しながら、ファニーおばさまの様子がよく見える位置にある肘掛椅子に腰をおろした。「鼻の下で羽を燃やすといいわ。足も高くして。できるだけ世話をしてやってちょうだい。あとで、具合の悪い自分を適当にあしらったと、その人に思われたくないから」

「彼女が正気を失うなんて、よほど恐ろしいめにあったんですよ」ミス・オグルビーは、ハロラン夫人に対する日頃の言葉遣いを忘れ、いささかきつい調子で言った。

「恐るべき快挙だわね」と、ハロラン夫人。

「お父さまよ」ファニーおばさまは急にはっきりそう言うと、ミス・オグルビーとメリージェーンにさからって身体を起こし、ハロラン夫人をまっすぐ見つめた。「お父さまがいらしたの」

「あらあら、あなた、わたしもよろしく言っていたと、ちゃんとご挨拶してくれた?」

「日時計のそばで、わたくしを待っていたの。わたくしの名前を呼んで、何度も呼んで」ファニーおばさまは泣き出し、ファンシーのほうを見た。「あなたっていう子は、本当になんて意地悪なの、この人でなし」

「あたしがなにをしたの?」目を丸くして訊き返すファンシーに、メリージェーンがそっと片腕をまわしてなだめた。「いいから。とりあえず、話くらいは聞いてみましょう」

「逃げたじゃないの」ファニーおばさまが言った。「わたくしを置き去りにして。おかげで、道に迷ってしまったわ」

「迷った?」ハロラン夫人が言った。「あなたはここに四十年も住んでいるのよ、ファニーおばさま。今更、どこで迷子になるというの?」

「逃げてないよ」ファンシーが言い返した。「そんなこと、してない」

「していませんとも」と、メリージェーンも声をあわせる。

「いいえ、したわ」ファニーおばさまは断言した。「脚立にのって生垣を剪定している庭師がいて、ファンシーが勝手に駆け出して」

ハロラン夫人が眉をひそめた。「ファニー、それはいつの話? いつ、そんなことがあったの?」

「だから、ついさっき――今朝のことよ。ちょうど外が明るくなりはじめた頃」

「まさか」ハロラン夫人は言下に否定した。「生垣の剪定をしている庭師なんて、まだひとりもいやしませんよ。わたしはあなたのお兄さまに言われて、これから作業を指示するつもりでいたんだから」

「脚立にのっていたもの」と、ファニーおばさま。

「そんなこと、あるもんですか」ハロラン夫人が続けた。「あなたがお父さまを見たという話は、まあ、本当かもしれないわ。わたしも、そういう個人的な心霊体験にまで異を唱えるつもりはないし。でも、生垣の剪定をしている庭師を見たなんて、それだけは絶対にありえない。今朝の、この屋敷ではね」

「ファンシーだって、彼を見たわ」ファンシーが言った。「今朝、起きてから会ったのは、ママと、おばあちゃんと、オグルビー先生と、エセックス――」

「ふたりで散歩に行ったじゃないの」

「散歩になんか、行ってない」

「わたしだって、目が覚めてから今の今まで、ずっとこの子のそばにいました」メリージェーンがきっぱり言った。

「秘密の花園がすっかり変わっていて、暗くて、霧が立ちこめて――」

「ファニーおばさま」エセックスは彼女のほうに思いやり深く身をかがめた。「とにかく、なにがあったかを聞かせてください。ひとつひとつゆっくりと。それから、泣くのは我慢して」

「エセックス」ファニーおばさまは泣きながら彼を見た。

「その人、ヒステリーを起こしているのよ」ハロラン夫人が言った。「顔をぴしゃりと叩いてやりなさい」

「さあ、ファニーおばさま。事実だけを正確に話すんです」

彼女は呼吸を整えると、ミス・オグルビーからハンカチを受け取って、涙をふいた。そして、まだ声を震わせながらも、話しはじめた。「わたくし、眠れなかったの。それで、散歩に出たらどうかと思って。まだ、外はすごく暗くて、霧も出ていたけれど、じきに朝日がのぼるのはわかっていたから。そうしたら、テラスでファンシーと鉢合わせして――」

「してないよ」

「ファンシー、どうして本当のことを言ってくれないの？　わたくしは、あなたを責めているわけじゃないわ。〝ファニーおばさま〟は、あなたを愛しているのだから」

「だって、そんなこと知らないもん」

「続けて、ファニーおばさま」エセックスが先をうながした。「真偽についてはあとでぼくらが判断しますから」

「ふたりで、庭の小道を歩いて行ったの。秘密の花園のほうへ。そうしたら、庭師がいて、彼が変なかっこうをしていたと、ファンシーが言って」

「言ってない」

「言ったでしょう、この嘘つき娘。それから、わたくしたちは花園に着いて、でも、そこはまるで違う場所になっていた。汚くて、恐ろしくて。わたくしは自分がどこにいるのかわからなくなって、帰り道が見つからなくて、ファンシーが先に走って行ってしまったから、何度も何度も大きな声で呼んだわ。それから、そこには数えきれないくらいたくさんの彫刻像があって、それがみんな、温かくて」ファニーおばさまは身震いした。「わたくしは、四阿を見つけることができなくて、そばにあったベンチに座って、エセックスのことを考えたの。彼が助けに来てくれたら、って――」

「こんな馬鹿げた話、いつまで聞いてなきゃいけないのかしら」と、ハロラン夫人。

「――それで、そのあと、やっと四阿を見つけて、屋敷のほうへ走り出したのだけれど、あたりは真っ暗で、霧もずいぶん濃くて、その中を、日時計のところまで来たら、お父さまがいたの」

「わたしも、彼女が走っている姿を見ました」と、ミス・オグルビーが言った。「朝食をいただきながら、なにげなく窓を見た時に。それで思ったんです。あら、ファニーおばさまが芝生を走ってくるわ、って。正直なところ、とても驚いたけれど、でも、あの時はもう、外は明るかったですよ」

「太陽がさんさんと輝きはじめて、もう二時間にはなるかな」と、エセックスもうなずいた。「空は、雲ひとつなく晴れている」

「暗かったわ」ファニーおばさまが言った。

「あなたが走っている姿を、わたしははっきり見ましたよ」ミス・オグルビーがくり返した。「太陽はもう出ていたから。それで思ったんです。あら、ファニーおばさまが芝生を走ってくるわ、って」

「あなたのお父さまは、なにを言いに出ていらしたの?」ハロラン夫人が興味深げにたずねた。「わたしたちに対しても、きちんと挨拶の言葉をくださったのかしらね?」

ファニーおばさまははっと背を伸ばし、目をみはった。「忘れていたわ。あなたたち全員に、話すのを忘れていた。屋敷に戻ったら、すぐに伝えるように言われていたのに」彼女はまた泣き出した。「お父さまは、きっとお怒りになるわ」

「だったら、今、話せばいいですよ」エセックスはそう言うと、ハロラン夫人にちらりと目をやり、声をひそめた。「医者を呼んだほうがいいんじゃないかな?」

「精神鑑定医をね」ハロラン夫人は鼻を鳴らした。「朝食の前から働く庭師が、どこにいるんだか」

「みんなに危険があることを話すように言われていたのよ。お父さまは――」ファニーおばさまは両手をもみしぼり、聞いた言葉を正確に思い出そうとした。「――お父さまは、こう言ったの。危険がせまっている。でも、この屋敷は安全だ。それは、自分がおまえたちを守るからだ、って。何度も何度もくり返したわ。危険はせまっているけれど、この屋敷は安全だ。だから、わたくしたちは屋敷のなかにいなければいけない、と」

「あなたのお父さんが、本当に?」ハロラン夫人がそう言うと、エセックスは肩越しにうしろを向いて笑った。

「それから、炎がやってくるとも言っていたわ。それは黒い炎だ、って。危険がせまっている。でも、この屋敷は自分が守ってやるから、おまえたちは屋敷を出てはいけない。それが、お父さまの言葉よ」

「あなたに頼んだら、こちらの言葉を彼に伝えることはできるのかしら?」と、ハロラン夫人がたずねた。

「というのもね、わたしのほうから彼に言ってほしいことがあるのよ。危険があろうと、なかろうと――」

ミス・オグルビーが悲鳴をあげ、そばにある椅子の上に慌ててのぼった。メリージェーンはエセックスにしがみつき、ハロラン夫人までもが、思わず立ちあがった。明るい色をした縞模様の小さな蛇が、暖炉のなかから彼らを見ていた。周囲をうかがうその姿は、まるで凍ったようにじっとしていたが、やがて、瞬時になめらかな動きを取り戻すと、暖炉からするりと出て、分厚い絨毯の上を横切り、ハロラン夫人の靴先から三十センチと離れていないところを通ったあと、なんの迷いもなく本棚の裏側にもぐりこんで、消えていった。

「なんてことなの」ハロラン夫人が呆然と言った。「なんでこんなことが。エセックス!」

エセックスは、いささか苦労してメリージェーンから身体を引きはがし、返事をした。「はい、ハロラン夫人?」

「今のは、なに?」

「蛇です。暖炉から出てきて、部屋を横切り、本棚のうしろに消えました」

「蛇だということはわかっているわ。ただ――なんで、あんなものがわたしの屋敷にいるの?」

「蛇、蛇だわ」ミス・オグルビーは、そのまま壁まで這いあがりかねない勢いで、椅子の背もたれにバランス悪くしがみついたまま、泣き声をあげた。「嚙まれたらどうしよう。蛇だなんて、蛇だなんて!」

「冒瀆の報いでしょう」エセックスはハロラン夫人に丁寧に答えた。「あなたが馬鹿にした態度を見せたから、高潔なる幽霊が、戒めに送りこんできたんですよ。自分の言動には、もっと注意を払わないと」

「あなたのせいよ」メリージェーンがハロラン夫人に荒々しく言った。「あなたがファニーおばさまの父親を笑いものにしたりするから。でも、あたしはこれを重大な警告だと受け止めたわ。ええ、本当よ。二度と聞かなくても大丈夫なくらい、ちゃんと理解しましたとも。だから、あたしは屋敷に残るわ。本当だって、ここは安全なんだから。だれかが追い出そうとしたって絶対に動くもんですか。たとえあなたの命令だって、来ると予言された危険の前に、炎のなかに出て行ったりしない」彼女は震えの止まらない手で、ファンシーをしっかり抱き寄せた。「ファンシーが残るのだから、あたしだって残ります」

「あとでこの部屋を燻蒸消毒しなくては」と、ハロラン夫人。

「あの蛇は見つからないわよ」ファニーおばさまが夢見心地に言った。「すごく明るくて、きらきらしていたもの。もう二度と、見つけられやしないわ」

「エセックス」ハロラン夫人が声をかけた。

「はい?」

「頭が混乱して、なにがなんだか、よくわからないの。いっしょに図書室に来て、これがどういうことなのか、わたしに説明してちょうだい」


信じる信じないの問題は、子供のころに胸を躍らせた不思議と、長寿に恵まれた老人が抱く根拠のない希望の要素を含んだ、なかなかに興味深いものだ。なにかを信じていない人間は、この世のどこにも存在しない。裏を返せば、いかに奇天烈なことであろうと、どこかにそれを信じる人がいる可能性はあるわけで、この考えを頭から否定することは難しいだろう。一方、抽象的概念をただ信じるというのは、おおむね不可能に近い。概念を具現化するもの、たとえば本物として伝えられる聖杯、蠟燭、生贄の石、そういったものがあってこそ、信じる力は強められるもので、ただの彫像も涙を流せば、そこに信仰が生まれるし、ただの哲学は、その提唱者が殉教することで、はじめて意味と価値が認められる。

「あなたは、なにを信じているか?」――ハロラン夫人の屋敷にいる人々のなかで、なんの臆面もなく正直に、この問いに答えられる者はいないだろう。妄信《フェイス》していることなら、いくらでもある。そこに食べ物があり、ベッドがあり、住む家があるのと同じ感覚で、彼らは多くのことを当然だと信じているが、ここで〝当然〟とみなされるのは、美味な食事、寝心地のいいベッド、雨風にびくともしない堅牢な屋敷といった、あくまで快適かつ上質な具象物のことであって、つまり彼らは、自分たちはこの世で最高のものを享受するにふさわしい存在であると妄信しているのだ。だから、たとえば先代のハロラン氏なら、自分に永遠の命を約束してくれるものがあれば、それをどこまでも楽天的に信じて受け入れたかもしれないが、今のハロラン氏のほうは、永遠の命という概念など信じられるはずがなかった。なぜなら、彼は死にかけているからだ。残りわずかと限られた命が、その期限を超えてまで続く気配などまるでない今、彼が永遠の命の片鱗を見いだせる場所があるとするなら、それは、まだ若い盛りにあって、自分が死んだあとも長く生き続けるであろう、周囲の幸運な者たちのなかだけ。今のハロラン氏にとって間違いなく信じられるのは、その日その日にわかる、今日もまだ死んでいない、という事実くらいなものであり、そして、そのほかの者たちが信じているのは、それぞれにとって、確かなもの――たとえば権力、酒がもたらす慰め、金、だった。

ファンシーは嘘つきだ。ファニーおばさまといっしょに外に出ていたのに、彼女を置き去りにして帰ってきたことを、わざと認めなかった。べつに怖かったからではない。自分より弱い相手をからかうのが面白かったのだ。こんな少女であれば、使用人でも、動物でも、屋敷の近くの村に住む子供たちでも、みずから彼女に近づこうとするものなど、どこにもいるはずはなかった。

抽象的概念をただ信じるのは不可能に近いが、それも、神が形を変えて出現したとだれもが思う具体的な事象をともなった時だけは、その根拠がいかに薄かろうと、信じられるものになる。ファニーおばさまの周囲の人間は、だれひとりとして、彼女の父親の警告を信じてはいなかったが、それでもその全員が、突然あらわれた蛇に恐れを抱いた。ミス・オグルビーは、そこがこれまで彼女にとってのお気に入りの場所だったにもかかわらず、この時以降、もう二度と、蛇が隠れた本棚のそばにある、応接室の隅の椅子に座ることはなかった。


「薪の間に隠れていたのかもしれませんね」図書室のなかを歩きまわりながら、エセックスが言った。

「だけど、庭師が生垣の剪定をしていたはずはないわ」と、ハロラン夫人がくり返す。

「どう考えたらいいのやら、ぼくにもさっぱりわかりませんよ。ファニーおばさまの言動には、ずいぶんおかしなところがあるし」

「それについては反論しないわ。エセックス、屋敷に残りたければ残りなさい」

エセックスはしばし沈黙し、やがて、おもむろに口をひらいた。「人というのは大概のことを、納得して受け入れるものなんだな。昨夜のぼくは、立場を奪われ、笑いものにされ、駄目なやつだと宣告されて、もう立ちあがれない気分だった。そして今日は、ファニーおばさまとあの蛇のおかげで、ぱっと目が覚めた。

凶兆が続いたところで、必ず災いが起こると決まったわけではないけれど、たぶんぼくには、ここを出ていく気など、はなからなかったんですよ。ファニーおばさまは、本当にいつも親切な人だ」

「あの人には早く正常に戻ってほしいと、心から願うわ」と、ハロラン夫人が言った。「このままじゃ、ミス・オグルビーも屋敷に残してやらなきゃならなくなるもの。それに、メリージェーンもね」

しかし、ファニーおばさまの異常ぶりは続いた。身体はすぐに回復し、医者を呼ぶ必要がなくなったものの、なぜかずっと笑顔のまま、だれの目にも楽しげに、陽気といっていいくらいの行動をくりひろげたのだ。初恋を知った若い娘のようにころころと笑いながら、遅い朝食となったパンケーキを何枚も旺盛にたいらげ、その合間には歌を歌った。とうとう気が狂ってしまったらしいと、ハロラン夫人は思ったが、まともなファニーおばさまよりも、狂ったファニーおばさまのほうが、自分にはだいぶマシだと考え直して、言いたいことを飲みこむと、あとはただ視線をそらし、時々、顔をしかめるだけにした。

ファニーおばさまは食事をすますと、そばに座って自分の様子をずっと見ていた一同の前で、すぐさまテーブルに頭をのせ、顔に笑みを浮かべたまま、眠りに落ちた。そして案の定、やがて眠ったまま話しはじめた。この時、彼女がどういう言葉や言いまわしを使っていたか、あとになって正確に思い出せた者はひとりもいなかったが、それでも彼らは、ファニーおばさまが口にするたどたどしい言葉を確かに聞いて、恐怖に背筋を凍らせた。

ファニーおばさまは父親の言葉に耳をすまし、それをそのまま彼らに伝えた。幸せそうな笑顔で目をとじたまま、子供のように注意深く親の言葉を聞いたあと、一語一語をゆっくりくり返していく。ファニーおばさまの父親は、外の世界が終焉を迎えることを、屋敷の人々に伝えに来ていた。ファニーおばさまも、その父親も、不安や悲しみの感情を一切示すことはなかったが、だれから見ても盤石の存在としか思えないこの世界――無数の家が、街が、人々が存在し、生きとし生けるすべてのものが、ごく普通に日々の暮らしを送っている世界が、これ以上はない天災に見舞われ、たった一晩のうちに破壊されてしまうというのだ。

ファニーおばさまは微笑み、うなずき、耳を傾け、そして、世界の終わりを彼らに語った。

ただ、この点を口にした時だけは、彼女も悲しげな声になった。「その哀れな人々は、すべてが一度に命を失う」そして、こう続けた。「われわれは、自分が並はずれた幸運のもとにあることを感謝しなければならない」

ハロラン夫人の――ただし、今のファニーおばさまには〝お父さまの〟と認識されているらしい――屋敷に集っている、このわずかな人数だけは、それでも無事でいられるという。この世の崩壊が進む一夜のあいだ、この屋敷だけは守られて、すべてが終わった時、彼らは危険のなくなった、まっさらな光景を目にするのだ。そして、人類の未来に責任を負うことになる。屋敷の外へ足を踏み出した時、そこに広がっているのは彼らに託された遺産、なにもなくなった静寂の世界だ。「そして人類の、新たな種の繁殖がはじまる」

ファニーおばさまはうっとりと締めくくった。

このお告げを伝え終わるやいなや、ファニーおばさまは目をさまし、小さなグラスで一杯のブランデーを求め、それを飲みほすと自室にさがって、その日の午後遅くまで、こんこんと眠り続けた。ファニーおばさまが眠っているあいだ、ファンシーはドールハウスで遊び、それに飽きると厨房におりていって、使用人たちの迷惑顔に迎えられた。ミス・オグルビーは昨日着ていた下着を洗い、それから小さなアイロンで、すでに乾いているぶんの下着に残ったしわを伸ばした。メリージェーンは寝室の長椅子で横になり、ピーナッツ・

ブリトルを食べながら、メイドを使ってこっそり入手した告白記事満載の雑誌を読んだ。エセックスは図書室で、セネカの胸像の下にある席に座り、クロスワード・パズルを解いた。ハロラン氏は自室の暖炉の前で舟をこぎ、目を覚ますたびに、歳月の短さに驚嘆した。そしてハロラン夫人は、もう何年も読んだことがなく、あることを思い出しもしなかった聖書をひらいて、その上に手を置き、何時間もひとりで座っていた。

長い眠りから覚めた時、ファニーおばさまは今朝からの出来事を、自分が父のお告げを伝えたこともふくめ、すべてをはっきり思いだした。そして——おそらくこれは、超自然的存在の重要な言葉を憑坐《よりまし》となって伝えたことのある、すべての人々に共通した反応なのだろう——最初の瞬間は、あまりの恐ろしさに身を震わせたものの、その感覚はすぐに消え、かわりに、自分は高潔な役目を果したのだという充実感に満たされた。これほど大きな意味をもつ特別なメッセージが、なぜ、もろくて弱い自分を通して語られることになったのかはわからなかったが、それでも彼女は、自分を憑坐《よりまし》にしたのはよい選択だったと、なんの迷いもなく信じられた。大きな力を有する存在にとって、彼女は使い勝手のいい対象だ。なぜなら、自分を支配するものが望むまま、みずからの意志などどこかに覆い消し、ただ、独裁的で命じることが得意な人間になれるのだから。

不思議な気分につつまれながら、しばらく静かに横たわっていたあと、彼女はベッドから起きあがり、鏡に近づいて自分の顔を見た。今のところ、変わったところはないようだ。それを確認すると、彼女は母親の宝石を着けてみようと思い立ち、母親が亡くなって以来、手入れもされずにしまいこまれていたダイヤモンドで身を飾った。そして、ついに部屋を出て、メリージェーンとファンシーが暮らす左翼棟へと階段をのぼっていった。ふたりの部屋の前に着いてノックすると、「だれ?」というメリージェーンの声がし、それから、ファンシーにドアの所へ行って鍵をあけるように指示するのが聞こえた。

「〝ファニーおばさま〟ですよ」おばさまが名乗ると、ドアがひらいた。ファンシーはとっくにドールハウスを片づけていたが、メリージェーンは告白雑誌を身体の下敷きにしたまま、まだ横になっていた。「ファニーおばさま」メリージェーンが言った。「来てくださって、よかったわ。あたし、喘息の具合が悪くって、ずいぶんとひどいんです。下の人たちに、そう言っておいてもらえます?」

「でも、あなたはもう喘息とは縁が切れるのではないかしら、メリージェーン」ファニーおばさまが言った。

「どうして?」メリージェーンは起きあがった。「あの人、死んだの?」

「あなただって、よくわかっているはずよ」ファニーおばさまは苛立ちながら言った。「彼女も、新たな人生と喜びに向かって、生まれ変わるための道を歩きはじめたことを」

「生まれ変わる?」メリージェーンはぱたりと身体を倒した。「本当にそうなってくれたら、どんなにいいかしら」

「あたしがおばあちゃんを階段から突き落としてあげようか?」ファンシーが横から言った。それは、返事を求めて問いかけたというより、なにかの呪文を唱えているような調子で、きっと、彼女は日常的にこれを母親に言わされているのだろう。

「ファンシーは知恵遅れなのかしら、そう思わない?」と、ファニーおばさま。

「この子はライオネルの娘ですよ」

「とにかく、今のようなことを言うのはやめるように注意しなさい。悪意、それに嫉妬も恐怖も、わたくしたちの心から、すべて消えてなくなるのだから。わたくしは今朝、はっきりと教えたはずよ。ひとつの実験として見たら、これまでの人類は失敗したの」

「そうかしら、あたしは自分にできる精一杯のことをやってきた自信があるけど」と、メリージェーン。

「世界が滅びる運命にあることを、あなたはちゃんと理解している？　それは、じきに起こるのよ？」

「べつに、あたしは興味がないだけ」と、メリージェーンが言った。「天が、あの人に落とす雷を特別に用意しているというなら、話は別ですけどね」

「みんな壊されちゃうの、ファニーおばさま？」ファンシーが彼女の袖を引いてきた。「なにもかも？　あたしがこれまで見てきたものが、全部なくなるの？」

「ええ、そうよ、可愛いい子。この世は邪《よこしま》で身勝手な者がはびこる悪い場所となり、それを見ていた創造主たちは、この先、世界がよい方向に変わる希望はないと判断した。だから彼らは、すべてを燃やすことにしたの。ちょうど、黴菌《ばいきん》まみれになったおもちゃを燃やしてしまうみたいに。麻疹《はしか》にかかった時のことを覚えている？　おばあさまが、あなたのテディベアを取りあげて、焼却炉に放りこんだわね。黴菌《ばいきん》まみれで汚いから、って」

「うん、覚えてる」ファンシーが暗い顔で言った。

「つまり、この病んだ、汚らわしい古い世界に、彼らがしようとしているのはそういうことなの。焼却炉に入れて処分するのよ」

「あなたのお父さんは、そんなことまで、本当に全部言ったんですか？」と、メリージェーンが訊いた。

「今のは、わたくし自身が生まれた時からずっと知っていたこと……その意味を本当には理解しないまま、ただ自然に信じてきた——ある種の美しい、とても大切な秘密——が、突然、表面にあらわれて、見えたのだと言えばいいかしら。お父さまに語りかけられたとき、わたくしは、ずっと知っていながら忘れたままでいたことを、ただ思い出したの。今はそれが、とてもうれしいわ」

「〝彼ら〟って、だれ？」ファンシーが興味津々にたずねた。

ファニーおばさまは首を振った。「これからもわたくしたちは、もっと多くを聞くことになるでしょうね」

「あたしにはまだ、よくわからないわ」メリージェーンが焦れた口調で言った。「それがどうして、あたしの喘息をよくする助けになるんです？　ライオネルはあたしの足をさすってくれたもんですけれど」

ファニーおばさまはメリージェーンの腕にやさしく手を置いた。「この惨事を生き抜いた者たちは、痛みや苦悩から解放されるからよ。彼らは……いわば、選ばれた民のような存在になるの」

「ユダヤ人に？」メリージェーンが無頓着に言った。「前の時に選ばれたのは、彼らじゃなかったかしら？」

「わたくしの話すことを、少しは真剣に聞いたらどう」ファニーおばさまの声がとがった。「この件については、わたくしの選択が入る余地など、どこにもないわ。わたくしはただ、言われたことを話すだけ。それだけよ。この屋敷に住む者のために用意されたどの計画のなかにも、あなたは必然的に含まれているようだけれど、そうやって、頭に浮かぶ馬鹿な事柄をいちいち言わずにいられないのなら、この先あなたが、どれだけみんなの役に立つのか、はなはだ疑問だわ、メリージェーン。だって、この世界が滅びる時、命が助かって喜ぶ人は、結局のところ、ほかにいくらでもいるはずだと、わたくしは確信しているもの。結局のところはね」そう言うと、彼女は席を立ち、ドアに向かった。

「お母さんのダイヤモンドを着けているんですね」メリージェーンが言った。「それって、順番からいえば、あたしがもらうはずのものなんですよ。ライオネルが、いつもそう言っていました」

「楽しみだなぁ」と、ファンシーが言った。「ファニーおばさま、あたし、とっても楽しみになってきちゃった。きっと、ものすごく大きな火事になるはずだもん」

「怖くて言葉にできないほどのね」と、ファニーおばさま。

「見てみたいなぁ」

「そうね、ファニーおばさまなら、きっと見せてくださるわよ」メリージェーンは娘に言うと、ファニーおばさまの背に声をかけた。「下に行くんでしたら、あたしは夕食をここでとるって、みんなに念を押しといてくださいね、お願いしますよ!」


ファニーおばさまはさっそうと階段をおり、エセックスとミス・オグルビーがハロラン夫人とマティーニを飲んでいる応接室に入っていった。エセックスはひらいたドアを見て戸口に走ったものの間に合わず、グラスを片手に、なすすべもなく立ちつくすその前を、ファニーおばさまは悠々と歩いて、だれの手を借りることもなくテーブルについた。

「今日は本当の意味で常ならざる日だわね、オリアナ。エセックス、もういいわ」

エセックスは席に戻った。

ファニーおばさまは身振りをまじえて「シェリーを一杯、いただけるかしら」と彼に注文したあと、ハロラン夫人に視線を移した。「これからなにが起きるのか、わたくしたちにはもうわかっている。だからね、オリアナ、わたくしたちは今のうちに、それぞれの立場というものを、はっきり決めておいたほうがいいと思うの」

「その言い方、原稿を丸暗記して読んでいるみたいじゃないの、ファニー。そうでなかったら、あなたのことを少しは怖いと思えたかもしれないのに」と、ハロラン夫人。

「ありがとう、エセックス」シェリーのグラスを受け取り、ミス・オグルビーに目を止めて軽く会釈したあと、ファニーおばさまが続けた。「そういうのもこれまでよ、オリアナ。今後、あなたには分をわきまえてもらいます」

ハロラン夫人は口をあけ、しかし、なにも言わずにとじた。

「あなたが低い身分の生まれであることを、みんな、忘れないようにしなくてはね」ファニーおばさまは、さらに続けた。「この世には、あなたのような生い立ちの人がどう頑張っても入りこめない、高尚なる領域というものがあるの。そこに含まれるのが――」彼女は懇切丁寧に説明した。「――わたくしなりの言い方を許してもらえるなら――並はずれた生を受けた人間よ。だからこそ、あなたは自分より優位に立つのが、このわたくしであることを認めなければならないし、この屋敷は、並はずれた生を受けた人間が、その心の求めるままに、無抵抗で手に入れるべき場所なの。もう少し、おかわりをいただけるかしら、エセックス?」

「こんなファニーおばさまは、はじめてだな」エセックスがシェリー酒のデキャンターをしげしげと眺めながら言った。「驚くほどに意欲的じゃないか」

「〝命の水〟を飲んでいるんですもの」と、ミス・オグルビーが賢しらにうなずく。

「命の水、本当にそうね」ファニーおばさまはミス・オグルビーに満足げに微笑んでみせた。「わたくしたちは今、わずかに残された時間のなかにいるわ、オリアナ。天界の目が突然ここぞと狙いを定めた、小さな時の欠片のなかに」

「どうも、これは丸暗記の代物じゃないと認めるしかありませんね」と、エセックスがハロラン夫人に言った。

「ファニーおばさまには、いいかげん、罰当たりな戯言《たわごと》の羅列をやめてほしいものだわ」そう言ったハロラン夫人の声には、脅迫めいた響きがあった。

「これを戯言と呼ぶのなら、いっそ――前と同じように――ファニーおばさまは頭が変になったと、そう言ったらどうなの、オリアナ。ただし――わたくしに対する脅し文句など、もちろん許されるはずもないから――後悔することになるのは、あなたのほうだけれど」

「後悔なら、とっくにしていますとも」

「人類に対する実験は終了したの」

「まあ、素晴らしい。それに付き合わされるのには、わたしもすっかり疲れていたところよ」

「崩れた宇宙のバランスは正され、生じたずれは元に戻されていく。調和は回復され、不完全なものは消え去る」

「そういえば、生垣のほうの作業は進んでいるのかしら。エセックス、庭師たちに、ちゃんと言っておいてくれた?」

「神々の御業《みわざ》は計り知れぬもの!」ファニーおばさまの声が一段と高くなった。

「本当に、計り知れないわ」ハロラン夫人が言った。「わたしだったら、そんな選択など絶対にしないもの。ファニーおばさま、このまま黙るつもりがないのなら、その調和とかいうものを、あなたとわたしの間にもきちんと取り入れてくださいな」

「黙ることはできない」ファニーおばさまが叫んだ。「わたくしは黙らないわ。ここはお父さまの屋敷、わたくしはここで守られている。だれも、わたくしを追い出すことはできないわ」

「あぁ、いやだ、いやだ」ハロラン夫人は肩をすくめた。「エセックス、わたしのグラスにおかわりをもらえる? それからファニーおばさまも、きっとまだシェリーがほしいはずよ。夕食まで時間があるものね。ミス・オグルビー、あなたはどう?」

「また、やってますよ」それからしばらくあと、エセックスはハロラン夫人がいるテラスに出て、その横に立ちながら言った。「耳をすまして、うなずいて」

「この上なく完璧な魅力を備えたファニーおばさまに、まだ必要なものがあったとすれば、それがこの〃お告げを口走るいかれっぷり〃だったのかもしれないわ」

「あれは絶対に正気を失っていると、ぼくは思いますね」と、エセックス。

ハロラン夫人はゆっくりとした足取りで広い大理石の階段をおりはじめ、すると彼も、音もなくとなりに並んできた。「気持ちのいい夜だこと」ハロラン夫人が言った。「確かに、ファニーおばさまは正真正銘の精神障害者かもしれないわ。夫の身内なら、ありえない話じゃない。でも、それはどうでもいいことよ」

「もし、ファニーおばさまが狂っていないとしたら?」エセックスがたずねた。「その可能性が、頭をよぎったことは? もしそうなら、ぼくたちはとても近い将来、世界の大変動に遭遇するわけだ。もちろん、ご主人の身内が間違いをおかす可能性もなくはないでしょうが」

「わたしが一番気になっているのは、あの挑戦的な態度よ。いつものファニーおばさまには、ありえないことだわ」

「世界が破滅を迎えても、あれは元に戻らないと思いますよ。ぼくなら、あんな状態の彼女をあなたの友達と自由に会わせたりしませんね。それが無理でも、赤の他人の目には触れさせないように気をつけるな」

「エセックス」ハロラン夫人は日時計のところで足を止め、盤面にそっと片手を置いた。指の下に並んだ文字が〈この世はなんなのだろう?〉と、問いかけている。「エセックス、わたしは馬鹿じゃないわ。これまでの長い年月、わたしは人に聞かされる話を、いつも鵜呑みにせずに生きてきたの。でも、文明社会が全滅するという緊迫感たっぷりの告白を真摯に受け止めるように迫られたのは、あとにも先にも、これがはじめて。義理の妹のもとに、なんらかのお告げが本当にあるのか、それは知りようもないけれど、わたしとしては彼女を無視することはできないわ」

「つまりあなたは、ファニーおばさまの戯《ざ》れ言《ごと》を信じている自分に気がついてしまったと?」

「ほかに選択の余地はないじゃないの」ハロラン夫人は〈この世〉の文字を指先で愛撫するようになぞった。「わたしにとって、つかんだ権利を行使することは、それなりに重要なのよ。ファニーおばさまとその兄が新たな世界へ行こうとしている時に、自分はあとに残るだなんて、冗談じゃない。わたしだって、絶対に行きますとも。あぁ、いやだ。こっちまで頭がおかしくなる」彼女は声に苦悶をにじませた。「どうしてお義父さんは、わたしのところに出てくれなかったのかしら?」

わずかな沈黙の後、エセックスが言った。「なるほどね。それならぼくも〝戯れ言〟なんて言い方はやめて、もっと賢明かつ周到な表現を使わないといけないな」

「〝戯れ言〟でいいじゃない」ハロラン夫人は笑った。「わたしはその言い方に賛成だわ。でも、その〝戯れ言〟でファニーおばさまが救われるなら、わたしも同じように救われるべきよ。これまで、自分は永遠の命が得られるはずだと、ずっと信じてきたけれど、エデンの園への招待状を、こんなにはっきりした形で受け取ったのははじめてだわ。なにしろ、ファニーおばさまが、入り口はここだと教えてくれているんだから」

「だったら、ぼくもチケットを予約しないといけないな。ファニーおばさまは信じられないけれど、あなたを疑うなんてありえない」

ハロラン夫人は踵を返し、屋敷へと引き返しはじめた。「ファニーおばさまも、こんなことを思いつかないでいてくれたらよかったのに」彼女はため息をもらした。

「禁欲を貫いて貧しく生きよ、と命じられていないだけマシですよ」と、エセックス。

「正直なところ、ファニーおばさまのお告げが、俗世の所有物をすべて放棄するように命じるものだったら、わたしもここまで信じる気にはならなかったと思うわ。もっとも、そんな内容のお告げなら、ファニーおばさま自身が受け入れるはずもないけどね。だって、彼女にとって、不都合だもの」

「ほかにもいるのかな。この世界の、どこかほかの場所に。この信じがたい話を、まさに今、同じように聞かされている人たちが」

「だとしたら、その場所の数だけ、別のファニーおばさまが存在していることになる。そんなの、考えたくもないわ」

「信じると決めるなら、それに即した行動を全面的にとらなければ」エセックスが真面目に言った。「ぼくは、ファニーおばさまについていく心構えができましたよ。だって、あなたの言うとおりだと思うから。ぼくたちの行く末について語り聞かせるおばさまの言葉は、ただの独断的な予言でしかないけれど、彼女の話に乗ってしまえば、もう、恐れることはない。彼女が示す光り輝く世界を心底認めることができれば、そこから先は安泰でいられる。ぼくはそういう未来が、喉から手が出るほどほしいんだ」

「あなたがうらやましいわ」と、ハロラン夫人が言った。「そこまで信じられるなんて」

3

その後も、もちろん、天候に崩れはなかった。本棚の裏に隠れた蛇は見つからず、庭の生垣、それも特に、秘密の花園まで続く小道のあたりは丸裸に枝を落とされた。ファニーおばさまは母親の形見のダイヤモンドを、毎日欠かさず、朝食時から身に着けるようになり、ついでにいうと、その顔に浮かぶ、いかにも満足そうな表情は、ハロラン夫人をことのほか苛立たせた。メリージェーンの喘息は、どういうわけか症状が改善した。エセックスは手先が器用なのを活かして、ファンシーのドールハウスのために、小さなトーテムポールを刻んで作ったが、一番下に配された顔は、だれが見てもファニーおばさまにそっくりだった。いつも看護師に週刊誌を読んでもらっているハロラン氏は、それを『ロビンソン・クルーソー』に変えるように頼み、以後、午後の長い時間、日差しに満ちたハロラン氏の部屋の前を通りかかった者の耳には、看護師が単調な声で朗読している、こんな文章が聞こえてくるようになった。「〝正午過ぎ、海がたいそう凪いで、潮もずいぶん遠くまで引いているのを見てとると、わたしは船を目指して歩き出し、四分の一マイルより少し欠けるほどの距離まで近づくことができたのだが、そこで、また悲しみを新たにすることとなった。それというのも、船の様子を見るほどに、あの時、これに乗ったままでいたら、みんな命が助かったのではないかという思いが……〟」。ハロラン夫人は、果樹園の先にある低い丘に小さな円形競技場を建てようと思い立ち、どのようなデザインになるかという説明は一切なしに、おおまかな計画だけを発表した。そしてある朝、近々そちらにお邪魔するという客人からの連絡を受け取った。

した。

「お客さまが来ることになったわ」彼女は朝食の席でそう言うと、読んだ手紙を丁寧にたたんで、封筒に戻した。


「ここに?」ファニーおばさまが、ぽかんと訊き返す。

「ここでなければ、どこに来ると?」と、ハロラン夫人。

「この屋敷は、まだ喪中なのよ、オリアナ。それを忘れたの?」

「あなたこそ、ふだんはライオネルのことなどすっかり忘れているくせに、わたしを困らせたい時だけは、こうして都合よく思い出すのね、ファニー。とにかく、お客さまが来ることになったわ。ウィロー夫人と、ふたりのお嬢さん。わたしのとても古い友人なの」

「つまり、ここことは別の次元からおいでになるというわけね」ファニーおばさまが小さく笑った。「そんなに、とても古いご友人なら」

「ええ、ファニーおばさま、きっとあなたのお気に召さない人たちだと思いますよ。ただ、あなたにとっては不愉快な客でも、わたしは立場上、ちゃんとおもてなしをしなければならない。それを思うと、うれしくてたまらないわ」

「お嬢さんがいっしょに?」ミス・オグルビーが言った。「それじゃ、そのおふたりも、わたしがファンシーを教える時は、授業に参加されるのかしら?」

「それはないでしょうね。長女のほうは、もう三十に近い年のはずだし。今更あなたから教わることなど、ふたりにはほとんどないはずよ、ミス・オグルビー」

「来るのは仕方がないとしても」ファニーおばさまが、またさっきと同じ笑みを浮かべて言った。「せめて長居はしないでもらいたいものだわ」

「オーガスタ・ウィローに会うのは、十五年ぶりぐらいかしら」ハロラン夫人はおばさまの言葉をはぐらかして答えた。「彼女のことだから、それほど変わってはいないでしょうけど」

「いつ、いらっしゃるんです？」ミス・オグルビーがたずねた。

「十六日。ということは、金曜日だと思うけれど、そうじゃなかった、エセックス？」


　金曜日の遅い午後、ウィロー夫人とその娘たちを迎えに行く車が出され、こんな時間から来客を迎えるのは身体に毒だというメリージェーンは別に、ハロラン夫人は応接室で、暖炉のそばに座るハロラン氏をはじめ、エセックス、ミス・オグルビー、ファニーおばさまの四人とともに、古い友人の到着を待った。やがて、玄関前の車寄せのほうから、車を降りたその客人が、持参した荷物についてあれこれ指示する声が聞こえてきた。青い小さなバッグ、淡褐色の大きな衣装箱、帽子箱、宝石箱、旅行鞄、暗い赤色の重たいケース……持ち主ごとに中身が細かく分けられている、山のような荷物の数を、ファニーおばさまが胸の内で勘定している様子に気づくと、ハロラン夫人はにんまり笑い、穏やかな口調で言った。「ファニーおばさま、あなたのお父さまが、客人の滞在に区切りをつけるような具体的な日付までおっしゃらなくて、本当に幸いでしたわ」そして、笑みを浮かべたまま、友人を出迎えるために、腰をあげた。

　ウィロー夫人は堂々たる体軀に大きな胸をした、だれもが圧倒される口達者な女性で、屋敷の前に降り立った時には、人生を左右するあるものを失った不安をかすかに漂わせていたものの、ぶるんと身を震わせて、すぐさまそれを振り払うと、はたにいる者がだれも手を貸す気にならないほどの、持ち前の迫力を身にまとった。彼女がなにを失い、取り戻そうとしているにせよ、それは彼女自身の陽気な気質では決してなかった。そんなものは、彼女から奪おうにも簡単に奪えるものではないし、そもそも、どこまでも無神経な人間というものは、概して明るく能天気なものだ。とにかく、ここは徹底的に愛想よくしておこうと、ウィロー夫人は考えていた。そうすれば、相手に拒絶されることはないだろう。

「まあ、あなたもちゃんと年をとっているわねぇ、オリアナ」応接室に入って来るなり、ウィロー夫人は口をひらいた。「なんて、うれしいんでしょ！　人って年をとればとるほど、友達も同じように年をとっているのを見るのが楽しみになるものなのよ」それから彼女は、そこに集まった全員と親友になる下準備でもするように、満面の笑顔を振りまいた。あなたたちのことは生まれた時からずっと知っていますよと言わんばかりの、臆するところのない表情は、失くした宝のありかを見つけたように輝いている。「それにしても」と、彼女は楽しげに続けた。「あなたときたら、この古いお屋敷を少しでも見栄えよくしようという努力をしなかったんじゃない？　それに、リチャード・ハロランも、お元気そうでなにより……とは言えないわね」

彼女は、暖炉のそばで車椅子に座っているハロラン氏のほうを顎で示した。

「奥さま、この屋敷は今、喪中ですのよ」ファニーおばさまが言った。

「そして、こちらがファニーおばさま。わたしの義理の妹の」ハロラン夫人が言った。「あなたが来ると静かではいられないってことを、すっかり忘れていたわ、オーガスタ」

「あら、そう？」ウィロー夫人はゆっくり視線をめぐらせて、そこにいるひとりひとりを値踏みした。「そちらの若い男性は？」気になったことは遠慮なく口に出す人の常として、彼女は単刀直入に訊いた。

「エセックスよ」ハロラン夫人の紹介を受け、エセックスは黙って会釈した。

「それと、ミス・オグルビー」続けて紹介されたミス・オグルビーはどぎまぎし、救いを求めるようにリチャード・ハロランのほうを見たあと、弱々しい笑みを浮かべた。

「うちのお嬢さんたちは覚えている？」ウィロー夫人は娘たちを身振りで示した。「あっちの可愛いほうが、アラベラ。で、そっちの色黒なのが、ジュリアよ。ふたりとも、オリアナおばさんにご挨拶しなさい」

「わたしのことは、ハロラン夫人と呼んでくださいな」ハロラン夫人はふたりに言った。傍若無人な母親のもとで育ち、周囲のすべてを見下すことにすっかり慣れているらしく、ジュリアと呼ばれた色黒の娘は、無作法にひょいと頭をさげて「こんにちは」と言ったあと、すぐに横を向いてしまった。一方、アラベラと呼ばれた可愛い娘は、とびきりの笑顔になって、ハロラン夫人に向けた視線を――こんなことは初めてだといった風に――彼女の椅子のうしろに立っているエセックスに、ふっと止めながら「ごきげんよう」と挨拶した。

「さてと」ウィロー夫人はあらためて室内とそこにいる人々の様子をじっくり眺めまわし、その目をハロラン夫人に戻した。「なんだか、ずいぶんと暗い雰囲気じゃないの。うちのお嬢さんたちのことは、気に入ってくれた、オリアナ?」

「まだ、なんとも言えないわね」と、ハロラン夫人。「もちろん、これから先の様子によっては、親しみがもてる可能性もないことはないでしょうけれど」

「リチャード」ウィロー夫人は暖炉のそばにいるこの家の当主に近づいた。「あたしを覚えている？　あなた、元気にしていたの？　とても具合がよさそうには見えないけど」

「兄は今、喪失の悲しみに暮れているところなんです、奥さま」横からファニーおばさまが言った。

「オーガスタだ、そうだろう?」リチャード・ハロランが顔をあげながら言った。「うちの者たちは、わしがなにも思い出せないと思っているが、でも、オーガスタ、きみのことはよく覚えている。赤いドレスを着ていた。太陽が明るく輝いていていて」

ウィロー夫人は豪快に笑った。「あなたを少しでも元気づけたくて、またやって来たのよ、リチャード」

「きみは覚えているかね」ハロラン氏はウィロー夫人に目線を合わせてたずねた。「わしらが馬車置場の上にかかっている鐘を鳴らした日のことを」

「いいえ、全然」ウィロー夫人は気楽な調子で答えた。「あぁ、昔のあなたはあんなにも陽気で楽しい人だったのにね、リチャード。お盛んなころには、いけないこともたくさんしたはず、そうでしょ？　それにしても、こんなに火の近くにいたら、暑すぎるじゃないの。そこのあなた」彼女はエセックスを手招きした。「彼の椅子を動かすから、こっちに来て、手伝って」

「せっかくですけれど」ファニーおばさまが気品ある態度で前に進み出た。「兄はなんの不自由もなく、ここで心地良く暮らしております。ここは父の屋敷ですから、兄も自分の座りたい場所に座っているはずですわ」

「ええ、あなた、そうでしょうとも」ウィロー夫人はファニーおばさまの肩を叩いた。「あたしが、ほんのちょっと火から遠ざけてやれば、たちまち彼は満足するはずよ」

「喪中の家に、こんなものを、よくも持ちこんでくれたものだわ」ファニーおばさまがハロラン夫人に苦々しげに言った。

しかし、そんな声など、ウィロー夫人は聞いていなかった。彼女はリチャードの車椅子を暖炉の前から動かすと、ほどよくあいたその空間に自分自身が悠々と立ち、スカートの裾を引きあげて、ふくらはぎを温めはじめた。

「わたしとしては、あなたが使用人たちと距離を置いてくれることを願うばかりよ、オーガスタ」ハロラン夫人が言った。

「今度はそれ？」ウィロー夫人が大笑いし、シャンデリアが音をたてて揺れた。「わかってるわよ、つまり、あの時のことを言いたいわけでしょ？」それから彼女は、秘密を共有する仲間を増やすように、意味ありげな笑顔で全員を見まわした。「オリアナおばあちゃんが、一体なにを思い出したのか、みなさん、想像してみて――でも、あなたにはあとで教えてあげる」彼女はエセックスに視線をあわせた。「うちのお嬢さんたちが、そばにいないときにね。さて」彼女はふたたびハロラン夫人に目を戻した。「そろそろ旧交を温めることにしない、オリアナ？　最後に会ってからこっち、どんなことがあったのか、全部聞かせてよ」

可愛いアラベラは、早くもエセックスの耳元に顔を寄せて、なにやらこそこそ話しはじめ、賢しらなジュリアのほうは、ミス・オグルビーのささやきに耳を傾けていた。「ここで、お話のあいそうな方といったら……」と、語りかけているアラベラ。「本棚のうしろに蛇が……」と、聞かされているジュリア。

「わたくしがいなくても、みなさん、お相手には困らないようだし」ファニーおばさまがハロラン夫人に言った。「わたくしは兄とふたりで、このあとの時間をゆっくりすごそうと思うのだけれど、それで構わないわよね？」

「それはすばらしいわ」ウィロー夫人が心から言った。「かわいそうなリチャードには、励ましてあげることが、なにより大切だもの。ほんの少しでいいから、彼を笑わせてあげてね、妹さん。そうしたら、彼、驚くほど元気になるわよ」

「オリアナ？」ファニーおばさまがそっけなく返答をうながす。

「そうしてちょうだい、ファニーおばさま」ハロラン夫人はやさしさのかけらもない目でアラベラを見ながら言った。「リチャード、もう、お部屋のほうに戻りましょうか？」

「わしは二度と卵は食べんぞ」リチャード・ハロランが言った。「オリアナ、厨房の連中に言ってくれ。わしはもう、二度と卵は食べん、と」

「はいはい、そういうことにしましょう。それじゃ、あとはファニーおばさまがいっしょにいてくれますからね。きっと厨房では、あなたのためにチョコレート・プディングを作っていますよ」

「オリアナ」ファニーおばさまが突然、不安をおぼえて言った。「ウィロー夫人とお嬢さんたちを、どこにお泊めするつもり？　もちろん、メリージェーンのいる左翼棟のお部屋よね？」

「あら、悲しみにひたっているメリージェーンの邪魔をするのはよくありませんよ、ファーおばさま。お客さまには、長い廊下の突き当たりにある、階段のそばの部屋を使ってもらいます。ちょうど、あなたのお部屋の真上ですけど、大丈夫、三人のたてる音なんて聞こえやしません」

「聞こえるに決まっているじゃないの、オリアナ」ファニーおばさまの声がとがった。「あなただって、よく知っているくせに。この人たちの声だの、物音だのが頻繁に聞こえてきて、それでわたくしは、ちっとも休めなくなるんだわ」

「それは大変。あたしたちが部屋でなにをしていたか、人には話さないでくださいね」と、ウィロー夫人が派手にウインクをしてよこすと、ファニーおばさまは思わず喉に手をあて、目をとじた。

「おやすみの挨拶をなさったら、リチャード？」そう、うながしながら、ハロラン夫人が車椅子の向きを変えると、ハロラン氏は優雅な身振りでお辞儀をした。「みんな、おやすみ」

「いい夢を」と、ウィロー夫人が言い、ミス・オグルビーも「おやすみなさいませ、ハロランさま」と声をかけた。ジュリアとアラベラはちらりと視線をあげて、またすぐにうつむいた。ハロラン夫人が車椅子をゆっくり押して廊下に出ていくと、ファニーおばさまは最後にもう一度、悪意のこもった目でウィロー夫人を一瞥し、それから兄夫婦のあとを追った。

「さっきはご苦労さま」ジュリアが姉に意地悪く言った。「夫人のそばをうろうろして、聞こえよがしにこそこそしゃべって、無邪気そうに目をみはっちゃってさ」

「だって、ここでうまくやっていかなきゃならないんだもの」アラベラが金の巻き毛を物憂げに触りながら言った。

「ここに着いて、たったの五分で、あたしを切り捨てようとするなんて」

「でなきゃ、彼女があんたにメロメロになるところが見られたかもね」

「黙んなさい、ふたりとも」ウィローー夫人が言った。「あんたたちは、ここに喧嘩しに来たんじゃないんだからね。ベラ、あんたは明日、本を読んでやるとか、編み物の手伝いをしたいとか、なんだかんだと理由をつけて、彼女のところに行きなさい――とにかく、ずっとそばに張りつくの。庭をほめて、案内してもらうのもいいわね。そうしたら、あとはあんたの得意技――そう、うまいことを言って、彼女を少しいい気分にしてやるのよ。みんな、そういうのが好きなんだから。ジュリア、あんたのほうは、それよりちょっと我慢がいるけど――なんとか仲よくなるのよ――ほら、あの小さい子、なんていう名前だっけ?」彼女はエセックスに訊いた。

「ファンシーです」魔法にかかったように、エセックスは答えた。

「ファンシー、ね。ジュリア、あんたはその子のあとを追いかけて。いっしょに遊んでやんなさい。お話を聞かせてやったり、髪をといてやったり、おもちゃを見せてもらったり。そうすりゃ、楽勝よ」

「ちょっと、いいでしょうか?」ミス・オグルビーが生真面目に言った。「ファンシーはわたしの教え子です。あの子は一日の多くの時間をお勉強にあてることになっています」

「そうなの?」ウィローー夫人はミス・オグルビーをじっと見つめ、やがて「だれも、あなたをのけ者にしようとしているわけじゃないのよ」と言った。「あたしたち全員にとって、学ぶべきことは山ほどあるんだし」

ミス・オグルビーは短い笑い声をもらした。「ファニーおばさまのお父上は、そうはお考えにならないかもしれませんけど」

　ウィロー夫人は眉をひそめた。「ファニーおばさまの父親と、あたしがどう関係あるっていうの？　あの老人は十五年も前に死んだじゃない」

　ミス・オグルビーはまた笑い声をもらし、横目でエセックスを見たあと、前に身を乗り出した。「ここは、わたしからお話ししたほうがよさそうね」


「おはようございます、ファニーおばさま」ウィロー夫人の声が響いた。黄金色の太陽がまぶしく照らすテラスの椅子には、朝食を終えてくつろぐ、ファニーおばさまとメリージェーンの姿があった。「いい朝ですね。それと、こちらさんにも、おはようのご挨拶を」夫人はメリージェーンに言った。「あなたが、あの楽しい女の子のお母さん？　うちのお嬢さんたちときたら、あの子にもう夢中なのよ」

「あなた、もう、朝食は食べられませんよ」ファニーおばさまが満足げに言った。「テーブルは一時間も前に片づいてしまったんですからね」

「それなら、ちょいと走って厨房まで行ってくることにしますよ。お腹をすかせた老婆を見たら、きっと、なにか出してくれるでしょうからね。ところで、お兄さんの調子はどうです、ファニーおばさま？　あんな具合になっていたなんて、昨日は本当に驚きましたよ」

「兄は最近、心に大きな一撃を受けたばかりですの。具合がすぐれているように見えるはずもありませんわ」

「ええ、まさに一撃よ」メリージェーンが暗い声で言った。「母親の顔をした怪物の」

「それ、あたしのこと？」と、ウィロー夫人。

「まさか」メリージェーンが説明した。「あたしが言っているのは、自分のひとり息子を階段から突き落として、彼が心から愛していた妻を未亡人にしてしまった母親のことです」

「メリージェーン」ファニーおばさまが諌《いさ》めた。「このご婦人の前で、その話はやめてちょうだい」

「妻は未亡人に」と、メリージェーンはくり返した。「子供は父親のない子に」

「それは、ずいぶんと胸の痛む話ね」ウィロー夫人は深く考えもせずにそう答えると、間髪入れずに、ファニーおばさまに言った。「ずいぶん昔のことだけど、あたしが前にお邪魔した時、あなたはここにいらっしゃらなかったわね。このお屋敷の壮麗な姿は、あれからずっと心に残っていたんですよ。もちろん、あなたのお父さまに親切にしていただいたことも」

「わたくしの父は曲がったことの嫌いな、礼儀正しい人でしたもの」

ウィロー夫人の声が哀調をおびた。「あなたにはとても信じられないでしょうけど、お父さまが亡くなった時には、あたし自身も深い喪失感に悩まされたんですよ。言葉では言いあらわせないくらい、尊敬していましたからね。おっしゃるとおり、本当にまっすぐで立派な方でした」

「あなたの言うとおりよ」ファニーおばさまが言った。「その言葉、とても信じられない」

「ファニーおばさま」ウィロー夫人は続けた。「わたしはあなたをずっと怒らせ続けたいわけじゃないんです。あなたの一族の方々には、これ以上はない称賛の思いと好意を感じているんですから。それは、うちの娘たちにしたって、同じです」

「そして、それは当然のことだわ」と、ファニーおばさま。「言っておきますけど、わたくしは身分違いの友人を作るようには育てられておりませんのよ、ウィロー夫人」

「でも、身分の差なんて、もうなくなるんでしょう?」

「どういうこと?」

「ミス・オグルビーから、昨日の夜、聞いたんですよ。あなたがお父さまから受け取ったという、ありがたいメッセージのこと。ファニーおばさま、あなたって、とっても恵まれた方ですわねぇ」

「なんてことを」ファニーおばさまは驚きに声をあげた。「あの人、本当に話したの?」

「あたし、思ったんですけど、お父さまのメッセージって、具体的にこういうことを言っているんじゃないかしら。この屋敷にいる者たちは、みんな……そう……神の祝福を受けているのだ、と。あたしたち、あたしも娘たちも、本当にいい時にこちらにお邪魔したものだわ」

「なんてこと」ファニーおばさまは、同じ言葉しか出てこなかった。「なんてことなの」

「そうよ」メリージェーンが言った。「すべて、そのとおり。あたしの喘息もなくなるの。ファニーおばさまのお父さんが、はっきりと言ったもの。あたしの喘息みたいな病気は、この世界から消えてなくなるんだって。この世界が浄化されたら、あたしは二度と喘息の発作を起こさなくなるのよ」

しばしの沈黙ののち、ファニーおばさまは消えそうな声で言った。「わたくしは、これまで一度も、お父さまの言いつけに逆らったことはないの。それに、お父さまの指示はとても明確だった。この話を、わたくし自身の口からあなたに聞かせなかったのは、きっと誤りだったのね。ウィロー夫人、あなたと、あなたのお嬢さん方を――」ファニーおばさまは息をのんだ。このまま呼吸が止まりそうな気がした。「――この屋敷に、歓迎します」とうとう、彼女は言い切った。

「どうもありがとう」ウィロー夫人は重々しく礼を述べた。「あたしも娘たちも、あなたの親切を受けるにふさわしい人間だと認めていただけるよう、努力するわ。さてと」彼女は調子を変えて続けた。「そろそろ朝食代わりになるものを漁ってこないと。そのあとは、オリアナばあさんのところに寄って、ちょっとおしゃべりをしてこなくては」

ウィロー夫人は花柄の生地が張られた繊細な作りの肘掛椅子におそるおそる腰をおろし、木材のきしむ音を気にしながら、少しずつ力を抜いて身体をあずけた。「オリアナ、あなたにはちゃんとわかっているはずよね。あなたはあたしに借りがある。だから、あたしと、うちのお嬢さんたちのために、なにかしなくちゃいけない、って」

「娘たち」ハロラン夫人は言いなおした。家計費の帳簿をつけているところを、ウィロー夫人に邪魔された彼女は、迷惑であることを示すように手からペンを離さずにいたが、それが相手に通じるだろうとは期待していなかった。「〝お嬢さん〟ではなく〝娘〟という言葉を使ってもらえない？」

「ちょっと気取って言ってみただけよ」と、ウィロー夫人。「とにかく、あなたは、なにかしなくちゃいけないことを、じゅうぶんにわかっているはずだわ。この、あたしのために」

「そして、あなたの娘たち、〝お嬢さんたち〟のためにね」

「あたしの一番の望みは、もちろん、ふたりを厄介払いすることよ。子供を育てるっていうのは、ああしろこうしろとうるさく言えば、それですむもんだと思っていたけど、あの子たちときたら、まったく手に負えなくなっちゃやって。親のあたしも否定しようがないくらい、たとえば、ジュリアは小賢しい顔をしているただの馬鹿だし、愛らしい顔のアラベラは――」

「すれっからし」と、ハロラン夫人。

「まあね、あたしは〝売女〟と言いたかったんだけど、ここはあなたの家だから、そっちに譲るわ。で、本題に入るけど、要は、お金が必要だってことなの。こう言うと、ほかのものには困ってないみたいに聞こえるけどね。あなたがどんな手で、今すぐお金を工面しに行き、それをあたしたちにくれるつもりか、こっちは知りようもないけど、でも、あなたみたいなお金持ちには、あなたみたいなお金持ちの知り合いがいるはずで、そういうツテをたどっていけば、あたしたちのために多少のお金を借りられる相手が、きっとどこかにいるんじゃないかしら。もちろん、いい縁談が見つかれば、それに越したことはないから、ここに厄介になっているあいだは、ついでに、いい家の息子に狙いをつけることも考えてるわ。そうなると、期待できるのは、ベラだわね。あの子のほうが可愛いし、それに、なにをどうすればいいのか、何度でもわかるまで言ってやれば、ちゃんとそのとおりにできるだろうから。それでもって、ベラが大金持ちとの結婚にこぎつければ、あたしもおこぼれにあずかれるチャンスが増えるはず。まして、ジュリアが片づいてくれたら、うれしくて口笛を吹きたくなるわ。それはそうと、あの女の子にくっついている若い女はだれ?」

「息子のライオネルが結婚した相手よ」

「んまあ、なんてことかしら」ウィロー夫人がうらやましげに声をあげた。「たいした玉の輿じゃないの。だけど、いくら玉の輿でも、うちの娘があの人のかわりだったらよかったのに……なんてことは、たとえジュリアのほうであっても、あたしは思わないわよ。だって、あなたが姑になるんじゃねぇ。楽に暮らせるお金を手に入れるためだけに、あなたを敵にまわすなんて、とても正気とは思えない。あたしなら、むしろ死を選ぶわ、ほんと。ああ、今のは悪気があって言ったんじゃないから、念のため。それにしても、彼女って、ずいぶんおしゃべりじゃない?」

「メリージェーンが?」

「あの人がどんなことを言っているか、あなた、耳にしてないの?」

その言葉に、ハロラン夫人が思わず笑うと、ウィロー夫人はうなずいて、ため息をついた。「なのに、それをほっとくなんて、ありえないでしょ」と、彼女は悲しげに言った。「あたしが、この手の弱みをさらしたら、あなたどうする？　一体、彼女はなにを求めて、ああいう態度でいるんだろう？」

「きっと、持病の喘息が楽になるからよ」

「あれが、あたしの娘だったら」ウィロー夫人はしみじみ言った。「きっと、まるで違う対応をしたはずよ。なんたって、彼女には子供がいるんだから。ほかに跡継ぎがいない以上、あなたは全財産をあの子に残すしかないでしょう？　それを無にする失敗を、あの親子がしない限りはね。彼女も、なにか手を打ちたいのなら、余計なことは一切するなと、子供に言い聞かせておけばいいのよ。あとは、おとなしく口をとじていれば、いずれ、すべてが手に入るんだから。まったく」彼女はまた、ため息をついた。「あなたはいつも、他人が幸運をつかむところを見ているばかりね」

「あなたも、娘のアラベラに言ってやるといいわ。エセックスは一文無しだって」

「なんですって？」ウィロー夫人がぱっと顔をあげた。「本当に？　それは、あとで言っておかなきゃ。ところで、うちの娘だけど……」彼女はのろのろと言葉を続けた。「わかっているとは思うけど、ふたりとも悪い子ではないのよ。ただ……」渋々といった口調で「ある部分では、悪い娘かもしれないわ。つまり、あなたやあたしも若い頃には自分を悪い娘だと感じたことがあったわけで、それと同じ意味では……悪いってこと。でも、平気で嘘をついたりしないし、薄情なわけでもない。決して悪い子たちじゃないのよ」

「ふつうに悪いわけね」と、ハロラン夫人は微笑んだ。

「あなただって、身に覚えがあるでしょ？　だったら、あの子たちにも、多少は救いの手をさしのべてやる価値があるって、思わない？　だって、もう……」ウィロー夫人は肩をすくめて、口をつぐんだ。その沈黙はしばらく続き、そろそろ話の切り上げ時だと、ハロラン夫人がペンを持ち直すと、ウィロー夫人がまた口をひらいた。「正直に言うとね、オリアナ、あたしはあの娘たちをなんとか片づけようとして、これまでずいぶん骨折ってきたの。若い男がベラを振り返って見たり、ジュリアをダンスに誘ったりするたびに、あたしの手は震えはじめて、期待と不安で歯がガチガチ鳴ったわ。とにかく、今のあたしには、これ以上ふたりを養っていく余裕なんて、どこにもないのよ。なのに、見てのとおり、あの子たちときたら、つかんだチャンスをほとんどものにできないまんま。ベラだって、もう二十五歳をすぎて、今では美容師すら――」

「これから速記を習うには、もう遅すぎる年だわね」

「新しいダンスを習うのだって、遅すぎるくらいよ」ウィロー夫人は不機嫌に言った。そして、苛立ちが高じるまま、自分の煙草を取り出すと、椅子から立って、つややかな壁に囲まれた室内を猛然と歩きまわりはじめた。「こうなりゃ、相手はだれだっていいわ。文無しだろうと、構わない。金持ちの友達がいる男ならね」

長い沈黙が続いた。ウィロー夫人は、どっしりとしたカーテンに、翡翠の煙草入れに、家具の細くて優美な脚に目をやりながら、行ったり来たりをくり返している。ハロラン夫人は机の上に視線を落とし、書きかけの帳簿をながめた。やがて、ウィロー夫人がだしぬけに叫んだ。「一体、どういうこと?」ハロラン夫人は思わず顔をあげた。「オリアナ、これはなんなの?」

ハロラン夫人が興味をそそられてそちらを見ると、ウィロー夫人がさらに言った。「見てよ、これ。気味が悪いったら、ありゃしない。どういうつもりなんだろう?」

「オーガスタ、わたしはあなたと話していても、たいがい会話の流れについていけるけれど、それは、二、三の限られたお気に入りの話題から、大きくそれることがないからよ。でも、正直なところ、今のは――」

「だから、これを見ろと言ってるんじゃないの! こんなもの、人に見られてうれしい代物でもないだろうに、どうして置きっぱなしにしているの?」そう言いながら、ウィロー夫人が持ってきたそれは、写真立てに入っているハロラン夫人自身の写真だった。その、淡い色をした喉の部分には帽子ピンが深々と刺さっており、写真の裏側からまっすぐ突き出た針先はいかにも禍々しく、それでいて、ピンの頭についているラインストーンは、まるで大きなダイヤモンドのように、写真のハロラン夫人の喉元できらめいている。

「おやまあ」ハロラン夫人は写真立てを受け取り、しげしげとながめた。そして「わからないわ」と、友人の手にそれを返した。「なぜ、こんなものが刺さったんだか、わたしには、さっぱりよ」

「冗談にしたって、悪ふざけが過ぎるわ」そう言いながら、ウィロー夫人はピンをつまんで引っ張った。

「固くて、なかなか抜けやしない」

「だったら、そのままにしておけば?」ハロラン夫人がこともなげに言う。

「だって、気持ちが悪いじゃないの。ほら」ウィロー夫人は写真立てを元の場所に戻し、すぐ横の低いテーブルに、抜き取った帽子ピンを置いた。「それで」彼女は指先で写真立ての縁をゆっくりとなぞりながら言った。「引き受けてもらえる?」

「引き受けるって、なにを?」

「うちのお嬢さ——娘たちのために、ちょっとばかり、なにかをしてやってくれない? 多くは望まないわ。本当に、ちょっとしたことでいいの」

「そうねえ、もうすぐ、うちのメイドの仕事に空きがひとつ出ると思うけど」

「あたしは馬鹿じゃないわよ」ウィロー夫人がゆっくり言った。「少なくとも、あなたを脅迫しようと考えるほどの、愚か者じゃないわ。あなたの写真に帽子ピンを刺すようなことはしていないし——」

「それはきっと、ファンシーの仕業よ。この部屋には入らないように言い聞かせてあるんだけど」

「——それに、あたしの見たところ、あなたには友人のひとりやふたりを使う余裕はあると思うの。それも、あなたのことを昔からよく知っていて、あなたのおかげで得をすることはあっても、損だけはしない、ある友人を。でも、あなたにはこのことを知っておいてもらったほうがいいのかもしれないわ。あなたの義妹のファニーおばさまが――」

「彼女も一文無しよ」

「――あたしたち三人を歓迎してくれたこと。このお屋敷に、好きなだけいてもいいんですって」

ハロラン夫人は目をむいて、振り返った。「彼女、あなたに話したの？」

「さて、どうしたものかしらね」ウィロー夫人は慎重に言った。「わずかな額の小切手を握りしめて、大急ぎで出ていくか、それとも、このまま屋敷に残って――」彼女はにんまり笑った。「――あなたたちといっしょに、生まれ変わるか」

「あなたたちにお金をやって追い払うような真似はしないわ。絶対に」ハロラン夫人は静かに言った。「それに、ファニーおばさまの言うことに盾突こうとも思わない。彼女は悲しいくらいに間違っていると、いくら、そう信じていてもね。だって」彼女の声に悲しさがにじんだ。「あなたにとっても、わたしにとっても、ほかに自信をもってすがれるものが、今はあまりに少ないのだから」

4

多くのことに疲れ、時折、孤独にひたることのあるハロラン夫人は、自室の、細い脚のついた机の前に座っていた。夕方もだいぶ遅い時刻、帳簿つけはまだ終わっていない。彼女の耳には、屋内にいる者たちの声が遠くかすかに聞こえていた。時には、笑い声も。彼女はつらつら考えていた。自分と同じ種族を平気で攻撃するのは、狂犬病の動物か、人間くらいなものだ。自然界には、いわれのない痛みはない。いったい、どの段階でなら、わたしはすべてをあきらめられたのだろう？　この屋敷を失う？　そんなこと、どうすれば許せたというの？　それが、今になって耐えられるとでも？

リチャード、ファニー、メリージェーン、ファンシー。オーガスタ・ウィロー、ジュリア、アラベラ。エセックス。ミス・オグルビー。屋敷に残るひとりひとりをゆっくりと数えあげた彼女は、この面子のなかにあって、わたし自身が本当に死んでいいことなどあるだろうかと自問したあと、決然たる態度で帳簿つけの作業に戻った。彼女にとって、自分の手の内にあるものは、すべてが整然と片づいていなければならなかった。たとえ外の世界がもろく消え去る運命にあるとしても、ハロラン夫人は、なにひとつ投げ出すことなく、秩序と安定を保ったまま、新しい世界に踏み出すのだ。

一階では、声の主たちが図書室に集まっていた。ハロラン氏はすでに自室で眠っており、看護師もその横で舟をこいでいたが、図書室では、メリージェーンが最近見た映画のあらすじをアラベラに話して聞かせているそばで、ファニーおばさまとウィロー夫人がパートナーを組んで、ミス・オグルビーとジュリアを相手にブリッジをしており、エセックスはファニーおばさまにつかまって、ゲームについての助言を求められていた。

「これは新しいカードではないわね」ファニーおばさまが配られた手札をひらきながら言った。「カード用の棚には、いつも新しいカードが入っているはずよ、エセックス」

「すみません、用意したのはわたしなんです」と、ミス・オグルビーが言った。「このカードが一番手近にあったものですから」

「わたくしが使うのだから、カードは新しいものでないと」と、ファニーおばさま。「エセックス、わたくしのカードがわかる？」

「ええ、ファニーおばさま」

「お父さまは汚れたカードになど、絶対に触らなかったのに」

「あたしが配ったから、ビッドするわよ」ウィロー夫人はファニーおばさまの声にかぶせて言うと、自分の手札をじっくりながめ、ため息をつき、しばし考え、カードの場所を入れ替え、またため息をついて、手札をテーブルに伏せた。「パス」と彼女は宣言した。「オリアナも、あとで来るのかしらね？」

「来ないんじゃないかな」とエセックス。

「あたしたちのせいで、出費がどれだけかさんだのか、計算してるのよ」と、メリージェーンが言った。「あの人が部屋にこもって帳簿をつけはじめるたびに、あたし、村でもっと買い物をしてやればよかったと、いつも思うの」

「これ、だれが配ったの？」と、ミス・オグルビーがうめく。

「この映画では、彼はお医者さんなのよ」と、メリージェーンがアラベラに説明を続けた。「ありがちだけど、白衣をまとって、自分の仕事に情熱をそそいでいる役どころ。それで、彼には妻がいるわけ」

「わたしも、パスだわ」とミス・オグルビー。

「ちょっと、それ、本当？」パートナーの宣言を聞いて、ジュリアが悲痛な声をあげた。今ので、ミス・オグルビーの手札がまるで頼りにならないと踏んだのだ。

「ハートで八回《ツー・ハーツ》」ファニーおばさまが宣言した。「エセックス、こっちに来て、手札を見てちょうだい」

「八回？」ウィロー夫人が驚いたように訊き返した。「ハートで八回ですって、パートナーさん？　エセックス、彼女、本気で〝ハートで八回〟って、言ったの？」

「ウィロー夫人、わたくしはプロの方にブリッジの手ほどきを受けたのよ。父は、娘の教育のためなら、いくらお金をかけても惜しくはないという信念の持ち主でしたからね。ブリッジのほかにも、ダンスとか、スケッチのお教室とか、ハープとか。それにイタリア語。あとは、天文学――」

「スペードで十回《フォー・スペーズ》」ジュリアが少し慌て気味に宣言した。

「ちょいと、ジュリア、ファニーおばさまが話している途中よ」

「スペードで十回、って、どういうこと？」ミス・オグルビーがたずねた。「エセックス、彼女はどういうつもりで〝スペードで十回〟と言ったの？」

ファニーおばさまが続けた。「つまり、わたくしが言いたいのはね、みなさんは時々そう思っていらっしゃるようだけれど、わたくしは決していい加減な教育を受けてきたわけではないということなの。そりゃあ、わたくしも、それほど熱心な生徒ではなかったかもしれないけれど、それは、なんでもやらせようとする父に反抗する気持ちがあったからではないわ。だって父は、わたくしを洗練された上品な女性に育てたい一心で、そうしていたのだから」

「でも、彼女は彼を信じることを拒んだの」と、メリージェーンがアラベラに言った。「なぜなら、彼女の心には信じる気持ちがみじんもなかったからよ。だって、ほら、彼はすでに嘘をついていたじゃない？　例の子供を養子にする件で。それから、原住民のあいだにコレラが……コレラだったかしら？　エセックス？」

「パス」ウィロー夫人が二度目の宣言をした。「だって、どこからどう見たって、いいカードがひとつもないんだもの」と、ファニーおばさまに弁明する。

「パートナーに、そんな話をなさるなんて」ミス・オグルビーがいたずらっぽくたしなめた。「ウィロー夫人ともあろうお方が、もっと気をつけてくださらないと」

「それなら、さっきのわたくしの宣言は取り消したほうがいいわね」と、ファニーおばさまが強張った声で言った。

「だめですよ」ミス・オグルビーが慌てて言った。「そんなことは、絶対に――」

「わたくしはプロの教えを受けたのよ、ミス・オグルビー。わたくしのパートナーが手札をさらしてしまった以上、それが、わざとであろうと、なかろうと――」

「エセックス」ミス・オグルビーが助けを求めた。「わたし、どうすればいいの？　ジュリアが〝スペードで十回〟と宣言したのに、ファニーおばさまが、その前のご自分の宣言を取り消してしまったら、わたしはどうすればいいのかしら？」

「――もちろん彼は、いっとう初めに自分にそれを注射しなければならなかったわけ。みんなに身をもって示すためにね。でも、彼は知らなかったの。自分の妻が――」

「それじゃあ、ハートで十一回《ファイブ・ハーツ》にしようかしら」

「ハートは〝ファニーおばさま〟が選んだ切り札ですよ、ミス・オグルビー」

「あら、いやだ」ミス・オグルビーは手札を吟味しなおした。「よく見たら、ハートは言い間違いでした。ごめんなさい、みなさん。本当は、ダイヤと言いたかったんです」

「ダイヤで十一回《ファイブ・ダイヤモンズ》?」と、ジュリアが訊き返す。

「わたくしも、間違いを訂正するわ」ファニーおばさまが言った。「わたくし、だれかが先にビッドしたマークは、ほかの人が切り札に選んではいけないと思いこんでいたの。これまで自分が……ブリッジを教えてくれたプロの先生も含めてだけれど、間違っていたことがわかって、本当によかったわ。でもこれは、ルールが新しくなったことを長年知らずにいたせいよ。だから、ずっとズルだと思っていたビッドが、実はそうではなかったことが、やっと今、理解できたわけ」

「――それで、族長の小さな息子、これが、彼にとっては自慢の種の、本当にこれ以上はないくらいに可愛い子で、たとえ――」

「エセックス?」ミス・オグルビーが途方に暮れて助けを求める。

「切り札なしの十二回《シックス・ノー・トランプ》」と、ジュリア。

ファニーおばさまは手元のカードをひとつにまとめ、テーブルの真ん中に置いた。「この先、またブリッジをしなければならないときは、きれいなカードがちゃんとあるようにしてもらえるかしら、エセックス? それと、あなたにはまだ、ビッドする権利はなかったはずよ、ジュリア。だって、わたくし、パスしてなかったんだから」そう言って、彼女が椅子ごとテーブルに背を向けると、ほかの三人も気まずい様子でカードをテーブルに置いた。「エセックス、お客さまたちに、なにか飲み物はおすすめしたの? 葉巻は?」

「ウィロー夫人」エセックスが重々しく言った。「葉巻はいかがです?」

「――そして、もちろん、ほかの原住民もひとり残らず。あの場面は、あなたも見ていたらよかったのに。彼は、それは背が高くて、堂々としていて、しかも、とても幸せそうで、たとえ彼の妻が――」

「それだったら、ぜひともお酒にしてちょうだい」と、ウィロー夫人。

「――彼女は死んだの。現実の世界では、まだとても幸せに暮らしているのに――」

ジュリアはテーブルのカードを集めて、ソリティアをはじめた。その口元から、小さな口笛が流れはじめた。

「みなさん」エセックスが声をあげた。「ちょっと注目を――では、スコッチをストレートでいいですか、ウィロー夫人？――ええとですね、ここらで意見交換をしませんか。みなさんは、なにをもって現実性《リアリティ》というものを判断しているのかについて。我々は、ありていに言って、待つためにこの屋敷に集まったものの、なんら備える術を知らずにいる。現実的じゃありませんよ、今のぼくらのしていることは――待つこと以外、人として、まるで機能していないんですからね」

「これなんか、待つあいだの時間つぶしには、もってこいだけれど」明かりにかざしたスコッチのグラスをながめて、ウィロー夫人が言う。

「これだけは間違いなく確かであると、そう言い切れるものは、なにもない」と、エセックスは続けた。この場にハロラン夫人のいないことが、彼を少しばかり自由な気分にさせていた。それに、なにより、いくぶん酔いもまわっている。「我々は、この世界のなにに対しても、みずからの力を及ぼすことができずにいるし、次の世界をみずからの手に勝ち得ているとも言い難い。ファニーおばさま、ぼくらにできることは、なにもないんですかね？」

「わたくし自身、待つことには飽き飽きしているのよ、エセックス。でも、その時が来れば、わたくしたちにもわかるはずだと、お父さまがおっしゃったから」ファニーおばさまは、いつになく自信に満ちた強い態度を見せて言った。「思うに、今のわたくしたちは、夏のリゾート地で、休暇が終わる時を待っている人たちと同じね。これまでだって、わたくしたちには、すべきことなどひとつもなかったけれど、今はそこに、ひたすら待つということが加わって、だから、よけいに耐えがたい気持ちになるんだわ」

「現実の存在《リアリティ》」エセックスが言った。「疑いなくそこにあるもの《リアリティ》。ファニーおばさま、本物《リアル》とは、なんです?」

「真実」ファニーおばさまが即答した。

「ウィロー夫人、本物とは?」

「心地良さ」と、ウィロー夫人。

「ミス・オグルビー、本物とは?」

「あら、どうしましょう」ミス・オグルビーは助けを求めてウィロー夫人を見やり、さらにジュリアへ視線を移した。「わたしみたいに、たいした経験のない人間には、答えるのが難しい質問だわ。でも……そうね、食べ物、かしら」

「メリージェーン」エセックスは続けた。「本物とは?」

「本物?」メリージェーンは口をぽかんとあけて、目をみはった。「それって、つまり、映画のなかにはないような、現実のなにかってこと?」

「わたしには、夢の世界こそ本物だわ」と、訊かれる前にアラベラが答える。

ジュリアはけらけら笑い、「エセックス」と声をかけた。「あんたにとって、本物って、なに?」

エセックスは彼女に深々とお辞儀をした。「自分自身さ。自分以外のきみたちが本物かどうかは、まるで定かじゃない」

「だったら、たとえばだけど、あなたはどうしたら、あたしのことがわかるわけ?」ジュリアが笑いながら訊き返す。

「いくつかの簡単なテストで……」

「本当のこと《リアリティ》を知るテスト方法を、あなたは実際に知っているの?」ミス・オグルビーが興味深げにたずねた。

「観察、と言ってもいいかな」エセックスは意地悪く言った。「そして、記憶に残ったものを吟味する。その人物から臭う意図、欲望、どんな小さな利益も逃さぬ目ざとさ。あとで後悔することになるから、だれのことかは言わないけれど」

「それ、うちのお嬢さんのどちらかを指して言っているんなら、あんたは間違いなく後悔することになるわよ、ミスター傲岸不遜」

「ウィロー夫人、ぼくは、あなたご自身のことを言っているんですよ」

「だったら教えてあげる。あんたが言うところの〝リアリティ〟っていうのは、あたし自身が確かに知っていると考えるもののことよ。あんたが、その言葉を〝現実に存在するもの〟の意味で使っているならね。というか、そうじゃなければ、そもそもこんな話なんて、あんたはしなかっただろうけど。ということで、あたしには、あんたに教えてやれることが山ほどあるわ。リアリティとは!」ウィロー夫人は、「迷信とは!」「ハンセン病とは!」と言っているのと変わらない調子で言った。そして深いため息をつき、ファニーおばさまに「こんなの、あたしたちには言うまでもないことじゃない?」と語りかけ、おばさまは驚きに腰を浮かした。「あたしたちは古い人間で、あんたたち若い人間が今の学校で習うのとは違う形で、たくさんの躾を受けたし、あんたたちが教わらないことも叩きこまれてきた。あんたたち若い人間が決して考えもしないこと」彼女は重々しく述べた。「それが、あたしが言うところの〝リアリティ〟よ」

「どういった種類のテスト？」ミス・オグルビーがこらえきれずに言った。「それって……知能検査のこと？」彼女は周囲を見まわし、赤くなって説明した。「つまり、そういった結果がもっとわかれば、わたしたちはもっと……」家庭教師の自分であっても、それで高い能力が示せるとは限らないと気づいたのか、彼女の声は小さく途切れた。知能検査を受けたところで、ミス・オグルビーの評価がさほど上がりそうにないことは、周囲の沈黙を見れば明らかだ。

「とにかく、リアリティ」ウィロー夫人がようやく続きの口をひらいた。「この言葉が意味するものは、ずばり、お金よ。もちろん、頭の上にある屋根も、三度三度のささやかな食事も、ちょいと一杯いただくお酒だって、あたしにとっての〝リアリティ〟には違いないけど、でも、おおかたは、お金のこと。あとは着るものね。見栄えが良くて、いくらかでも気分が晴れる服。それから、忘れちゃいけないのが」ここで彼女はエセックスにウインクをし――アラベラが思わず「お母さん、やめて！」と声をあげたのも構わず――こう続けた。「ベッドをともにする男。これぞ、リアリティ！」ウィロー夫人は〝メイワイン〟とか、場合によっては〝熱帯の月明かり〟などという言葉を口にするのと少しも変わらない調子で、問題のひと言をさらりと吐き、満足げに小さなため息をもらした。

「運勢判断」エセックスがミス・オグルビーに言った。「知能検査――手相占い――紅茶占い――ロールシャッハ・テスト――」

「そういうのって、大好き」ジュリアが言った。「みんな、そうでしょ？」

「降霊会における、テーブル傾斜現象」と、エセックス。

「じゃあ」ミス・オグルビーはためらいがちに続けた。「ファニーおばさまのお父さま――」

「――それで、埋もれていた財宝を発見した場所というのが」今度はアラベラのほうがメリージェーンに話していた。「彼らに向かって手招きしていた人影がいつも立っていた地点だったのよ。神秘的じゃない？」

「今のあたしは、死者との交信なんてものを頭から信じないことにしているの」ウィロー夫人はそう言うと、ファニーおばさまを見て「その場に複数の目撃者がいたというなら、もちろん話は別だけど」と付け加え、こう続けた。「これでも、善良な女性が、そういうものにとらわれて人生をおかしくした例を、たくさん見てきたのよ。みんな、気味の悪い声をした白い影を、自分が亡くした大事なだれかだと思いこんだが最後、また会いたい一心で、それを呼び出すことに日常のすべてをささげ、お金まで無駄につぎこんでいたわ。影の正体なんて、元から、わかりきっているのに。あんなの、霊媒師自身じゃない」ウィロー夫人は、口をぽかんとあけて聞いているミス・オグルビーに説明した。「みんな、霊媒師にカモにされてるのよ」

「なんて、ひどい」と、ミス・オグルビー。

「だからって、わたくしもその同類だなどと、あなたに言われる筋合いは――」

「ええ、ええ、ファニーおばさま。あたしの見るところ、あなたは貴婦人だし、貴婦人は自分の父親のことで嘘をついたりしないはずですからね。ただ、何事に対しても偏見をもたずに生きてきたと自負しているこのあたしでさえ、あなたのパパが現われたという現場には、ぜひとも居合わせたかったものだと、心の底から思いますよ」

「たぶん、また現われるわよ」と、ジュリア。

「そうなったら、わたし、死んじゃうわ」と、アラベラ。

エセックスが、いくぶん険しい声で言った。「ファニーおばさまは霊媒師でもなければ、詐欺師でもありませんよ、ウィロー夫人」

「あら、いやだ。だれも彼女のことを、そんなふうに言ってないじゃないの。あたしはただ、好奇心をそそられているだけ。この件に関しては、もっともっと、たくさん知っておかなきゃいけないことがあるから。悪魔はだれか、ってことも含めてね」彼女はこう続けた。「それは、あなたかしら?」

「ごきげんよう」

ウィロー夫人の話し声は、どこかでキリギリスが延々と鳴いているようなもので、今ではみんな耳が慣れてしまい、彼女がなにを言おうと、そちらを見ることもしていなかった。しかし、聞き慣れない声が急にまじったこの時ばかりは、だれもが飛びあがるほど驚いて、いっせいに戸口の方を見た。ただし、ミス・オグルビーだけは、ウィロー夫人がついに心霊現象を誘発してしまったのだと即座に確信し（おそらく、ファニーおばさまの父親が自己主張に乗り出してきたのだろう。なにしろ、ミス・オグルビー自身が驚きをもってウィロー夫人の語りに耳を傾けていたのだし、きっとその態度には……霊の存在を疑う気持ちがにじみ出ていたはずだから）彼女は恐怖に息を止めながら、あわてて両目を覆った。

「ごきげんよう」ウィロー夫人は反射的に同じ丁寧な言葉で挨拶を返した。そして、自分が返事をしたことで、見知らぬ存在をハロラン夫人の図書室に招き入れる結果になってしまったことに軽いショックをおぼえながら、声をぐっと低めて、たずねた。「だれか、お捜しですか?」

「〝はい〟ならノックを二回、〝いいえ〟なら一回で」と、エセックスが小声で言う。

「ハロラン夫人は?」

この言葉で、目の前にいる存在がただの人間であることを確信したのか、あるいは――その可能性もなくはないが――異世界の住人に囲まれて適正な思考回路を完全に失ったのか、ウィロー夫人は笑い声をあげ、いつもの口調に戻って言った。「ハロラン夫人はもう休んでいるわ。用があるなら、あたしが聞くけど」

「わたし、グロリア・デズモンドです」

「グロリア、ね」ウィロー夫人は女王然とした態度で首を傾けた。「あたしはオーガスタ・ウィロー。そこにいるのが、娘のアラベラとジュリア。それから、ミスター・エセックス。ミス・オグルビー。ミス・フランシス・ハロランよ」

ファニーおばさまが前に進み出た。結局のところ、このなかでもっとも心霊体験的なものに慣れているのは、彼女だ。「わたくしがミス・ハロランです。兄はもう休んでいますし、義理の姉は雑用で席をはずしています。残念ですけど、今夜はもう、彼女に会うことはできないと思いますわ。よろしければ、わたくしが代わりに——」

「なんなら、あたしが知らせに行ってきてあげるわよ」ウィロー夫人がさっそくしゃしゃり出た。「で、彼女に、どんな用があるの？」

「夫人あての手紙があるんです」

「どういった内容の？」

「父が帰宅するまで、わたしをここに置いてもらえないかという、お願いです」

「だれからの手紙？」

「父です。父はハロラン夫人の従兄弟なので」

「あちらのご親戚にしては、珍しく品のいいお嬢さんだこと」と、ファニーおばさまがミス・オグルビーにささやいた。ミス・オグルビーはいくらか落ち着いたものの、また口をあけて、目をみはっている。

「で、あなたのお父さまは、どこに行かれたの？」

「アフリカです」

「なにをしに？」

「もちろん、ライオンを撃ちに」

「いったい、なんのために、そんなことを？」ウィロー夫人は拍子抜けした顔で訊き返した。

「世の中には、ライオンを撃つ人もいれば、ライオンを撃たない人もいる」少女は楽しげに言った。「わたしの父は、前者なんです」

ファニーおばさまが前に身を乗り出した。「あなた、年は？」

「十七です」

「どこからいらしたの？」

「家からです。マサチューセッツの」

「どうやって、ここまで来たの？」

「飛行機で。父は昨日、アフリカに発ったんですけれど、その前に、この手紙をハロラン夫人に書いたんです。自分が戻るまで、娘を預かってほしいと頼むために。というのも、もともとわたしが泊めてもらうはずだったお宅で、ちょうどご家族のひとりが亡くなったからで、だから父はわたしを飛行機に乗せたんです。前にハロラン夫人が遊びに来いという手紙をくれたし、その約束はまだ有効なはずだから大丈夫だ、って言いながら。ちなみに、こちらに電報を打つとか、そういう手だてをしなかったのは、そんな時間もなかったし、電報を打ったところで、それが届く頃には、わたしもここに着いているはずだと思ったからです。それにしても、予想外だったのは」少女はさらに言葉を続けた。「飛行機を降りたあとで、二時間もバスに揺られ、さらに最寄りの村からタクシーでやっとここに着いてみれば、門は鍵がしまっていて、だから仕方なくよじ登るはめになって、そこからさらにこの靴で気が遠くなるような長さの私道を歩いた末に、玄関ではへとへとになるまで扉を叩いて、それでやっと入れてもらい、声がしているこの部屋まで来たのに、今度は数えきれないくらいの馬鹿な質問に立ったまま答えさせられて、しかも、そのあいだにはだれひとりとして、持っているスーツケースを置くように声をかけてくれなかったこと。でも、わたしは断固、このスーツケースを置くつもりだし、この靴も脱ぎ捨てるつもりだし、それでもって、あなた方が、まだなにか質問する気でいるなら――」

「それはね、みんながあなたのことを幽霊だと思ったからなのよ」アラベラが助け舟を出すように説明した。

「幽霊？　どうしてわたしが幽霊と間違われるの？」

「この屋敷でも、家族のひとりが亡くなったばかりで」ファニーおばさまが言った。「結局、あなたは喪中の家に来てしまったのよ、お嬢さん。でも、きっと兄はあなたを歓迎すると思うわ。どんなに深い悲しみのなかにあってもね」

「きみ、本当にあの門をよじ登ったのかい？」と、エセックスが訊く。

「わざわざ訪ねて行った先で、締め出しをくらうなんて、ごめんだもの」グロリアが答えた。「たとえその家が、わたしが来ることを知らずにいたんだとしてもね」

「お父さまのお帰りが楽しみね」翌朝の朝食の席で、ハロラン夫人はグロリアにうきうきと言った。「ここにも、ライオンの一頭くらいは、お土産にもってきてくれるでしょうから」

「子供の頃によくやったのよ」ウィロー夫人が言った。「すごく簡単なうえに、すごく正確。もちろん、あたしたちに必要な情報も――」

「そんなこと、わたくしの父が――」

「あたしはべつに、あなたのお父さんに逆らうような話をしてるわけじゃないの。ただ、彼のやり方は、なんていうか……漠然としてるでしょ。要領を得ないというか。あたしたちが知りたいのは、いつ、どこで、だれが、なにを、どんなふうに、という明確な答え。で、これは、それを知る手段なのよ」

「でも、お父さまがそんなことに賛成するかどうか……」と、ファニーおばさまが渋る。

「唯一の問題は」ウィロー夫人は構わずに続けた。「処女がひとり必要だってこと。といっても、今回は全然問題じゃないけど」

「こんな子供だまし」ハロラン夫人が柄にもなく早口に言った。「わざわざやったって、出来の悪い喜劇にしかなりゃしませんよ。馬鹿なことはとっととやめて、わたしたちは、もっと別のことに関心を向けるべきだわ」

「だって、みんな子供の頃には、よくやったんだから」ウィロー夫人はそう言い訳しながら、壁際の小さなテーブルを暖炉のほうへ引っ張ってくると、どの場所なら、天板部分に光がまぶしく反射しないかを入念に調べて設置した。そして、そのテーブルのそばに、まっすぐな背もたれのついている硬い椅子を置いた。おそらくこれまで、だれも座ったことがないであろう、その椅子は、応接室のあまり明かりがあたっていない一角から持ってこられたもので、くすみきった緑のサテン生地が座面を覆っており、その下の四本の脚には彫刻と金メッキがほどこされている。腰をおろせば滑りやすく、座り心地の悪いことが、見るだけでよくわかる作りのものだ。「お次は鏡ね。そこの壁にかかっているのを持ってきてちょうだい、エセックス」そう言って、ウィロー夫人は笑った。「その鏡も、あたしたちを散々映してきたから、今じゃ、ひとりひとりの顔をおぼえてしまっているでしょうよ」エセックスは言われた鏡を不器用な手つきで運んだ。というのも、壁からはずしてみると、その鏡が思いのほかに重かったからで、ウィロー夫人は、彼が落とす前に受け止めようと、あわてて前に飛び出すはめになった。ハロラン夫人は石のように冷たい表情のまま、そこに鏡がかかっていたことを示す、銀色の壁紙の黒ずんだ部分をしばらく見つめた。

「ここの家財には、屋敷ができてから一度も動かしていないものがあるんだわ」と、ハロラン夫人。

「らしいわね」ウィロー夫人が愛想よくうなずく。「だからあなたは、この部屋を模様替えすべきなのよ。こんな内装、完全にありえないもの」それから、彼女は少し考えて、こう続けた。「とはいえ、それも今では馬鹿みたいな話かもね。だって、たとえあなたが模様替えをする気になったところで、その意味が、どこにある？　残り時間は、きっとすごく短いはずだし、それに、そのあとになったら、作業してくれる人間なんて、もちろん残ってやしないんだから」

「わたしはここの佇まいが昔も今もずっと好きなの」と、ハロラン夫人が答えた。

ウィロー夫人とエセックスの手でテーブルの上に置かれた鏡は、天井に描かれた雲と、彫刻された天使たちを律儀に映し出した。鏡を縁取っている枠は金メッキがほどこされた重厚なものだが、ガラスの内部にもったいない瑕疵があるのだろう、鏡面にひと筋の波がわたっているため、映し出された天井の空はさながら深い海のようで、天使たちの表情も揺らいで違うものに見える。ウィロー夫人は厨房から拝借してきた輪入物のオリーブ油の小さな缶を取り出すと、中身をほんの少しだけ、慎重に鏡面に垂らした。油がするする広がってガラス全体を均一に覆うと、鏡が光をとらえて輝きを放った。「さてと」ウィロー夫人は、ぐるりと室内を見まわした。

「出来の悪い喜劇よ」ハロラン夫人がつぶやいた。「エセックス、志願したら？」

「ぼくは鏡が生理的に苦手で」

「なにをすればいいんです？」グロリアが前に進み出た。「その鏡を、のぞきこむだけ？」

「ええ、窓の外を見るみたいにね」ウィロー夫人が答えると、グロリアは緑のサテン地の椅子におそるおそる腰をおろした。

ウィロー夫人は、くすくす笑うグロリアの頭が動かないように手で押さえると、有無を言わせぬ調子で言った。「窓の左右のテーブルに腕を置きなさい。そのまま、顔を窓にぐっと近づけるの。目は大きくひらいたまま。まばたきはしないようにね。頭もからっぽにして、なにも考えないようにして。あたしたちはみんな、これから音をたてずに静かにするわ。そうしたら、じきにあなたには、この窓を通して、あちら側にあるものが見えてくるはずよ。なにかが見えたら、見たままを、あたしたちに簡潔に伝えて」

「もし、なにも見えなかったら?」

「その時は、別のだれかで試すわ。あたしたちには、これを散々やった経験があるのよ、お嬢ちゃん、まだ子供だった頃にね。それじゃあ、みなさん、グロリアから十分に離れて座ってちょうだい。そうすれば、影が映りこまないから。それと、どうぞお静かに。協力をお願いしますよ」

ハロラン夫人は、かつては自身もこういうものを頭から信じていた子供だったにもかかわらず、こんな退屈な座興など自分には関係がないという態度で、暖炉脇のいつもの椅子に腰をおろし、エセックスもそのそばに座った。ジュリアとアラベラは暖炉にほど近いバラ色のソファにふたりで行儀よく並んだが、ミス・オグルビーだけは、立場的にも端にいる方が性に合っているのと、いざという時に自分が真っ先に危険な目にあうのが嫌なのとで、みんなからはずっと離れた場所に腰を落ち着けた。ウィロー夫人とファニーおばさまは、相手をうしろに追いやろうと無言で押しのけあいながら、グロリアの近くをうろうろしている。グロリアは鏡に向かって頭をぐっとさげ、それにあわせて長い髪がカーテンのように両頬の横に垂れた。

「これって、目が痛くなるわ」

「グロリア」ウィロー夫人が催眠術師の口調で言った。「あなたは窓をのぞいている、それはとても不思議な窓で、あなたが一度も見たことのない世界を見せてくれる。今、窓の向こうはとても暗いでしょう。それはきっと、向こうの世界の存在が、まだ、この窓へと通じる道を見つけられないでいるから。でも、覚えておいて。ここに窓があることに気づいたら、彼らはきっと、あたしたちに話しかけにやって来る。あなたは重要なメッセージを受け取るために、この窓のところで待っている。気を抜かないで、かわいい子、心の準備をしておきなさい。あなたはこの窓の番人で、彼らが現われたら、覚悟を決めて、それと向き合わなければならないことを、忘れないで」

「お願いだから、首に息を吹きかけないで」と、グロリア。

「グロリア」ファニーおばさまがたずねた。「わたくしの父が見える？　背が高くて、とても青い顔をした人が？」

「日時計が見えている……と思うんだけど」グロリアがためらいがちに言った。「いいえ、日時計じゃない。白い岩石よ。まわりには水があって――違う、草だ。草だらけの場所にぽつんと立っているから、日時計みたいに見えたけど、でも、これはただの、白い岩石」

「会合の場所よ」ウィロー夫人が満足げに言った。

「わたしの所有地の外のね」ハロラン夫人がきっぱりと言う。

「岩石だったのが、今度は山に変わったわ。まわりの草も、木立のてっぺんになった。山の上を水が流れ落ちている……これは、滝ね。なんだか、おもちゃを見ているみたい――すべてが、少しも止まることなく変化を続けていて、自分がなにを見ているのかわかった時には、もう、それは消えているの。ほら、今度は太陽よ。すごくまぶしい。目が痛い。炎だ。白い。なにもかも、すべてを飲みこんでいく。さっきの木立や滝まで。色が見える。赤と、黒。わたし、目をとじなきゃ」グロリアは両手で目を覆い、ウィロー夫人はため息をもらした。

「お父さまよ、きっとそうだわ」ファニーおばさまが言った。「すごくまぶしいのだもの」

グロリアはふたたび鏡に乗り出した。「まだ見える。ただ、さっきより暗くなっているけど。いくつもの色の円が、黒くなって、黒くなって……だめ、だめよ、やめて」そう言うと、彼女は椅子から腰を浮かし、顔がいっそう鏡に近づいた。「見たくない」凝視したまま、つぶやく。「たくさんの目、みたいなもの。目が、みんなこっちを見てる。出てこようとしているわ――こちらに出てこようとしている――窓をしめて、閉じこめて、早く――鏡をしめて、出てきちゃう！　いいえ、待って」彼女は振り向くことなく、ひらひらと手を振って、近づいたウィロー夫人をさがらせた。「もう、静かになったわ。こっちには出てこられないのよ。ほかの人たちがいるわ。みんな立って、一列に並んでいる。わたしたちのほうを見ているの。欲しいものがあるみたいに」

「その人たち、だれを欲しがっているの?」思わずそう訊いたのは、部屋の隅で、椅子に縛りつけられたように身を固くしているミス・オグルビーだ。

「これは、この屋敷だわ。みんな、さっきは一列に並んで立っていたけど、それが今は、屋敷の壁に並ぶ窓になったの。すごくちっちゃく見える。まるで、ほとんど色のない、小さな写真ね。お日さまも照っていない。テラスを、一羽の鳥が歩いてる。ここからでも、鮮やかな色をした姿がよく見えるわ。輝くような赤と青と緑の色、まるで宝石みたい」

「うちのテラスにクジャクがいたことなんて、一度たりともありませんよ」と、ハロラン夫人が言った。

「あの生き物は低能だと、わたしの舅は考えていたから」

「まだテラスを歩いてる……あ、階段をおりて、芝生に出た。青くて、緑で。小さくて、光っていて。芝生をまっすぐ歩いてくる、まっすぐ、こちらの方に。きっと、わたしが見えていて、わたしのところに来ようとしているんだわ。鋭い形の鼻をしていて、目が赤くて、笑ってる。明るい、鮮やかな色が近づいてくる、どんどん早く——止めて——あっちへ行かせて——いやだ、怖い——そいつを近づけないで！」

グロリアはテーブルから身体をむしり取るように離し、目を覆った。ウィロー夫人は彼女の肩をやさしく叩くと、「エセックス、ブランデーを少し持ってきて、お願い」と声をかけ、それから、グロリアの肩越しに鏡をのぞきこんだ。薄い油の膜が張った鏡面は、ゆがんだ天使の顔と汚い雲を映している。

「わたくし、今のはお父さまだったに違いないと確信したわ」ファニーおばさまが言った。「だからといって、その鏡をのぞくつもりは、もちろんないけれど、でもそれは、のぞく必要などないからよ。わたくしには、今のがお父さまだったことも、そして、お父さまがいらしたのは、わたくしたちが自分の指示を心に留めているかどうかを確かめるためだったことも、ちゃんとわかっているのだから。怖がることはないわ」彼女はグロリアに言った。「あなたが見たのは、わたくしの父だったんですもの」

「すごく恐ろしかった」と、グロリア。

「父は常日頃から、とても厳格な人だったけれど、ご自分の子供にはやさしかったわ」と、ファニーおばさまが続けた。「わたくしがあなただったら、なにか声をかけるとか、それが無理でも、せめてなんらかの身振りで、自分がお父さまに気づいたことを知らせたでしょうね。だって、お父さまにも、当然ながら、感情というものはあるのだから」

5

「たぶん、きみ自身にはなじみのないものだろうね……邪悪で、言葉では表現できないほどの強さを持った、ある種の憧れの念というものは」エセックスがゆっくりと言った。「きみにこんな話をするのは、ここで、他人のそういう強い感情に気づく可能性があるのは、きみだけじゃないかと思うからなんだ。感じて、気持ちのいいものではないけれど」

「よかったら、詳しく話してみて」と、アラベラ。

「ただの憧れも、度を越して激しさを増せば、強烈な欲望や願望を生み出して、どうあがいても、その呪縛から逃れられなくなる。さっきも言ったけど、それはもう、言葉では表現できないほどの強さがあるんだ」

「それだったら、わたしにはないかな」と、アラベラが言った。「なにかに対して、そういった気持ちになったことは一度もない気がする」

「それが邪悪なのは、異端なものだから。忌まわしく、下劣だからさ。それがなければ生きることなどできないと信じ、嫌らしいほどに、あるものを際限なく求める気持ち。それは、人としての本来のありかたに矛盾している」

「ごらんのとおり、わたしは、これまでなに不自由なく生きてきたわ」と、アラベラ。「わたしに足りないものがないようにって、いつも母がすごく気を配ってくれたから」

「ぼくが恐怖をおぼえるのは、これこそ、最終的に消滅を渇望するようになる唯一の感情ではないかと思うからなんだ。自分がつまらない顔の持ち主であることを思い知っている人間に、長生きを望む者はいない」

「うーん、それは理解できないわ。つまり、自分の顔を好きになれない人がいることは理解できるけど、所詮、顔なんて、自分ではどうにもできないものだし。でも、容姿のよくない女の子を見ると、いつもすごくかわいそうな気持ちになるのは確かね。でも、あなたのことは、とても素敵な顔をしているって、心から思うわよ」

「人の内面のありようは、外見よりも程度が落ちるものさ。人間は心の部分を見てもらうようには作られていない——だから、肉体が与えられているんだ。魂の姿を隠すためにね」

「もちろん、わたしはとても運がよかったの。だからわたしが、運以外にもこうなる要素が自分にはあったと信じているなんて、くれぐれも思わないでね。美しく生まれるかどうかは、人がどこにどう生まれてくるのかわからないのと同じ、ただの偶然の結果なんだから」

「ぼくは汚くて、うんざりしていて、獣みたいな人間だ。昔から、自分のことをつまらない男だと思っている」

「でも、それとは逆に、妹のジュリアは——」

「ぼくは腐ってる。だから、こんなにも恐れているんだ——不安でたまらないんだよ、希望を持つことが。もし、ファニーおばさまが——」

「ファニーおばさま?」アラベラが思わず訊き返した。「あなた、ファニーおばさまのことを話していたの？　あなたが口に出せずに考えているのは、すべて、わたしのことだと思っていたわ」

「老いた雌鶏がなにを言おうと、そんなの、知るもんですか」ジュリアはそう言いながら、あまりスピードを落とすことなく、ハンドルを大きく切って門の外の道に出た。「あたしは行きたければどこへだって行くわ」

「それがとても難しいのよ」ミス・オグルビーがためらいがちに言った。「だって、あの人はそういうことを絶対に快く思わないし、それに、この屋敷の使用人である以上、わたしたちのほうから門の鍵をあけておくように頼むことなど、なかなかできるものじゃないから」

「でも、あたしは違うわ」と、ジュリアが言った。「あなただって、あたしがどんなふうにことを運んだか、見たでしょ？　あたしはただ、あのばあさんの方は大丈夫だからって、彼にそう言っただけ。たぶん彼は、あたしがあなたたちを教会かどこかへ連れて行くんだと思ったでしょうね。その証拠に、あたしを無理に閉じこめておこうとはしなかったもの」

「わたくしの場合は、単に自分の意志で、あまり屋敷の外へは出ないようにしているだけなの」ファニーおばさまが後部座席から発言した。「あなたたちが乗りまわしている現代的な自動車……特に、この車のことだけれど、ジュリア、あとほんのわずかでも、スピードをゆるめることはできないかしらね？　たくさんの車、騒音、埃、見知らぬ人たち……わたくしとしては、いくぶん刺激に欠けている生活の方が好みだから、よろしくお願い」

「あなたたちが外で遊びまわってきたと知ったら、あの人、なんて言うかしら？」ジュリアがバックミラーに映るふたりを見ながら言った。

「わたくしは遊びまわったりしませんよ」と、ファニーおばさまが言うと、ミス・オグルビーがこう続けた。

「あの人が知る必要なんて、どこにもないのではない？　あなたが彼女に話さない限りは」

「そっちの秘密は守ってあげる」ジュリアが腹黒く言った。「だから、こっちの秘密も守ってよね」

おそらくこの事実は、屋敷を建てる場所を探していた初代のハロラン氏の気持ちに影響を与えなかったようだが、彼が表舞台に立つ少し前、この村の存在はセンセーショナルな出来事によって、広く巷間に知られることとなった。定説によると、若きハリエット・スチュアートは、村はずれに位置しているスチュアート家の屋内で、ある朝いつになく早い時刻に起床すると、その手に握った金槌で父を殺し、母を殺し、ふたりの弟を殺して、スチュアート家の系譜に唐突な終止符を打った。マサチューセッツ州フォールリバー市の名は、ハロラン氏の広大な屋敷の建設予定地近くにある村にとって、なんら意味のないものだったが、ハリエット・スチュアートは同市の公式文書にその名を記される女性殺人者になった。ハリエットが逮捕されて裁判が行われているあいだ、村人たちは、それまでに出会った人数をはるかにしのぐ大量のよそ者たちを村で見かけることになったが、さらに、ハリエットに無罪判決が下ったあとは、旅行者の一団が〈馬車駅亭〉の前でバスを降りてくる光景がほぼ日常のものとなった。村人の案内で、半マイルほど離れた場所にあるスチュアート家を見物に行く彼らは、運がよければ、ハリエットの家政婦や後見人や叔母が、いつになったら事件の騒ぎはおさまるのかと、きっと時折思いながら、庭仕事をしたり、配達された食料品を受け取るために出てきた姿を垣間見ることができたが、それで満足できない一部の野次馬は、帰りのバスを見送って村に居残り（そのため、必然的に〈馬車駅亭〉に部屋をとって、一夜を明かすことになるのだが）その結果、上の階の窓を横切る、黒いドレスを着た背の高い人影を目にできることもあった。

案内役を引き当てたのが村人のだれであっても、彼らが旅行者に語り聞かせる話はどれも似たり寄ったりだった。「ハリエットがやったと証明することなど、どだい無理だったんですよ。だって、彼女がそんなことをした理由なんて、だれにも見当がつかなかったし、それにやったとされる本人は、まだ十五かそこらの小娘だったんですからね。当時、世間じゃ、彼女を裁判にかけるなんて正気の沙汰じゃないとまで噂したもんです。なにしろ、陪審員のなかには、悲しげな顔で静かに被告人席に座っている、そこいらの子と同じにしか見えない少女を先入観なく見られる人間なんてひとりもいなかったし、この子が本当に人殺しをやらかしたのだと信じることもできなかった。わたしら村のもんは、彼女を知っていたわけですよ——なんたって、ここで生まれ育った子ですからね。もちろん、ふたりの弟だって、そうだ。今のわたしらだって、ハリエットがやったとは、時々、信じられない気持ちになるぐらいです。あぁ、ここだ、ここ。ちょうど、道端に茂みが続いているこのあたりが、助けを求めて逃げてくる途中でころんでしまったと、彼女が証言した場所です。でもって、こっちが、あとになって凶器の金槌が見つかった場所。彼女によると、追っかけてきたのは浮浪者だったそうで、そいつが家の裏手の貯蔵庫の窓から侵入したんですよ。金槌も、そいつがここに捨てたんでしょう。ハリエットはこの道を〈パーカーのパン屋〉まで、はるばる逃げてきたんです。大声で助けを求めながらね。このあと、みなさんを家の裏のほうにもご案内しますよ。そうすると、彼女の言う、浮浪者が侵入した窓というのが、塀の隙間から見えますから。検察側は、その窓は何年もあけられた形跡がないと言って追及したけれど、弁護側は専門家を雇って、その窓を中心に貯蔵庫の周囲を何者かが歩きまわった明らかな痕跡があると主張しましてね。ちょうどその真上にあたる、二階の端から三番目の窓というのが、彼女の両親が寝ていた部屋で、聞いた話だと、今は彼女がそこで寝起きしているそうです——良心の呵責からなのか、なんなのか。もしかしたら、その部屋にあるのが一番寝心地のいいベッドだから、っていう単純な理由かな。まあ、そんなベッドで寝たがる人間なんて、そう多くはいないでしょうが——とにかくそこが、彼女が両親をやっちまった場所ってわけです。弟たちの部屋は裏をまわったところで、そこの窓も、このまま歩いていけば見えますよ。彼女自身の部屋は、さらにその先の角にありましてね、定説では、彼女はまだ暗いうちにその部屋で目を覚まし、金槌を——これはもちろん、前の晩のうちにベッドに持ちこんどいたわけで——それを握って廊下に出ると、両親の寝室に直行して、ガツン！　それから、さらに廊下を進んで弟たちの部屋へ。ここでもまた、ガツン！　ハリエットに言わせると、そんな事実はなかったそうですが。とにかく、それから彼女は階段をおりて、玄関から門に向かい、門の扉をあけっぱなしにし、さっきお見せした茂みのある場所でころび、金槌を落っことしたあと、さらに道を進んで、寝間着姿のまま〈パーカーのパン屋〉に現われたんです。店主のビル・パーカーは、最初、彼女が信じられなかったそうですよ——まだ眠っていたのに、とんでもない叫び声に起こされて、だから窓から顔を突き出し、家へ帰れと注意したんだとか。それでも、彼女が同じ言葉をくり返すんで、彼は急いでズボンをはき、肉屋のストラウスとワトキンスじいさんを起こして、ここに駆けつけてみたら——みなさんもお帰りのバスに乗る前に、ワトキンスじいさんに会いに行くといい。そのとき、現場がどんなありさまだったか、きっと聞かせてくれますよ。さて、ここでひとつ妙なのは——パーカーの女房が家に入れてやった時、ハリエットは裸足で、足は茂みでできた切り傷や引っ掻き傷だらけだったのに、身体のどこにも血がついていなかったこと。これについて検察側は、あれだけの作業を返り血も浴びずに成し遂げるのは不可能だと言って、それでも犯人は彼女で、返り血がついていなかったのは、犯行後に身体を洗い、きれいな寝間着に着替えたからだと主張しました。彼女が血のついた寝間着をストーブで燃やした痕跡があったことを示してね。でも、弁護側は、これもまた専門家を使って、ストーブで燃やされていたのは、ただのボロ布だと反論した。そうは言っても、わざわざボロ布を燃やす理由がどこにあるんだって話ですよ。このあたりじゃ、不用品のたぐいはごみ捨て場に持っていくのが普通なんです。もっとも、みなさんがうちの女房にたずねたら、あたしゃいつでもボロを着てるよと、そう答えるでしょうがね。

「ともあれ、真相は闇のなか。ハリエットは無罪放免となり、自分が生まれた、この家に戻ってきた。そして、今もここに暮らしている。夜になると散歩に出てくるって噂だけど、いやぁ、わたしゃ彼女と鉢合わせはしたくないな——そこで彼女に、気に食わないやつだと思われたら、どんなことになるか、わからんでしょう？　それにしても、奇妙なのは、ストラウス——さっき、話に出てきた肉屋ですが——彼の話によると、この家からは肉の注文が一切ないそうです。昔はそうじゃなかったのにね。ハリエット・スチュアートは、菜食主義者になったらしい。

「さあさあ、こっちに来てください。例の金槌が持ち出された納屋をご覧に入れましょう。でもって、この塀の隙間からだと、うまくすれば叔母さんの姿が見えるかもしれない。それでなくても、ほかの窓は見えますしね。大工だったんですよ、死んだスチュアートは——この家も、ほとんど彼が自分の手でこさえたもので、ただし、この塀だけはハリエットが造らせました。もちろん、ここに戻ってからですよ。悪餓鬼どもが時々、窓に石を投げつけたり、道に並んで大声で囃し立てたりしたもんだから。ああいう子供を見るとねえ、なんでもっとまともに育ててやれないのかと思いますよ。他人には敬意を払い、その人の家も大切にしなけりゃいかんと、子供にはちゃんと教えてやらなきゃ」

ハリエット・スチュアートが眠ったまま静かに死んだのは、ハロラン氏が広大な屋敷を建ててから、十年か十二年ほどたった頃のことで、それを機に、彼女の叔母も逃げるように別の町に去り、名前を変えて暮らしはじめたため、スチュアート家は空き家となって残った。浴室などの設備が昔のままで不便なことから、この家で暮らそうと考える者は皆無だったが、ここを見に来る旅行者は相も変わらず続いていたため、村人たちは家屋の手入れを怠らなかった。周囲の塀は取り壊され、それはいかがなものかという反対意見もないまま、きれいな文字で記された小さな表示板が特定の部屋の戸口の上につけられた。金槌が発見された茂みには、金属でできた小型の標識が設置され、さらに村人たちは、ここが幽霊屋敷だという嘘の噂を広めることにまで精を出した。一方、スチュアート家の消滅によって、その土地家屋の所有権を取り戻したストラウスのもとには、学者連中からの手紙がぽつりぽつりと届くようになった。その手紙の内容は、ハリエット・スチュアートの無罪を、あるいは有罪を解き明かす、ユーモアあふれる穏やかな筆致の、あるいは皮肉たっぷりの論文をものするために、現場となった家を訪れたいという依頼で、そうして書かれたある論文において、この村は「時の流れというか、発展というものとはまるで無縁の、静かな場所」と評された。

現在のストラウス氏、肉屋の店主をしている彼は、パーカーやワトキンスじいさんとともにスチュアート家に駆けつけた肉屋のストラウスの息子で、ハリエット・スチュアートの事件のことは父親からことあるごとに聞かされて育ったため、自分の店を訪れて、あれこれ訊いてくる人がいれば、今や彼自身がその話をよどみなく語れるほどになっている。彼は、血だまりができていた正確な場所から、スチュアート夫人が戸口まで半分ほどの距離を逃げたところで金槌の餌食になったことまで、完璧に知っていたし、自分を殺した犯人をじっと見あげたスチュアート氏の死んだ瞳に浮かんでいた恐怖の表情を、臨場感たっぷりに再現して語ることもできた。幼い兄弟の遺体が互いに抱き合う形で発見されるくだりなどは、彼が哀調たっぷりに語りあげれば、たいていの聞き手は涙を誘われた。スチュアート家の建物は、地域のガイドブックに恐怖スポットのひとつとして掲載されている。ピーボディ氏は〈馬車駅亭〉を買収した当時、宿の名前を〈ハリエット・スチュアート・ロッジ〉に改名すべきかどうかについて、本気で検討を重ねたのだが、村のうるさ型の反発にあい、断念せざるをえなくなった。この時、特に強固に反対したのが、宿の隣で土産物屋を営んでいるインヴァネス姉妹で、彼女たちは、ハリエット・スチュアートのしたことはただの犯罪ではない、ぶざまで許しがたい親不孝だと考えていた。よって、ふたりが営む土産物店にはスチュアート家にまつわる骨董品や記念品のたぐいは一切置いてないのだが、隣の宿の図書室に行けば、この殺人事件に言及している本が数冊はあったし、村のいくつかの店では、事件当夜にあの家に駆けつけた三人のうちのだれかが書いたと目されている雑な作りの冊子が売られていて、その内容は、なまなましく表現された血まみれの屋内の様子や、ハリエット・スチュアートとその不幸な家族の姿を描いたスケッチや、ハリエットが起床してから最後に〈パーカーのパン屋〉に到着するまでにたどったであろう、道筋を記した地図で構成されていた。

〝ハリエット・スチュアート〟を目あてに村を訪れる旅行者たちは、時とともに減りはしたものの、その足が途切れることはなかった。〈馬車駅亭〉の前には一日に二回、バスが停まる。その空き時間のあいだに、旅行者たちはハリエット・スチュアートの家を見学に行き、〈馬車駅亭〉に戻って田舎風の食事をし、すぐ隣にあるインヴァネス姉妹の店を数分ほどのぞいたあと、さらに村の通りを歩きまわって、マーチン夫人の小さな店で手作りのゼリーや保存食品を買い求めたり、店主のパーカーが死んで今はなくなった〈パーカーのパン屋〉の跡地をながめたり、バス家の裏の大きな納屋で骨董品を冷やかしたりしながら、最後には墓地を訪れて、スチュアート一家の墓石を捜しあて、そこに、殺された家族の名前と、だれもが知っている同一の死亡日だけが記されているのを、恐怖に身を震わせながら確認するのだ。村人の多くは旅行者を相手にささやかな品を売る商売をしていたが、それとは別にちょっとした仕事も持っていた。たとえば、納屋に骨董品を並べているバス氏の妹のミス・バスは、ピアノと声楽の教師をしている。あれは離婚で手にした慰謝料で暮らしているのだと、だれもがそう思っているオーティス夫人も、ダンス教室をひらいているし、髪結いの仕事もしている。村の子供たちは教室がひとつしかない学校に通っているが、ここで十七年にわたって教師を務めているのがミス・コムストックで、彼女の給料は、前任者と同様、ハロラン一家から支払われていた。初代のハロラン氏は、将来性のある村の子供には、大学《カレッジ》でも、医学専門学校でも、法科大学院でも、美術学校でも、その先の教育に必要な費用を、すべて負担すると約束していた。現在のハロラン夫人も、このポリシーを守っていたが、対象となる子供の数は年々減少してきていた。大学進学のために送り出した若者たちは、当然ながら、卒業しても村には戻らず、村は過疎化と高齢化が進んでいく一方なのだ。それでも、ハリエット・スチュアートの物語は、なおも忠実に受け継がれているし、それと同様に、ハロラン家から村にもたらされる、いくつかの〝ささやかな年間配当〟も続いていた。かつて、初代のハロラン氏が、スチュアート家の家屋と土地を買いたいと申し出た時、所有者のストラウス氏は、これを断固拒絶した。その結果――初代のハロラン氏は自分のほしいものが買えないという事態が気に食わず――ハロラン家はスチュアート家の悲劇に一切関わらないこととなり、むろん、物見遊山の旅行者たちが、この大きな屋敷の塀の内に足を踏み入れることも許されなかった。その一方で、ハロラン家では、村で手に入るものは、努めて村で賄うという方針をとっていた。たとえば、スチュアート家の売買の一件で関係は冷えこんだものの、肉はいつもストラウスの店で購入したし、年のいったマーチン夫人には簡単な縫物だけでなくドレスの仕立ても幾度となく依頼したほか、彼女の作るゼリーやジャム、時にはパイを特別注文することもあった。ハロラン一家は、九マイルほど離れた街にある大型店舗からの配達を定期的に受ける一方で、ホーソンの店に食料品や雑貨類の継続注文を出し、インヴァネス姉妹が土産物屋の一画でやっている貸本屋で本を借り、郵便物はアームストロングが局長をしている郵便局に配達を頼み、消耗品の金物類は〈アトキンス金物店〉で間に合わせ、新鮮な卵と鶏肉と野菜と果物は、この村に住民登録している農場主たちから可能な限り買うようにしていた。しかし、初代のハロラン氏はひとつだけ、絶対に破ってはならないルールを作っていた。それは、自分の屋敷で働く使用人は、ひとりの例外なく、ほかの街から雇い入れること。村人の居場所は村のなかであり、この屋敷の壁の内側ではないことを、彼は徹底させたのだった。

ジュリアは村の中心地、道をはさんで〈馬車駅亭〉と金物屋が建っている角のところに車を止めた。「どこか行きたい場所はある?」と、同行のふたりに声をかける。「地下鉄の駅の近くがいい、とか?」

「わたくしは、村中の店をまわるつもりでいるの」ファニーおばさまが固い声で言った。「きちんと準備をしなければいけないということもあるけれど、それとは別に、それぞれのお店で、ひとつかふたつ、最後のお買い物をしておいてあげるのが筋じゃないかと思うのよ。ある種の大切な意思表示としてね。村の人たちには、ハロラン家の人間は自分たちの信頼を裏切ってはいないと思ってもらわなければならないもの。今の、このような時であっても」

「ミス・オグルビーも、ここでいいの?」ジュリアが訊いた。「まさかあたしに、あなたといっしょに行動しろ、なんて言わないわよね?」

「わたしはファニーおばさまについていきますわ」ミス・オグルビーが言った。「貸本屋さんに寄って、立ち読みするのもよさそうですし」

「あなたはどうするの、ジュリア?」ファニーおばさまが訊いた。「少なくとも一時間、いいえ、できたら一時間半ほど、ひとりで時間をつぶしてもらえるかしら? 貸本屋さんに行くのは、あまりお勧めできないけれど」

「なにか、適当なことを見つけますよ」ジュリアはあいまいに答えた。「あたしのことはご心配なく。あの屋敷を出られただけで満足してるし」

「あなた、あの野原にいる若いふたりの男を見ているようね」ファニーおばさまが辛辣な声で言った。「あれはワトキンス家の兄弟で、ふたりそろって、ろくでなしですよ。今は木陰に寝そべっているようだけれど、そばに行ってごらんなさい、本当はウサギ狩りに出てきたんだとか、リンゴをとっていたんだとか、そういう馬鹿げた話で気を惹こうとするから。ハロランの家では、あの兄の方に街からの配送トラックの仕事を世話してやったのだけれど、ひと月もしないうちに辞めてしまって。まあ、会社の方では、彼が集金したお金を持ち逃げしたことは証明できなかったようですけどね」

「あいつらには、間違っても近づかないようにするわ」と、ジュリア。「じゃあ、ここで一時間半後にね」

「あそこだったら……」ミス・オグルビーがおずおずと提案した。「ジュリアも退屈せずに時間をつぶせるんじゃないかしら――わたし自身も前々から見に行きたいと思っている場所なのだけれど――ハリエットの――」

「ミス・オグルビー」ファニーおばさまが鋭くさえぎった。「たとえジュリアであっても、そのような身勝手な罪を犯す真似はしないと、わたくしは思いますよ。ジュリア、わたくしは墓地に行くことをお勧めするわ。この村には、いくつかの古い墓碑があって、なかには、この地域で最も古いとされるものがあるの。それに、ハロラン家の地下墓所の戸口の彫刻は、ことのほか見事よ。そこに、わたくしの父と母も眠っているのだけれど」

「墓地、ね」と、ジュリア。「それもいいかも。そこって、わかりにくい場所？」

「そんなことはないと思うわ。右の道をまっすぐに行った、最後の建物が教会で、墓地はそのすぐ向こう側だから」

「わかった。迷子になったら、おまわりさんに訊くわ」

そう言って、ジュリアは車を出し、ファニーおばさまとミス・オグルビーはその場に立ったまま、ゆっくりと走り去っていく車を一分ほど見送った。それからファニーおばさまはしゃんと姿勢をただしてきびきびと言った。「ミス・オグルビー、さっきも言いましたけれど、わたくしにはやるべきことが山のようにあるの。だから、時間を無駄にしてはいられないのよ。すでに街のお店のほうには、たくさんの注文を出してあるけれど、今日のうちにお買い物はすべて終わらせてしまわないといけないから。どんな小さなものも買い忘れたりしないようにね」

「どうして?」ミス・オグルビーは思わず訊き返し、赤くなって言い直した。「ですから、その……どうして、お買い物を今のうちにしなければならないんですか? だって、まだ、いつ……いつ……」

「いいこと、ミス・オグルビー。この世にはね、いっしょに持って行けるなら、そうしたいと思うものが、それはそれはたくさんあるの。あなたにだって、想像はつくでしょう? 今はまだ気がつかなくても、あとになって、あれも用意しておけばよかったと後悔するものが出てくる可能性があるってこと。でも、今度の場合、あとになってからでは、忘れたものを取りに戻ることはできないのよ」

「ええ、わかります」と、ミス・オグルビーはうなずいた。「食べ物とか」

「わたくしはお父さまを絶対的に信頼しているわ。でも、それはそれとして、自分たちでも、あらゆることを考えるようにしておかないとね」

「それなら、わたしもお力になれると思います」と、ミス・オグルビーが言った。「少なくとも、お買いになった荷物を運ぶ、お手伝いくらいはできますすわ」

「荷物を運ぶ? わたくしが?」

「小さなものでしたら……」ミス・オグルビーは困って、あやふやな身振りをした。

「ミス・オグルビー、お願いだから、もっと頭を働かせてちょうだい。こんなに人目につくような、それも、村のまん真ん中に立ったまま、あなたに貴婦人のあり方をいちいち教授するなんて、わたくしは願い下げですよ。あなたに道理を説いている時間なんて、少しもありはしないんですからね」そう言うと、ファニーおばさまは確固たる足取りで通りをわたって金物屋に入っていき、ミス・オグルビーはそのあとを、みじめに追いかけた。

　金物屋で用をすませたファニーおばさまは、次に食料雑貨の店に寄り、さらにマーチン夫人の小さな店で、ジャムとゼリーと計り売りの生地《ヤード・グッズ》を買い、受注販売のパイを注文した。マーチン夫人の店を出ると、ミス・オグルビーはもじもじしながら、道の向かい側に悩ましげな視線を投げた。「貸本はどうかしら」彼女は弁解がましく言った。「暇つぶしのためになにか用意しておいたほうがいいのでは？　それに……」彼女はおばさまをちらりと盗み見て、こう言い足した。「借りておいても、返却のことを気にする必要はないでしょうし」

「そうね」と、ファニーおばさまが答えた。「実はわたくしも、本が一冊、必要だと思っていたのよ」

　貸本屋は、インヴァネス姉妹が営む土産物屋の一画に設えられていたが、商業的にはさほど振るっておらず、店全体の売り上げは、〈馬車駅亭〉の手作りフライドチキンやピーカン・パイで骨抜きになった一見《いちげん》の土産物ハンターの散財に大いに頼っていた。貸本屋はミス・キャロライン・インヴァネスの担当で、土産物はミス・デボラ・インヴァネスが商っている。もともとここは妙にきっちりとした雰囲気の建物で、どう見ても小売店らしいところがなかったのだが、姉妹が最初に商売をはじめようと決めた時、そうした店舗としての欠点をなくすために、キャロラインは大工のオシアンを雇って、正面の外装をエリザベス朝様式の半木骨造り《ハーフティンバー》に見えるように直し、店内の暖炉のまわりに炉端《イングルヌック》の椅子を配した。土産物店の商品は、陶磁器だらけといっても過言ではなく、繊細な彩色がほどこされた品のなかには、鹿や、子猫や、スコッチテリアの小さな像が無数に含まれていた。当然のことながら、こちらの店の埃払いをするのはデボラ本人で、貸本屋の整理整頓は姉のキャロラインの役目だ。キャロラインは紫のクレープ生地のドレスに、母親の形見のガーネットのブローチをつけており、自分のことを——これ以上はないほど——本当に思いやりのある優しい人間だと自覚しつつも、人に対して不愛想になりがちなところがあった。デボラはしなびた首に、いつも小さなロケット・ペンダントをさげている。そこに入っているのは、かつて恋人だった音楽教師の写真だ。

三回前の夏の時期、姉妹のあいだでは灰皿をめぐる、ちょっとした諍いが続いた。というのも、今は亡きインヴァネス夫人は屋内で煙草や葉巻を吸うことを許さない人で、今は亡きインヴァネス氏は、いつも〈馬車駅亭〉のロビーまで葉巻を吸いに行くのが習慣になっていたからだ。しかしデボラは、いつになく熱のこもった調子で、近頃では真の貴婦人——たとえば、大邸宅のハロラン夫人——でさえ灰皿を使っているではないかと主張し、同時に、あなたは時代に乗り遅れているのだと、姉を責めた。これに対してキャロラインは、いったいいつまで大邸宅のハロラン夫人をインヴァネス家の基準にし続けるつもりかと、苛立ちをこめて妹に訊き返しながらも、結局は降参することになり、こうして土産物屋には、貝殻の形をした小さな陶器の灰皿が並ぶようになった。キャロライン・インヴァネスは毎夕、ヘンリー・ジェイムズの本を一章ずつ朗読し、妹とともにお茶を飲む。その時に使う、金の縁取りのある繊細なカップは、ふたりの母親が、短い期間で亡くなった先のハロラン夫人から譲り受けた遺品だった。

ファニーおばさまがドアをあけ、小さなベルが涼やかに鳴ると、キャロライン・インヴァネスは炉端《イングルヌク》の椅子から腰をあげた。ミス・デボラは陶磁器にかこまれていてすぐには動けず、せめてもと、心のこもった笑みを投げかけた。

「キャロライン」ファニーおばさまが声をかけた。彼女とキャロラインは子供の頃によく遊んだ仲だ。「お会いできてうれしいわ」

「ミス・ハロラン」キャロラインが言った。「デボラ、ミス・ハロランがいらしたわよ。それに、ミス・オグルビーも。なんてうれしいんでしょう」

「ええ、本当に」そう言いながら、デボラも陳列テーブルのあいだを注意深く抜けて、挨拶に立ってきた。

「ミス・ハロラン、ミス・オグルビー。来ていただいて、うれしいわ」

「ごきげんよう」ミス・オグルビーはキャロラインに挨拶し、次いでデボラに「またお会いできてうれしいです」と言った。

「お元気そうね」と、キャロラインが続けた。「ところで、ハロランさまは——お元気?」

「それが、少しもよくはなくて」ファニーおばさまの言葉に、ミス・オグルビーも悲しげにうなずく。「兄も元気だとお答えできないのが、残念でならないわ。わたくしの甥が亡くなって……」

「あれは、大きな打撃だったわね」と、キャロラインが言い、デボラも「悲劇よ」とつぶやいた。

「ひとり息子を失うことほど悲しいことはありませんわ」ミス・オグルビーが駄目押しに言い添える。

「そうそう、小さな可愛いファンシーは?」キャロラインは顔を明るく輝かせながら、妹を振り返った。

「小さな可愛いファンシーはどうしているかしら?」

「とってもすてきなお子さんよね」と、デボラ。「つい最近、お母さんとここに来たのよ。もちろん、あの子のお父さんがまだ……」彼女は言葉を濁し、そこからは片手を雄弁に動かすにとどめた。

「子供らしいことだけれど」と、キャロラインが続けた。「あの子、うちの店に新しく入った、小さな犬の置物を見て、大喜びだったのよ。イタリア製の陶磁器の。まだ、あんな子供なのに、とても注意深い態度でね。でも、本当にすっかり心を奪われてしまった様子だったわ」

「一見の価値がある品なんですよ」と、デボラが勧めた。「ミス・ハロラン、この新商品の小さな犬たちを、あなたもぜひご覧になって。イタリア人は、よくここまで美しく彩色するものだと、わたし、いつも感心するの。小さな可愛いファンシーも、すっかり魅了されていたわ。特に、この小さな青いプードルがお気に入りだったと思うのだけれど、そうじゃなかった、姉さん？」

「こんなに魅力的なおもちゃはないもの」と、キャロライン。

「わたし、なにかひとつ小さなものを、ファンシーに買って帰ろうかしら？」ミス・オグルビーがファニーおばさまに言った。「これなら……たぶん、あの子の……ちょっとした慰めになると思いませんか？」

「子供って、ちょっとしたことで機嫌がよくなるものよ」キャロラインがそう言うと、デボラもこう続けた。「かわいそうにねぇ。今のあの子には、ほんのちっちゃな喜びが、世界のすべてにまさる意味をもつに違いないわ」

「では、これをあの子に買っていってやることにしましょう」と、ファニーおばさまが言った。「それとね、ミス・インヴァネス、わたくしたち、本をお借りしたいのだけれど」

「ええ、よろこんで」キャロラインが言った。「読み物がいいかしら？」

「軽い内容のものをお願いします」横から、ミス・オグルビーが言った。「面白くて、気軽に読めるものを。時間つぶしに楽しみたいんです。することもなく、ただ時間が過ぎるのを待つというのは、つらいものだから」と、彼女はデボラに説明した。

キャロラインがいたずらっぽく笑った。「わたしに任せていただけるなら、昨今出版されているようなくだらない代物をミス・ハロランにお勧めするようなことはしませんわ。うちには、数少ない、本当に優れた本があるんですよ。つまり、わたしが心からお勧めしたいと思える作品が。わたしも読みましたし、妹も読みましたから、その素晴らしさは折り紙つきです」

「できれば数冊、お借りしたいわ」と、ミス・オグルビー。「どれくらいの時間をつぶさなければならなくなるか、見当もつかないから」

「なるほど。それなら、数冊くらいは、当然、必要になるでしょうね」と、キャロラインがうなずく。

「わたくしの方は、最低でも一冊あれば結構よ」と、ファニーおばさまが言った。「野生のような環境で生き抜く知恵が詰まった本ならば」

「なんですって？」キャロラインが驚いて訊き返し、一拍遅れて、デボラが言った。「生き抜く知恵？」

「火の起こし方や、食べるための動物を捕まえる方法を教えてくれる本。それに、応急処置の仕方もたくさん書いてあると、なおいいわ。つまりは、そういった情報の本がほしいの」

「それって、いったい、どういう――」

「ボーイスカウトの手引書」キャロラインをさえぎって、ミス・オグルビーが出し抜けに言った。「うちには、弟がいたから」

キャロラインがあらためて口をひらいた。「ファンシーに、ということね。それなら納得だわ」

「あの子の気を紛らわせるためにね」と、デボラもうなずく。

「それから」と、ファニーおばさまが続けた。「できたら、土木や機械の技術に関する、ごく初歩的な本がほしいわ。それと、化学や薬に関するもの。あとは、ハーブのいろいろな使い方が載っているのもあるといいわね。そう、百科事典とか」

「ええと、今のわたしにわかるのは、うちには百科事典なんて、あるはずがないってことかしら」と、キャロラインが言った。「そういったものは、むしろ、おたくの図書室にあるのでは……」

「あれじゃ、古すぎるのよ」と、ファニーおばさまが答えた。「本当に新しい情報なんて、なにも載ってやしないんだもの。物理に関しても、政治に関しても。かといって、今から新しいものを注文している時間なんて、あるかどうかわからないし」

「でも、あんな小さいファンシーに、なぜ百科事典が必要なの?」デボラが不思議そうに訊いた。「あの子を学校に通わせるつもり?」

「わたくし、嘘やごまかしを言うような人間には育てられなかったものですからね、ミス・デボラ」ファニーおばさまがこらえきれずに言った。「本当は、わたくし自身が、原始的な生活を送る上で現実的に役に立つ大量の情報を、今すぐ必要としているんです。つまりは、サバイバルのために。自分たちの手でどのようなことをしなければならなくなるのか、今のわたくしには、それを知るすべが、まるでないものですから」

「ファニーおばさま」ミス・オグルビーが言った。「ミス・キャロラインとミス・デボラは、いつもとても親切で……とても思慮深い方たちですわ。おふたりを、わたしたちの未来の仲間にお迎えすることは、友情のあかしになるんじゃありませんか?」

「実のところ、わたくしもそれは考えたのよ」と、ファニーおばさま。「でもね、キャロラインとデボラはきっと気分を害さずに理解してくれると思うのだけれど、率直に言って、この先、わたくしたちが必要とするのは、もっと強い、もっと頑健な人材だわ。思い出してごらんなさい。わたくしたちの作る小さなグループには、建築作業をはじめとする肉体労働のできる人を入れておかなければならないでしょう? それと——」彼女はわずかに顔を赤らめた。「——未来の世代の母親となる人たちも」

「確かに」キャロライン・インヴァネスがいくらか態度をこわばらせた。「妹もわたし自身も、自分たちを肉体労働者として見てもらいたい気持ちなどみじんもないし、子供を産むという選択肢だって、とうの昔に持てなくなりましたけどね。それにしても、ずいぶんびっくりさせてくれるじゃないの、フランシス・ハロラン、あなたがこんな下劣な物言いをするなんて。こんなの、予想もつかなかったわ。まして、妹の前で」

「お詫びするわ」ファニーおばさまは、もう少しオブラートに包んだ言い方をすればよかったと思いながら、ミス・オグルビーにこう続けた。「わかったでしょう？　この人たちには不利な話なの。わたくしたちに必要なのは、まったく違う種類の人間なのよ」

「自分にとって必要なのは役に立ちそうな人間だけだと言うのなら」キャロラインは怒りがおさまらないまま言った。「妹もわたし自身も、なんだかわからないそのお仲間とやらに入れられることなど、断固お断わりするわ」

「キャロライン、落ち着いて」デボラが穏やかになだめた。

「ごめんなさい」ミス・オグルビーが謝った。「わたしが余計なことを言ってしまったばかりに。でも、親しみのもてる人、本当に気持ちよくお付き合いのできる人と出会えることなど、そうそうあるものではないし、だから、ミス・キャロラインやミス・デボラのような友人を失ってしまうのは、もったいないことだと思ったんです。わたしにとって友人とは、常に最高の尊敬に値する存在ですし、失ったあとで、その人たちのことを考えるのは、とても悲しいでしょうから」

「母はわたしたち姉妹を尊敬に値する人間に育ててくれたはずだと、わたしは信じているわ、ミス・オグルビー。ともあれ、あなたたちがお探しのボーイスカウトの手引書は手配しておきます」

そのあと、ファニーおばさまは深く後悔したまま、さらに数冊の本を選び、ファンシーのために青いプードルの置物と、エセックスのために貝殻の形の灰皿を買った。それらの品は、ミス・デボラの手で丁寧に梱包されてひとつの荷物にまとまり、ジュリアが車で戻ってくるまで、店に預けておくことになった。キャロライン・インヴァネスは冷ややかな態度でファニーおばさまに別れの挨拶をし、ミス・オグルビーには軽く会釈をするだけですませた。デボラは戸惑いながらも、客への礼儀として戸口までついていき、ふたりのためにドアをあけた。そして、見送る彼女の小さな声がドアベルの音にかき消された直後、妹を呼ぶキャロラインの声が鋭く響いた。

店の前の歩道に出ると、ミス・オグルビーが言った。「正直、ここに来ることは二度とないだろうと思うと、心からほっとしますわ。ミス・キャロライン・インヴァネスは、ずいぶんと気難しくなったようですね」

「母親そっくりよ」そう言ったあと、ファニーおばさまは「蠟燭！」と声をあげた。「いけない、蠟燭を忘れていたわ！」

「それなら、ちょっと行って買ってきます。そのついでに、コーヒーを一杯、いただいてこようかしら」と、ミス・オグルビーが言った。「〈馬車駅亭〉でコーヒーだけ頼んだりしたら、変な目で見られてしまいますけど、ドラッグストアなら、その心配はありませんもの」

「だれとも話をしてはだめよ」ファニーおばさまが注意した。「自分たちは朝のお買い物をするために村に来たのだということ以外、余計な考えはすべて頭から捨てておいて。十五分後にここで落ち合いましょう。とにかく、未来の件については、くれぐれも黙っているようにね」

「もちろんです」ミス・オグルビーはおとなしく答えた。「話したくても、わたしには難しすぎて説明などできませんわ」

この村のほかの店がみんなそうであるように、ここのドラッグストアでも、膨大な種類の品物が売られていた。ひとつの商品に特化した商いをするだけで食べていける店主など、この村にはひとりもいない。よって、食料品店では電球や紙製品を売っているし、骨董屋には手作りのキャンディやゼリーという畑違いの品が並んでいるし、金物店ではおもちゃや新聞を扱っている。そしてドラッグストアには、それらすべての品に加えて、煙草、ペーパーバックの本、そして、多種多様の化学的合成飲料を供給する装置が並んだスナックコーナーがあり、ミス・オグルビーはそこの高いスツールに不恰好によじのぼった。店内の客は彼女だけで、あとは、カウンターの奥にスナックコーナーの店員がひとりいるだけだ。店員は髪の少ない、吹き出物だらけの顔をした若い男で、ピクルスとポテトチップスを添えたチキンサラダサンドイッチがいかにもおいしそうに写っている看板に、無気力に寄りかかっていた。「なんにしますか?」店員が指先で頬をひっかきながら訊いてきた。

ミス・オグルビーは幸せな気分で「ピーチパイ」と注文した。「上に、チョコレートアイスをのせてちょうだい」今はまだ十時半。屋敷では一時にならないと昼食が出てこない。彼女はもぞもぞと身をよじりながら、お尻の下でくしゃくしゃになったスカートを直すと、小さなバッグをすぐ横のカウンターの端に置き、目障りな灰皿と、紙ナプキンの入れ物をわきにどけた。若い店員がチョコレートアイスをのせたピーチパイを目の前に置くと、ミス・オグルビーは笑顔でそれを見つめ、それから、よくできましたというように、その笑顔を店員に向けた。

「わたしにとって、きっと恋しくなるもののひとつは」彼女は秘密を打ち明けるように言った。「こういうファンシーフードなの」

店員はピーチパイにちらりと目をやったあと、またチキンサラダサンドイッチの前に戻って、寄りかかった。「おれは、パイはどうでもいいな。ケーキのほうが、まだ好みだよ」

ミス・オグルビーは急に指を鳴らし、声に焦りをにじませた。「そうだ、すっかり忘れていたわ。ケーキミックスの粉をたくさん、できるだけ大量に買ってくださいと、ファニーおばさまに絶対に言うつもりでいたのに。あれなら、とても簡単にケーキが焼けるもの。あの粉がなかったら、どうすればいいかわからないわ」

「クッキーも焼けるしな」と、店員がうなずく。「クッキーが好きなやつはたくさんいる」

「それに、ブルーベリーのマフィンも」と、ミス・オグルビーは続けた。「ああ、どうしよう。ファニーおばさまに会った時、また言うのを忘れなければいいけれど」

すると、店員がこう言った。「こういう場所で働いてると、おまえはアイスクリームに目がないんだろうと、よく思われるんだ。あんたはどう?」

「そうねぇ、でもそれは持っていけないもののひとつよ。だって、溶けてしまうもの」彼女は説明した。

「たぶん電気が止まるでしょうからね、そうなったら冷蔵庫の温度が上がってしまうわ」

「電気なんか止まらないよ」と、店員が言った。「今の時期は嵐もないから、電気はなんの問題もなく流れ続けるんだ。電力会社で働いてる兄貴が教えてくれたんだから、間違いないね」

「そうは言っても」ミス・オグルビーは目を大きくひらいて言った。「問題の夜になれば、建物は壊れてなくなるのよ。つまり、電気を作って送り出しているおおもとの場所がね。もちろん、電線だって同じよ」

「問題の夜って?」店員が興味もなさそうに訊き返す。

「この話は、してはいけないことになっているんだけれど、あなたになら話しても大丈夫だと思うの。だからあなたも、電気は使えなくなるってこと、お兄さんに教えてあげるといいわ」ミス・オグルビーは口に入れたピーチパイを飲みこんだ。「これはすべて、ファニーおばさまが話してくれたことよ。近いうちに起きるんですって。大きな炎と洪水が襲ってきて、歩道が融け去って、大地は煮えたぎる溶岩とともに崩れ、あわれな人々はみんな逃げまどい……」彼女はため息をつき、同情をたたえた目でピーチパイを見おろした。

「それが世界中で起きるの。すべての場所でね。そして、朝になると、なにもなくなっているのよ。あなたには、とても思い描けないでしょうけれど、本当に、ただ、なにもない状態になるの。そしてその光景を、わたしたちは窓から見ることになるんだわ——わたしたち、というのは屋敷のなかにいるわたしたちのことで、残念だけど、あなたは別よ。本当にお気の毒だと思うけれど。とにかく、わたしたちが窓から外を見ると、そこに広がっているのは乾ききった裸の大地で、あとは、わずかに生えはじめた雑草があるだけ。建物も、人も、自動車も、すべては融けて消え去っている」彼女はまた、ため息をついた。「その最初の朝は、どうやってコーヒーを淹れればいいのか見当もつかないわ。まずは、なんとかして小さな火を起こさなければならないでしょうけど。そうだ、焚付け」彼女ははっとして言った。「焚付けも用意するよう、ファニーおばさまに言わなくちゃ」

「火を起こすなら、十分に気をつけないとね」と、店員が言った。「今の時期は、ひどく乾燥しているからさ」

ミス・オグルビーは若者を凝視した。「あなた、わかってないわね。その時には、燃えるようなものなんて、なにも残っていないのよ」

若い店員はじっと考え、やがてこう訊いてきた。「あんたが言ってるのは、ハルマゲドンの日が来るってこと？　そういう話？」

「そうだと思うけれど」ミス・オグルビーは自信なく答えた。

「聖書が説いてる、最後の審判の日、みたいな？　天使が最後のラッパを吹くっていう、あれ？」

「それとは違うと思うわ」と、ミス・オグルビー。「だって、わたしたち以外の人たちは——」

「うちのおふくろも、そういう話をしているよ。自分たちのことを〈真の信者たち〉って呼ぶグループを作ってさ。そいつらがみんな、そういう話をしているんだ。彼らに会いに、街の方から来た連中も、やっぱり同じことを話してたよ」

「ほかにも、わたしたちと同じ人たちがいるということ？」ミス・オグルビーは息を詰めた。

「彼らは自分たちのことを〈真の信者たち〉って呼んでいるけどね。おれも時々、その話を聞くことがあるんだ。兄貴といっしょに。ほら、さっき話しただろ、電力会社で働いてるって。その兄貴がおれに言うんだ。〝おい、こんな話は信用するなよ。おれは電気のことをよく知っているからわかるが、あいつらの言ってることなど、科学的にありえない。科学的にありえないんだ〟って。それから、こうも言うんだ。〝どうせあいつらは、ほかにすることがなにもない連中だから、好きなように言わせておけばいい。だけど、おまえは取りこまれるな。この世は連中が言っているような形ではじまったんじゃないことは、科学者によって証明されているんだから。もちろん、この世の最後だって、連中が言うような形では終わらない。陽子と中性子――それが答えだ。電気の力さ〟」

「その〈真の信者たち〉のメンバーは何人いるの？」ミス・オグルビーが不安げにたずねた。

「十人くらいかな。みんなで集まって、霊界からのメッセージを受け取るんだ。おふくろがリリオカワニっていう名前の、もとはエジプトの女王だったっていう、支配霊を呼び出して。それが、お告げをくれるんだよ」彼は思い切り笑った。「リリオカワニ。そんなエジプトの女王さままで使って、あいつら、楽しく遊んでるわけだ」

ミス・オグルビーはピーチパイの皿を、突然、横に押しのけると「さらに、十人」と、つぶやいた。「すぐにファニーおばさまのところに戻って、この話をしなければ。おばさまが喜ぶかどうかは、わからないけれど」彼女は店員に説明した。「わたしたちは、自分たちだけになるだろうと考えていたの。ほんのわずかな身内の集まりだけに。だから、みんな、本当にうまくやっているの。言ってみれば、気心の知れた間柄だし、不純物がないぶん、すべてに洗練されているから。でも、そこに見ず知らずの人たちが加わるとなると……」彼女はあわててスツールをすべりおりた。

「あんたにいろいろ訊かれたって、おふくろに話しておくよ」と店員が言った。「それじゃ、パイの代金が二十五セントと、追加のアイスクリーム代を十五セントいただきます」

「わたくしの父は」ファニーおばさまが言った。「なによりもまず平等であることを大切にする民主主義者だったわ。あらゆる形で村人たちを後押ししてやるのが正しいことだと信じていたの。もっとも、父が公の場で村人たちと親しく接していた姿など、わたくしはひとつも思い出せないのだけれどね。だから、父がその青年の母親のところを訪れているなんて、わたくしには想像もできないわ。その女性は、なにかと惑わされやすい人なのではないかしら」

「それは青年自身も、そう思っているようでした」ミス・オグルビーは暗澹たる口調で言った。「でも、本当なんです――ほかに十人もですよ。こちらは自分たちだけだと、すっかり思っていたのに」

「この件については、これ以上頭を悩ます必要があるとは思えないわ。お父さまも、きっとわたくしの考えに賛同してくださると思うし」そう話すファニーおばさまの声が、しだいに心ここにあらずの響きをおびた。彼女は通りの向こうの、バスが停まった場所を見ていた。降りてきた乗客たちは、いずれも、ハリエット・スチュアートの訪問者か、たまに現われる〈馬車駅亭〉の料理に興味を持った旅行者か、この村でまだ生きている仲間の数を確認しに来た高齢者といったところで、今日は郵便配達員のディヴァースもバスから降りてきた。それは、軍にいるひとり息子に会うために、彼が昨日、街に出かけて行ったからで、このことは村の住人ならだれでも知っている。そして、このバスで帰ってきたディヴァースは今、スーツケースを持ったまま、角のところで見知らぬ男と立ち話をしていた。ファニーおばさまは、その男のほうを見ていた。

いいですよ――見知らぬ男は〈馬車駅亭〉でお茶とサンドイッチでもどうかという誘いに応じた。やはり、彼はこの村を初めて訪れた人間だった。ここでは、まだ見知らぬ旅人のひとりにすぎなくても、彼のその口ぶりからは、これまで広く世界をまわって、遠い村々に確かな足跡を残してきた自負のようなものが伝わってきた。そこから浮かんでくるのは、異国の通りを我が物顔に闊歩し、砂ぼこりのなかをサンダルで歩き、牛車や人力車や犬ぞりのあとについてのんびり進み、毛皮がついたカシミアのマントの長い裾を蹴とばし、目の上に手をかざして日差しをさえぎり、降り続く雪から頭をかばい、停滞する台風の動きや洪水の危険に気を払い、平穏に慣れた目には理解しがたい場面を動じることなく眺め、かたことの言葉で人懐こく話しかけながら、陽気に笑い、どこにでも気楽に顔を出す彼の姿だ。そう、自分は軛《くびき》のない流れ者だと、男は認めた。そんな彼に出身をたずねることは、さすがのファニーおばさまにもできなかったが、そのかわりに、バスのそばに立っているのを見た時にも、そのあとのあなたの行動にはまるで見当がつかなかったという顔で、これからどこへ行くつもりなのかとたずねた。

ファニーおばさまから屋敷に来るよう誘われた時、彼は心底驚いた。会ったばかりのこの段階で、いきなり招待されることなど普通ではありえないというように。うまい言葉で相手をおだて、親切に付け入るいつもの手口が用をなさないうちに、自分のほうが相手に捕まってしまったことに気づいたように。「まだ、おれの名前も訊いていないのに、いいんですか?」彼は啞然として訊き返した。

「あなたのことは、ぜひとも兄に紹介しなければいけないと思うんです」と、ファニーおばさまが答えた。「それに、あなたがどのようなお名前であろうと、それが重要なことだとは思いませんしね」

彼の視線はファニーおばさまからミス・オグルビーへと移動し、また、おばさまに戻った。「身元を保証する書類の確認は?」

「それが偽造でないという保証もないでしょう?」ファニーおばさまはこともなげに言った。「昔、母が執事として雇った男が、身分証や推薦状を偽造していたことがありました。その人、前科者だったんですよ」

「なるほど」

「父が、彼の歩き方を見て、なにかおかしいと疑いましてね。それでわかったんです。でも、あなたのことはお客さまとしてご招待するのですから、もちろん、身分証の提示など求めようとは思いませんわ」

「身元を偽るなんて、考えたこともなかったな」と、男が言った。

ミス・オグルビーが顔を赤らめながら、ファニーおばさまを見た。「彼には、どこか軍人を思わせるところがあるように感じますけれど」彼女は、目の前にいる文字通り風変わり《ストレンジ》な流れ者《ストレンジャー》が、自分の声の届かないところにでもいるような調子で言った。

「これからは、キャプテン・スカラボンバードンとお呼びしましょう」ファニーおばさまが出し抜けに言った。

「どうぞ、お好きに」もはや完全に煙に巻かれた顔で、男が答える。

「いずれにせよ」ミス・オグルビーが言った。「その時がきたら、わたしたちは一心同体となって行動を起こすわけですわ。すっかり清められた、無垢な存在として」

「一心同体でどうのこうのという話など、お父さまがなさっていた記憶はありませんよ、ミス・オグルビー。ともあれ、あなたはとても運のいい人だわ、キャプテン・スカラボンバードン」ファニーおばさまは、はずしていた手袋を取った。「そろそろジュリアが車で戻ってくる頃ね。では、いっしょに参りましょう、キャプテン」

「えーと」見知らぬ男がファニーおばさまの手を取り、車に乗せてやるのを見ながら、ジュリアが言った。

「それで、あなた、だれでしたっけ？」

「この人はキャプテンよ」待ってましたとばかりに、ミス・オグルビーが説明した。「いっしょに、お屋敷にいらっしゃることになったの。ファニーおばさまが、ご招待されたから」

「キャプテン？」ミス・オグルビーの盛り上がりぶりについていけぬまま、ジュリアは訊き返した。「キャプテンって、なんの？」

「おれも知りたいね」と、キャプテンが言った。

「キャプテン・スカラボンバードン？」エセックスが言った。「それじゃあ、ぼくは道化《アルルカン》を演じるべきかな？　昔は、もっと勇敢な存在になるのが夢だったけど」彼はハロラン夫人にたずねた。「この話、前にしましたっけ？　ぼくが月に行った時のこと」

「キャプテン」ハロラン夫人が声をかけた。「ワインでもいかが？」


〈真の信者たち〉はぐずぐずしていなかった。おそらく、残された時間は少ないという焦りが、彼らを早急な行動へと駆り立てたのだろう。ともあれ、翌朝の朝食の席で、ハロラン夫人は紫色の便箋に茶色のインクで書かれた手紙を受け取った。その手紙にはカーネーションの香りが濃厚に染みついており、ハロラン夫人は手にした便箋を目一杯離して、その文面を読みあげた。

　信念と信仰に誠実なる同志のみなさまへ
〈真の信者たち〉という、ささやかな一組織にして、これまで人類の火をともし続けるべく選ばれた唯一の集団であると自任してきた、わたしたち一同は、ここに最上の喜びをもって、みなさまにご挨拶申し上げます。自分たちと似た集団がほかにも存在することを、もっと早くに知ることができていたら、こちらはすぐにも団結の道を探っていたことと思います。しかし、まだ遅くはありません。あなた方が真に信仰の徒であり、より高いレベルに真実ふさわしい存在であるならば、きっと、みずからの過ちを悔いあらため、決して脇目を振ることなく、本当の教えの道を真摯に歩まれることでしょう。わたしたちの主導者はごく近いうちに喜んでそちらにうかがう意向でおり、もちろんその場で、あなた方の魂が、わたしどものささやかな輪に迎え入れるに足る高いレベルにあるかどうかを見極める所存です。人生には希望がつきものですが、当然それは、長続きするものではありません。どうぞ、心の準備のほどを。

幹事（ミセス）ヘイゼル・オスマン　拝

ハロラン夫人は手紙をたたみ、慎重な手つきで封筒に戻した。そして、おもむろに口をひらいた。「なぜこんなものが届いたのか、筋の通った説明をしてくれる人が、このなかにいるはずだわね。それとも、認めたくはないけれど、わたしの頭がおかしくなりかけているのかしら」

「ドラッグストアの店員のせいですわ」ハロラン夫人が自分の頭をおかしいと思っては大変だとばかりに、ミス・オグルビーが言った。「昨日、その青年と話をしたんです。ファニーおばさまがお買い物をしているあいだに」

「ファニーおばさまが買い物に？　そんな話、わたしは聞いていませんよ」

「いちいちあなたの許可などもらわなくても、わたくしは自由に村へ行けるはずよ、オリアナ。わたくしにとってあの村は、子供の頃から行き慣れている場所だし、それに、これまでだって出かけるために、あなたの許可を求めたことは一度もなかったのだから」

「どうやって行ったんです、ファニーおばさま？　はるばる歩いて？」

「まさか。ジュリアがガレージの車を出してくれたのよ」

ハロラン夫人が目を向けると、ジュリアは顔を赤くしながら反抗的に言った。「乗っちゃいけないなんて、聞いてないもの」

「だいたい」ファニーおばさまが意地悪く続けた。「キャプテンがどこからどう現われたと、あなたは考えていたのかしら？　彼は、わたくしたちが連れて帰ってきたのよ」

「ここにキャプテンがいるのは、これもまた、あなたの言う霊験のひとつなんだろうと、好意的に考えてさしあげていただけですわ、ファニーおばさま」

「あー、ちょっと待った」キャプテンが割って入った。「おれ自身は、この屋敷に歓迎されているとばかり思っていたんだが、もし、そうじゃないのなら、どう対処すべきかは心得ているつもりだから」そう言いつつも、彼は朝食の席からすぐに立ち上がろうとはしなかった。

「キャプテン」ハロラン夫人が言った。「ファニーおばさまは、ここにいるわたしの友人たちを屋敷に招くことを寛大にも許してくださったんです。それなのに、おばさまの客人は拒否するなんて、そんな礼儀知らずな真似、わたしにできるはずがないじゃありませんか。ジュリア、今度、わたしのものに勝手に触るようなことをしたら、この屋敷から出て行ってもらいますよ。あとのことはお母さんにお任せするから、なにをしたら罰を受けるか、とくと教えてもらいなさい。ファニーおばさま、すべて、あなたの言うとおりですわ。あなたが村に出かけるのに、だれかの許可を得る必要なんてどこにもありませんよ。それに村の人たちだって、今ではあなたにすっかり慣れているでしょうからね」

「お父さまはあの村に多大な関心を寄せていらしたわ。だからわたくしは、お父さまの立てた計画を引き継いでやっていこうと、常に努力しているの」

「それですけどね、ファニーおばさま、あなたのお父さまがあの村で行っていた活動のいくつかは、幸いにも、お父さまが亡くなったことで打ち切りになったんですよ。とはいえ、あなた自身がやりたいと思ったことを我慢しなければならない理由はありませんからね。今度、村に出かける時は、わたしに車を用意するよう言ってください。頼りになる運転手をつけてあげますから。ミス・オグルビー、この手紙の人たちが来た時は、わたしとともに応対してもらいますよ。どうやらあなたは、わたしよりも、この人たちのことをよく知っているようだから」

「そんな人たちのことなど、なにも知りませんわ」ミス・オグルビーが泣きそうな声をあげた。「彼らはわたしの友達でもなんでもないんです」

「だとしても、これからいいお友達になれるかもしれないじゃないの。もしかしたら、それ以上の関係にだって。ほら、生き残った男性たちと。みんな、えり好みなんてしている場合じゃないのよ、ミス・オグルビー」

「ファニーおばさま」ミス・オグルビーは味方を求め、哀れっぽく声をかけた。しかし、ファニーおばさまはエセックスと話をしていて、呼びかけはむなしく宙に浮いた。

〈真の信者たち〉の主導者は、その外見からは年の頃も人となりも判断のつかない女性だったが、エジプトの女王リリオカワニの無言の加護によって活力を得ているのか、独特の力強さと存在感にあふれていた。ハロラン夫人の舞踏室に、床の耐久性を試しているような足取りでさっそうと入ってきた彼女は、たぶんサイズ的には合っているのであろう紫色のドレスを着ていて、首元には色のついたふわふわの毛皮の襟巻を巻いていた。そのあとに従って、二番目に現われたのは、これもまた紫の服を着た赤毛の女性で、さらに彼女のうしろには、揺るぎない威厳を漂わせ、だれよりも人を納得させる雰囲気の男性が続いた。主導者のふわふわ毛皮に比べればいささか見劣りするものの、彼は豊かな髪をしており、おそらく訪問先に敬意を払う意味で、白いチョッキを着用していた。最後に現われたのは、枯れしぼんだような小柄な女性で、じっと前を透かし見ていた。

「エドナと申します」主導者が自己紹介した。「こちらは、うちの委員会の面々で、ヘイゼルは、幹事を兼任しています。彼はアーサー。そして、えっと……ピーターソン夫人」

「ピーターソン夫人、ね」ハロラン夫人は堂々と相手の挨拶を受けた。会見場にこの舞踏室を選んだのは、彼女にとって大正解だった。彫刻がほどこされたアーチ形の高い天井の下で、壁にずらりと並んだ白と金の蠟燭立てから見おろされている四人の客人は、まるで小さなおもちゃのようだ。この部屋の装飾の一部としても、それほど場違いではない。

「本日、こちらにうかがったのは」エドナがよどみない口調で説明した。「今のあなた方が、超自然の祝福を受けるにふさわしいポジションにあるか、確認させていただくためです。じきに予言の時、すなわち、この世の終わりを迎えるわけですからね。あちらの村で、どなたかが教えてくださったのですが、わたしたちは立場を同じくする存在だとか……」彼女は雄弁に両手を広げた。

「忌むべきものは人への期待」ピーターソン夫人が物悲しく言った。

「当然ながら」エドナが続けた。「わたしたちはあなた方と手を組んでもよいと考えました。そちらの考えが、こちらの考えに即したものであるならば、という前提においてです。原則として、わたしたちは転向いたしません。当然、そちらもまた曲げようのない信念をお持ちなのであれば、互いに選択の余地はなくなるわけですが……いずれにせよ、わたしたちは、こうして一度は会見の場をもうけなければならなかったわけです」

「限りある生の終わりに待つのは永遠に続く闇」と、ピーターソン夫人が付け加えた。

「〈真の信者たち〉における預言者はわたし自身なのですが、そちらの預言者はどなた？」と、エドナが訊いた。

「そう訊かれても」ハロラン夫人はようやく口をひらいた。「こちらには預言者がいるのかどうかも、はっきりしません。もちろん、こうして会見の場は用意しましたけれど。なにしろわたしたちは、人より運に恵まれているようだから」

「人に永遠の地獄はつきもの」と、エセックスが補足するように言う。

「では、メッセージを受け取ったのはだれ？」エドナがたずねた。「その人？」彼女が身振りで示した先にいたミス・オグルビーは、ヒッと小さく声をもらして、一歩、あとずさった。

「メッセージを受けたのはミス・オグルビーじゃありません」と、ハロラン夫人。「この人は、うちの……外の世界との連絡係です」ミス・オグルビーは今にも泣きそうな顔で、両手をもみしぼっている。

「それで、いつです？」エドナが問いただした。

「いつ、って？」ハロラン夫人はとまどった。

「我が剣が命を奪うであろう」と、エセックス。

「恐ろしきはこの先の未来」と、ピーターソン夫人。

「そちらの期日はいつです？　最終的な期限はいつ頃？」

「これまでのところ、期限についてはまだ……」と、ハロラン夫人が言いかける。

「おやまあ」エドナが驚いたように言った。「こんな話、聞いたことがある？」彼女が委員会の面々に問いかけると、赤毛の女性と白いチョッキの男性が陰鬱な顔で首を振った。

「そこの、きみ」男性がエセックスに声をかけた。「償いはしているかね？」

「毎日ですよ」

「罪を犯すことは？」

「機会があれば、いつでも」エセックスが雄々しく答える。

「金属は？」

「なんですって？」

「きみはどれくらい金属に頼っている？　金属の留め具をよしとしているかね？　肉は？　身体的な病は？」

「ぼくは、どんなものも拒まない性質で」エセックスは直感で答えた。

白いチョッキの男は困惑した表情になり、エドナを振り返ると、彼女の耳元に顔を寄せて、なにごとかをささやいた。

「時はすぐそこに迫り、天罰は速やかに行われる」ピーターソン夫人が言った。

エドナは男の言葉に力強くうなずくと、前に進み出て、ハロラン夫人に真剣に語りはじめた。「よくお聞きなさい。あなた方に比べれば、わたしたちの方が完全にずっと先まで進んでいますが、それでも、その差を少しでも埋めようという努力があるのならば、こちらとしては、あなた方を仲間として受け入れるつもりでいます。それと、ここでお会いする場合、もちろん、また機会はあるでしょうから、その時は、会合の場をあちらのお庭に移してもらわなければ困りますね。なにしろ、わたしたちは主として、頭の上に屋根がある状態をよしとはしていないのですから。さらに今、ここで忌憚《きたん》なくお話ししますが、わたしたちはすでに、すべてのメッセージを受け取りました。それで、これはまだ、わかったばかりのことですが、宇宙人がやって来るのは――」

「宇宙人?」ハロラン夫人が小さくつぶやいた。

「宇宙人ですよ、土星からの。なぜ? あなた方だって――」

「いいえ、まったく」と、ハロラン夫人。

「とにかく、こちらの知るところでは、彼らがやって来るのは、八月の終わり頃になる予定です。ちょうど、空が一番よく晴れている時期ですからね。ただし、彼らが現時点で行っている試算に遅れが生じれば、九月の上旬にずれこむかもしれません。そしてその円盤は、芝生が広がるそこのお庭に着陸する可能性があるわけです。わかるでしょう? これだけ見通しよくひらけていれば、着陸にはうってつけですからね。その時がきたら、わたしたちはあそこに集合し、準備を整えて彼らを待つだけ。金属の留め金をはじめ、禁じられているものをすべて身体から排除した状態でね。そうして、土星へと連れて行かれた暁には、さらに高いレベルの存在へと変貌を遂げることになると思われますが、これについての詳しい話は、今後、段階を追ってお話しすることにしましょう。とにかく、あなた方には、今すぐ実践してもらわなくてはなりません。身に着けている金属類をすべて取り払い、肉食をやめ、もちろんアルコール飲料も一切断つこと。このお屋敷にあるであろう高級ワインも、すべて例外なくです。このピーターソン夫人は、わたしたちの料理人なんですよ」

「すべての希望が希望を失う」ピーターソン夫人が指摘した。「どんな抵抗も、するだけ無駄」

「肝心なこと」エドナが続けた。「ほかのなによりも肝心なのは、彼らがやって来た時に、わたしたちの準備がきちんと整っていることです。この旅は一度きりだということを、お忘れなく。最初の円盤に乗り遅れたら――二度とチャンスは訪れませんよ。搭乗予定の円盤がひとたび飛び立ってしまったら、それですべては終わりです。それと、金属を身に着けていたり、飲んだワインが身体に残っていたりしたら、連れて行ってはもらえないことも、よく覚えておいてください。ごまかしても、彼らにはわかるんです」

「彼らは土星で、なにを飲んでいるんです?」ハロラン夫人が興味をそそられて訊いた。

「神々の飲み物《アンブロシア》」エドナはためらいもなく答えた。「以前、ここにいるアーサーがまったく同じことをたずねた折に、そういう答えをメッセージのなかで受け取りました。では、今後の日程についての話し合いに移りましょう。あと二回ほど会合を重ねれば、みなさんもわたしたちのやり方に馴染むでしょうから、そのあとは、ともにそこのお庭に出て――」

「これまでは、どこに集まっていたんです?」ハロラン夫人がたずねた。

エドナがため息をついた。「今のところは、ピーターソン夫人のお宅で会合をひらいていますが、ご主人がいい顔をしないので、彼女からは、どこか別の場所を探したほうがいいとの申し出がありました。特に、食事をする場所については」

「残念ですわ」ハロラン夫人は――辛辣な対応をしても無駄だと判断した場合、彼女はしばしば穏やかな態度に出る――こう切り出した。「これを申し上げるのは、まことに残念でならないのですが、わたしどもは、あなたのおっしゃる宇宙船に乗るための資格など、とても得られそうにありません。わたし自身、ワインを断つことなど無理ですし、それに、わたしの仲間たち――たぶん、ミス・オグルビー以外の全員が――金属に関するものを大いに身に着けているはずですから。ねえ、ミス・オグルビー?」

「ファスナー」ミス・オグルビーが青くなりながら、小さな声で言った。「わたしも、ファスナーぐらいは使っていますわ。いろんなところに」

「というわけですの」ハロラン夫人が続けた。「どうやら、こちらはこちらで自分たちにふさわしい運命を定めなければならないようです。さらに言うなら、わたしは自分のわずかな仲間を別の星に移住させてまで助かりたいという気持ちには、どうしたってなれません。ひょっとしたら――もちろん、あなた方が旅立たれたあとで――わたしたちがこの星の未来を受け継ぐ道も、まだ残っているかもしれませんし。こちらとしては、むしろそれを選びたいと思います」

「なるほど、どうやらあなた方は、まだちゃんとわかって――」エドナが言い返しはじめると、ハロラン夫人は堂々たるしぐさで片手をあげて、彼女を黙らせた。

「みなさんには、どうか、よい旅となりますように。土星では、とても幸せに暮らされることを、心からお祈りしますわ。確か……より高いレベルの存在になるんでしたわね？　ということは、天上からわたしたちの様子を観察されるおつもりかしら？」

「わたしたちは地球になど、なんの未練もありませんよ」エドナがこわばった声で言うと、その背後でピーターソン夫人が物憂く続けた。「世界はひどく破壊され、先には悲惨な結末が待つのみ」

「ありがとう」ハロラン夫人は言った。「ピーターソン夫人、どうぞお元気で」

「恐ろしや、恐ろしや」ピーターソン夫人がそうつぶやいたのを最後に、四人の客はエドナを先頭にぞろぞろと出口に向かった。アーサーだけは、戸口のそばにあるエロチックな彫刻を目にして、ためらいがちに歩をゆるめたものの、ほかの三人とともに、そのまま舞踏室を出ていった。ハロラン夫人はミス・オグルビーを手招きして、四人のあとについていき、ちゃんと階段をおりて帰っていくのを見届けるように指示した。

ミス・オグルビーはなかば怯え、たじろぎながらも、あわてて部屋を出ていった。

「まったく」ハロラン夫人は椅子の背に寄りかかって言った。「ファニーおばさまを殺してやりたいわ」

「人の生涯は、しかし一瞬のもの」と、エセックス。

「いいかげんになさい、エセックス。あなたたらなら土星人にも受けがいいかもしれないと、そう思ってほしいのかしら」

エセックスが顔をしかめた。「神々の飲み物《アンブロシア》は、ぼくの好みじゃありませんよ」

「それにしても、なにかしら手を打っておく必要があるわ。うちの芝生に宇宙船など着陸させてたまるもんですか。ああいう連中は、自分たちの円盤を好きな場所に送りつけることぐらい、やってのけそうだもの。そこが他人の所有地であろうと、お構いなしにね。今日中に、外の門をすべてチェックしておきたいわ。あなたとキャプテンで、確認してきてちょうだい。石塀にそってぐるりと一周、まわってくるのよ。だれも、どこからも入れないように――ひょっとしたら、石材がゆるんでいる場所や、崩れている場所があるかもしれない。門にはすべて鍵をかけて、どの鍵も簡単にはずれないようにしておいて。必要だと思ったら、さらに新しい鍵をつけてもいいわ。わたしの許可なしには、だれも出入りできないようにするの。特に、ミス・オグルビーはね」

「ファニーおばさまは?」

「そうね」ハロラン夫人はため息をついた。「ファニーおばさまときたら、どこまで大きな厄介の種になるんだか。彼女が村に行くのを禁じるつもりはないわ。わたしの許可を得て門を通る限りはね。おばさまには、あなたの安全のためだと話しておきましょう。きっと、言葉通りに信じるはずよ。結局のところ、彼女が連れてきたキャプテンは先々使える人材なわけだし、石塀の内側には、わたしたち全員が過ごすのに、じゅうぶんすぎる空間があるのだから」

「それはそれでいいと思うけれど」と、エセックスが言った。「空から飛んでくる円盤は、締め出しようがないんじゃないかな」

「だったら、看板を立てるわよ」ハロラン夫人がいらいらと言った。「〝いかなる状況下でも、ここへの星間飛行物体の着陸は禁止する〟と書いてね。それでも、どこかの宇宙船がうちの芝生に降りてくるようなら、その時は、ファニーおばさまとミス・オグルビーを宇宙人に差し出すわ。わたしは本気で怒っているのよ、エセックス。ミス・オグルビーの勝手気ままなおしゃべりのせいで、わたしたちはあやうく土星に連れて行かれるところだったんですからね」

「ワインに浸っているうちは大丈夫ですよ」と、エセックスがまぜかえす。

「それだけじゃないわ」ハロラン夫人が続けた。「もし〈真の信者たち〉のだれかが、またこの屋敷に入りこもうとしたら、その時は、エセックス、あなたとキャプテンには、もっとも直接的な身体的懲罰を相手に与える覚悟をしてもらいますからね。わたしが〈真の信者たち〉の頭になによりしっかり植えつけておきたいのは、どう間違ってもわたしは彼らの仲間のひとりにはならないという、確固たる真実なのよ」

「ピーターソン夫人の夫と同じように、ですか」

「ピーターソン氏なんかといっしょにしないでちょうだい。話を聞いた限りじゃ、彼の対応など生ぬるいわ」

「ことによると」エセックスが意地悪く言った。「ファニーおばさまの話は、初めから全部、間違っていたのかもしれませんよ。この屋敷も、屋敷に残る人間も、もしかしたら外の世界もろとも、滅んでしまうのかもしれない。そうなったら、最後に笑うのは〈真の信者たち〉というわけだ。ただし」彼は、最後にこう付け加えた。「笑うことも土星の禁止事項に入っていなければの話ですけどね」

6

その頃、ファニーおばさまは道に迷っていた。彼女は果樹園の入り口あたりまで行ってリンゴの花でも愛でてこようと、軽い気持ちで散歩に出ていた。それで、のんびりした足取りで、ぶらぶらと屋敷の横をまわり、一段低い場所に造られたバラ園を通って、果樹園に続く道を歩きはじめたのだが、ぼんやり夢想にふけっているうちに、いつしか迷ってしまったのだ。バラ園を抜ける時に違う門を出てしまったのか、それとも途中の分岐点でうっかり道をそれたのか、彼女の前には、じきに見えてくるはずの果樹園がいっこうに現われず、数分としないうちに、なぜか自分が迷路のなかに入りこんでいることに気がついた。

しかし、迷路はファニーおばさまにとって少しも不安な場所ではなかった。なにしろ彼女は、ここの秘密を残らず覚えて育ってきたのだ。どこの迷路もそうであるように、この迷路も、あるパターンにそって造られている。そしてそのパターンは、ロマンチックにもファニーおばさまの母親の名前〝アンナ(ANNA)〟の文字の並びに即したものだった。つまり、最初に、右・左・左・右、と進んだら、次は、左・右・右・左、と進み、これを何度もくり返していくと、迷路の中心に出られるのだ。子供の頃のファニーおばさまは、ある愛しくも憎たらしい難問をかかえていて、それは、この迷路で本当に迷ってみることだったのだが、何時間かけて挑戦しようとも、母親の名前を頭から追い払うことができずに、いつも失敗した。何度も何度も、道を間違えることなくたどり着いてしまう迷路の中心には、石のベンチとアンナの名がつけられた煽情的な大理石像があるのだが――といっても、ファニーおばさまの母親自身が服を脱いでこの像のモデルを務めたわけではない。ペチコートも着けずに人前に立つなど、彼女にはありえないことだったはずだ――そこまで来ると、幼いファニーおばさまは身を投げ出して泣いたものだった。答えが忘れられないばかりに、自分は、ずっとこうして、がっかりするしかないの？　ほかの人は、みんな簡単に迷子になるのに、そんなふうに迷うのは無理なの？　恐ろしい迷宮にはまりこんで、混乱したまま走りまわることはできないの？

しかし今、もはや子供ではなく、迷路のことも長く忘れていたファニーおばさまは、ついに迷子になったのだった。壁をなす生垣を背にして立ち、短く区切られた通路を左右に見わたしながら、考える。ここにはずいぶん長く来ていなかったし、その間、ここも手入れされずに放っておかれていたようだ。はじめのうち、彼女は少しも怯えていなかった。なぜなら、この迷路では、これまで一度も、うまく迷ったためしがなかったからだ。しかし、本来ならば、自分の背丈と変わらない高さであるはずの生垣は、剪定作業が行われぬまま、両側とも見通しがきかないほどに伸びており、先日の、秘密の花園に通じる小道の生垣も手入れされていなかったことを思い出したファニーおばさまは、怒りを含んだため息をもらした。あちらにせよ、こちらにせよ、こうした場所を歩きまわるのは、屋敷で自分くらいなものだが、それを見越したような庭師の手抜きぶりは、とても許されることではない。

アンナ、と、ファニーおばさまは心のなかで唱えた。アンナ。一時は、ほぼ完璧な見取り図がそらで描けたくらいに、子供の頃の彼女は、この迷路の意地悪な曲がり角や通路を熟知していた。自分では迷うことがなくても、どこにどんな罠や秘密があるのか、正確に思い浮かべることができた。たとえば、ここの迷路には一か所、同じところをぐるぐるまわっているような錯覚に陥る場所がある。それから、正しい道筋の途中に口をあけている、勘違いを誘う横道のひとつでは、鳥が巣を作っているのを見つけたこともあった。そして最後の山場、迷路を抜ける瞬間というのは、また間違った道に入ってしまったと諦めた時に、いつもあっけなく訪れる。それほどよく知っている場所だから、袋小路のひとつを自分だけの小さなお城にしていたこともあった。あれから、長い年月がたった今、しっかりした生垣に頭をあずけてもたれたファニーおばさまは、「アンナ」と声に出して言うと、まず右に進んだ。迷路の中心に出たら、アンナの像が記憶にあるのと変わりがないか確かめよう。おそらく、あの像もずっと放置されているはずだ。もしかしたら、どこか破損しているかもしれない。そして迷路を抜けたら、オリアナ・ハロランに注意してやるのだ。今更、迷路で遊ぶ者などいないにしても、あの生垣は見苦しすぎる、と。次の分かれ道を左に曲がりながら、本当に信じがたいことだと、彼女は思った。そもそも屋敷の人間の多くは、ここに迷路があることを知っているはずなのに——時とともに、みんなが忘れてしまうもの、語られなくなってしまうものが、あまりにも多すぎる。生垣が伸びすぎているせいで、迷路のなかは曲がり角がわかりづらく、途中で一度、ここがそうだと思って右に曲がろうとしたら、目の前にびっしり枝があって、通路ではないと気づいたところがあった。ファニーおばさまはいらいらしながら、先へ進んだ。

左に曲がる。そして次は、また右に。なおも不安とは無縁のまま、彼女はそこでしばし足を止め、長いこと忘れていた怒りの記憶を愉快な気持ちで思い返した。というのも、今の曲がり角が、遠い昔にことのほか自分をいらいらさせた場所だったことを、急に思い出したからだ。ここは、一方が行き止まりになっていることを、自分でもいやになるほど承知している、絶対に騙されない場所だった。どんなに楽天的な態度を装い、これが唯一進むべき正しい道なのだと自分に言い聞かせて逆に曲がってみようとしても、それが間違いだという事実を頭から消すことはできなかった。ここで右に曲がることは、たぶんこれからも忘れないだろう。それほど、この場所の記憶は身に染みついていて、自分の一部になっているのだ。どうせなら、もっと難しく造ってくれればよかったのに。そう思いながら、彼女は唱える。アンナ、アンナ、アンナ。

そうして進んでいくうちに、袋小路に入りこんだ。そこに入って少しのあいだは、これは生垣が伸びすぎたせいで、先に続いている通路が隠れているだけに違いないと高をくくっていたファニーおばさまも、やがて自分が、どこかで〝アンナ〟を唱えそこね、曲がる場所を間違えて、誤った道筋をたどってきてしまったことに気がついた。それでも、まだ彼女は気楽に考えていた。ここがどの場所であろうと、〝アンナ〟は必ず外まで導いてくれる。彼女は後退して右に進むと、ためらいながら、角を曲がった。そして、計算された迷路の罠にはまっていった。

しばらく小走りに移動を続けたあと、彼女はいったん足を止め、びくともしない生垣にぐったりともたれながら、神話のミノタウロスを思い浮かべた。今の自分はミノタウロスだ。どこともわからぬ迷宮の奥で、四方を取り巻く強靭な生垣に自由を奪われ、「アンナ、アンナ」と泣きながら身をよじり、獲物を捕えて放そうとしない枝が織りなす罠を、むなしい努力で逃れようとしている。さっきも、ようやく出口を見つけたと思い、その先に待っている明るい日の光を目指して、行く手をはばむ生垣に両手を突き通してみたものの、そこを抜けることはできなかった。でも、ここはわたくしの迷路なのだと、ファニーおばさまは自分に言い聞かせた。わたくしはこの迷路で育ったようなもの。こんなところで、囚人のように捕らわれたままになるはずがない。このなかのことは隅から隅まで知っているのだから。そうして彼女は、来た道を引き返し、分かれ道を曲がり、いっそう深みにはまっていった。

周囲はずいぶん暗くなっていた。左右の生垣は、それぞれの枝が頭上で出会ってしまうほどに伸び、それが下の通路を容赦なく暗くしている。前方に見えるのは、くっつきあった枝の隙間からわずかにもれる光だけだ。そのなかで、ここは左、と分岐点を曲がる。続けて右、右、そして左。けれど、そこに待ち構えていたのはピンと伸びた梢の指先で、ドレスと髪がたちまち引っ張られ、鋭い爪が頬をやさしくひっかいてくるのがわかった。それでもまた、アンナ、と唱えて左に曲がる。アンナ、と唱えて右に曲がる。

　そのうち、おばさまが思わず「見て！」と、声をあげる瞬間がきた――迷ってどれくらいになるのか、あたりはすっかり暗くなり、彼女がここにいることなど、だれも知らずにいるのだが――見て、ここはわたくしがとても小さかった頃に、お人形を埋めた場所。正解の道筋から、わざとはずれた場所に埋めたから、このお墓はずっと、だれにも見つからなかったはず。わたくしは、まさにこの場所に、お人形を埋葬したの。ここからなら、いつだって、外に出ることができた。ここは、幼い頃のわたくしが、いつも迷子になってやろうとしていた場所。悲しいことや嫌なことがあったときに、みんなから隠れるために、いつも来ていた場所なの。そういえば、そこの角を曲がったところで、鋭い枝で手を切ってしまって、お兄さまに包帯を巻いてもらったことがあった。だって、お母さまは、もういなかったから。お母さまが亡くなった時は、お兄さまとふたりで泣いたものよ。あの頃は、この場所に本当によく来ていた。自分は迷子になってしまって、もう家には帰れないのだというふりをしながら――でも今は違う、と、ファニーおばさまは絶望的な気分で思った。迷ったふりをするまでもない。この場所は、ただの間違った道だ。

　ところが、そうあきらめかけた時、思いがけず、迷路の中心に出た。左右に続いていた生垣が途切れ、目の前が急にひらけて、足元の地面が砂利敷きから芝生に変わった。薄闇のなかに大理石のベンチが見えて、その横では、迷路に入る者がいなくなってから孤独な時を過ごしてきたアンナという名の彫像が、だれもいない空間をいとおしむように、愛あるしぐさで、ベンチの方へ感傷的に身を乗り出している。まさにここは、彼女の名前を覚えている者なら迷うはずのない迷路の中心だった。ファニーおばさまは気の進まない足取りでベンチに近づき、そこに倒れこんだ。大理石の座面には吹き寄せられた枯葉がたまっており、その上に、身を乗り出した彫像が、むきだしの両腕をやさしく差し出している。ファニーおばさまは枯葉に顔をうずめて、思った。とにかく、ここまで来ることはできた。わたくしは中心にいる。あの迷路を抜けて、ここまで来た――それで、これだけの苦闘を乗り越えたわたくしが、手にできる秘密はどこにあるの？　わたくしはここにいる。わたくしはここにいるのに、ご褒美はどこにあるの？　わたくしはなにを得て、なにを学び、なにを拒んで失ったの？　お母さま、お母さま……すると、頬に触れている大理石が温かくなった。

フランシス。フランシス・ハロラン。

ファニーおばさまは確実に迷路を抜ける道を見つけた。道を間違えている余裕もないほど、めちゃくちゃな勢いで走った（アンナ、アンナ）。たとえ悲鳴をあげ続けても、ここにはそれを聞きつける人も、彼女を見つけてくれる人もいないから、フランシス・ハロラン、フランシス、フランシス・ハロラン、ファニーおばさまは枝葉をかきわけて、ひたすら突き進み、フランシス・ハロラン、やがて迷路を抜けて、バラ園に続く小道へ飛び出し、フランシス、フランシス、フランシス、するとそこに、エセックスがひとりで立っていた。「エセックス」彼女は必死に呼びかけた。「お願い、助けてちょうだい――わたくしを屋敷まで連れていって」フランシス・ハロラン、しかし、それはエセックスではなかった。

ファニーおばさまが受けた第二の啓示は、ウィロー夫人の手で、玄関ホールの電話の横にあるメモ用紙四枚にわたって、きちんと記録された。ファニーおばさまはひとつひとつの言葉を明確かつ慎重に語ったので、ウィロー夫人は、鉛筆を持つ手を震わせながらも、聞いたそばから、ほぼ正確に書き写すことができた。「近づいている……その時は近づいているが、わが兄弟は助かるだろう。それは戦慄の一夜、恐怖の一夜となるが、父親がその子らを守るであろう。子供たちは恐れてはいけない。子供たちは待たなければならない。悲鳴や助けを乞う声がその耳に届いても、子供たちよ、みだりに外へは出るな。子供たちは待たねばならない。その時は近づき、父はその子らを守る。子供たちを待たせよ」「この前と、ほとんど同じ内容なのに」

「なぜ、書き取っているんです？」ミス・オグルビーが訊いた。

「シーッ！」書く手を休めずに、ウィロー夫人は彼女を黙らせた。

「わが兄弟に恐れるべきことはない」応接室の寝椅子の上で、ファニーおばさまは激しく寝返りを打ち、起きあがろうとし、ぱたりと倒れ、両腕を荒々しく振りあげた。「わが兄弟に恐れるべきことはない」急くように言葉が続く。「彼はその腕のなかにわれらを囲い入れ、われらの盾となり、われらを慈しみ、われらをかくまう。わが兄弟に恐れるべきことはない。たとえすべてが消え去ろうとも、わが兄弟の身は守られる。なにも恐れることはない、恐れることはなにもない、われらは安全で暖かく、われらは安全で暖かい、すべてがうまくいき、すべてがうまくいく、なにも恐れるな。わたしはここにいる、なにものもおまえたちを傷つけることはできない、なにものも入ってくることはできない。兄弟よ、眠りに戻れ。兄弟よ」彼女は宙を叩きながら叫んだ。「わたしはここにいる、わたしはやって来る、われらは守られている」それから、ひどく静かな声になり、「それは殺戮の一夜、血塗られた一夜になるであろう、しかし、われらの身はきっと守られる。そして、わたしは今、眠りに落ちるために身を横たえる、主よ、どうかわが魂を――」

「なぜ、こんなことを書き取っているんです？」ミス・オグルビーが訊いた。「みんな、そらで覚えていることなのに」

ファニーおばさまの言葉が止まった。ウィロー夫人は上から彼女をのぞきこみ、執拗にたずねた。「早く教えて、あたしたちは、なにをすればいいの？　この屋敷にいる人間は、本当に全員が無事でいられるの？　あたしたちは、ここにいていいの？　それが起こるのは、いつ？」

「兄弟」と、ファニーおばさまがつぶやくのを見て、ハロラン夫人が言った。「エセックス、あなたの出番よ」

エセックスはファニーおばさまの上に身をかがめ、やさしく声をかけた。「ファニー？　ぼくたちはなにをすればいいのか、それを教えてもらえるかな？」

「エセックス」ファニーおばさまが手を伸ばした。エセックスは肩越しにハロラン夫人をちらりと見てから、その手を取って語りかけた。「ファニー、ぼくたちがすべきことを教えてくれ」

「ここにいれば、間違いなく守られる」ファニーおばさまは断言した。「ただし、窓と扉は覆いをしなければならない。死にゆく者たちの悲鳴を耳にして、同情に心が揺れぬように。あるいは、恐怖の光景を目にして正気を失い、その只中に自分から駆けこんでしまわぬように。間違いは間違いであり、正しきことは正しい。天なる父は最善を知っている」それだけ言うと、ファニーおばさまはエセックスの腕に頭をもたせかけた。

「で？」と、エセックスがまた振り返ると、ハロラン夫人が命じた。「あと、どれくらい時間があるのか、聞き出して。なにごとも余裕をもって知っておきたいの。慌てるのは嫌だから」

「ファニーおばさま」エセックスは呼びかけた。「それが起こるのはいつなのか、教えてもらえる？　いつなんだ？　ぼくたちには、あと、どれくらいの時間がある？」

「質問が多すぎるわ」ウィロー夫人が文句をつけた。「あたしだって、霊媒師が一度にひとつの質問にしか答えられないってことぐらい、知ってるのに。まったく、そんなにせっつくような訊き方をしたら――」

「それはいつ、ファニーおばさま？」

「蛇が出たら」おばさまが言った。「ダンスをしたら。蛇が出たら。その日が終わって、夜がきたら。泥棒が入って、逃げていったら」

「詩だわ」ウィロー夫人はうんざりした顔で、鉛筆を投げ出した。「詩のような文句を語りはじめたら、もう、終わりよ」と、彼女は説明した。「霊媒としての集中力が切れてしまった証拠だから」

「ミス・オグルビー」ハロラン夫人が言った。「ファニーおばさまを部屋に連れていって、寝かせてやってちょうだい。ここにいても、もう、ウィロー夫人の役には立ちそうにないから」

その言葉が終わるや否や、応接室の壁の一画を丸ごと占めていたはめ殺しの窓が——ちょうど日時計がよく見える位置にあった大きな一枚ガラスが、突然、音もなく砕けて、天井から床へ崩れ落ちた。

7

わたし自身の場所――シルクのシーツがかかったバラ色の大きなベッドで、ハロラン夫人はしきりに寝返りを打ちながら、夢のなかで考えていた。わたしだけの場所。本当に好きなものだけに囲まれて、わたしがひとりで暮らせる家。小さなかわいい、わたし自身の家。まわりの森は暗いけれど、暖炉では火が赤々と燃え、その揺らめく光が壁を彩る色に生き生きとした動きを与えている。そばには何冊かの本と、一脚の椅子。暖炉の上には、自分が並べた小物の数々。さて、椅子に座ろうか。それとも、炉辺のやわらかなラグに寝そべろうか。そばに話しかけてくる人はなく、わたしの声を聞く人もない。どんなものも、この家にはひとつしか置いていない――カップも、お皿も、スプーンも、ナイフも、みんなひとつだけ。森の奥深くにある小さな家に、わたしはひとりで住んでいて、だれにも見つかることはない。

「ほら、ごらんよ」――夢のなかで、ハロラン夫人は声を聞いた。「森の奥にも、きっとこういう場所があるはずだって、言っただろう?」

振り返ると、ふたりの子供の姿があった。少年が、少女の手を引いている。その顔は、少年の方がエセックスで、少女の方がグロリアだ。ハロラン夫人は、どうしたものかと迷いながら、しばらく戸口に立ったまま子供たちの様子をながめ、ふたりがこちらに近づいてくるのを見ると、慌てて家に入り、扉をしめて、鍵をかけた。

「わたし、すごく疲れちゃった」少女が言った。

「だったら、ここで休めばいいよ。この小さな家のなかで」

「だれか、住んでいるのかな？」

「だれかが住んでいたって、迷子の女の子と男の子を見たら、きっと喜んで休ませてくれるはずさ。こんな小さな家には、きっとたいした物などないだろうけど、しばらく休んでいくには、ちょうどいい場所じゃないかな。うまくすれば、なにか食べ物を出してもらって、ついでに、今夜はここに泊まっていけと言ってもらえるだろうしね。それで明日になったら、きっと帰り道も見つかるよ」

「だけど、ここの人がいやがったら？」

「馬鹿だなぁ。ぼくたちは迷子なんだぞ？　それに、まだほんの子供じゃないか」

「お兄ちゃん――この家！　お菓子で出来てる！」

「本当かい？」

「絶対に本当よ――こっちに来て、食べてみて。ほら、屋根はお砂糖だし、壁はジンジャーブレッドだし、まわりのお花もみんな硬くて、甘くて、粉砂糖がかかってる。それに、窓枠は――この味はシナモンね。あら、煙突はチョコレートだわ。お兄ちゃん、上にのぼって、ひとかけら取ってきてよ」

「それじゃあ、この木は……」少年がかじりつく。「これは、ミントだ」

頭上で屋根が食べられていくのを感じ、ハロラン夫人は用心しながら扉をあけて、外をのぞいた。そして、なんと言えばいいのかわからないまま、少年と少女が自分の家から大きな塊をもぎとっていく様子を見つめていたものの、やがて恐怖を覚えて、叫んだ。「あなたたち、すぐにやめて！　これはわたしの家よ！」

「なにを馬鹿なこと言ってるの、おばあさん」少年が口いっぱいに頬張りながら言った。「だって、これ、お菓子で出来てるじゃないか」

「わたしがこの家を造ったのは自分のためで、子供に壊してもらうためじゃないわ。ふたりとも、すぐに消えてちょうだい、わかった？　これは、わたしがひとりきりで暮らしている、わたしの家なんだから」

「やあよ」と、少女が言う横で、少年は食べる手を止め、じっとこちらを見た。そしておもむろに「魔女のばあさんだ」と言った。

「違うわ」

「そうだよ、魔女だよ」少年は口のなかをいっぱいにしたまま叫んだ。ハロラン夫人は、安全であるはずの自分の小さな家の屋根が半分なくなっているのを、背筋が凍る思いで見つめた。しかも、消えた半分は、食べられてしまったのならまだしも、ただ乱暴に引きはがされ、そのまま地面に落とされて、粉々に砕け散っている。「おまえは、老いぼれ魔女だ」少年がはやしたてると、少女もいっしょになって声をあげ、つかんだ泥を投げてきた。「やーい、老いぼれ魔ぁ〜〜女！」

「これはわたしの家よ」そう言い返すハロラン夫人に、少年はチョコレートの塊を投げつけた。そしてそれが、彼女が立っている戸口のすぐそばに当たるのを見てゲラゲラ笑うと、今度は急に駆け寄ってきて、戸口の片側を力まかせにもぎ取り、それにかぶりつきながら、なおも笑って「老いぼれ魔女、老いぼれ魔女」と、くり返した。

　夢のなかで、ハロラン夫人はひどく明瞭に考えた。こいつらを、わたししか住んでいないこの家のなかに誘いこめたら、もうこの家に手出しはしないと約束するまで、どこかに閉じこめてやろう。おとなしく立ち去ると約束するまで、檻に入れておくのだ。「ねえ、あなたたち、なかに入ってみない？」彼女はやさしく話しかけ、少し考えて、こう続けた。「もっとたくさんお菓子があるわよ」

「聞いた？」少年が妹に言った。「もっとお菓子があるんだってさ。早く行ってみよう」

ふたりは乱暴に彼女を押しのけ、先を争うように壊れた戸口から家のなかに駆けこんだ。彼女は外を見たまま、笑みを浮かべて言った。「坊や、ドアの横の小さなクローゼットをのぞいてごらん。リコリスがあるよ」さらに彼女は、おさえきれない笑い声をもらしながら、こう言った。「お嬢ちゃん、台所に行って、食器棚を調べてごらん。ペパーミントと、小さなクリームケーキが見つかるよ」

子供たちの熱心な宝さがしで、小さな家がぐらぐら揺れたり、たわんだりしはじめると、ハロラン夫人はゆっくり振り返り、嬉々としてふたりのいる場所に向かった。そして、少年のいるクローゼットの扉をしめ、食器棚をあさっていた少女をその奥に押しこめてしまうと、ふたたび家の外に出て、玄関の前にはえている草の上に座り、家のなかで必死に許しを求めているふたりの声を聞きながら、わが身にふりそそぐ夕刻の日の光を楽しんだ。

そうして陽だまりに座っていると、やがて木立から、ひどく取り乱した女が、叫びながら飛び出してきた。「あたしの子供たち――あんた、あたしの息子と幼い娘をどうしたの？　あの子たちはどこ？」ハロラン夫人が見上げて笑うと、女は彼女の横をすり抜け、ジンジャーブレッドの塊をちぎり取るために屋根のそばでいったん足を止めながらも、大急ぎで家に駆けこんでいった。そして、一分としないうちに、片脇に息子を、もう片方の脇に娘をしっかり抱き寄せて戻ってきた。少年は母親に、しきりに訴えていた。「――それで、ぼくたちを料理して食べるつもりでいたんだ。だって、あいつは魔女だから。ぼくたちに、お菓子の家をかじってみるようにすすめてさ、クローゼットのなかにリコリスがあるなんて言って、でも、そんなのは嘘で、あいつは最初から、ぼくたちを家に入れて閉じこめたかっただけなんだ。その証拠に、おまえらを料理して食べてやるって、言ったんだから。今夜の食事にぼくたちを焼くつもりで、かまどの火を起こしている音だって聞こえてきたんだよ」

さらに、女の子が続けた。「本当に、あいつは魔女なんだよ。だって、食器棚にクリームケーキがあるって言って、わたしをおうちに入らせて、そのあいだも、ずーっと笑ってて」そこで少女は、窓枠にさっと手を伸ばし、つかみ取った塊を口に押しこんだあと、「それに、煙突のチョコレートが少しも取れなかったの」と、不機嫌に言った。

「この魔女め」女はハロラン夫人の方を見て、意地悪くにらみつけながら、子供たちに言った。「おまえたちは心配しなくていいからね――あとで、ほかの人たちを連れて、ここに戻ってこよう。子供を食うような悪い魔女がどんな目にあうか、ちゃんと見せてあげるから、もう心配はいらないよ」それから親子は「魔女だ！　魔女だよ！」と叫びながら、木立の奥へと素早く消えて行った。眠りの世界にいるハロラン夫人は、みじめな気持で振り返り、自分がひとりで住んでいる小さな家を絶望的な気分で見つめた。カップもお皿もスプーンもひとつずつしかない小さな家は、お菓子で出来ているところなど、どこにもなかった。


「日時計の上に、なにかあるわ」メリージェーンが言った。「ここからでも、あたしには見えるんだけど」

「きっと、鳥よ」アラベラは、足元に長く続いている美しい芝生を、もっとゆっくり歩いていきたいと思いながらも、メリージェーンのあとについて、やむなく日時計のほうに進路を変えた。「わたし、嫌いなのよね、あの日時計って」

「鳥じゃないわ。もっと、別のもの。でも、一体なにかしら?」ふたりは日時計に近づいた。

「いやだ！」アラベラが身を震わせて、あとずさりした。「そんなのに、触っちゃだめ！」

「なに言ってるの、もちろん触るわ。こんなの、ただの人形でしょう、ファンシーのドールハウスの。だけど、なんておぞましいんだろう」

「全身にピンが刺さってる」と、アラベラ。

「気持ち悪い。だれかがファンシーの人形を持ち出して、ピンを刺しまくったのよ。いくらここの人間でも、どうして子供の持ち物に、こんなことができるのかしら?」

「おばあさんの人形ね」アラベラが横からのぞきこんだ。

「ええ、ファンシーのおばあちゃん人形よ。あたしが最後に見た時は、ちゃんとドールハウスのなかにいて、小さなテーブルのところに座っていたけど。それを、だれかが盗んできて、こんなひどいことをしたんだわ」

「元どおりになるかしら?」

「元に戻るかどうかより、だれがどういう了見でこんなことをしたのかってことのほうが、あたしには問題よ。ファンシーはドールハウスのお人形を、それは大切にしているのに」

「そのピン、抜いてみたらどう?」

メリージェーンはピンを一本一本つまんで抜いては、そのまま芝生に捨てていった。「ほかの人間のすることときたら、時々、気がおかしくなるくらい腹が立つわ」

「でも、ピンを刺したぐらいじゃ、お人形は壊れないわよね。だって、それって、針金と詰め物で出来ているんだもの。だから、身体を曲げて座らせられるし、歩いているみたいに見えたりもするし」

「どうやら、大丈夫みたい」メリージェーンが言った。「このまま持って帰って、ドールハウスに戻しておくわ。そうすれば、たぶんファンシーも、この人形がなくなっていたことに気づかないだろうし」

「たとえ、気がついたとしても、あなたはただ、なにも知らない、って答えればいいわ。だって、どうしてこうなったのか、本当に知らないんだから」

日差しがとてもまぶしい、よく晴れた日の午前中、ファニーおばさまが村へ買い出しに行ったり、街に注文を出したりして取り揃えた品々の第一便がやってくるのにそなえて、外門が開放された。これから二、三週間は、ファニーおばさまが手紙や電報で注文を出しておいた品が、通信販売会社や遠方の街の卸売業者から、続々と届くことになる。

明るく晴れた朝に到着した最初の配送トラックは屋敷の通用口にまわって停まったものの、その荷台を見ただけで、これだけの荷物を地下の貯蔵倉庫に片づけるのは無理だということが、だれの目にもすぐにわかった。まして、このあと別便でやってくる荷物など、なおさら収まるはずがない。それに加えて、ファニーおばさま自身は、いろいろな種類の品がこうして大箱単位で届き、しかもその内容が、自分が買ったものとしては、あまりに奇異な品ばかりであることを思うと、いらぬ噂を避けるためにも、できるだけ使用人の目には触れないようにしておくべきだと、心ひそかに思うところがあった。さらにハロラン夫人も、使用人や村人たちが現にそう信じているように、ファニーおばさまは、お高い選民意識が災いして、なにかと愚かな行動をとる人なのだと周囲に思わせることにやぶさかではなく、それで、なかば面白がりながら、届いた荷物を図書室に運びこむよう、指示を出した。これによって図書室では、蔵書が棚から出されて壁際に積まれ、部屋の中央にある大きなテーブルや椅子も場所をあけるために端に寄せられることになった。

それからは、いつもと勝手が違って戸惑った様子の配達員たちが、運んできた箱や包み（そのなかには、下手な梱包の品もいくつかあった）を抱えて裏の通用口を通り、長い廊下を歩いて母屋へ入り——その境の戸口を開放しておくために、エセックスはセネカの胸像を置いて扉を押さえ——なにからなにまで図書室へと運びこむ姿が続いた。その様子は、初代のハロラン氏の指示によって、この図書室にはじめて本が並べられていった時の作業風景と似ていないこともなく、掃除は行き届いていても分類整理のできていなかった書物の部屋は、それ自身が思わぬ事態に驚きながら、成り行きを見守っているようだった。エセックスはファニーおばさまが買い集めた品をいちいち検分する気にもならなかったが、ハロラン夫人は、のぞいた箱に桃の缶詰が詰まっているのを見て、いささか驚きながら、おばさまにたずねた。「わたしたちの未来には、神の言う〝豊かな土地〟が約束されているんじゃなかった？　なのに、自分たちの食べ物は自力で用意しなけりゃならないの？」

「シーッ」ファニーおばさまが彼女を制するのと同時に、缶入りスパゲティの箱を抱えた配達員が部屋に入ってきた。「その箱は、本棚にぴったりおさまりそうね」と、彼女は言った。「そのあたりの本を棚から出しちゃってちょうだい。そうしたら、箱を置く場所ができるわ」配達員は持ってきた箱を置くと、そばの棚に並んでいる本の半分を抜いて床に積みあげ、空いた場所に箱を押しこんだ。彼は狐につままれた顔でファニーおばさまを一瞥してから、図書室を出て行った。「わたくしだって、自分たちで食べるものを用意する必要があると、本気で考えているわけじゃないのよ」ファニーおばさまは、気まずそうに言った。「ただ、きっと初めのうちは――つまり、いろんなものがまた育つようになって、わたくしたちが新しい生活様式にちゃんと慣れるまでは――もちろん、それなりの調整期間があるでしょうからね。あ、それは本棚に置いてちょうだい」

ハロラン夫人は、配達員が本棚に押しこんでいる、傘の束に目をやった。

「日光対策よ」ファニーおばさまが熱心に説明した。「もちろん、最終的にはシェルターを造ることになるだろうけれど」

「でも、そんな必要は……だって、この屋敷が……」

「シーッ」おばさまは、また彼女を黙らせた。「それも、本棚に置いてちょうだい。お願いね」

こうして、多くの蔵書が無造作に床に積み上げられたものの、空いた棚は次々と埋まってしまい、結局、最初のトラックの荷物がすべて運びこまれる前に、この調子では図書室にすべての品を収めるのは難しいということが、はっきりしてきた。するとエセックスが、今さらその原因を分析する気にもならない、もやもやとした強迫観念にかられるまま、屋敷の裏にある果樹園の作業用具置き場へ行って、五、六個の大きなバスケットを取ってきた。そのなかに、ファニーおばさまと、ミス・オグルビーと、ジュリアと、アラベラが片端から本を投げ入れていく。ファニーおばさまがトラックに戻る配達員に、ついでにバスケットを外へ運び出すように指示すると、エセックスの行動に触発されたハロラン夫人が、中身の本は外にあるバーベキュー炉に捨ててくるよう、重ねて指示した。そして、エセックスが図書室の棚の前で、ミルクの缶詰やオリーブの缶詰やスープの缶詰が入った箱を律儀に並べ直しているあいだに、キャプテンとウィロー夫人がバーベキュー炉にたまった本に灯油を撒き、火をつけて、燃えていくのを見守った。無念そうに昇りはじめた煙が、図書室の窓の前に漂ってきた時、エセックスはしばし臆した様子で、抗議するように片手を動かした。そして、ハロラン夫人の言葉に、振り返った。「あれは、たいした価値などない本ばかりよ、エセックス。初版本は一冊も混じってなかったはず。それに」彼女は、もごもごと続けた。「お菓子で出来ている本もね」

「ぼくは、書籍の分類作業を続ける日々がついに終わったことを喜ぶべきなんだろうな」エセックスはそう言うと、棚に置いてある紙コップの詰まった箱に顔を戻した。

トラックから降ろされる荷物を図書室の棚に並べ、運び出された本を燃やす作業は速やかに進められた。仕事を終えた巨大トラックが、重い響きをあげて屋敷の通用口を離れていったのは、まだ正午になったばかりの頃で、作業が終わった図書室のなかは、その根本的なたたずまいにおいて、さほどの変化がないという不思議な雰囲気に包まれた。というのも、書棚の半分はダンボール箱で埋まっているものの、それがすべて整然と片づいているからで、エセックスはドア・ストッパーに使っていたセネカの胸像を抱えて戻って来るなり、こう言った。「図書室というのは、倉庫として使うのに、とても適した場所なんだな。こんなこと、今まで少しも気づかなかったよ」

「それに、まだ、だいぶ余裕があるわね」ファニーおばさまはそう言いながら、まだ本が並んだままになっている、二方向の壁の書棚に期待のこもった視線を投げた。「あとの荷物も、今日の調子でうまく片づけていきましょう。たとえば、自転車のような大きな荷物は、地下室に運べばいいのだし」

「それにしても」ハロラン夫人が言った。「なぜ、こんなに大量のストックがいるのか、わたしにはまだ理解できないわ。確かあなた、はっきり言っていたわよね。未来に待っているのは、実り豊かな世界で――」

「いくら実り豊かでも」ファニーおばさまが鋭く言い返した。「そこでとれたオリーブの実を、自分たちの手で加工しているところなど、あなたには想像できないでしょう、オリアナ。人生に欠くことのできない、いくつかの小さな贅沢くらいは――」

「昔ながらの絹は?」ハロラン夫人は筒巻きの形で届いた真紅の合成繊維を指先でいじりながらたずねた。

「あなた、わたしたちに、イカレた女みたいな格好をさせるつもりなの、ファニー?」

「わたくしは」ファニーおばさまが声をこわばらせた。「よりよい世界でも、レディであり続けたいと願っているわ」

「ファニーおばさま」エセックスが言った。「ぼくがあなたをなんの迷いもなく信じていることは、わかってくれていますよね?」

「だから?」ファニーおばさまは図書室の大きな肘掛椅子に腰をおろし、手で軽く顔をあおぎながら訊き返した。

「ファニーおばさま、あなたが間違っているという可能性は、ありませんよね?」

「なにが間違っているというの、エセックス?」

エセックスは口ごもった。「それはその……あなたのお父さんのことで」

「わたくしが、お父さまのことで、なにをどう間違えるというの? お父さまはどこまでも高潔な男性だったわ。背が高くて、貫録もおありだった。本当に、育ちがよくて」そこでファニーおばさまは、ちらりとハロラン夫人を見た。

「ファニーおばさま」エセックスが続けた。「ぼくは、あなたのお父さんの言葉を疑っているわけじゃありません」

「それは当然よ、エセックス」

「でも、どうか笑わずに聞いてほしいんですが、今のぼくは、本当に、すごく怖いんです。あなたがここに運び入れた、この大量の品物を見ていると――」

「お父さまの指示に従っての行動よ。そんなこと、説明するまでもないでしょう」

「なんだか、ありえないような気がしてきて」エセックスが発作的に言った。

「断言してあげる。ありえないことじゃないわ。ありえないなんて、絶対にない。わたくしがあなただったら、きっと理解しようと努めるわ。お父さまが遠い世界からわざわざ知らせに来てくださったからには、事態はそれだけ深刻な状況に違いないのだと。それから、わたくしは、世界の終わりは自分たちが考えている以上に早く訪れるかもしれないと、そう理解しているわ。もちろん、お父さまは十分な余裕を持って、その時を知らせてくださるお約束になっているけれど」

「それで、あなたは彼を信じているんですね？」

「お父さまを信じなさい、エセックス。だって、わたくしのお父さまなのよ？」

「ファニーおばさま、もう一度、ぼくたちにちゃんと聞かせてください。その後の世界は、どんなふうになるんです？」

「たぶん、今の世界とは、それほど変わらないと思うわ。ただ、わたくしが予想するに、調整に要する期間はあるでしょうね。たとえば、大地が生命をくり返し産み育てる力を取り戻すには、それなりの時間がかかるだろうし、樹木が生長して実をつけるようになるのも、すぐというわけではないわ。だから、わたくしたちは、どこかで食べ物を見つけなければならなくなる。わたくしにわかるのは、その後の最初の朝、目の前に広がっているのは、すっかりと清められ、わたくしたち以外に生命の兆しなどどこにも見られない、まっさらな世界だということ。なにもかもが真新しい、手つかずのその状態は、きっと美しくて素晴らしいでしょう。でも、そんな世界では、わたくしたちは最初の数日間すら、うまく生きられないのではないかしら。もちろん、世界はじきにエデンの園のようになるでしょう。もっとも、エデンの園というのは、それほど住み心地のいい場所ではなかったようだけれど。だって」おばさまは顔を赤らめた。「みんな知っているように、たくさんの禁止事項があったようだから。あの、リンゴの木のことだけではなく、ね」

「でも、ぼくたちには、そういった禁止事項はひとつも課せられないと？」エセックスが緊張の面持ちで訊く。

「普通に考えれば、そうなると思うわ。もちろん、その点については、追々もっと多くのことがわかってくるでしょうけれど。でも、だからこそ、わたくしは、今の自分たちならしないであろうことを考えるべきだと思うの。人類が事実上の終焉を迎えたら、今日まで道徳的見地において不適切だと判断されてきたものが、すべて、その縛りを失うことになるはずだから。つまり、わたくしたちは、身を慎むことを学ぶ必要がなくなってしまうのよ」

「あなたは、みんなが緑の草地で花や木々にかこまれて暮らすような話をしているけれど」エセックスはしつこく訊き返した。「だったら――」彼はぐっと息をのんだ。「――だったら、この屋敷はどうなるんです？今の世界の価値あるものを一杯に抱えこんだまま、ここに存在し続けるのに」

「それについては、わたくしも前々から考えているわ」そう言って、ファニーおばさまは軽い笑い声のようなものをもらした。「この屋敷は、神殿のような存在になるんじゃないかしら。わたしたちの子供たちにとって、さらには、その子供たちの世代にとって。やさしい太陽や穏やかな月の光を浴びながら、野原や森で寝起きして、必要なものはすべて自然から手に入れる生活をしていれば、だれも家のことなど考えなくなって、そのうちに〝屋根〟は〝祭壇〟と同義語になるの。わたしたちも長生きをすれば、孫の世代がこの屋敷を崇拝しているところが見られるかもしれないわね」

「ぜひとも、そうあってほしいものだわ」と、ハロラン夫人。

「わたくしは――さっきも言ったように、お父さまの指示を受けて――この屋敷のなかに、あらゆる実用的価値のあるものを集めるように心がけているの。価値がなければ、集めたりしないわ。ここにあるのは、新たな世界の無垢な子供たちにとって役に立つであろうものばかり。それを、彼らはここで、自分たちの神の神殿のなかで発見するのよ。たとえば、なにかの作業をするのが楽になる道具類。宝石類は、その美しさが彼らの目には魔法のように感じられるかもしれない。ここの階段の流れるように美しいラインだって無駄にはならないわ。わたくしたちは、この世界が育んできた美的感覚というものを、みすみす消滅させてはいけないのだから」

「わたしの銀食器一式も」と、ハロラン夫人がそっけなく続ける。

「ここにあるものは、神々の財産となるの」ファニーおばさまが言った。「そうなったら、お父さまも、きっと喜んでくださるわ」

「でも、わたしが生きているあいだは違うわよ」ハロラン夫人が言った。「この屋敷のものは、法律上、わたしが受け継ぐことになるのだから」

「わたし、思うんですけど……」陰になった部屋の隅から、思いがけずグロリアの声がして、その声音に全員が沈黙した。「その、はるか先の世代の人たちって、この屋敷にやって来ても、恐る恐る動きまわるばかりで、なにかに手を触れるようなことはしないんじゃないかしら。わたしたちが、洞窟の壁画や、地下墓所や、古代の宮殿を見物する時みたいに、ただ、家具や壁や天井を眺めるだけで。彼らがここに来るとしたら、それは聖地巡礼のような行為になるんだと思うわ。少人数のグループで来て、うっかりなにかに触ったり、壁をこすったり、家具にぶつかったりしないように、見学路として決められた通路をはみ出さないように歩くの。それも、死んでいった多くの人たちの足跡をたどる時みたいな、その霊をうっかり起こしたり、怒らせたりすることを怖がっている、静かな足取りでね。たぶん彼らは、ここで見つけたものの多くを理解することはできないだろうけど、でも、それにまつわる逸話や、わたしたちのことについては語り継いでいくと思うわ。彼らにとってこの屋敷は、きっと畏れ多くて、恐ろしくて、謎めいた場所になるのよ」

「そんなこと、わたしは全部、許さないわ」突然、ハロラン夫人が大声で言った。「わたしは生きている限り、絶対にこの屋敷を離れませんからね。あなたたちだけ、わたしの恩恵を頼りに、森のなかで暮らせばいいのよ」

「あなたの恩恵なんて、物の数ではないわ」ファニーおばさまがつぶやいた。「後の世界ではね」

8

「〝前にも少し触れたが〟」看護師は単調な声でゆっくりと朗読を続けた。「〝わたしは金貨や銀貨で三十六ポンドほどの現金を所持していた。しかし、その役立たずぶりときたら、なんと意地が悪く、悔しいことか！今のわたしにとって、こんなものは少しの価値もなく、たとえば一グロスのタバコパイプだとか、手元の穀物を挽く小さな粉ひき器が手に入るなら、この金を無造作にひと摑みして払っても惜しくはないと、そんなことをよく考えた。それどころか、国産のカブやニンジンの種を六ペンス分、あるいは、ひと握りの豆類とインク瓶がひとつでも手に入るなら、この金を丸ごと差し出してもいいとまで思っていた〟」

ジュリアとアラベラとメリージェーンは、屋敷の庭園で咲きはじめた香り高く美しいバラを毎日抱えるほども摘んできては、応接室と食堂の銀の花器に活けた。日時計は、緑の色を濃くした芝生を背景に、その白さをますます際立たせて佇み、朝食のテーブルには、アンズの実が載るようになった。ファニーおばさまは相変わらず母親の形見のダイヤモンドを身に着けていて、常にお告げを受けるようになり、ある日の深夜、あやしい気配に目の覚めたウィロー夫人が、だれかが銀器を盗もうとしているのではないかと様子を見に部屋を出たところ、寝間着姿のファニーおばさまが大階段の一番上にじっと立ち、うっとりした表情で微笑んでいるのを見つけた。ウィロー夫人が近づいて目を覚まさせてやると、彼女は「時はさらに近づいている」と語った。

グロリア自身はまったく気が進まなかったのだが、ウィロー夫人は堪え性のない性格とあって、ファニーおばさまが口にする漠然とした予定に飽き足らず、また鏡をのぞくことをグロリアにしつこく求めた。「だって、あなたは経験者だし」と、ウィロー夫人は説明した。「もう、やり方はわかってるじゃないの。こちらとしては、また新しい人でやり直すなんて、したくないのよ。それに、あなた以外に適任者はいないんだから」

油の広がる鏡の前に、グロリアは嫌々ながらまた腰をおろすと、ぶるっと身を震わせてから、前かがみになって顔を近づけた。「今度は、もっと楽しいなにかが見えればいいんだけど」と、彼女は言った。「もし、また恐ろしいものが見えたりしたら、だれか、ほかの人に代わってもらいますからね。そのせいで、あっちの世界の存在が混乱しようがどうしようが、あたしには関係ないわ」

「これをやってなかったら、わたしたちはほかにどんなナンセンスなことをやる羽目になっていたのかしら」と、ハロラン夫人。

「ぼくたちは、神殿の階段に並んで座り、人間の所業を眺めているオリュンポスの神々と同じですよ」と、エセックスが言う。「ナンセンスなことでもやって、気を紛らわしているくらいが、ちょうどいいんです。下手に退屈すれば、ろくなことをしかねませんからね」

「それじゃ、みなさん、わたしの方をじっと見ていないでくださいね」と、グロリアが言った。「気になっちゃって、仕方ないから」

ウィロー夫人とファニーおばさまは互いに様子をうかがいながら、少しだけうしろにさがった。

「あたしたちは、なんにもせずに待っているわ」ウィロー夫人が気楽な調子で言った。「なにか見えたら、教えてちょうだい」

「この出だしの、動きがはじまるところが、すごくいや」そう言いながら、グロリアは座ったまま落ち着かなげに身を動かした。「ちょうど、船酔いみたいな感じ――すべてが攪拌機に放りこまれたような状態で、もう一分も耐えられないって思うの。だって、この恐ろしい渦のなかに、自分もぐるぐるまわりながら沈んでいってしまうから――外の風景が見える。すごく、はっきりと。風景が見えるわ。なかなかすてきな場所よ」

「それはどこの風景?」ウィロー夫人は、こういう時のために買っておいたノートにメモを取りながら訊いた。このノートには、これまでファニーおばさまがお告げで語った言葉も、すべて書き写してある。

「よくある、田園の風景。木があって、草が一面に生えていて、花が咲いている。青い空。かわいい鳥たち」

「人は?」

「人はいない。家もない。塀も、道も、テレビのアンテナも、電線も、看板もない。人はどこにもいない。丘があるわ。そこに何本か木が生えているの。それに……これは牧草地かしら。やわらかそう」グロリアは少しためらい、こう続けた。「ここは……区切りがない場所なの。そうとしか、うまく言えないんだけど……壁とか、塀とか、そういったものがなにもなくて、ただ、どの方向にも、やわらかな緑の大地が広がっているだけ。もっと向こうには、たぶん、川があると思うわ」

「そいつは、どこから眺めてもいい景色だろうな」と、エセックス。

「待って……丘を越えて、だれかがやって来るのが見える。エセックス、これって、あなたみたいよ。ただ、服は着ていないけれど……本当に、なにひとつ……」グロリアは顔を真っ赤にし、両手を頬に押しあてたものの、身体を起こしはしなかった。

「続けてちょうだい」ウィロー夫人がうながした。「あたしたちは、なにを聞いても驚かないから」

「できたら、ぼくにライオンの毛皮か水泳パンツでもはかせてやってくれないかな」とエセックスが言った。「こうして、のぞき見されているなんて、そのぼくは知らないだろうからね」

「あなた……狩りをしたりすることがあるの？」

「あらあら、いったいなにを狙っているのかしら？」と、ハロラン夫人。

「まず間違いなく、水泳パンツを捜しているんですよ」と、エセックスが続けた。「頼むから、そのぼくを茂みの奥に立たせてやってくれ」

「静かに！」ウィロー夫人がおしゃべりを制した。「これは真面目にやってるんだから」

「すごく素敵」と、グロリアがつぶやく。

エセックスはなにか言おうと口をあけ、しかし、ウィロー夫人が激しい身振りで合図してきたので、その口をとじた。

「本当に、とても美しい田園風景よ。エセックスは、もういないわ。見えるのは、やわらかに続くいくつかの丘と、木立と、青い、青い空」

「視界から消えることができて、神に感謝だよ」エセックスが堪えきれずに言った。「だれかにじっと見られているような、いやな感じがしはじめていたんだ」

「見て」グロリアが言った。「ほら、見てよ」彼女は笑い声をあげた。「どんどん変わっていく。まるで、小さな風景画みたい。変わっていくから、丘の向こうや木立のあいだがよく見えるようになったわ。今度は何人かの人の姿も見える。まだ、とても遠いけれど。彼らは……踊っているみたい。太陽が、すごくまぶしい。ええ、踊っているわ」

「服を着て？」エセックスは、ひとりですっかり面白がりながら、質問した。

「わからないけど、それはどうでもいいわ。みんな、すごく遠くにいて、すごく小さく見えるし、それに、すごく高い木に囲まれた場所にいるんだもの。そうよ、やっぱり彼らは踊っているんだわ。それに、花や草が少し揺れ動いていて、そよ風が吹いているみたい。それと、これは……シカ？　ほかに、鳥がいるわ。あとは、ウサギも」

「わたしたちの方舟は無事に陸に着いたようね」ハロラン夫人がエセックスに言う。

「ねえ、グロリア」ウィロー夫人が声をかけた。「あたしたちがあれこれたずねたら、その答えは見つけられると思う？」

グロリアは目をとじると、身体を起こして椅子の背にもたれながら「やってみるわ」と答えた。「今のは、すごくきれいだった」

「ぼくは実に奇妙な感覚を味わったけどね」と、エセックス。「たぶん狩りなんて、もう二度としないよ」

「あたしが思うに」と、ウィロー夫人が口をひらいた。「グロリアは、あたしたちが見てほしいと望んでいるものを、この鏡で実際に見ているような気がするわ。エセックス、静かにして。つまり、あたしが言いたいのは、この前、彼女が鏡のなかにいろいろと恐ろしいものを見ることになったのは、あの時点であたしたちが、みんな怯えて混乱していたからじゃないか、ってことなの。でも、今のあたしたちは、この先にどんなことが予想されるか、かなりよくわかっているから、あちらの世界の存在も、あたしたちが望むものを、よりよく見せてくれるんじゃないかと思うのよ。といっても、あたし自身、自分の考えがまだ明確になっていないところがあるかもしれないけど」彼女は、黙ってうなずいているミス・オグルビーをながめ、ため息をついた。「グロリア」彼女は少女に声をかけた。「あたしたちは、破壊の光景や怖いものばかりを、あなたに見てほしいなんて思ってないの。さっきのすてきな景色のほうが、ずっと、ずっと気に入ったわ。それでね、あたしにいい考えがあるの。あなたにはまた鏡をのぞいてほしいんだけど、今度は、この屋敷の人間の様子を探ってみてくれないかしら。今から、ちょうど一か月後のあたしたちを。つまり、六月の終わりってことになるわね。さあ、この屋敷にいる人たちのことを考えて、そうして鏡の窓をのぞいて、一か月後のあたしたちがなにをしているか、見てちょうだい」彼女はほかの面々を振り返って「あと、どれくらいの時間が残っているのか、それを調べるためよ」と説明し、それから少女をうながした。「さあ、はじめて、グロリア」

グロリアは両肘をテーブルにつき、両手のあいだに顎がくるような形で前に身を乗り出した。そのまま、じっと鏡をのぞきこむ。長い髪が顔の両側に垂れて、テーブルに届きそうになる。「バラの花」ようやく、第一声が出た。「食堂のテーブルにバラの花がある。ピンク色の」

「きっと、ツルバラね」ファニーおばさまが言った。「お母さまの好きだった花よ。だからバラ園にはツルバラの茂みが六つ、作ってあるの。それに、ツルバラが開花するのは、確かに六月の下旬だわ」

「みんなの姿が見える」そう言って、グロリアはクスクス笑った。「変な感じ。だって、わたしもそこにいるんだもの。まるで小さな写真を見ているみたい。といっても、動いているところが違うけれど。みんな、すごく小さいわ。ちょうど、朝食をとっているところよ。エセックスが……」

「ぼくはなにを着ているの?」エセックスが先まわりして確認する。

「白いシャツだと思う。あなたがなにかを話していて、わたしたちがみんな笑っているの。わたしは青と白の綿のワンピースを着ているわ。つまり、わりと気温が高いってことね」

「だったら、六月の下旬までは何事もなく過ぎると判断していいと思うわ」と、ウィロー夫人。「次に進むわよ、グロリア。七月の下旬を探ってみて。七月の終わり頃に、あたしたちがどうしているか、見てみて。七月の終わりよ、グロリア」

「テニスをしているわ」すぐにグロリアが言った。「みんな、テニスコートに集まっている。ジュリアとキャプテンがペアを組んで、アラベラとわたしを相手に対戦してるの」

「やっぱりね」アラベラはそう言いながら、横目にちらりと妹を見た。

「あとの人たちは、白い椅子やベンチに座っていて、そばには、緑とオレンジと黄色の配色のパラソルがひらいていて、小さなテーブルも出ているわ。みんな、飲み物を手にしてる。きっとすごく暑いんだわ。だってみんな、薄手のワンピースやショートパンツ姿だもの。わたしは青いストライプのショートパンツをはいているけど、変ね。こんな服は持っていないのに」

「きっと、あたしが貸したのよ」と、ジュリアが気づいて補足する。

「うちでは毎年夏になると、テニスコートでそれと同じパラソルを使っているわ」とハロラン夫人が言った。「でも、どうしてグロリアがそんなことを、しかも、色まで知っているかしら？　今は馬車小屋に片づけてあるのに。それも、彼女がここに来るずっと前から」

「だって、見えるんですもの」と、グロリア。

「肝心なのは、彼女が鏡で見る限り、この時点でも、まだなにも起こっていないことが示されたということよ」と、ウィロー夫人が言った。「だって、ことが起こったあとには、テニスコートもカラフルなパラソルもあるわけがないんだから」彼女はそっと身をかがめ、以前と同じく、グロリアの頭に片手を置いた。「さあ、もう一度、見てちょうだい。あたしたちが次の月末にはどうしているのか、探ってみて。八月の終わり頃、鏡のなかのあたしたちは、なにをしている？」

グロリアは眉をひそめ、鏡にいっそう顔を近づけた。「難しいわ。だって、すごく暗いんだもの。窓が全部しまっているの。みんな影みたいになって、だれがいるのか、よくわからない。太陽も出ていないし」

「みんなは、なにをしているの？」

「たぶん……」グロリアはためらいながら言った。「なにかを押そうとしているんだと思う……ホールの、大きなチェストかしら。あるいは、大きなソファか、そういったもの。それを、扉の前に押しつけようとしているの。蠟燭が何本もついているけれど、それでも、やっぱりだいぶ暗い。みんなが玄関ホールにいるのはわかるわ。床のタイルが見えるから。これって……」グロリアは身体を震わせた。「……屋敷に閉じこもるために、バリケードを築いているんじゃないかしら。すごく暗いわ」

「だれかの顔は見えない？」

「ファンシーなら、たぶん、わかるわ。だって、ほかより小さい人は、ファンシーだけだろうから……ええ、これはファンシーよ。ちょうど今、蠟燭のすぐそばに来たの。この子……笑ってる」

「笑ってる？　みんながバリケードを築いている時に？」

エセックスがハロラン夫人にそっとささやいた。「そういや、エドナ率いる〈真の信者たち〉も、八月の終わりだと言っていましたっけ」

「あのイカレ女の話が本当だったら、わたしは喜んで火星人を食べてやるわ」と、ハロラン夫人がにべもなく言う。

「もう少し先に進んでみて、グロリア」ウィロー夫人がうながした。「その夜の終わりがどうなるか、翌朝がどうなっているか、見てみて」

「無理よ。もう、消えてしまったわ」グロリアは身体を起こし、椅子の背にもたれたまま鏡をながめた。鏡面には天井と天使の像がゆがんで映っている。「怖い」と彼女はつぶやいた。

「ファニーおばさまのはじめた試合に、グロリアが駄目押しの点を追加」ハロラン夫人は日時計にそっと触れながら言った。「こういう今の時間は、もうあまり長くはなさそうね」

「自分たちが、こうもあっさり屈服させられてしまったことに、あなたもそろそろ驚いているんじゃないですか？」とエセックスが訊く。

「わたしはまだ、全面的に信じているわけじゃないのよ、エセックス」

「図書室をあんなことにしたくせに」

ハロラン夫人が笑った。「わたしは天性の焚書家なのかも」

「本を燃やすのも仕方がないと、ファニーおばさまにそう思わせたい理由が、あなたにはあったんじゃないのかな」

「ねえ、エセックス、ファニーおばさまは昔と違って、もう、それほど若くはないのよ。なのに、彼女のささやかな楽しみをはねつけるような真似など、おいそれとは出来ないわ。それに、ファニーおばさまと対立することは、わたしの基本計画には入っていないの。もっとも、よりよき清浄な世界とやらを迎えたら、彼女とは正面からぶつかることになるだろうけれど」

「このところ、キャプテンとジュリアが、なにかと隅に身を寄せあっては、こそこそ話をしていますね」と、エセックスが話題を変えた。「ウィロー夫人も、あのふたりには、いつも目を光らせているようですが」

「わたしたちとしては、キャプテンの存在を失うわけにはいかないわ。ファニーおばさまが正しいとして、その上、もしキャプテンがいなくなったら、エセックス、あなたに課せられる使命は超人的なものになるわね」

「お忘れですか」と、エセックスが言った。「ぼくは超人じゃなく、狩人になる運命なんですよ」

ハロラン夫人はしばし沈黙し、やがて、おもむろに言った。「あのくだりは、聞いていて不愉快だった。

おかげで、あのグロリアって子が嫌いになってきたわ。だいたい、あの子が鏡を通して本当になにか見ているのか、それも怪しいもんよ」

「でも、あの子が嘘を言っていないことは、あなたも容易に納得できるはずですよ。だって、ぼくの左腿には小さな傷痕がありますからね」


「あの老婦人は、この屋敷にかなりの現金を置いているのかな?」キャプテンのやわらかな声に、ジュリアは黙ってうなずいた。ふたりは四阿《あずまや》のベンチにいた。ここからだと、背後にある秘密の花園も、前方にはるばる広がる芝生もよく見通せる。はるか向こうには、ハロラン夫人とエセックスが日時計をのぞきこんでいる姿があった。

「こんな状態、いつまで耐えられるか、わからないよ」と、キャプテンが続けた。

「母さんが、あたしたちを見張ってるの」と、ジュリア。

キャプテンが笑った。「おれは、きみの母親など気にしてないよ。彼女は、ほかの連中ほど厄介じゃないからな。あの、いつも隅っこにいる、いい年をした……」

「ミス・オグルビー」

「ミス・オグルビー。彼女にしたって、そう面倒だとは思わない。ただ、頭のおかしい、あの女……つまりは、ファニーおばさまのことだが……昨日の夜、みんなが寝静まったあとに、おれの部屋まで来てさ、ドアをさんざん叩いて、言うんだ。〝キャプテン、なかに入れて。入れてちょうだい。わたくしはまだ四十八なのよ〟って。なんだ、ありゃ」彼は身を震わせた。「思わず、部屋中の家具をドアに押しつけて、バリケードを作りそうになったよ」

ジュリアが笑った。「あなたもそのうち、一晩くらいはドアに鍵をかけ忘れるんじゃないかしら」

「おれに限って、それはないね。そんな危険を冒して、罠にはまるのはごめんだ。で、どうやって逃げる？　門には全部、鍵がかかっているし、石塀も、彼女に言われて、おれとエセックスで、だれも乗り越えられないようにしちまったからな」

「それ以上に問題なのは、車が必要だってことよ。村まで歩いて逃げるなんて無理だし、たとえ村まで行けたとしても、あそこのバスは、間抜けなことに、一日たったの二本しかないのよ。これじゃ、三十分もしないうちに捕まっちゃうわ」

「この屋敷の連中が、わざわざおれたちを捕まえに来るって、どうしてそう思うんだい？」

ジュリアはいたずらっぽく笑った。「あたしだけなら、それはないけどね。彼らが捕まえておきたいのは、あたしじゃないもの。それどころか、みんな大喜びで、あたしを好きに行かせてくれると思うわ。うちの母親だって、きっとそうよ。なぜなら、あたしは未来の世代の父親になれないから」

「やれやれ」と、キャプテン。「で、今日、試してみるのはどうかな？」

「あたしたちは牢獄にいるわけじゃない」ジュリアは真面目に言った。「だからあたしも、囚人みたいな態度をとるつもりはないわ……つまり、配送トラックの荷台に隠れて脱走するとか、そういうことはしないってこと。それより、自分たちはここを出ていきたいんだと、彼女に堂々と話すのはどうかしら？」

「おれ自身に、その選択はないね」と、キャプテンが言った。「個人的感想を言わせてもらえば、ここの地下には牢屋のひとつくらい、あっても不思議はないからな」

「お母さん」

「なんだい、ベラ?」

「ジュリアが四阿にいるわ。また、キャプテンといっしょに」

「そうだね」

「あそこでふたりがなにをしてるって、わたしが考えているか、お母さんにわかる?」

「ええ、あそこでふたりがなにをしていると、お前が考えているか、わかってますとも。だけど、それは間違い。あたしの見たところ、あのふたりは逃げる相談をしているね」

「それって、ジュリアがこの屋敷を出ていくつもりでいるってこと? キャプテンといっしょに?」

「だと思うよ」

「そんなの、ずるい。だって、結局のところ、この屋敷には男性がたったふたりしかいなくて、しかも、残るひとりはエセックスなのに。キャプテンを行かせてしまうなんて、絶対にだめよ」

「でも、どうすりゃ、ふたりを止められるのか、あたしにはわからないし」

「ほら、やっぱりずるい。お母さんはいつだって、わたしよりあの子のほうが可愛いんだから」


「ファニーおばさま、また、あのふたりですよ。四阿のなかです。顔を近づけて、ささやきあっていますわ」

ファニーおばさまはひっそりと笑みを浮かべた。小さな居間で、彼女といっしょに朝の針仕事をしていたミス・オグルビーが、カーテンの隙間から外をのぞきながら言った。「あんなにくっついて座っているなんて」

「あのふたり、大きな失望を味わうことにならなければいいのだけれど」と、おばさまがつぶやく。

「あら、そんなことになりそうな気配なんて、みじんもありませんわ。ふたりには、ハロラン夫人が注意して、やめさせるべきですよ。人目もはばからず、ああいう不健全な振る舞いをするなんて、ファンシーにとってよくありませんもの」

「あのふたりの歩む道が、ずっと隣りあって進んでいくことはないと、わたくしはそう思うわ」と、ファニーおばさまが言った。「今はいいように見えても、先々のことを少しでも考えてみれば、あのふたりにはまったく違った運命が待っていることぐらい、すぐにわかるはずよ、ミス・オグルビー」

「それは、もちろんわたしも、キャプテンの担う役割については承知していますわ」そう言うと、ミス・オグルビーは赤くなり、言い訳するように続けた。「といっても、そのことを、ことさらに想像してみたことは一度もないんですよ。つまり、わたし自身のこととしては。でも、ジュリアの役割なんて……」

「ミス・オグルビー、まさかあなたは、この先のよりよき世界でわたくしたち、つまり、あなたやわたくしが、自分の手を使って働くことになるとは思っていないわよね？　あなたなら当然、ほかにも必要な人材があることは理解しているはず……そう、言うなれば……使われる階級の人間がね。だって、森で木を切り倒したり、水汲みをしたりする仕事は、どうしたってあるのだから」

「それは結構なお考えです」そう言ってから、ミス・オグルビーはまた赤くなった。

「お父さまは、あなたが気づかないようなところまで、それはもう幅広い範囲で、わたくしにこと細かく指示をくださっているのよ」ファニーおばさまが巫女めいた口ぶりで言った。


「ファンシー、ママにチョコレートを持ってきてくれない？」

「だめ。今、忙しいの」

「あなた、具合の悪いかわいそうなママに、自分で起きて取りに行けと言うの？」

「わかった。行ってくる」

「やっぱりあなたはいい子だわ、ファンシー。そのついでに、ちょっとキャプテンのところに寄って、ママに本を読みに来てくれるように頼んでくれないかしら?」

「キャプテンなら、ジュリアと四阿にいるよ。それで、ずーっと、ふたりで話をしてるの」

「具合が悪いあたしを、ちょっと見舞うためだったら、あの女なんか放っておいて来てくれるに決まってるわ」

「わかった、頼んでみる。たぶん来ないと思うけど」

「だったら、おばあちゃんに教えてやりなさい。キャプテンとジュリアがいつもいっしょにいますよ、ってね」


「〝ある日の、正午頃のこと〟」看護師が単調に朗読を続けた。「〝ボートに向かって海岸を歩いていたわたしは、砂浜にくっきりと記された人の裸足の足跡を見つけ、心の底から驚いた。わたしは雷に打たれたように、いや、亡霊でも見てしまったかのように、その場に立ちつくした。耳をすまして、あたりを見まわす。なにも聞こえず、なにも見えない。それで、小高い場所に移動して、さらに遠くまで目をこらしてみた。海岸もさんざん歩きまわってみた。しかし、あるのはただ、その足跡だけで、ほかに人のいる気配は、なにひとつ見つからなかった〟」

9

「まあ、ジュリア」ハロラン夫人は愕然とした顔で言った。「あなた、自分が囚人のように、この屋敷に閉じこめられていると感じていたの？」

「あたしはただ、ここを出ていきたいだけ」ジュリアは不機嫌に言った。「キャプテンもあたしも……とにかく、ここから出たくてたまらないんです」

「そうしたければ、そうなさい」ハロラン夫人はやれやれというように首を振った。「あなたを強制的に引き留める権利など、わたしにはないのだから。個人的意見を言わせてもらえば、わたし自身は屋敷を出ていく選択など絶対にしないけれど、でも、この言葉にあなたが影響されて、今さら考えを変えるとも思えないしね。つまり、わたしは、あなたが惨めな間違いを犯しているとは思うけれど、でも、あなたがわたしと信念を同じくすることがない以上、出ていくあなたを止めようとするのは実に滑稽で、まったく無駄な行為だと思うわ」

「あたしはただ、ここを出ていきたいんです」ジュリアがくり返した。「キャプテンといっしょに」

「ええ、キャプテンといっしょにね。それにしても、ふたりのあいだの決め事を、あなたひとりに言いに来させるなんて、どうやらキャプテンは、ファニーおばさまが最初に抱いた軍のイメージにふさわしい虚勢を張ってみせる男気など、まるで持ち合わせていなかったみたいね。身構えることはないわよ、ジュリア……あなたは出て行けばいい。キャプテンも出て行けばいいわ。いつでも、好きな時にね。ただひとつ、わたしが心穏やかでいられない点は、あなたがそうやって別の問題をひそかにかかえていたということ……わたしたち全員の心を当然のように占めている最大にして最終的な例の問題など、そっちのけでね」

ジュリアは目を丸くした。「あたしたちを、止めないんですか？」

「わたしが鬼に見える？　わたしのこの城は鉄壁の牢獄？　どこかに見張りのドラゴンやヒョウがうろついている？　わたしたちは真鍮の都みたいな魔法に支配されているの？　門を一歩出たとたん、化け物じみた連中が目の前に降ってきて通せんぼするような、邪悪な魔力にしばられて生きているのかしら？　もし、そう信じているのなら……」

「戻って、キャプテンに伝えます」ジュリアは話をさえぎって言った。「それと、ハロラン夫人……ありがとう」

「べつに、いいのよ。わたしだけでなく、お母さんの同意を得ることも忘れないようにね」

「あたしがどこでなにをしようと、きっと母は気にしないわ」

「ところで、あなたにとっては街までの交通手段が悩みどころじゃないかしら。できれば、だれかに車で送らせたいところだけれど、残念ながら、今は使用人の手が空いていなくてね。でも、村の人間で役に立ちそうな男に心当たりがあるの。それでよければ、もちろん、話を通してあげる。あなたたちも、できるだけ早く発ちたいと思っているんでしょう？」

「ええ、もちろん」

「だったら、わざわざ明日の朝まで待たせるようなことはしないわ。今夜九時、正門のところに車が来るよう、手配しましょう」

「助かります」ジュリアは目を輝かせた。「それなら今夜には街に着けるし」

「この世の楽しみを謳歌する時間が切ないほど短いことを思うと、あなたがそうやって急ぐのを責める気にはなれないわ」

「言わせてもらいますけど、ここを出ようと思った理由のひとつは、これはキャプテンも同じだけど、その……糞みたいな話が信じられないからです。なにをどう聞かされても」

「さっきも言ったけれど、わたしは、無理になにかを信じてくれと、あなたに頼んだおぼえはないわ。ただ、あなたたちが、どんな世界にいようとも、幸せであることを願うばかりよ」

「そうですか」ジュリアは気勢をそがれた声で言った。「そんなふうに言ってくれるなんて、あなた、意外といい人だったんですね。こちらからも、同じ言葉を贈ります。本当のところ、あなたには絶対にわかってもらえないだろうって、そう思ってました。とにかく、どうもありがとう」

「よかったら、キャプテンにもここに来るよう、伝えてもらえるかしら。彼にもお別れを言いたいのよ。なにか訊きたげな顔になったわね、ジュリア。だったら、答えてあげる。ええ、そのとおり。彼にはお金をわたすつもりでいるわ。だって、あなたたちには恩を感じているんだもの……新たな世界に対するわたしたちの考えは拒否しても、それで、ほかのみんなのチャンスを潰すようなことは一切せずに、ただ自分たちが身を引くという思慮深い対応をしてくれたのだから。さあ、急いで部屋に戻って、とっておきの服を一枚残さず荷物に詰めなさい。もう七時を過ぎているから、あなたの食事は部屋まで運ばせましょう。仕度に専念できるようにね」

「ハロラン夫人」ジュリアは部屋の戸口で、ためらいがちに足を止めた。「あの……本当に、ありがとう」

「いいのよ、ジュリア。わたしにできることなら、なんでもしてあげたいと、そう思っているだけだから」

「ハロラン夫人、おれをお呼びだと、ジュリアに聞いてきたんですが……」

机にいたハロラン夫人はにこやかな顔で振り返った。「キャプテン」彼女は面白そうに言った。「なにをそんなに怖がっているの？　わたしはお別れを言うために、あなたをここに招いたのよ」

「おれたち、おれとジュリアは、きっとあなたが気分を害するだろうと思っていたので」

「全然そんなことはないわ。ジュリアにも説明したけれど、本人の意思を無視してまで、その人をこの屋敷に留めておくことが正しいなんていう考えは、こちらには一切ないの。あなたたちは、どうしたって、ここを出ていきたいんでしょう？」

「ええ、まあ確かに」キャプテンはぎこちなく腰をおろし、足元に視線を落とした。「それでも、場合によっちゃ、おれは考え直さないでもなかったんですよ――なんだかんだ言っても、あなたにはずいぶん世話になったし――その……おれが出ていったら、みんなが窮地に陥ることになるんだと、本気でそう思えるならね。だって、じきにこの世界には、わずかな人間しか残らなくなるっていう、例の話が本当なら、ジュリアの考えによると……」彼は赤くなって口ごもり、それから一気にこう言った。「あなたたちには〝男〟が必要になるわけで」

ハロラン夫人は声をあげて笑い、「確かに、古今のどんなユートピア思想のコミュニティを見ても、男と女の存在は欠かせないものね」と、うなずいた。「それでいえば、兄弟姉妹の関係しか結ばないと決めて厳格な共同生活をしているシェーカー教徒は、予想にたがわぬ速さで衰退しつつあるんじゃなかったかしら。種の繁殖の問題は、わたしたちの計画にとって、それこそ、あのファニーおばさまにとっても、無視することのできない基本事項よ――そもそも、これが基本になかったら、なにもはじまらないわけだし。でもね、キャプテン、だからといってわたしたちは、仲間内の男を糧にする異教のおかしな巫女の群れみたいに、なにがなんでも男を捕えておこうとしているわけではないの。要するにわたしは、間違っても実力行使などすることなく、あくまでも友好的な形で、あなたの代わりが見つかることにあらゆる期待をかけているわけ」

「ハロラン夫人」キャプテンは真剣な面持ちで顔を上げ、慎重に言葉を重ねた。「あなたは本気で信じているわけですよね？　つまり、すべてが終わりの時に向かっていて、いずれは、この屋敷にいるあなた方だけが生き残ることになるのだと、それを、なんら疑うことなく、心の底から信じているわけですよね？」

「それだけじゃないわ」ハロラン夫人は穏やかに言った。「わたしは、あなたとジュリアについても、こう思わずにはいられないの。このふたりは、わざわざ滅びゆく世界に出ていこうとしている、それで、ほんの数週間後には、きっと……ふたりとも、否応なしに……わたしが正しかったことを思い知ることになるのだ、とね。自分が間違っていたことにようやく気づいた時のあなたたちの気持ちを想像すると、胸が苦しくなるわ」

「わからないな」キャプテンは首を振り、誤解のないようにこう続けた。「べつにおれは、あなたの頭がおかしいとか、そう思っているわけじゃないんですよ。あなたには、ほんのいっときでも、自分が批判されているなんて考えてほしくない。でも、まともな神経をした人間が、なんでそういう発想を受け入れられるのか、おれはそこが理解できないんです。この世界が終わりを迎える？　そんなの、とてもまともな話じゃない。それに」彼は悲しげに続けた。「これだけは自信をもって言えますよ――おれが生きているあいだに、そんなことは絶対に起こりえない。だって、このおれが、それほど特別な人間に見えますか？　生きているあいだに、まさか、この世の終わりを経験するなんて」

「ええ、絶対に経験するわ」と、ハロラン夫人が言った。「だいたい、あなたが生まれてから今日までのあいだにだって、数多くの驚くべき出来事は間違いなく起こっていたはず。ただ、あなた自身がそれにまったく気づかずにいただけなのよ。だけど、今となってはこんな議論も時間の無駄だからやめましょう。あなたとジュリアが早く出発したくて気が急いているのはわかっているし、あなたたちに残された時間の短さを思えば、それをこの手で一時間たりとも削るようなことはしたくないしね。ジュリアにも約束したのだけれど、今夜九時、村に手配した車が正門前に来ることになっているの。だから、十一時をまわる頃には、ふたりとも、にぎやかな街で存分に羽をのばしているはずよ」

「そうですね」と、キャプテンがうなずいた。「出発は少しでも早い方がいい」

ハロラン夫人は机に置いてある小切手帳を振り返った。「こういうやり方は、あまり上品ではないけれど、ジュリアにも説明したように、わたしとしては、ふたりがこれから歩む道を少しでも楽なものにしてあげたくてね。あなたたちって、贅沢に慣れた人間でしょう？　だから、小切手を用意しておいたわ」彼女は小切手帳から一枚を切り取ると、それをキャプテンに手わたした。彼は、できるだけ無関心な態度を示そうとしてか、少しばかり躊躇したあと、そこに書かれている金額に視線を落とした。

「待ってくれ」キャプテンの顔が青くなった。「こんなの、冗談にしても、タチが悪すぎる」

「冗談じゃないわ」ハロラン夫人は涼しく答えた。「確かにわたしは、意地の悪いことも平気でやれる人間だけど、今回ばかりは、正真正銘、素直な気持ちでやっていることよ。街の銀行の頭取には、三十分ほど前に話を通しておいたわ。彼も気の毒に、今夜は晩餐会だったのに、わたしが用を言いつけたせいで、食事をゆっくり楽しんでいられなくなったでしょうね。その小切手は、いつでも自由に換金できるはずよ」

「しかし――」キャプテンは言葉に詰まり、手にした小切手をなすすべもなく振ってみせたあと、ようやく言った。「これは、あなたの書き間違いだ」

「間違いじゃないわ」ハロラン夫人は穏やかに言った。「それは、わたしが今すぐに用立てることのできる最大額なの。頭取もあなたと同じように、ひどく驚いていたけれど、でも彼は、わたしの要望どおりに動くことに慣れている人だから。その小切手は――あなたの言うとおり、本当にとんでもない額だけど――あなたが銀行に行って提示すれば、ちゃんと現金に換えてもらえるわ」

「でも、どうして？」

「そのお金は、わたしたちには必要なくなるからよ。どうぞ、理解してちょうだい、キャプテン――わたしたちにとって、そんなものは、もう二度と必要なくなるの」

キャプテンは糸が切れたように椅子に座りこみ、「本気ですか？」と、問いただした。「あなたはそこに座ったまま、こっちの希望をすべて受け入れ、おれがこれまでの人生で夢見たことすらないような大金をよこそうとしている。それも、なんの見返りも求めずに。そんなことって……おれは、たった三週間しかこの屋敷にいなかった人間なのに――こんな大それた額を盗むことなど、できるわけがない」彼は両手を荒々しく振り動かした。「こんな金の話なんて、これまで耳にしたこともありませんよ。普通じゃとても稼げない、現実味のない金額だ。なのにあなたは、ただそこに座って、こいつをおれにくれると言う――ハロラン夫人、おれはさっき、あなたのことを頭のおかしな人間じゃないと言ったが、それは間違いだったかもしれない」

ハロラン夫人はふたたび声をあげて笑った。「まったくだわね。だってわたし自身、いくらあなたたちでも、それを全部使い切るだけの時間はないはずだと承知しながら、そのお金をわたしているんだもの」

「確かに、これだけ使うには時間がかかりそうだ」そう言いながら、キャプテンはあらためて小切手に目をやった。「聞いてくれ。こんなとんでもないお宝をくれたばかりの人に喧嘩を売るつもりはないが、おれだって馬鹿じゃない。これにはなにか裏があるんじゃないかと、疑いたくもなってくる。それこそ、自分の身になにかかが起こるんじゃないかと」

「わたしをおかしいと思いたいのなら、思ってくれて構わないけれど、あなたを騙そうとしているなんて、そんなふうには考えないでちょうだい」

「きっとおれは、今すぐこの紙を握って席を立ち、息急き切って銀行まで走り、これが真実であることを確認すべきなんだと思う。でも、本当はなにが起こっているのか、それを知らずにすませるのはごめんだ。おれはヤング・ハリーを――ハリーというのが、おれの本当の名前なんだが」

「そうなの？　でもわたしは、このまま〝キャプテン〟と呼ばせてもらうわ」

「とにかく、おれはヤング・ハリーを蚊帳の外に置いておくようなことは絶対にしたくない。だから最後にもう一度、一切のごまかしなしに、はっきりさせてほしい――どうせこの金は用のなくなるものだから、おれにやっても構わないのだと、あなたは本気でそう思っているんですか？　今のところ、この小切手には額面どおりの価値があっても、これから数週間のうちに、こいつは金としての力を失う。なぜなら、その時にはもう、おれは存在していないし、銀行は存在していないし、金は存在していないし、これを使う場所も存在していないから？」

「ええ、まさにそういうこと」と、ハロラン夫人がうなずく。

「だったら、これはお返しする」キャプテンはそう言うと、腰をあげて、ハロラン夫人の机にそっと小切手を置いた。「おれは生まれてこの方、危険な賭けに打って出たことなど一度もないが、あなたのことは、今日まで見てきて、それなりに理解している。そのあなたが、これだけの大金を平気でドブに捨てる真似をするんだ。だとしたら、ハリーはあなたと足並みをそろえるべきだと思う。おれは、ここに残るよ」

「慎重に考えなさい、キャプテン。わたしたちに残されている時間はあとわずかなの。この先に考え直す機会は、もう残っていないかもしれないわ」

「考える必要などありませんよ」と、キャプテンが言った。「これでも引き時は心得ている」

「それなら、あなたはこのまま下に行って、夕食をおとりなさい。わたしも、ジュリアにこのことを知らせたら、すぐにテーブルに加わるわ」


夕食がすんだあと、最後までテーブルに残っていたハロラン夫人は、ほかの面々が部屋を出てしまうのを待ってから席を立ち、おもむろにウィロー夫人に声をかけた。「ジュリアも今頃は、だいぶ先まで行っているでしょうね」

「ええ、そう願うわ」ウィロー夫人は憎々しげに言った。「まったく、どこまで自分勝手で情のない娘なんだか」

「でも、これを聞いたら、あなたはもっと喜べるんじゃないかしら」と、ハロラン夫人が続けた。「あの子ね、ここを出ていく前に、わたしのドレッサーに置いてあったお金を大胆にも取っていったのよ」

「いくら?」ウィロー夫人は反射的に訊き返し、それから、こう言葉を継いだ。「そのお金って、あなたがうっかり置きっぱなしにしていたものなんでしょうね」

「そうじゃないわ。わたし、ジュリアがお金に関してろくなあてもないまま、ここを出ていく姿は見たくないと思って」

「いくら置いておいたの?」

「それが、お恥ずかしい限りでね」と、ハロラン夫人。「まるで、オースティンの小説に出てくる、ノリスおばさんになった気分よ。結局、七十ドルあまりしか用意できなかったの。正確には、七十四ドル八十九セント。当然ながら、あの子は小銭まで、全部持っていったわ」

「ジュリアなら、どんなはした金だって見逃しやしないわよ」と、ウィロー夫人。

「あの子がいないと、さみしくなるわね」ハロラン夫人は形ばかりにそう言うと、そのまま応接室に入り、ショールをとって、エセックスと夜の散歩に出かけた。


ジュリアは足元の地面にスーツケースを置き、暖かな夜の闇につつまれた屋敷の正門前に立っていた。門灯はひとつしかなく、その光に、左右の扉の中央に配された、精緻な曲線からなるHの飾り文字が、なによりくっきり浮かんでいる。門から奥へと伸びている長い私道のはるか先で、時折またたく薄暗い光は屋敷の灯に違いなく、ジュリアはそれを見て、笑みを浮かべた。今の彼女は、あの壮麗な〝精神病棟〟に囚われている母親と姉を気の毒にさえ思いながら、その一方で、自分とキャプテンはまんまとお金を手に入れ、今夜のうちに笑いと喧騒にあふれた街の一員になれる喜びに、ひたすら胸を躍らせていた。屋敷を出る前、ハロラン夫人の私室にこっそり忍び入り、不注意な老婆が置きっぱなしにしていた現金をいただいてきたことにも、彼女はとても満足していて、たとえば自分とキャプテンが気ままな旅を――アジア諸国をまわったり、スペインを放浪したり――贅沢に楽しんでいるあいだに、母と姉があの巨大な屋敷のなかで、起こるはずのない世界の終わりをいたずらに待っているところを想像すると、なんとも愉快でたまらなかった。そして、最後にハロラン夫人にお礼の言葉を言っておいてよかったと、そんなことまで思っていた。なぜなら、いつの日か自分はきっとここに戻ってくるだろう、と予想しているからだ。その時は、毛皮をまとい宝石を身に着けた姿で登場し、新世界を愚かに待ち続けるうちによぼよぼの年寄りになった姉に、哀れみに満ちた微笑を投げかけてやるのだ。

やがて、約束の車が現われ、目の前に停まった時、彼女はしばし唖然とし、それからむっとした顔つきになって、まじまじとその車をながめた。ハロラン夫人はあんな態度をとりながら、やはりささやかな復讐を企てていた。なんと車は古びたぽんこつ、運転手はごろつきじみた怪しい男だ。

「街に行くってのは、あんたかい?」男はハンドルにもたれ、前かがみに彼女を透かし見た。

「ええ、あたしは街に行くつもりでいるけど……あなたがハロラン夫人の呼んだ人?」

「ああ。午後九時に、正門前でご婦人を拾えと言われた」

「あとひとり、ほかに紳士が来るわ」

「いや、そりゃないね」運転手が豪快に笑った。「この旅に紳士はいないはずだ。おれを〝紳士〟と呼ぶなら別だが」

「あなた、間違ってるわ。あたしは、いっしょに街へ行く紳士が来るのを待っているところなの」

「それは、聞いた話と違うな。ハロラン夫人は、電話でおれにこう言ったんだ。今夜の九時に正門前に来い。そこで女性を拾って、街まで連れていけ、ってね。女はひとりだと、夫人は言ってたよ。ひとりだけで、ほかに連れはいない、と」

「ハロラン夫人がそんなことを言うはずはないわ。今すぐ、屋敷に戻って確認するから、あなたもいっしょに来なさいよ。それで、ハロラン夫人に——」

「〝今すぐ、屋敷に戻って確認するから、あなたもいっしょに来なさいよ〟」男は甲高い作り声でジュリアの言葉をそっくり真似てから「どうやって?」と訊き返した。

「どう、って……」ジュリアは振り返った。背後の門は鍵がかかっている。さっきここに来た時は、庭師のひとりが門のそばで待っていて、彼女のために鍵をあけ、外に出るのを見送った。だから彼女は、あとからキャプテンが来たら、また門の鍵をあけるために、さっきの庭師がまだその辺にいるはずだと、なんとなく思いこんでいた。しかし、声を張りあげて呼んでみても、門をガシャガシャ揺すってみても、あたりは静まり返ったまま。Hの文字に反射する鈍い光のほかに動くものなどなにもなかった。

「いっそ、よじ登ってみたらどうだい？」男が鼻先で笑いながら言う。

「すぐに村まで連れてってちょうだい。どこか電話のある場所へ。彼女が、あたしにこんなことをするはずはないんだから」

「そう言われてもなぁ、そんなことをするわけにはいかんだろう。なにしろハロラン夫人には、あんたを街に連れて行くように言われてるんだ」

「でも、あたしが――」

「なぁ、あんただって、ハロラン夫人がどういう人かは知ってるだろう？」運転手がわざとらしい甘えた声を出した。「彼女があんたを街まで連れてけって言ってるのに、その命令にそむいて、あんたを別のところに連れてったりしたら、このおれがどんな目にあうと思う？　つまり」男の口調が変わった。「ここは、街に行くか、行かないかのどっちかなんだよ、かわいこちゃん。それに、今夜は雨になりそうだ。おれの見たところ……あんたが本気でおれの意見を聞きたいなら言ってやるが、このまま車に乗るなら、おれは夫人の言いつけどおりにあんたを街まで送っていくが、そうでなきゃ、おれは村に引き返し、あんたはここに残ることになる。それこそ、ハロラン夫人が門前のあんたに気づいて別の場所に移動させようと思うまでな。で、あんたがここに残った場合だが」男は不愉快極まりない、勝ち誇ったような声で続けた。「今夜は雨になりそうだから、あんたはずぶ濡れになるだろう。それも、だれかがこの門の鍵をあけに来るのはたぶん明日の朝だから、それまで、そうとう長い時間、雨に打たれるって寸法だ。というわけで、ここはひとつ、聞き分けをよくして、この車に乗ったらどうだい？」

滅多に泣くことのないジュリアは、今もその負けん気の強さだけを頼りに、この不愉快な男に、そしてもちろんハロラン夫人にも、自分が思わぬ事態に混乱し、心細くて怯えている事実を絶対に見せてなるものかと踏ん張った。「だったら、街に行くわよ。それでホテルに入れば、どのみち、ハロラン夫人には電話できるんだから。だけど」彼女は車のドアの取っ手に手をかけながら続けた。「その電話で、あたしがあなたの態度を褒め称えるなんて思わないでね。あなたがあたしに言ったことは、みんな夫人に報告させてもらうわ」

「おれがなにを言った？」男が哀れっぽい口調で言った。「おれはただ、自分はハロラン夫人に言われたことをしなくちゃならないと、そう言っただけだろう。ハロラン夫人に言われたとおりにしなかったら、おれはどうなる？　だが、あんたも車に乗ったことだし、お互い、過ぎたことは、水に流そうじゃないか」

車のなかで、ジュリアが座れる場所はひとつしかなかった。それは助手席、つまり運転手のすぐ横だ。後ろは座席が見当たらないうえに、古い空き瓶やら鎖の切れ端みたいなものですっかりと埋まっており、車が屋敷の正門前からゆっくり動きはじめたとたん、ガチャガチャという耳障りな音が車内に響きはじめた。

「念のため、今のうちに言っとくが、街までの運賃は十二ドルだ」と、男が言った。それは、最初に「十ドル」と言いかけたのを、急に気を変えて言い直したのが明らかにわかる口調であって、そこに生じた不自然な言葉の間が、彼自身ひどく面白かったらしく、嘘をごまかすそぶりも見せずに、「十二ドル」と、楽しげにくり返した。「こんな時間に街まで行くんだ、当然タダってわけにはいかない」

「あとで、ハロラン夫人が払ってくれるでしょ」

男は横目にジュリアを盗み見た。「ハロラン夫人といえば、そのことで面白い話をしていたよ。なんでも、あんたのために金を置きっぱなしにしておいたとかで、きっとあんたはその金を取っていくはずだから、そこから料金をもらってくれ、とさ」

「あら、そう」スピードが上がると、車は苦しげに揺れはじめ、今にもストンと停まって乗っている人間を投げ出しそうな様子をみせたが、ハンドルを握る大男がかまわずアクセルを踏み続けると、じきに車体は安定し、揺れもだいぶ軽くなった。ジュリアは、好感のかけらももてない運転手を相手に、これ以上の会話を続ける気などなかったが、男の方は、エンジンの騒音などものともしないどら声で、にぎやかにしゃべり続けた。「あんた、なんで街に行くんだ?」

「行くと決めたからよ」ジュリアはひねた子供のように受け答えると、自分は話をするより外の景色が見たいのだと言わんばかりに横を向いた。しかし、ガラスの抜けた助手席の窓からは、風が鬱陶しいほど顔に吹きつけ、また、とうとう雨が降りだしたようで、肌に細かい水滴があたるのを感じた。彼女は片側に降る雨と、反対側で続くおしゃべりから少しでも身を守るために、上着の襟を立て、そのなかに耳がすっぽりおさまるように背中を丸めた。「あんたから金を頂戴したら」大男は上機嫌に話している——かびみたいな、腐った臭いのする男だ、とジュリアは思った——「そいつで、おれは鶏を手に入れる。鶏を飼う場所も、広くはないが、家の裏に用意した。おれの家は、もちろん、村にあるんだが」男はそこでジュリアの反応を待ち、彼女がなにも言わないので、言葉を続けた。「でもって、とれた卵を売るんだ。ひょっとしたら、そいつを屋敷に持っていって、ハロランの大奥さんに売ったりするかもな」車はさっきから坂道を上り続けている。その感覚に、ジュリアは屋敷の窓からいつも見えていた、小高い山々のなだらかな輪郭線を思い起こした。ついさっきまで、自分は部屋で荷造りをしながら、その景色に目をやって、浮き浮きしながら山の向こうの街に思いをはせていた。「今夜は、もう街にいるんだ」と考えては、自分の身体をぎゅっと抱きしめ、はしゃぎすぎる気持ちを何度も抑えた。

雨が降る闇の奥に目を凝らす。幾重にも続く山の輪郭のなかに割れ目のように走る一本の線が確かに見えた気がしたジュリアは、男と口などききたくはなかったのだが、つい堪えきれずに声をかけた。「あそこを通るの？　あの、峠道みたいなところを？」

「ああ、そうだ」と、男が答えた。「街は、あの向こうだからな。この山道にはけったいなところがあって」男は気さくに続けた。「なぜか、いつも霧が立ちこめている。麓で雨が降っていようと、気温があがっていようと、日が射していようと、上は必ず霧がかかってるんだ。まあ、山のなにかが影響しているんだろうが」

「先は遠いの？」

「山を越えるのに五マイルってところかな。そこから街まで、さらに七、八マイルだ。ここは通称〝霧の峠〟さ」男は、まれにみる表現でなにかを的確に説明してみせた人間の口調で、得々と付け加えた。しかし、今度もジュリアが反応を示さなかったので、さらに言葉を続けた。「そういや、前にウサギと鉢合わせをしたことがあったな。霧にまかれて動転してたんだろう、おれの車が近づくのにも気づかないでいた。道の真ん中に突っ立ったまま、なにが目の前に現われたのかわからんという顔で、こっちを見てたよ。そいつを、おれは車で、グシャ、とやった」

ジュリアはわずかに横を向き、風にのった雨粒が顔にあたるのにまかせた。「ウサギのくせに、けったいな話さ。世間じゃ、幸運の生き物で通っているが、あいつは幸運じゃなかった」男は大笑いし、さらに、とっておきの話題を思い出したらしく、満足げにこんな話をはじめた。「そうそう、子猫をまとめて殺したこともある。うちの女房の飼ってた猫が、しょっちゅう子猫を生むもんだから、今度という今度は、おまえのためにこいつらを処分してやると女房に言って、ポケットナイフで首を次々にちょん切ってやったんだ」

ジュリアは、街に着いたら一番大きくて一番明るいホテルに行って母親に電話しようと考えながら、沈黙を守った。

「子犬を処分したこともあるぞ。灯油をぶっかけて、火をつけて――」

「お願い、やめて」ジュリアが慌てて声高にさえぎると、男が笑った。

「まさか、こういう話がお嫌いとはね。ここらの人間なら、これくらいは普通にやってることだぜ。そういや、昔、この山を一マイルほど入ったところに年寄りがひとり住んでいて、そのじいさんなんか、よくネズミを捕まえては――」

「お願い」と、ジュリアがくり返す。

「それじゃ、おれが軍隊で見たことを話してやろうか。だれもが知ってることだが、あの連中も、時たま、えらくけったいなことをやらかすんだ。あんた、ちょっと神経質っていうか、そういう性質なんじゃないか?」

「そういう話は聞きたくないの」

「ふん、実際に見ろと言ってるわけじゃなし、こんなの気にするほどのことかね」男は本気で戸惑っている顔をした。「うちの女房なんか、目の前で子猫をちょん切ったって、まるで動じなかったぞ」

「峠まで、あとどれくらい?」

「一マイルかそこらだ。あんた、街に行きたくて仕方ないんだろ?」

「ええ、そうよ」

「なにをしに行くんだ?」

「約束があるの」ジュリアは口から出まかせに言った。

「だれと？」

「友達」

「友達？　だったら、あんたがいっしょに行く気でいた野郎はなんなんだ？　おれがハロラン夫人から聞かされてなかった男だよ。そいつは、その約束とどう関係がある？」

「あのね」ジュリアは男のほうを振り返った。「あたしは、あなたの質問に答えることにも、あなたの薄汚い話を聞くことにもうんざりしているし、気分が悪いの。だから、あたしのことは放っておいて」

「そんなに気に障ったか？」男は憤慨して言った。「だったら、ご希望どおりに放っといてやるよ、お嬢ちゃん。ハロラン夫人も、あんたを放っておくな、とは一切言わなかったしな。だれが好き好んで、あんたの相手などするか。それとも、なにかい？」男が意地の悪い口調で続けた。「ひょっとしてあんた、誘ってるのか？　まあ、おれも、今夜のうちに村に帰らなきゃならない理由はないからな。それに、街は嫌いじゃない」なにを思ってか、男はひとりでにやにや笑うと、「あぁ、だからって、あんたに余計な金は使わせねえよ」と、ジュリアに念を押した。「なんなら、ビールの一杯、いや二杯くらいは、おごってやってもいいぜ」ジュリアはそっけなく男に背を向けると、降りしきる雨のなかに窓から顔を突き出した。その後ろで、さらに言葉が続く。「あっちに着いて、あんたから二十ドルを頂戴したら――」

「さっきは、十二ドル、って言ったじゃない」驚きのあまり、ジュリアは思わず声をあげた。

「そりゃあ、あんたの誤解だろ」男が平然と言った。「現時点での、街までの運賃は二十ドルだ。だが、街に着く前には、二十五ドルになるかもしれないな」笑い声。「よかったら、しばらく車を止めてやろうか？」

「結構よ」

男はまた笑い声をあげ、「歩いたほうがマシだったと後悔してるんじゃないか?」と言った。

車はカーブを曲がり、さらに上へ上へと進んだところで、突然、霧につつまれた。それは、ジュリアが知っているどんな霧とも違っていた。容易には突き抜けられそうにない、それこそ、確かな感触さえありそうな、闇が重たくのしかかってくるような密度の濃い霧だった。その大気の放つ煙たい臭いは、隣の男が発している鼻の曲がるような腐臭が漂うなかでも、かすかに感じられるほどで、すると男が、動いているのかいないのかわからないほどに、車のスピードを落とした。「ここを通るのに、焦りは禁物なんだよ。片側は山肌、片側は崖。こっちに道をそれれば山肌に突っこんじまうし、こっちにそれれば、木かなにかにぶつかったあと、下の川までまっさかさまだ」

「この道のこと、よく知ってるの?」

「目隠しされてもわかるくらいにな」男は含み笑いをした。「それを今、実演してるだろう? 例のウサギを轢いたのが、ちょうどこのあたりさ。一瞬、霧が晴れたと思ったら、目の前にいた」また笑い声。「あんた、いっそ車を降りて、歩きたいとか言ってなかったか?」

ジュリアが答えずにいると、男はいきなりブレーキを踏みこみ、車を止めた。「さて」男はなおも親しげな口調を崩さずに言った。「ここで金を払ってもらおうか。でなきゃ、これ以上は進まないぜ。まあ、どのみち進まないって選択もあるが」大きな汚らしい手が背中に触れてくる。

ジュリアははっと息をのみ、「馬鹿なことしないで!」と鋭く叫んだ。「あたしが、あんたの好きにさせるとでも思ってるの?」

「威勢がいいじゃないか」男が満足げに言った。「おれが、自分に嚙みついた犬をどんな目にあわせたか、あんたにはもう話したかな?」

「ハロラン夫人が――」

「夫人だって、知らないことには心を痛めたりしないだろうよ。それに、どのみちあんたは、あの人にとって大した存在じゃない。気にもしないし、心配もしないさ」

「あたしが、ハロラン夫人にこのことを言えば――」

「この期におよんで、馬鹿はどっちだ？」男はジュリアの身体越しに手を伸ばし、助手席側のドアをあけた。「あんた、運賃を払いたくないんだろ？　だったら、これ以上、乗せちゃおけない。なに、ことの事情は、おれから夫人に報告しとくさ」

ジュリアはためらい、男を見た。そして、霧につつまれた薄闇に浮かぶニヤニヤ笑いを目にするや、抑えきれない恐怖にかられ、思わず車外に逃れ出た。しかし、あらためて振り返ると、男の顔には虚勢を張っているとしか思えない狼狽の色が見て取れたので、彼女は道路に立ったまま、こう言い放った。「あたし、ほかの車が通るのを待ちながら、このまま歩いていくことにするわ。これであんたは、お金を手に入れそこなったわけよ、ミスター」

「車に戻れ」男が言った。「おとなしく金を払えば、それで丸くおさめてやる」

「ほかのカモを探したら？　村に戻って、ハロラン夫人に〝金を取りそこなった〟と話せばいい。あんたは村で、犬でも猫でも好きに痛めつけてりゃいいのよ。まっとうに生きてる人間に、つまらない手出しなんかしないでね」そう言うと、ジュリアはドアを叩きつけるように閉めて、車に背を向けた。きっと男は自分を追うために車を降りてくる。彼女はそう思って、しばしその場で身構えたが、男は運転席からただ身を乗り出し、不安のにじむ声で呼びかけてきた。「よう、お嬢ちゃん、車に戻ったほうが身のためだぞ」

この男はまずいことになったと焦っている――そう思ったジュリアは、笑みを浮かべて言い返した。「あたしを街まで乗せていくなら、きっかり一ドル払ってあげる」

「こいつ、調子に乗りやがって、覚悟しろよ」今度こそ車を降りる気になったのか、男が運転席のドアをあけた。その瞬間、ウサギや子猫の悲惨な姿がまざまざと頭に浮かび、ジュリアはとっさに身を引くと、あわてて車から離れた。財布の入った小さなバッグひとつを固く抱きしめ、つまずき半分に走りながら、こんな滑稽な話があるだろうかと、彼女は呆れる思いでいた。ほんの一時間前までは大きな屋敷にいた人間が、まんまと騙されたあげく、霧に閉ざされた道に飛び出し、恐怖におびえながらひとりで逃げているなんて。

「おーい」自分を捜している男の声が後ろのほうから聞こえてきた。彼女ははっと足を止め、物音をたてないように身を固くした。

そして、気がついた。どの方向であれ、あと何歩か進んだら、自分は霧にまかれて完全に迷子になる。とたんに、本能的な恐怖に襲われ、今からでも運転手と和解できるならそれでいいという気持ちに傾きながら、ジュリアはまわれ右をした。しかし、車道も車も霧にすっぽり隠れ、自分が来た方向はわかっていても、足元が不安定で、視界がまったくきかない今は、さっきの場所までちゃんと戻れる自信がなかった。

「ミスター?」彼女は用心深く呼びかけてみた。ひらいた口に霧が流れこみ、声がくぐもった響きになる。それでも、今の声を聞きつけて、きっと男は自分を見つけるだろう。そうしたら、霧に紛れて背後に忍び寄り、こちらが「欲しいなら、お金は全部あげる」と譲歩してやる隙もないまま襲ってくるかもしれない。彼女はその場にじっと立って、耳をすまし、男が後ろにいるかどうかを確かめるために、やおら振り返った。そして、だれもいないことがわかると、慎重に動きはじめた。あいつに助けを求めるくらいなら、やはり、別の車が通りかかるのを待つ方に賭けたほうがいい。遅かれ早かれ、いずれはだれかが、ここを通るはずなのだから。そう考え直した矢先、大きな石につまずいて転び、足首を痛めた。しかし彼女は、自分がたてた物音のほうに慌てて、静かに漂う霧のなかになにかが動いている気配がなく、男が今の音を聞きつけなかったと確信できるまで、息をひそめた。

周囲の様子については、だいたい見当がついていた。大雑把に言えば、、後ろの方に車道があり、そこに車も停まっている。今、自分がいるのは、車道の端からたぶん十フィートほど離れた場所――川へ向かって落ちこんでいる急斜面には近づきすぎているだろうが、あの運転手からはぎりぎり安全でいられる距離だ。車道の端から地面が実際に急角度で落ちはじめる崖端まで、幅は十五フィートくらい。一方、車道の向こう側は――この瞬間、彼女はここが道の向こう側であってほしいと、心の底から強く願った――壁のようにせり上がる山肌の際まで、かなりの余裕があった。

街のナイトクラブのすべすべとしたダンスフロアにこそふさわしいジュリアの靴は、石だらけの見えない地面を歩くうちによじれ曲がって、足に容赦ない痛みを与え、シルクのスカートもかぎ裂きに破れて、ひどいありさまになっていた。彼女は歯を食いしばりながら、我慢だ、と自分に言い聞かせた。なんとか街に行き着いて、電話をかけるまでの我慢だ。そうしたら、きっと母さんが、こういう仕打ちに対する自分たちの考えを、ハロラン夫人に示してくれる。なんて不愉快極まりない客人のもてなし方なのかと、文句をつけてくれる。山を抜けて、街に入ったら、ボロボロの服を着た濡れ鼠の姿で、自分は山道で強盗に遭い、置き去りにされたのだと、訴えてやる。それまでの我慢だ。彼女は歯を食いしばったまま、我慢だ、我慢だと、何度もくり返した。あたしをこんな目にあわせた全員に仕返しをするまでの我慢だ。

突然、音がした。車が道を走っていく。ジュリアはぎょっとし、あわててそちらを振り返った。車の音は驚くほどの大きさで一分ほど続いたあと、徐々に小さくなって消えた。やむを得ず車を離れ、ここまで逃げてきたとはいえ、彼女は今の音を聞いて、車が当初の想像よりかなり遠くズレた場所を走っていったことに気がついた。なぜなら、音は右側ではなく、左側から聞こえてきたからだ――それとも、右から聞えるのが正解なのだろうか？　だとしたら、今の自分は道の反対側にいて、さらに、少しずつ遠ざかってしまっていたことになる。彼女はその場で踵を返し、左に向かって歩きだした。すると、何歩も行かないうちに地面が傾斜しはじめたのが足の裏の感触でわかった。ひょっとして、あたしは霧のなかをぐるぐるまわってしまっているのだろうか？　そう思った時、前方に、霧にかすみながら浮かぶ一本の木が見えた。木立。車に乗っていた時、木立は左側に見えていた――ということは、この先は川？　北に面した木々の幹は苔むしていて、川が流れる崖側の斜面は、はじめは傾斜がなだらかで、途中から急角度に落ちこんでいて……しかし、そう思い返しているうちに、木はすっかり見えなくなり、このまま前に進んでいいものかどうか、判断がつかなくなってしまった。

今までとは重さの違う危機感が心の奥に生まれ、じわじわと広がってきた。これは、街に着くのが少しばかり遅れるといった軽い問題ではない。そんな程度のことで、すむわけがない。よろめきつまずきながら、どれだけ必死に歩きまわっても、道に迷ったことに変わりはないのだ。今夜のうちに街にたどり着くのは、もう、ほとんど無理だろう。電話をかけることも、ホテルで眠ることもできない。そうなったら、やがてあたしは、羞恥心と安堵感の両方につつまれながら、最初に自分の前に現われた捜索隊員に夢中で抱きつくような失態すら演じてしまうかもしれない。だって、今頃は大勢の人間が、あたしの名を呼び、返事がないかと耳を澄ましながら、この山一帯を捜索しはじめているかもしれないのだから。それも、ふてぶてしい運転手に先導されてきた彼らなら、あたしを見つけたとたんに笑いだす可能性だってある。また同じことをしてみたらどうだと、からかってくるかもしれない。そして、彼らは家に帰り、それぞれの妻にこう話すのだ。ああ、馬鹿な女を見つけてやったよ。そいつ、死ぬほどおびえて、半狂乱になっていて……。そう、あの運転手の頭に、人を頼んであたしを捜そうという考えが浮かんだりすれば、実際、そうなるのでは？

気が滅入るばかりのこのナンセンスを頭から追い出そうとして、ジュリアは激しく首を振り、その拍子に、岩か木の根に足を引っ掛け、したたかに転んでしまった。この霧では、目に涙を浮かべたところで、だれかに見られる気遣いはなく、彼女はしばらく地面に倒れたまま、「なんだよ、ちくしょう、ちくしょう、ちくしょう！」と、思わず声にして何度も毒づいた。そして、本当にもうたくさんだ、と思った。あたしには、こんな目にあういわれなどなにもないのに、これじゃあまりにひどすぎる。いっそ、だれかが見つけてくれるまで、このままひっくり返っていようか。しかし、その考えが、彼女をふたたび急いで立ちあがらせた。しっかりしろ、と彼女は自分に言い聞かせた。想像してごらん、地面に寝たままでいるあんたを、たくさんの男が輪になって囲み、懐中電灯で照らしながら見おろしている場面を。足元には犬がいて、靴をフンフン嗅いでいる。彼らは見つけたあんたを村へ運んで戻ろうとするだろう。それで救助されたあんたは、人前にどんな姿をさらすことになる？　どうやらこの足は捻挫しているらしい。その痛みがひどいから、ここがどのあたりなのかも、うまく見当がつかなくなっているのだ。そうだ、そうに決まっている。あたしが迷子になるはずはない――ジュリアは厳しい調子で、これもまた声に出して言うと、痛みのある足首にしっかり体重をのせながら、雄々しく歩きはじめた。もし、犬の鳴き声がひとつでも、捜索隊の呼び声がひとつでも聞こえてきたら、木に登って、隠れてやろう。ただし、そんな木が一本でも見つけられたらの話だけど。

ジュリアはげらげら笑った。

いきなり霧のなかに響いた自身の笑い声にぎょっとして、彼女はしばらく立ちすくんだ。今のはなに？　こんなことがあっていいの？　このあたしに？

自分がどこにいるのかを、さらにはっきり理解するために、彼女は両手を顔に近づけて両目をごしごしこすったあと、なぜそうしたのかもわからないまま、指をきつく噛んだ。そして、今度もまた声に出して言った。「さあさあ、しっかりしろ、ジュリア。あんたは立派な人間なんだ。こんなところで、おかしくなってる場合じゃない。今のあんたを見たら、あいつらがなんて言うと思う？　裏切り者のキャプテンは？　あのアラベラだって。みんな、今頃、あたしのことを笑ってるに決まってる」ジュリアはなにもかも見通した思いで、自分にきっぱり言い聞かせた。「アラベラはキャプテンをものにして、今頃はふたりで明るい場所に座って、あたしを笑い者にしてるはず。でも、そんなのは許さない。絶対に許さない」目印がいる、と彼女は思った。遭難したことを知らせるために、石をたくさん積み上げよう。助けを求めるメッセージをたくさん書いて、それを入れた瓶を流して……。

「ほら、よく聞いて」ほとんどあてもないまま、のろのろと移動を続けるうちに、今度は片手が大きな岩に軽くぶつかった。そのせいでバランスを崩しはしなかったものの、彼女はそこに足を止め、その岩にゆったりもたれかかって、なにも見えない灰色一色の厚い霧の奥に目を凝らした。「今、あたしたちは、ちゃんとどこかに向かっている」彼女は岩に語りかけた。「今、あたしたちはそれなりに前に進んでる。肝心なのは、崖に寄りすぎて下の川へ落ちないように、少しだけ気をつけること。ただ、それだけ。それさえ用心していれば――あとはなにもかも、大丈夫、大丈夫、大丈夫、大丈夫、大丈夫、大丈夫……」あたしは車を降りて、右か左に向かい、上り坂か下り坂を進んで、途中で足首を痛めて、さらに歩いた。「目をとじてごらん、かわいい子」彼女は自分に語りかけた。「目をとじれば、もっとよく見えるようになるから。目をとじて、手を出してごらん。そうすれば、帰り道を教えてあげる」

ジュリアは目をとじ、片手を岩にあてて歩きはじめた。彼女はまるで気にしていなかったが、それは、ただの岩ではなく、壁だった。そこから決して手を離さないようにしながら、壁が続いていくまま、雑草や石だらけの地面を、時には溝のような場所に降りてでも、ぎこちない足取りで、前へ前へと進んだ。そのうちに、地面がいくぶん上り坂になってきたらしい感触が足の裏に伝わり、よし、と彼女は思った。さあ、そろそろ一服しよう。今のあたしに必要なのは、ここらでいったん腰をおろして、よく考えることだ。あの運転手、あたしを見失ったことに焦って、今頃、真っ青に震えているだろうか。絶対にそうなっているといい。ほらごらん、あたしの頭はこんなにも、しっかりはっきり働いている。だって、なんで自分がここにいるのか、ちゃんと覚えているんだから。あたしはずっとこの霧のなかを歩いているわけじゃない。そんなことは、絶対にない。

その時、またも別の石に足を引っ掛け、バランスを失った身体がくるりと回転して木にぶつかった。こんなのは、本当にもうたくさんだ。目に涙を浮かべてそう思いながら、ジュリアは身を起こして、一歩踏み出し、その足がぐっと沈んだ瞬間、自分が失敗をおかしたことに気がついた。彼女は崖を越えていた。その証拠に、踏み出した足は地面の感触を得られないまま、どこまでも深く沈んでいき、彼女は急傾斜の山肌を激しく転がり落ちた。こんなのは限界を超えている。あたしにはもう無理、耐えられない――そう、強く意識して考えるあいだにも、底なしの勢いで斜面を落ち続けた彼女は、全身傷だらけのぼろぼろの姿になりながら、やがて鉄製の立派な門にぶつかって止まった。その左右の門扉には、精緻な曲線からなるHの飾り文字がついていた。

「おはよう、ジュリア」朝食の席で、ハロラン夫人が言った。「結局、戻ってきたんですってね。ひどい天気に見舞われたなんて、それだけは気の毒だったと思うわ。こちらはずっと晴れていて、それはもう月のきれいな夜だったのよ」

「地獄に落ちろ」ジュリアは切り傷の目立つ口からはっきりと言い放った。

「ジュリア、言葉を慎みなさい」ウィロー夫人が注意する。

「おれがその場にいたら」キャプテンが自分の皿にエルダーベリーのゼリーを取り分けながら言った。「その男を痛めつけてやったんだけどな」

「あなたったら、本当に恐ろしいくらい傷だらけじゃないの」と、アラベラ。「食事がすんだら、その男に本当はなにをされたのか、教えてよね」

「あんたら全員、地獄に落ちろ」ジュリアはくり返した。

「それにしても、庭師がそんなに早くから外に出ていたなんて、おかしなことがあるもんだわ」と、ハロラン夫人が続けた。「もちろん、あなたもそれなりに長い時間は門の前にいたんでしょうけど。でも、普通だったら、庭師がそんなに早く、あなたを見つけることはなかったでしょうからね」ここで彼女は「キャプテン、コーヒーはいかが?」と、軽く顎をしゃくって彼に声をかけ、それからジュリアに視線を戻して、こう続けた。「上の部屋に戻る時には、わたしのドレッサーにお金を戻しておいてね。だって、あなた、使う暇などなかったでしょう? 人っておかしなものよね。大変な事態に直面すると、なぜか、どうでもいいつまらないものにしがみついてしまったりするんだから。ジュリアときたら、財布をずっと抱きしめていたのよ。まるで、火事の家から逃げ出す時に、安物の花瓶や古い新聞をつかんできた人みたいに」

「地獄に落ちろ、落ちろ、落ちろ!」

「ジュリア」ハロラン夫人がたしなめた。「そういう非協力的な態度を取り続けるようじゃ、この先、二度と、あなたを街に行かせるわけにはいかないわ」

10

六月三十日の日曜日の朝、グロリアは朝食の途中でいきなり立ち上がり、はずみでミス・オグルビーのコーヒーがこぼれたのもお構いなしに、その場に立ったまま、両手で顔を覆った。そして、かすかな声で「同じだ」と言った。「みんな、同じだわ」

「グロリア、あなた、ミス・オグルビーのコーヒーをひっくりかえしたわよ」と、ハロラン夫人が注意する。

「見て」グロリアは顔から手をおろして、指し示した。「ピンクのバラ。わたしたちは、朝食をとっている」

「そのピンクのバラは、ツルバラよ」ファニーおばさまが言った。「お母さまがとても好きだった花。だから、お母さまのために、バラ園にはツルバラの茂みが六つ、作られたの。そして、そのどれもが、嬉しいことに、今も枯れずに残っているわ。だって、このわたくしが、それはそれは心をこめて世話をしてきたのだし、それに――」

「わからない？」グロリアが続けた。「朝食のテーブルにピンクのバラがある。わたしは青と白のワンピースを着ていて、それに、ほんの一分ほど前には、エセックスの言ったことに、みんなが笑っていた――ねえ、わからない？ なにもかも、わたしが見たまんま。前に、あの鏡をのぞいて見たのとそっくり同じなの」

「そりゃあ、そうよ」ウィロー夫人が満足げに言った。「だってこれは、いずれ起こるはずだと、わかっていたことだもの。でしょ？」

六月のあいだにさらに二回、ファニーおばさまの注文した荷物が大きなトラックで届き、図書室に運びこまれた。これによって、まだ蔵書が並んでいるのは壁の一面を残すのみとなり、本を燃やしたあとの灰は――布や肉の灰だけでなく、紅茶やコーヒーの出し殻などとも違って――園芸肥料に適さないため、バーベキュー炉の燃え殻は、二度とも、庭師たちがかき集めて、墓地のすぐ向こうにある、村のごみ捨て場まで捨てに行った。今や、図書室の棚の大部分を占めているのはダンボール箱で、そこには、ファニーおばさまが大量にまとめ買いをした、数多くの品がきっちりと詰まっていた。複数の救急箱に加えて、何箱もの抗ヒスタミン剤。ビニールやゴムでできた、あらゆるサイズのオーバーシューズ。インスタント・コーヒー、化粧用ティッシュ、サングラス。日焼け止めローション、塩味の缶入りナッツ、紙ナプキン。石鹸は固形と粉の両方のタイプ。トイレット・ペーパー（これは四カートン）。全種類の工具が入った道具箱がふたつ並ぶそばに、重さにして百ポンドもの大量の釘があるのは、ロビンソン・クルーソーが船から持ち出した袋入りの釘が、その後の生活で大いに役立った例に倣ってのことだ。ファニーおばさまはロビンソン・クルーソーの物語を参考にして、荷物のなかに石臼をひとつ加え、さらに、いくぶん決まり悪さをおぼえながら、数丁の散弾銃と、狩猟用ナイフを各種揃えた。このほかにも、図書室の備蓄品には、ミス・オグルビーの進言によって、持ち運びができる小型のコンロと数個の燃料缶とダンボール箱にぎっしり詰まった紙マッチが加えられ、また、メリージェーンの提案で、虫よけに使うシトロネラ油――図書室の片隅には、巻かれて大きな筒状になった蚊帳も立てかけてある――と、蜂刺されや、火傷、蛇に嚙まれた場合に必要な薬が数種類、用意された。ファニーおばさまが融通したスペースに、エセックスと共同で何カートンもの煙草を持ちこんだハロラン夫人は、こんな準備をしている自分が信じられないと自嘲しつつも、さらに、屋敷の地下貯蔵庫から選び抜いたワインをひと揃い、運んできた。エセックスは、いつの日か用意した煙草を吸い尽くしてしまった時にそなえて、タバコの栽培法が書かれた小冊子を購入し、用心深く、一グロスのコーンパイプを買いだめした。アラベラが、針や、糸や、ピンや、ヘア・カーラーや、制汗剤や、香水や、バス・ソルトや、口紅もあったほうがいいのではないかと言う一方で、この屋敷で真に現実的な唯一の人間であることを自負しているウィロー夫人は、毛布と、手押し車と、ナイロンのロープと、斧と、シャベルと、熊手と、気圧計をぜひとも備えるべきだと主張した。グロリアは新聞を保存しておくことを思いつき、最後の一紙が届くその日まで、毎日ファイルすることにした。キャプテンは地下室に置かれた八台の自転車の管理を請け負ったが、ここにオートバイを加えることには反対した。なぜなら、オートバイにはガソリンが必要で、この先に起こるという大災害を考えると、地下室にガソリンを保管しておくことが賢明とは思えなかったからだ。そして、あれからずっと不機嫌な態度を崩さずにいるジュリアは、編み物に使う針と、あらゆる色の編み糸を要求し、その願いは叶えられて、それらを納めた数箱分の荷物が図書室に加えられた。「これがあれば、あたしも先々の時間を退屈せずに過ごせるでしょ」と、彼女はぶっきらぼうに説明した。

これらの荷物に加えられることになった書物は、ファニーおばさまのボーイスカウトの手引書と、百科事典と、ファンシーのフランス語の文法書——これがあれば、ミス・オグルビーも、ファンシーがやっと覚えたことを、忘れさせずにすむ——それと、世界年鑑だけで、一方、筆記用具は、どんな種類のものも一切荷物には含まれなかった。ちなみに、これらの本は、図書室に残るほかの本と区別するために、いつしか「不燃物」と呼ばれるようになった。なぜなら、残りの蔵書は確実に「可燃物」だからだ。

「チベットでは」ある朝、テニスボールの入った箱を置くために、ツナ缶の詰まった箱を移動させながら、エセックスがぼんやり言った。「チベットでは、紙を作る過程でヒ素が使われている。チベットでは、紙は毒性が高くて、だから、チベットの図書館に長居するのは、かなり危険な行動だといえる。実際、チベットでは、いい本を夢中になって読んだせいで致命的な結果を招くことがよくあるんだ」

七月のはじめ、ミス・オグルビーは四阿《あずまや》の近くで、ハロラン夫人のハンカチを見つけた。そのハンカチは、死んだガータースネークの首に括《くく》りつけてあり、蛇は、イトスギの木の枝にだらりとひっかかっていた。不安にかられたミス・オグルビーはそのことをキャプテンに話し、キャプテンがそれをハロラン夫人に話すと、夫人がそんなものは処分するように言ったので、キャプテンはバラ園のはずれに穴を掘って、蛇とハンカチを埋めた。

ウィロー夫人が入念に書き留めている覚書によると、ふたたびグロリアが鏡をのぞいたのは、七月十日のことだった。この時に、グロリアが「見える」と言って語り出したのは、果物の木があって、そこに、たくさんの実がなっていることと、少し遠くにいて小さく見えるいくつかの人影が、川のほとりで水浴びをしていることと、馬が群れをなして、野生の輝かしい自由を謳歌するように駆けている様子だった。そこで、直近の具体的な情報を探るように求めると、彼女は、八月二十七日の夕方、この屋敷の人々が、いつものように食堂で夕食をとっていることを伝えた。八月二十八日は、応接室にくつろいで、話をしているところが見えると言い、八月二十九日は、みんなが踊っていて、その場所は、どうやら外の芝生のようだ、と説明した。しかし、八月三十日になると、なにも見えなくなった。鏡の向こうが闇に包まれたのだ。さらに、その先を見るように促すと、八月三十一日、九月一日、九月二日と進んだところで、グロリアの目に、以前にも見た、穢れなく広がる、やわらかな緑の世界がちらりと映り、それで、また八月三十日に戻るように指示すると、はじめは暗闇しか見えないと言っていた彼女が、急にのけぞって、「目が焼ける」と悲鳴をあげた。

そして、あとはベッドに運ばれ、メリージェーンから睡眠薬を一錠もらい、目を濡れタオルで覆って休まなければならなくなった。

「以上のことから」と、ウィロー夫人は覚書に書きつけた。「八月三十日こそが、この世の終わりとして知られることになるであろう、その日であると思われる」そして——柄にもないとは、まさにこのことだったが、彼女は震える手で、最後にこう書き足した。「神よ、あたしたちをお救いください」


「それでも、この屋敷には、ぜひともバリケードを築かなければならないわ」ファニーおばさまは、一種の天啓を得て、最後にそう付け加えた。「頭に毛布をかぶって隠れる子供と同じようにね。もちろん、わたくしたちはお父さまに全幅の信頼を置いているけれど、お父さまがこの屋敷と、そこにいる全員を守ってくださるにしたって、窓に覆いをし、扉をしっかり封鎖することには、とても大きな意味があるわ」

「それはつまり、自分たちがここにいることを外から気づかれないようにしておきたい、ってことかな」キャプテンがおばさまに言った。「もちろん、あなたのお父さんに全幅の信頼を置いた上で」

「屋敷にバリケードを築くなんて、あたしはどうかと思うわね」ウィロー夫人がゆっくり口をひらいた。「それじゃ、ファニーおばさまのお父さまを、多少なりとも信用してないみたいじゃない。つまり、彼があたしたちを守ってくれるかどうか、って部分で」

「お父さまが、バリケードを築けとおっしゃったのよ」ファニーおばさまの声に苛立ちがにじんだ。「わたくしが思うに、これは、お父さまに協力するということで——なにかもお父さま任せにするのではなく、わたくしたち自身が、確実に生き残るための努力をみずから進んでしていることを、この行動によって示すの」

「まあ、窓を毛布で覆ったところで、たいした防御にはならないけどね」と、ウィロー夫人が素っ気なく言う。

「これはきっと、時が来るのを待っているしかないぼくたちに、なにか仕事を与えてやろうってことですよ」と、エセックス。

「人間も動物で、危険にあえば本能的にどこかにもぐって隠れようとするもの」ハロラン夫人が言った。

「だから、ファニーおばさまの言う、毛布をかぶった子供の例えは、的外れではないと思うわ」

「そうすりゃ、少しは安全になった気がするでしょうからね」と、エセックス。

「もしかしたら」グロリアが穏やかに言った。「窓を毛布で覆うのは、なによりもまず、わたしたちが外を見ないためのものなんじゃない？」

「ぼくは放蕩者だから」エセックスが言った。「若者がもっと楽にお金を借りられる時代に生まれてくるべきだったよ。というか、そもそも生まれてくるべきじゃなかった、というのが正しいんだろうな」

「くだらないわね」と、グロリアが言った。「陽がさんさんと照っていて、空がこんなに青くて、わたしたちは身を寄せ合うように、ふたりきりでベンチに座っていて、この世には話の種などいくらでもあるというのに、あなたはあなた自身の話をしている」

「ジュリアとキャプテンよりも、ぼくらの方がずっと知能は高い」と、エセックスは続けた。「ぼくらなら、ここを出られるよ。村まで行くことができる——もちろん、門はよじ登って越えることになるだろうね、前に、きみがやったみたいに、またやればいい——それで、必要なら、街まで歩く。いや、バスが来るのを待ってもいいんだ。〈馬車駅亭〉のロビーに座ってさ。それで街に着いても、ふたりがそこに留まることを選ばなかったら——断言するけど、きっときみは留まるよりも、先へ進むことを望むはずだから——ぼくらはさらに先へ、行けるところまで行って、そうして別のホテルに、当面、身を落ち着ける。あるいはそこは小さな宿か、下宿屋かもしれないけれど、いずれにせよ、普通に生活ができる、家具付きの部屋だ。ぼくが知っている限り、そういう部屋にあるのは籐家具で、壁には〝溜息の橋〟の写真がかかっている。そのあと、ぼくらは、なんとかお金を工面しなければならなくなる。早い話、ふたりのどちらかが働かなければならなくなるんだ」

「たいしたこと、ないわ」と、グロリアが言った。「わたしなら働けるもの」

「そうだな、どのみち仕事に出るのは、きみの役目になると思うよ。でもって、ぼくはきっと、家具付きの部屋にこもって、作家を装うんだ。そこに、夜になって、きみが帰ってくる。朝から晩まで、映画館で案内係の仕事をしたあとに――」

「――安物の雑貨屋でアクセサリーを売っていたのかも――」

「――きみは帰宅するなり、今日はどれくらい原稿がはかどったのかと訊いてくる。ぼくのほうは紙と鉛筆を用意しておかないといけないな。でないと、本物の作家っぽく見えない」

「それで、今日はどれくらい原稿がはかどったの、あなた?」

「それがさっぱりなんだよ、ハニー。バラードが一篇、ヴィラネルが三篇、トリオレもどきが一篇、それと、フロイトに関する学術記事についての構想が固まったくらいさ。グロリア」エセックスは彼女のほうを見た。「これまでの人生で、ぼくがだれかを愛したのは、これが初めてだ」

「ええ」グロリアが答えた。「わたし、ちゃんとわかってるわ」

「ぼくは、すべてが清らかに輝いている、新たな素晴らしい世界で、きみといっしょになりたい。でも同時に、この世界できみの夫となり、世間でよく見かけるような、うらぶれた人生を送っている、むさ苦しい夫婦のように暮らしたいと願う気持ちもあるんだ。ほしいものは家具付きの賃貸部屋、金を得るための仕事、部屋の隅で山になった汚いおむつ、みすぼらしい食事――きみ、料理はできる?」

「得意中の得意よ」

「だったら下手くそに料理をしてもらわないと困るな、ぼくの理想に合わせるためにね。この世界でなければ実現不可能な、ある種の陰鬱な未来というものに、憧れがあるんだよ。そこで、ぼくは耐えるんだ。きみが長時間にわたって、安物の雑貨屋で――」

「――映画館の案内係の仕事をして――」

「きみの最悪な料理に――」

「わたしの料理の腕は最高よ」

「さらに、きみの手抜きだらけの家事に――」

「いつだって、家のなかをきれいに心地よく整えているわ」

「そして、きみの生んだ子供たちは金切り声で大騒ぎを――」

「うちの子たちは、みんな可愛らしくて、身ぎれいで、おとなしくベッドで眠っているわ」

「――でも、きっとぼくは、常に恐れを抱き続けることになる。少なくとも、常なる時間が続く限りは」

「それって、ファニーおばさまに対する恐れ?」

「ファニーおばさまに対する恐れだ」

グロリアは沈黙した。

「ファニーおばさまが正しければ」しばらく間をおいてから、エセックスが続けた。「ここでおばさまの名を口にするのは、このまぶしい夏の朝を冒瀆するようで、きみに申し訳ないけれど、でも、ファニーおばさまが正しければ、ぼくたちは、ありていに言って、実に滑稽極まりない可能性で語られている状況に置かれることになる。できるなら、想像してごらんよ、ファニーおばさまの新しい世界がどんなものか」

「それだったら、わたしは結構前から、ずっと想像してみていたわ」

「どこまでもみずみずしく、無垢で清らかな、麗しい一面の緑。自分たち以外のなにものにも干渉されることのない、自由。一生を通じて寒さに悩まされず、美に囲まれ、豊かな実りがもたらされる暮らし。この星を汚しはじめてしまった瞬間から、人類がずっと夢に見てきた人生と世界。ぼくの頭には、それはきっとこんな風に違いないと思えるものが、時々ちらっと浮かぶことがあって、その光景には、本当に心をつかんで放さない魅力が――」

「お忘れのようだけど、わたしはそれを見ているのよ」と、グロリアが言った。「あの鏡のなかにね。あの美しさといったら、あなたの想像なんて、はるかに超えたものだわ」

「悔しいけど、そうなんだろうな。ファニーおばさまが間違っているはずはない。その世界は絶対に存在する」彼は落ち着かなげに身を乗り出し、両手を固く握りあわせ、顔をしかめて真剣な表情になった。「そうなると、ぼくたちの未来にあった約束ごとが約束ではなくなる。たとえば、子供を持つとか、そういったものが目の前から失われるんだ。でも、グロリア」彼はうめいた。「ぼくは、自分がその世界にいないなんてことに耐えられない」

「わたしは平気よ」と、グロリアが答えた。「それに、もう、この目で見ているし」

彼はため息をつき、肩の力を抜いた。「つまりこれは、一方を取れば、もう一方を取れなくなるということだ。ぼくはきみといっしょに暮らしたい。〝溜息の橋〟の写真がかかっている、籐家具だらけの部屋で、きみはひどい料理を作り――」

「最高の料理を作るわ」

「――安物の雑貨屋で働き――」

「――映画館でね――」

「――子供たちが生まれて、生活はさして楽でなく、いろんな苦労に見舞われるけど、この世界で手に入れられるすべてのものをふたりで得たい。まさか自分がこんなことを望むようになるなんて、これまで夢にも思わなかったよ。でも、ぼくはそれ以上に、光り輝く緑の世界に行くことを望んでいる」

「だけど、あなたは、どちらの道を選ぶ行動も起こしていない」

エセックスは身を震わせて「したさ」と言った。「ぼくはファニーおばさまに捕らわれている、と言ったら、きみはどう思う?」

「さあ、どうとも思わないんじゃないかしら」と、グロリアは答えた。「わたし自身は、どっちでもいいと思ってる。ふたりの部屋で籐の椅子に座り、壁の〝溜息の橋〟を眺めている時に、この世の終わりを迎えたとしても、それはそれでじゅうぶんに幸せだと思うわ。もちろん、雑貨屋の仕事が終わらないでいるうちに、その瞬間がきてしまったら、いやだけど。だってみじめじゃない」

「でも、それじゃ、ぼくらはすべてを失うことになる」そう言って、エセックスはグロリアを怪訝そうに見つめた。「だからさ」彼は、説明しなくてもいいことを、ペラペラと語り続ける人間そのままに言葉を続けた。「きみにだってわかるだろ? ファニーおばさまの新しい世界に行けば、少なくともぼくらは……生きていられるんだ……いっしょに。そりゃあ、もちろん、無理になることはあるよ……そう、籐家具のある部屋でふたりで暮らすこととか。それこそ、ふたりで……」

「互いの腕のなかで、ドラマチックに死ぬこととか?」

エセックスはまた身を震わせた。「ぼくは死にたくない」その言葉に、グロリアが笑う。「でも、死ぬのは絶対にいやなんだ」重ねた言葉に、さらにグロリアが笑うのを見て、彼は言った。「こんな話、きみには理解できやしないと、はじめから考えておくべきだったよ」

「いいえ、申し訳ないけど、理解してるわ」

「この件について、きみの態度はどこをとっても、まるで真剣じゃない」そう言ったあと、エセックスは声を軽い調子に変えて、こう付け加えた。「かわいそうなグロリア——世界をじゅうぶんに知らないまま、ここに来てしまったとは」

「エセックス」彼女が声をかけても、彼はかまわずに立ち上がった。

「もう行くよ。行って、ファニーおばさまを捜さなきゃいけない。今日の午後は、さらに十段ぶんの本を焼くことになっているから」


ひとり残ったグロリアは、しばらくベンチに座ったまま、降りそそいでいる日差しの温もりや空の青さに心を傾け、ファニーおばさまがこの世に生まれてこなかったら、空はもっと青かったんじゃないだろうかと思った。それから、この世の終わりについて、具体的に考えた。全世界が、そこにあるすべてのものが消える。お父さんも、わたしたちの家も、わたしや家族の友人知人も、その恐ろしい夜がきたら、一晩のうちに消えてしまう。そして、わたしは今、他人だらけの不慣れな屋敷にいて、さらに、なにより不慣れな選択をあえてすることを考えている。でも、それは無理かもしれない。今のわたしは、昔ながらのロマンチックな恋愛に酔いしれているだけ。エセックスとふたりで、いくつものスーツケースを抱え、だれにも気づかれないように、屋敷の門をよじ登って越えることなどできるだろうか。先日のわたしは、なにがなんでもなかに入りたいという気持ちがあったからこそ、それができたのだ。あの時だったら、ここに着いたばかりの時だったら、世界が終わるという話など、きっと笑い飛ばしていただろう。家を出て、この屋敷に着いたばかりの自分だったら、ここにいるのは頭のおかしな人間ばかりで、門に鍵がかかっているのは、彼らを外に出さないための処置なのだと、そう思ったに違いない。ああ、お父さんにさよならを言える機会が一度でもあればいいのに。

「あいつ、おばあちゃんのところへ話しに行ったんだよ」突然、背後でファンシーの声がした。

グロリアは飛びあがるほど驚き、それからムッとして言った。「こっそり近づくなんて、いやな子ね」

「ここで、ふたりで話したことを、あいつは全部、言う気だよ。そうするように、おばあちゃんに手なずけられているから」

ファンシーはベンチの前にまわってくると、エセックスが座っていた場所に座った。

「彼がここにいるって、だれがおばあちゃんに教えたの?」そう訊きながら、グロリアはふと気がついた。ファンシーが相手だと、だれもが、黙っていようと思うことまで、つい話してしまっている。それはきっと、ファンシーがいつも相手をまっすぐに見つめるから、そして、彼女自身がはっきりとした物言いをするからだ。「あなたが言ったの?」

「キャプテンだよ。キャプテンが、おばあちゃんに言われて、ふたりのあとをつけてたの。エセックスが、おばあちゃんに言われて、キャプテンとジュリアのあとをつけたみたいに」

「なんでそんなことを?」

「そうすれば、おばあちゃんはエセックスから、あなたが話したことを全部聞きだせるじゃない。おばあちゃんは、そういう話を聞くのが好きなの」

「恐ろしいばあさんね」

ファンシーが笑った。「その言い方、ママにそっくり。あたしは、おばあちゃんが好きだけど」

「みんなのことをスパイしているわけね」

「おばあちゃんがスパイしてるんじゃなくて、ほかのみんながスパイしてるんだよ、お互いのことを」

ファンシーはこともなげに言った。「ねえ、鏡のなかに見えたのって、あなたの作り話?」

「違うわ」

「あたしは、作り話だと思うな」

「作ってないわよ」

「作ってる」

「あのね、なにが本当に見えているかなんて、それを見ている本人以外にわかるわけがないでしょ?」

「あたしにはわかるの。でも、どっちみち、エセックスは駆け落ちなんかしたりしないよ。だって、おばあちゃんのことを怖がってるし」

「だとしても、彼女は実際に危害を加えたりしない。彼は、自分が死んだらどうしようって、そっちのほうが怖くてたまらないのよ」

「そういえば、ファニーおばさま以上に、死ぬ話をよくしているもんね。キャプテンなんか、危険だらけの人生を生きてきて、百回以上も危ない目にあったけど、死ぬ話は全然しないのに。怖がってるのは、エセックスとファニーおばさまだけ」

「キャプテンは嘘をついていると思うわ」

「エセックスだって、そうだよ」

「彼は違う」

「違わない」

グロリアはまた笑いだした。すると、しばらくしてファンシーもいっしょに笑いだし、「あたしは、なにもかも、みんな好き」と言った。

「それで、もしファニーおばさまが――」

「ファニーおばさまのことも、おばさまのつまんない夢の話も、あんまりたくさん聞きすぎて、あたし、もう吐いちゃいそうだよ」と、ファンシーが言った。「ちょっとでいいから、おばさまも黙っていてくれるといいのに。前は、おばさまの鼻をすする音がいつもしていて、それはそれで気分が悪かったけど、今は、そのおばさまの話をみんなが真剣に聞いているんだから、もう最悪」

「そりゃあ、聞かずにはいられないわよ」

「だから、そこがわからないの」そう言って、ファンシーはちょっと考え、それから目の前に広がる芝庭を身振りで示した。「ほら、こうやって、ここにあるものを、そのまま好きな人って、いないの？　そんなに世界のことがいつも心配？　ねえ、よく聞いてよ。ファニーおばさまは、素晴らしい世界がやってくるって言い続けてる。どこまでも緑が広がっていて、静かで、完璧で、みんなはそこに行ったら平和で幸せに暮らせるんだって。確かにそこは、あたしにとっても、すごく素敵な場所かもしれない。だけど、今のあたしが住んでいるこの場所だって、緑が広がっていて、静かで、完璧で、とても素晴らしい世界じゃない。そりゃあ、まわりにいる人たちは、そんなに平和そうにも幸せそうにも見えないけど、でも、よく考えたら、新しいその世界には、ファニーおばさまがいて、おばあちゃんがいて、あなたがいて、エセックスがいて、ママがいて、あとの頭のおかしな人たちが今と同じようにいるのに、自分たちだけが生き残れたっていう理由だけで、なんで今までよりも平和に、幸せに暮らせるようになると思うの？」

「そう思うのは、あなたがまだ、あまり大きくないからよ」グロリアは悠然と言った。「もっと大人になったら、きっとわかるわ」

「本当に?」ファンシーはわざと無邪気に訊き返した。「今のあたしは、村の子供と遊ぶことができないの。その理由は、おばあちゃんに言わせると、うちの家族はすごく立派で、村の子供とは身分が違うからなんだって。でもって、これからずっとあとになっても、あたしは村の子供たちと遊べるようにはならない。だってその頃には、村なんかひとつもなくなっているんだから。そしてうちは、ひとつだけ残ったという理由で、本当の本当に、立派すぎる家族になるんだ。そんな世界で、大人になったあたしには、どんな理解すべきことが残ってるわけ?」

「それじゃ、だだをこねてるお馬鹿さんみたいだわ。言ってみてよ、ファンシー。今、なにが起ころうとしているのか。あなた、知ってるの?」

「だから」ファンシーはのろのろと言った。「みんなは世界のすべてが変わることを望んでいるんでしょ。そうなったら、自分たちもきっと変わるだろうと思って。でも、世界が新しくなったくらいで、人間まで変われるなんて、あたしは思わない。だいたい、その世界だって、この世界以上に確かな存在ってわけじゃないし」

「いいえ、確かな存在よ。わたしが鏡のなかで見たのを、忘れたの?」

「ひょっとしたら、きれいになった新しい世界で、あなたは鏡の向こう側に入っちゃうのかもね。でもって、鏡の向こう側から今のこの世界をまた見ちゃったあと、泣きながらうろうろと歩きまわることになるんじゃない? なにか大きな異変がまた起きて、そっちの世界がきれいに消えて、この世界に戻ることができたらいいのに、って思いながら。でもね、これは、さっきからあたしがずっと言おうとしていることだけど、自分がどっちの世界にいるかなんて、本当はどうでもいいことなんだよ」

「エセックスは——」

「エセックスの話なんて、もう、うんざり。飽きちゃった」ファンシーはベンチからストンと落ちると、まるで子犬のように芝生の上へ転がった。「ね、いっしょに来て、ドールハウスで遊ばない?」

11

七月三十日の午後四時半、ジュリアとキャプテンは、テニスの試合で、グロリアとアラベラのペアを下した。グロリアはジュリアから借りた青いストライプのショートパンツをはいており、ハロラン夫人と、ファニーおばさまと、ミス・オグルビーと、ウィロー夫人と、エセックスが、コートのそばにひらいたビーチ・パラソルの下でそれを観戦していた。メリージェーンは、日光に当たるのは持病の喘息にいいと考え、草の上に広げたラグに寝そべっており、ファンシーは笑顔でなにかを口ずさみながら、思いつくままに、ひとり遊びをしていた。

午後も盛りの時刻をまわって、太陽の熱が冷めていくなか、リチャード・ハロランはいつものように自室のベランダの日陰にくつろぎ、そばでは看護師が単調な声で朗読を続けていた。「〝その時のわたしの困惑ぶりは、どう表現すればいいだろう。船を見つけた喜びはあった。しかも、その乗員たちは自分と同じ国の人間、すなわち、自分の仲間であると信じる理由があったのだから、筆舌につくしがたいほどうれしかったのは確かなのだが、それでもまだ、わたしの心には、どこから生じたものともわからない、いくばくかのひそやかな疑心がまとわりついて、警戒を怠ってはいけないと訴えかけていた〟」

夕食後、例によってハロラン夫人はエセックスと散歩に出た。組んだ腕から伝わってくる、彼の頼もしい力強さと自分への恭順の姿勢を味わいながら、日時計のところまで歩き、石の盤面を見おろした。「あれをまた、聞かせてちょうだい」

「〝この世はなんなのだろう?〟」エセックスは素直にそらんじた。「〝人は、なにを得ようと求めるのか? 今は愛する人とともにあろうと、冷たい墓に入りし時は、だれに添われることもなく、ひとり横たわるしかないというのに〟」

「そんなこと、わたしは気にしない」そう言いながら、ハロラン夫人は〝この世《ワールド》〟の〝W〟の文字をやさしくなぞった。

「オリアナ」エセックスが言った。「新しい世界で、ぼくたちは幸せになれると思う?」

「いいえ」と、ハロラン夫人は答えた。「でも、ここにいる今だって、わたしたちは幸せじゃないわ」

「ファニーおばさまは、間違いなく幸せになると、みんなに約束しているけれど」

「思いどおりにことを進めるためなら、ファニーおばさまはどんな約束だってするでしょうよ。だいたい、どうしてあの人にわかるの? なにがわたしにとっての幸せか、なんて」

「だれにも、そう簡単に見抜けることじゃないですね」エセックスが礼儀正しく答える。

「わたしがもっとも心を寄せる、もっとも近しい友人だって、たいして理解してやしないわ」と、ハロラン夫人。「ともあれ、残る時間はそう長くないんだし、だから、わたしも自分自身の未来について、計画を立てはじめようと思うのよ」


日が落ちて暗くなると、リチャード・ハロランが老いの身に寒さを感じるため、応接室の暖炉は、今も夜になると火が入れられていた。散歩から戻ったハロラン夫人は、はおっていたショールを無造作にエセックスにわたすと、そのまま夫の車椅子のそばへ行き、室内に顔を向けて立った。そして、その場にいる人たち、ファニーおばさまとキャプテン、ウィロー夫人とジュリアとアラベラ、ミス・オグルビーとエセックスとメリージェーンをぐるりと見まわし、こう切り出した。「みなさんに話があるの。こんなことを言ったら、きっと驚くだろうけれど……あなた方全員に協力を頼みたいのよ。待って、黙って聞いて。変な期待はさせないでちょうだい――あなたたちをどこまで当てにしていいかぐらい、わたしも承知しているつもりだから。頼みたいことは、ひとつだけ。みなさんには、これから話す計画に、積極的に参加してもらいたいの」

「かまいませんよ」ファニーおばさまが穏やかに言った。「あなたの頼みというのが、わたしたちに――」

「お静かに、ファニーおばさま。今は、ここにいる全員に話をしているんですから。このところ、バーベキュー炉で本を燃やしているけれど、それに触発されて、急にひらめいたのよ。わたしたちは絶対に――そう、ここは強調するけれど――わたしたちは絶対に、村のために饗宴をひらくべきだと。これを〝お別れパーティ〟と呼びたいなら、どうぞお好きに、ファニーおばさま。とにかく、この催しは、当家が村人たちに示してやる、最後の好意のあかしとなるでしょう」

「お別れパーティなんて、すてきなアイディアですわ」ミス・オグルビーが言った。「そんなことを思いつくなんて、さすがはハロラン夫人です」

ハロラン夫人は片手を上げ、それを、もぞもぞと動いている夫の肩にそっと置いた。「ただし、このパーティをひらくにあたっては、なんらかの名目を選ぶ必要がでてくるわ。だって、お別れ会として告知できないのは確かなんですからね。そこで、わたしが考えたのは、これを金婚式のお祝いにすること」

「だれの?」と、問いただすメリージェーンの声に、ファニーおばさまの声が重なった。「リチャードのじゃないわよね?」

「リチャードとわたしが結婚して何年たつかなんて、村人はほとんど気にしやしませんよ――せいぜい、わたしがひどく若く見えることに驚嘆するくらいで――それに、心ある友人なら、わたしがこの最後の機会に、自分が選んだ夫に対して敬意を表したいと願う気持ちに異論を唱えたりはしないはずだわ。夫に感謝し……」ハロラン夫人は少し躊躇し、こう続けた。「……自分の人生の喜びを祝うことにね。簡単に言えば、どういう理由をつけてもいいから、わたしは饗宴をひらく気でいる、ということよ。バーベキュー炉で燃える本を見て、大勢を集めてバーキューをするのも悪くはないと――」

「魔女を火あぶりにするんじゃないの？」グロリアがちゃちゃを入れたが、その言葉は、だれも聞いていなかった。

「それで、村人たちを招くなら、八月二十九日の午後から夕方にかけての時間帯がいいわ。バーベキューをしたり、ダンスをしたり、楽しく派手にもてなすの。そして、さよなら」

「ちょっと、言わせて」ウィロー夫人がのっそりと前に出た。「あなたはあたしよりふたつ年上なだけよね、オリアナ。なのに、そこにおいでのリチャードと結婚してから、二十八年をゆうに超える歳月がすぎたっていうわけ？　それが本当なら、あたしは両手両足を縛られて、海に投げこまれたっていいわ。うちのウィローは十周年を迎えるまで生きてちゃくれなかったけど、それでもあたしは、今もあの人が生きてるみたいに、今年で結婚何年になるか、ちゃんとわかってるつもりよ」

ハロラン夫人はいつくしむような手つきで夫の肩に触れた。「なんにせよ、わたしはもう決めたってこと。八月二十九日は、わたしたち夫婦の金婚式を祝うことにします。わたしにも感傷にひたる機会をちょうだい、オーガスタ。時間切れになる前に」

「もし、ウィローが生きてたら――」

「あなたもわたしと同じように、結婚の記念となる日を残らず祝いたいと思ったはずだわ」

「リチャードは失意の表情で祝うべきよ」ファニーおばさまが陰気に言った。「わたくしにとって、あれは人生最悪の日だったのだから」

「でしょうね」と、ハロラン夫人。「それでも、協力はしていただきますよ、ファニーおばさま。どうぞ当日は気張って、普通に楽しそうな顔をしていてくださいな。それと——八月三十日の夜に、すべてがすっかり変わることを思えば、今更、うちの地所を村人の手から守ったところで、そんなのは無意味だから——やって来た人たちには、この広い敷地を自由に動いてもらえばいいわ。秘密の花園を散策するもよし、迷路に入って迷うのもよし。騒いで池に落ちても、果樹園の果物を勝手にもいでも、おとがめはなし。ただし、屋敷のなかだけは立ち入り禁止ということで」

「だれかが図書室に迷いこんだりしたら、目も当てられないことになるでしょうからね」と、ウィロー夫人がうなずく。

「バーベキューのコーナーは家庭菜園のそばに設置しましょう。もちろん、その時ばかりは本ではなくて炭を燃やすことになるけれど。キャプテン、あなたにはバーベキューの係として、料理の監督をお願いしたいわ。エセックスは、それとは別に軽食を提供するための、テントのようなものを手配して。ジュリア、アラベラ、メリージェーン。わたしは日本の提灯がことのほか好きなの。だから、それを準備してもらえるかしら？　いろんな色を取り揃えて、あとは、花綱飾りもほしいわね。ミス・オグルビー、もちろんあなたには、いつものようにサラダのドレッシングを作ってもらいますよ。ファニーおばさまとウィロー夫人は、庭園や芝庭の状態を慎重に調査して、庭師にどこを直させ、なにを新しく造らせたらいいかを、わたしに代わって確認しておいてちょうだい。なにしろ、これは当家が本当に最後に行う、楽しい公式行事ですからね、わたしとしては、すべてが最高に見えるようにしたいと考えているの」

「その行事……お別れパーティとやらは……いつ、やるんですって?」と、ウィロー夫人が訊いた。

「さっきも説明したけれど、わたしたちには八月三十日までしか時間がないわけだから、八月二十九日にするのがもっとも妥当だと思うわ。それで、村の全員を——といっても、当然、何人かが抜け落ちてしまうのは避けられないだろうけれど——五時になったら集まるように招待するの。招かれた人々はバーベキューで牛肉に舌鼓を打ち、そのほかにも、こちらが趣向を凝らしたあれこれを堪能して、そうね、十一時になる頃には、わたしたちだけを残して、ひとり残らず帰ることになる。会場を飾る日本の提灯を、きちんと称賛したあとでね。これでわたしたちも、八月三十日という忙しい一日にそなえて、早めに休めるはずよ。もっとも、その晩はみんなまんじりともせず夜を明かすことになるでしょうけどね。ところで、うちの使用人たちだけど、彼らには臨時休暇をやると約束してあるの。ガーデンパーティの大騒ぎを無事に乗り切ったあとは、翌日の午後から夜の時間を自由にしていいということで。だから、八月三十日の午後遅くには、二台の車で全員を街に送り出してやるわ。翌朝にはここに戻ってくるという予定でね」

「よかった」と、ミス・オグルビーがうなずいた。「わたし、その日の朝の食事は、自分たちで用意しなければならないんだと思っていました」

「その他、いくつか残っているのは、さして重要でもない問題だけれど」ハロラン夫人が続けた。「エセックスなら、今度のパーティで踊るカントリー・ダンスのたぐいは、結婚五十周年を祝う席に極めてふさわしい内容のものにするべきだということを、それとなく村人たちに伝えられるんじゃないかしら」

「村人がお祝いに披露するダンス、ですか」と、エセックス。「となると、あなたの頭に浮かんでいるのは、オーティス夫人のダンス教室に通っている二十人ばかりの若い女性のことでは? ええ、彼女たちなら、きっとテラスでタップダンスを踊ってくれるでしょう」

「この件は、あなたに任せておけば安心のようね、エセックス。実は、ほかにも考えていることがあるのだけれど、幼い子供から感謝の品のようなものを受け取る演出――たとえば、とても愛らしい女の子が、腕一杯に抱えた花束をわたしに差し出すというのは、どうかしら？　その花の手配も、あなたに任せたいわ。それから、祝いの席にふさわしい短めの詩の朗読なんかも、あるといいわね。韻なんてどうでもいいから」

「ぼくは、韻を無視した詩を読むような、恥さらしはしませんよ」と、エセックス。「お望みなら、あなたに花束を贈呈する少女は見つけておきましょう。当日は、その子の顔が汚れていないかどうかも忘れずに確認してね」

「馬車置場の上の鐘を鳴らすといい」周囲のやり取りに刺激され、ハロラン氏が声をあげた。

「リチャード」ファニーおばさまが言った。「あなたは、自分がオリアナと結婚して五十年もたっていないことを知っているわよね」

「オリアナと結婚して、もう、ずいぶん長い時間がたったよ」リチャード・ハロランは暖炉の火に語りかけた。

「ここにいるだれが村人の輪にまざっても、わたしは反対しないわ。特にミス・オグルビー、あなたなら、のびのびと交流を図れるんじゃないかしら。それから、わたし自身がこのパーティで着る衣装だけれど、これについても、ずいぶんと考えてみたのよ。驚くほど悪趣味なものになってしまうかもしれないけれど、でもこれは、わたしが公の場に姿を見せる、最後の機会ですからね。だから、テラスに金色の天蓋を張って、その下に座ろうと思っているの」

「みっともない」と、ファニーおばさま。

「わたしは民に、最後の記憶を刻んでほしいだけよ、ファニーおばさま――それを思い出している時間が、少しでも彼らにあるのなら――真の女王たる、このわたしの姿をね。だからわたし、王冠をかぶろうと思って」

「それじゃ、頭のイカレた年寄りよ、オリアナ」と、ウィロー夫人。

「王冠をかぶるわ」ハロラン夫人は断固とした口調でくり返した。「さっきも言ったように悪趣味ではあるけれど、それに、たぶん実際は、小さなティアラ程度のものを着けることになるだろうけど、でも、わたしの心のなかでは、それは立派な王冠なの。昔から夢だったのよ。金色の衣装をまとって、軽く腰を落とし、優雅に会釈するのが」

「それだったら」アラベラが唐突に言った。「わたしたちにもきれいなドレスを用意してもらわないと、不公平じゃないかしら。あなたがお気に召さないのなら、王冠まではいらないけれど、でも、かわいくてきれいなドレスくらいは着せてほしいわ」

「あら、驚いた。アラベラ、それは実にいい案じゃないの。わたしたちは全員、絶対にそうするべきよ。新たな衣装を身にまとい、新鮮な気持ちで最後の日を迎えなければ」

「でも、お願いですから、わたしに金のドレスは着せないでくださいね。わたしは青い色のほうが似合うんです。目の色に映えるから。ジュリアは赤系が好きなんですけど」

「嘘よ」ジュリアは姉を睨みつけた。「そんなことを言って、あたしにひどい格好をさせたいだけでしょ。そうすれば、自分がいっそうきれいに見えると思って。あたしは緑にしてほしいわ。言って、希望が通るなら」

「あたしは花柄のシフォンが好きよ」と、ウィロー夫人が続けた。「それも、鮮やかな色合いのがね。まあ、この身体が入るドレスなら、なんだって文句はないけど。でも、お嬢さんたちには明るい色を着せてやるべきよ、オリアナ。こう言っちゃなんだけど、あなたのそばにいる限られた美人集団なんだから。よければ、あたしが街まで行って、衣装を見てきてあげる。それで、これと思うようなのが見つからなかったら、材料を買ってきて、ここで自分たちで仕立てればいいわ。みなさんはどうか知らないけれど、あたしとうちのお嬢さんたちは針仕事が得意なの。もう何年もあれこれ自分で作ったり、繕ったりしてきたから」

「あたしはいつも継ぎ当てだらけの古着を着てたわ」ジュリアが憎々しげに言った。「でも、アラベラは古着で我慢したことなどなかったわよね。身に着けるのは新品ばかりで、予算の倍のお金がかかっていてもお構いなし」

「なによ、あんた――」アラベラは反撃しかけたものの、ウィロー夫人にあっさりとさえぎられた。「つまらない喧嘩はやめなさい。少なくとも今回は、お金がいくらかかるかなんて心配しなくてもいいんだから。あなたはどう、ミス・オグルビー?」

「聞いてくださって、ありがとう、ウィロー夫人。わたしの場合はなにを買うにも、予算を気にしてばかりいますわ。そういうことが、幼い頃から癖に――」

「あらやだ、その話じゃないわよ。あなたはオリアナのパーティでなにを着るつもり?」

「まあ、どうしましょう」ミス・オグルビーは救いを求めるようにリチャード・ハロランの方を見てから「ピンク色はどうかしら」と、賛意を求める口調で言った。

「ハトみたいな、紫がかった灰色の方が似合うと思うけど」と、メリージェーン。

「ぜひともピンクで」ミス・オグルビーが言った。

「だれが気にしようと、わたくしは黒を着せていただくわ」ファニーおばさまが言った。「そのパーティに対する、わたくし自身の心情を表明したいから」

「この調子だと、あたしはお買い物をどっさりしなくちゃならないみたいね」ウィロー夫人が楽しげに言った。「来週中に、一度、街へ行ってくるわ。そうすれば、買ってきたものが気に入らなくても、返品しに行く時間がたっぷりととれるもの。どうする、オリアナ? あなたの金色のドレスも、あたしが探してきてあげましょうか？」

「ありがとう。でも、ドレスならもう注文したわ。王冠もいっしょにね」

「それってやっぱり、あなたが馬鹿みたいに見えると思うんだけど」とウィロー夫人。「王冠をかぶるなんて」

「まだわからないの、オーガスタ？　わたしが八月二十九日に王冠をかぶるのは、八月三十日以降のわたしの地位というものを誇示するためよ」ハロラン夫人はあるかなきかの笑みを浮かべた。「そしてその王冠は、決してはずしたりしないわ。いつの日か、ファンシーに譲りわたす時がくるまではね」

12

屋敷の三階の、右翼棟のはずれ近くには、その存在を確かに知っているにもかかわらず、ハロラン夫人が一度たりとも足を踏み入れたことのない、とても大きな部屋がある。それは右翼棟の最上階のほぼ全体を占めていて、残る部分には、初代のハロラン氏が星をながめる天文台を造るためにとっておいた、小さな部屋があるだけだ。ハロラン家の屋敷はとてつもなく巨大であり、それゆえに、この三階の大きな部屋のことは、だれからも滅多に思い出されず、ただ、ファニーおばさまだけが訪れる場所になっているのだが、ここには、先のハロラン夫人が生きていた頃の所有物が収められていた——それは、ファニーおばさまが着けているダイヤモンドや、彼女の母が亡くなった寝室で使われていたサテンのシーツや金色の小さな椅子とは別物の、いずれも丈夫な造りで、よく考えた末に選んで買われた、先のハロラン夫人が自分の持ち物であることを真に認めていた家財道具であり、彼女が死の床で「わたしの物を大切にしてね」と、ささやく声で夫に言い残したとき、その心の内にあった品々のことを指している。

初代のハロラン氏は、家族のために建てた屋敷に、妻とふたりの幼い子供を連れて入居した際、それらの道具を、二世帯アパートメントの寒々とした住み心地の悪い二階の住居からこの一室に運びこんでしまい、家族にじゅうぶんな心の準備をさせる暇もなく、生活を一変させた。そして先のハロラン夫人は、巨大な屋敷内に設えられた新たな家具や装飾の大部分を目にすることなく、ただ、自分の本当の持ち物が、頭上のどこかにある屋根裏部屋に安全に保管されている事実に多大な慰めを見出《みいだ》しながら、病に伏せった長い日々を過ごしたのだった。

屋敷を愛しているファニーおばさまは、この広い屋根裏部屋にこそ屋敷の心髄があることを、昔から理屈抜きに知っていた。それで、たったひとりで何年もの時間をかけ、自分が生まれた四間からなるアパートメントの再現作業を進めてきた。屋根裏部屋には、それが楽にできるだけの、じゅうぶんすぎる広さがあり、ファニーおばさまは自身の記憶力に驚きながら、家具はもとより飾り物の数々にいたるまで正確に配置して、作業が進めば進むほどに胸が苦しくなるほどの、懐かしいひとつの形を作りあげていった。

かつて居間に置かれていた大型の家具一式は、暗い赤と青のブロケード生地が唯一の彩りをなす垢抜けないデザインながらも、先のハロラン夫人にとっては多大なる誇りの源になっていた大切なもので、そのなかから、ファニーおばさまが最初に設置したのは、どっしりした長椅子と、それに向き合う、座面が深い二脚の肘掛椅子だった。どれも長持ちするように頑丈に造られた、長持ちするに違いない家具だ。さらに、長椅子と肘掛椅子の間には、骨董といえば聞こえのいいマホガニーもどきの古テーブルが、わざと窮屈な間隔で収められ、その上に――おばさまが、丁寧に梱包されているダンボール箱の山に分け入って、防虫剤の下から引っ張り出してきた――紺色のベルベット風生地にフリンジがついたテーブルクロスが掛けられて、『バルカローレ』の出だしのメロディが流れる、キャンディ皿代わりだった小さなオルゴールと、ハロラン夫妻が新婚旅行でニューヨークに行ったときに買い求めた自由の女神のレプリカ像と、青い合皮で装丁された一冊のアルバムが置かれた。そのアルバムをめくるたびに、ファニーおばさまがある種の戸惑いをおぼえながら目にするのは、年を経て黄色く変色したハロラン夫人のスナップ写真の数々だ。セーラーカラーのブラウスに幅広のタイを結んでいる、どこか滑稽なほど無垢で幼い少女時代。花嫁姿で、だれか背の高い男性を見上げている一場面。母となり、息子のリチャードか娘のフランシスであろう、豚みたいな顔をした生き物を抱いている姿。今では彼女の名前さえ覚えていないに違いない、友人たちとの集合写真。ファニーおばさまがこのアルバムのなかに見ることができるのは、亡くなった自分の母親ではなく、一冊の本に閉じこめられた、ただのひとりの少女であって、その物語は、少女から妻となり母親になるまで、悲劇的な速さで進むばかりの、退屈なものだった。なぜなら、長い髪にセーラーカラーのブラウスを着て笑っている写真を撮った日から、二世帯住宅の高い階段の前で、風変わりな帽子のつばになかば隠れた顔に落ち着かない笑みを浮かべてこちらを見ている最後の写真を撮った日まで、彼女の人生には、明らかに、これといった出来事がなにも起こっていないからだ。アルバムのページをめくりながら、ファニーおばさまは時々思う。自分の人生がこんなにも速く進んでいってしまうことを、お母さまはどれくらいわかっていたのだろう？　夫とともに暮らしてきた家の前で写真を撮ったとき、これが最後であることを、この先に自分の存在を示す記録を残す機会はないことを、知っていただろうか？　ひいては、それよりずっと前、セーラーカラーのブラウスを着ていた頃に、いずれ自分は死ぬのだということを自覚していただろうか？　同時に、アルバムのほかのページからこちらを見つめ返しているいくつもの顔、幼いフランシスとリチャードの顔にも、いつか確実に訪れる心安き運命への漠然とした理解は宿っているだろうか？　大きな襟のついた服にベルベットのズボンをはいたリチャードは、自分が死ぬことを知っていただろうか？——今の彼なら、それは知っているけれど。毛布の上に座って日光浴をしている、まだ歯も生えていない小さなフランシスの姿に、人生の真実を読み取ることはできるだろうか？「いつの日か、わたくしはお母さまの元へ行く」ページをめくりながら、ファニーおばさまは必ず思う。「このアルバムのなかで、わたくしはいつもお母さまといっしょ。ここにいるわたくしたちをバラバラにすることなんて、だれにもできはしないわ。いつの日か、わたくしたち家族は、またひとつになるのよ」アルバムの後半のページは空白のまま残っていた。なぜなら、小さなアパートメントにあった、ほかのすべてのものといっしょに、このアルバムも丁寧に箱詰めされて、この屋敷の屋根裏部屋に何十年もしまいこまれていたからだ。「わたしの家具は大丈夫?」先のハロラン夫人は、よく、メイドたちにたずねていた。「ちゃんと、手入れされている? わたしのものが入った箱は、みんな安全に保管されているかしら?」屋根裏部屋にあるものは、なにひとつとして、屋敷での生活に取り入れることが許されなかった。よって、四間のアパートメントのすべてがここには残っていた。

アパートメントの居間には小型の本棚も置いてあり、かつてそこには、初代のハロラン氏が通信教育で使用していたテキストが並んでいた。それで、ファニーおばさまも、同じものを捜して並べた。それらのテキストは、彼女の母親のきっちりした字で〝マイケルの本〟と記されたダンボール箱に入っていたが、なかには礼儀作法に関する本もあって、テーブルマナーにおける銀食器の使い方が書かれた一節には、彼女の父親が自分で引いたアンダーラインが残っていた。このように、彼は苦労しつつも時間をかけて物事を覚え、いったん記憶したことは二度と忘れない人だった。

その本棚の上に、ファニーおばさまは神わざに近いほどの記憶力で、額に入った何枚もの祖父母の写真を、ひとつも間違うことなく飾った。また、ハロラン家には、一家の誇らしき歴史の初期に月賦で購入した蓄音機《ビクトローラ》があって、表面がマホガニー風に仕上げられた、艶やかで端正なその木製キャビネットもまた、当時と同じように、居間の片隅に設置された。アパートメントに住んでいた頃は幼すぎて、勝手に蓄音機に触ることができなかったファニーおばさまは、この屋敷でもレコードをかけたことは一度もなく、レコードはキャビネットの下の部分、縦長に溝を切ったような専用の収納スペースに丁寧に保管されたままになっている。カルーソーのレコードや、マダム・シューマン＝ハインクのアルトの響きや、シャリアピンの歌う『蚤の歌』も思い出深いものではあったが、それよりも、おばさまの記憶に鮮明に染みついているのは、機械油と防虫剤と家具用の艶出し剤がおりなす、蓄音機特有のなんともいえない臭いのほうだった。

ファニーおばさまが入念に再現した四間のアパートメントは、居間と、台所と、両親の寝室と、幼いフランシスとリチャードが共同で使っていた寝室で構成されている。台所では、料理用ストーブは冷たいまま、旧式の冷蔵庫は温かいままだが、ファニーおばさまは、かつて父や母や兄と囲んで食事をしていたテーブルにかけてある防水布のカバーを定期的に拭き清めた。最初にリチャードが使い、後にフランシスが使った幼児用の背の高い椅子は、どんなものも捨てることなく、無駄に朽ちさせなかったハロラン夫人がしていたとおり、ここでも台所の片隅に置かれ、静かなたたずまいを見せている。それとは別に、テーブルのまわりには四脚の椅子が並べられ、さらに、ファニーおばさまは、母親が普段使いにしていた食器類を洗って食器棚に収め、母親がお客さま用に使っていた陶磁器を洗って、本来なら居間に置くはずが、やむなく台所に追いやられてしまった、前面にガラスが入っている、マホガニー風の木材で造られたブレイクフロント仕様の飾り棚に並べた。このほかに台所にあるのは、しっかりした造りで今もガタのきていない予備の椅子が二脚と、テーブルカバーの色に合わせて、食器棚と同じように青い色に塗られた戸棚がもう一台。こちらは缶詰や箱入りの食品などを保管するのに使っていたもので、棚の一部には粉ふるいが内蔵された小麦粉専用の収納庫があり、下の部分は、じゃが芋やたまねぎの保管に適した箱もついている。ファニーおばさまは、母親が結婚祝いにもらって使っていた銀食器を洗って、テーブルについている抽斗に片づけ、食品を保管していた戸棚には、ダンボール箱から取り出した食器用の布巾やタオル、鍋つかみ、食卓用ナプキンを丁寧に重ねて収めた。

寝室にあたる場所にはそれぞれベッドを置いて、ベッドメイクもすませた——両親の寝室にある大きなマホガニー色のダブルベッドには、かぎ針で丹念かつ複雑に編みあげられたカバーがかかっているが、これは彼女の母親が、長い髪にセーラーカラーのブラウスを着ていた、あの少女の頃に自分の手で編み、若い娘が未来の結婚生活を夢見て用意する〃希望の収納箱〃に入れておいた一枚だ。さらにこちらの部屋には、マホガニーもどきのベッドと実に釣り合いの取れている、いかにも頑丈そうで飾り気のない父の衣装ダンスと、ファニーおばさまの目には、何度見ても自分の母親らしさが感じられないものの、もちろん、この寝室に備えられて使われるべき鏡台があった。その鏡台の上に、おばさまは、気難しい顔で堅苦しく写っている父の写真を飾り、父の衣装ダンスの上には、ゆるやかな雲のように髪を結い、理想的な姿で写っている母の写真を飾った。鏡台の前に、クッション部分がバラ色のブロケードで覆われている小さなベンチを置いたあと、ファニーおばさまは母の私物を納めたダンボール箱から、石目模様のガラスでできたピンク色の小さなピン皿と、同じ作りの白粉《おしろい》入れと、象牙の柄がついたブラシとクシと鏡のセットを見つけ出して、それらを鏡台の上に正しく配置した。大小で対になった父の銀のヘアブラシは、衣装ダンスの上へ。かぎ針で編まれたピンク色の二枚のラグはベッドの両脇の床の上へ。スギ材で出来ている〃希望の収納箱〃のなかには予備のシーツと毛布を。そして、鏡台と衣装ダンスの抽斗には、〃わたしの衣類〃〃マイケルの衣類〃〃マイケルの仕事着〃と記された三つのダンボール箱の中身を納めた。

もうひとつの寝室——かつてのふたつの寝室は一枚の扉でつながっていて、その扉は、子供が泣き出した場合にそなえ、夜はいつもひらいていた——には、リチャードが眠っていた小さなベッドと、フランシスが五歳まで使っていたベビーベッドが置いてある。というのも、かつてハロラン夫人は、子供たちの寝室の家具を買い換えてやりたいと考えて、倹約を続けていたのだが、彼女の夫が屋敷を建てると決めたせいで、それが実現せずに終わったからだ。この部屋に張られていた壁紙——踊っているクマの絵柄だった——は、ファニーおばさまの記憶にしか残っていないが、それ以外のものは、まだすべてが揃っている。だから、彼女とリチャードは、ここに戻ってきたいと思えば、いつでもそうすることができるのだった。ピンク色の小さなタンスはフランシスのためのもので、ファニーおばさまはそのなかに〝フランシスのベビー服〟と記されたダンボール箱の中身を移し替えた。青い小さなタンスはリチャード用で、こちらには〝リチャードのベビー服〟と、屋敷に引っ越した頃には彼も大きくなっていたので〝リチャードの衣類〟が入れられた。この部屋には小さな本棚もひとつあって、そこに並ぶ『不思議の国のアリス』を手に取って読むたびに、ファニーおばさまは、なにかがねじれていくような奇妙な感覚をおぼえる。それは、彼女の記憶に残っている唯一の母親の声が、この本を自分に読み聞かせてくれた時のものだからだろう。ほかにあるのは、ふたつのおもちゃ箱で、一方には〝リチャード〟の名が、もう一方には〝フランシス〟の名がついている。そこに、ファニーおばさまは〝リチャードのおもちゃ〟〝フランシスのおもちゃ〟〝子供たちの積み木、チョーク、その他〟と記されたダンボール箱の中身を、間違いや不公平がないように気を配りながら振り分けた。そして、たわいなく考えた。そのうちに絶対、リチャードをここに連れてこよう。だって、これを見たら、お兄さまだって遊びたがるかもしれないもの。

屋根裏部屋の荷物のなかには、ファニーおばさまが開封していないダンボール箱が、ふたつ残っていた。そのひとつ、〝結婚祝いの品〟と記されている方は、これまで一度もあけられたことのない、大昔からある箱なので、おばさまも手をつけずにいる。中身は、銀の茶器と、何種類もの銀のケーキサーバーと、立派な作りの置時計で、いずれも彼女の両親が結婚祝いにもらい、いつの日か、もっといいアパートメントに移り住んで、いくつものケーキサーバーや立派な置時計を出しておける場所ができたら使おうと考え、大切に保管しておいた品なのだが、ハロラン氏が妻とふたりの子供をこの屋敷に連れてきたとき、この箱はほかの家財道具もろとも屋根裏部屋に追いやられてしまった。なぜなら、莫大な富を得て、すっかり横柄になったハロラン氏が希望するまま、この屋敷は、彼が妻を連れてくる以前に、どこもかしこも一分の隙なく完璧な形に仕上げられたからだ。この大きな屋敷では、どんなケーキサーバーも新たに出す必要はなかった。銀の茶器は、ハロラン氏がこの屋敷のために選びぬいた優美でモダンなセットに比べれば、いかにも見劣りのする品だったし、立派な置時計にしても、ハロラン夫人が望んでいたように、彼女の寝室の暖炉に飾ったところで、ハロラン氏があらかじめ置いておいた陶磁器の華奢な時計の隣では、ただ野暮ったいだけの姿をさらしたことだろう。

もしファニーおばさまにその気があったなら、今頃は、母親の料理ストーブで食事を作り、両親のベッドで眠り、蓄音機にレコードをかけ……そんなふうに、屋敷の内側にこしらえた、このアパートメントのなかだけで暮らしていたかもしれない。

開封していないもうひとつの箱は、両親の寝室の片隅にしまわれた。こちらは〝記念の品〟と記されていて、ファニーおばさまの知る限り、ここには、彼女の頭部から切り取られた――リネンのハンカチにくるんである――ひと房の髪と、同様に保存されたリチャードの髪と、幼い兄妹が母の日やクリスマスに母親に贈った何枚かの色あせたカードが入っている。おそらくは、マイケル・ハロランからもらった手紙の束も。そして、もう余計なことは知りたくないと、おばさまを尻ごみさせるもの、すなわち、古い写真のなかにいる、長い髪をした見慣れぬ少女の人生につながるサイン帳や、バレンタインのカードや、ダンスパーティのプログラムといった類の品々も入っているに違いない。

もしファニーおばさまにその気があったなら、今頃は、屋敷のなかのこのアパートメントに引きこもって暮らしていたかもしれない。ほかの面々など置き去りにして、ひとり、このアパートメントに入り、扉を閉ざして、どこにも出ずに暮らしていただろう。

「ついてらっしゃい」ファニーおばさまはファンシーを誘《いざな》った。さっきまで、彼女は少女を捜しまわっていて、ようやく庭にいるのを見つけ、上に来るように声をかけておいたのだ。そして今、ちょうど大階段のところで出迎えると、小さな手を取り、こう続けた。「見せたいものがあるの。ファニーおばさまがどんなにあなたを愛しているか、それをあなたにわかってもらうために、もう何年もだれも目にしていなかったものを、あなたに見せてあげたいのよ」

「どこ?」と、ファンシーは訊き返しながら、それでも素直にファニーおばさまについて廊下をわたり、三階へ続く階段に向かった。「どこに行くの、ファニーおばさま?」

「すぐにわかるわ」ファニーおばさまは謎めいた言い方をした。なぜ自分が急に、最上階のあの大部屋をファンシーに見せたくてたまらない気持ちになったのか、彼女はさっぱりわからなかったが、わからないながらも、これはある種の流れの作用かもしれないと、そう思って自分を納得させた。きっとこれは、初代のハロラン夫人からファンシーへと直接つながる強い絆《ライン》を確立するための、ひとつの方策なのだ。「わたくしのドールハウスよ」ファニーおばさまは声を弾ませると、お客さまを喜んで出迎えていた自分の母親さながらに、派手な身振りをまじえて扉をあけた。

「ここ、なに?」戸口からなかをのぞきこんで、ファンシーが訊く。

「わたくしのお母さまの家よ」ファニーおばさまが答えた。「あなたのおじいさまと、わたくしが生まれた家」

「変なの」ファニーが言った。

「変?」

「変わってるってこと」ファンシーは急いで言い直した。「大きなドールハウスだけど、お人形はどこにもいないし」

「お人形なら、ちゃんといるわ」ファニーおばさまが言った。「わたくしの記憶のなかにね。お母さまは、ここに座っていらしたの」と、青い布張りの椅子に腰をおろす。「あなたはそこの足載せ台に座ってちょうだい、ファンシー。あちらの大きな椅子は、お父さまの席だったのよ。今のわたくしは、黄色いドレスを着ているお母さま。だから、あなたはわたくし、小さいフランシスね。小さいリチャードは別の部屋にいて、お勉強をしているってことにしましょう」

「なにか、触ってみてもいい?」そう訊きながら、ファンシーは足載せ台に座ったまま、居心地悪そうに周囲を見まわした。

「小さいフランシスは、この部屋のものに触ることは許されていないの。リチャードのお勉強が終わったら、あちらのお部屋に行って、おもちゃで遊ぶといいわ。お父さまはご自分の椅子に座って、大事な本の一冊をひらき、やはりお勉強をなさっているところよ。覚えておいたら為になりそうだと思った部分に線を引くための鉛筆を握ってね。わたくしはお母さまで、いつも、愛するわが子たちのことを考えている。今は、お夕食の片づけがちょうど終わったところで、たぶん後で、あなたのお父さまが蓄音機にレコードをかけてくださるわ」

「あたし、今すぐ、おもちゃで遊びたい」

「遊ぶのは後ですよ、可愛い子。わたくしたちはとても幸せな家族で、お互いに心から愛し合っているの。そうよね?」

「そうかも」ファンシーがあやふやに答える。

「わたくしたちはお互いに、とても、とっても愛し合っているの。どうしたら家族が幸せになれるか、それにすてきな家を建てて、みんなをそこに住まわせてやりたいという夢を持ちながら、今、懸命に努力していらっしゃるし、あなたの母親であるわたくしは、自分の子供たちは、なんて強くて、幸せで、凛々しく美しいのかしらと思っている。ね、わたくしはいつだって、あなたたちのことを考えているでしょう?」

「そうかも」

「わたくしの愛しい小さなフランシスは、背が高くて美しい、すてきな女性に成長するの。そしていつの日か、お父さまのように立派な男性とめぐり会い、その方と結婚し、やがて、強くて、幸せで、凛々しく美しい自分の子供たちに恵まれるんだわ。でも、わが息子のリチャードは、決して結婚したりしない。あの子は、この先もずっと母親のそばに居続けるのよ、父親と肩を並べてね。だから、わたくしはこの先もずっと、強くて賢いふたりの男性に両脇を守られ——」

ファンシーが立ち上がった。「下で、ママが呼んでるみたい」そう言いながら、扉の方へ移動する。

ファニーおばさまは嘆きのまなざしで少女を見た。「ふたりが、もう死んでしまっていないことは知っている? あなたにとっては、ひいおじいさまと、ひいおばあさまだった方よ」

「ええ、ファニーおばさま。もう行っていい?」

「おさがりなさい、フランシス」ファニーおばさまはよそよそしく言った。ファンシーが出ていって、扉がしまったとき、母親の椅子に静かに座っていたおばさまは、母親の部屋に満ちた静寂に、どこか途方に暮れた気持ちになった。そして、やがて自分も部屋を出ると、しめた扉に鍵をかけながら思った。いつの日か、きっとだれかが、またここに来るだろう。そして、だれが住んでいたのかと、思いをはせるに違いない。

「ファニーおばさまのお出ましだわ」ファニーおばさまが大階段をおりていくと、ウィロー夫人が声をあげた。「ファニーおばさま、ここに来て、あたしたちのために、ちょっと決めてくれませんか。みんな迷っちゃってるんですよ、例の最初の朝には、なにを食べたらいいんだろうって——ハムエッグなんて、どう思います?」

「違うよ」まるで、だいぶ前から続いている会話の途中のような口ぶりで、ファンシーが言った。「最悪の問題を抱えているのはあたしの方だもん。あなたなんか、恵まれてる」

「あなただって恵まれてるじゃないの」グロリアはドールハウスから小さな男性の人形を取り、しげしげとながめた。「なんたって、ずっと、ここで暮らしてこられたんだから」

「人は大人に……」そこで、ファンシーの言葉が途切れた。まだ曖昧にしか見えていない事柄を、なんとか言葉にしようともがいているような様子で、少女は気の弱い笑い声をもらすと、手を伸ばしてグロリアの腕に触れた。「普通は、簡単なことじゃない? 子供でいることも、大人になることも」ファンシーは思いつくまま、言葉を並べた。「それをいっしょにできる人が、まわりにたくさんいるんだったら。つまり、自分と同じ年頃の子供が世界中に存在していて、みんな成長していて、でもって、なんでだかわからないけど、みんな同じ感じ方をしながら生きてるんだって、そう考えられる時なら。でも……でも、想像してみてよ、これから大人に育つ子供が、この世に自分ひとりしかいない状態を」彼女は首を振った。「あなたは運がよかったんだよ」

「わたしだって、まだ大人ってわけじゃないわ」

「グロリア、あなたには、あとになって恋しくなるものが、きっといろいろあるんじゃない? ダンスとか、男の子とか、パーティへのお出かけとか、かわいいドレスとか、映画とか、サッカーの試合とか。あたしは、そういうものを楽しめる日が来るのを、ずっとずっと待ち続けていたんだよ。それなのに……」

「今のわたしの頭にあるのは、いずれわたしたちには、もっと別のいいものが与えられるだろうってことだけよ。とにかく、身の安全は守られるんだし」

「安全だったら、なにがいいの？」ファンシーが鼻で笑った。「あたしは、ほかの人たちがたくさんいる世界に住む方がいい。たとえ、その人たちが危険だったとしてもね。あたしは、生まれてからずっと安全に守られてきた。だから、だれかと遊べたことなんか一度もなくって、相手はいつもお人形だけ」ふたたび少女は口をとざし、思いにふけりながら、ドールハウスの縁をなでるように手を動かした。意外にも、その仕草は彼女の祖母を彷彿とさせた。「そうすることができるなら」やがて、ファンシーが言った。「なにもかも全部、止めてやるのに」

「たぶん、みんなも同じように感じてるんじゃないかしら、本当は」そう答えたグロリアもまた、自分のなかで理解や整理がつかないままに口をひらいてしまい、たどたどしく言葉をつないだ。「みんなも、あなたと同じことがしたいんじゃないかと思う。だけど、あなたの場合は……相続する人でしょう、その、言ってしまえば、ただ、大人になるだけで。わくわくするようなこととか、新しい経験とか、あらゆる形の、普通とは違う素晴らしい物事や出来事の数々。それを、なんだかんだ言いながらも、あなたは成長していく過程で、ただ当たり前に手に入れて、でも、ほかの人たちは……みんなはとっくに大人になっていて、そのことをわかっていて、だから、最初から全部、やり直してみたいって思うのよ。わたしくらいの年だって、あれはすごく残念だったと悔み続けていることはあるもんだし、そうしている間にも、人は年をとり続けていくし」

「だけど、ファニーおばさまやウィロー夫人みたいな人たちに、待つ価値のあるものなんて、まだなにか残ってるの？　あの人たちは、今さら、どんなすてきなことが自分の身に起こるかもって、考えているんだろう？」

「そんなにあれこれ訊かれたって、全部は答えられないわ、お馬鹿さん。わたしだって、わからないもの。わたしにわかるのはただひとつ、身の安全を守ってもらえることが、ほかのなによりも大切だってこと」

「それは違うよ」ファンシーが言い返す。「そんなわけ、ない」

「わたしはまだ十七歳だけど」と、グロリアが続けた。「でも、このことはよく知ってるわ――外の世界はね、ファンシー、屋敷を囲む塀の向こう側にぐるりと広がる世界は、本物じゃないの。内側にあるこの場所は本物。わたしたちは本物よ。でも、外側にあるものは、厚紙だの、プラスチックだので出来上がっているようなものでね。あちら側には、本物なんてなにひとつありゃしない。どんなものも、なにか別のものから作られていて、どんなものも、なにか別のものに見えるように作られていて、手にした途端、すぐに駄目になる。人間だって本物じゃないわ。会う人、会う人、みんなだれかのコピーにすぎなくて、どの顔を見てもそっくり、まるで紙人形よ。で、彼らが住んでいる家には偽物の品がわんさかあって、食べているのは模造食品――」

「あたしのドールハウスみたい」ファンシーが面白そうに言う。

「あなたのお人形のところには、木に色を塗った小さなケーキやパンがある。一方、外の人たちのところには、まがい物の小麦粉で作られたケーキやパンやクッキーがあるけれど、それらは、食べ物としての見栄えを良くするのに邪魔なものがみんな抜き取られているし、食べやすくするのに必要なあらゆるものが入れられている。それから彼らは、温めるだけで、あとはなんの手間もいらない調理済みのお肉を買ってきて食べたりしてるし、ナンセンスと嘘であふれている新聞を読んでいるけど、ある日、これこれの真実が世間の目に隠され続けているのは、それがみんなのためだからです、なんてことを聞かされたかと思うと、次の日には、その真実が隠され続けているのは、実はそれが本当に嘘だからです、と聞かされて、なのに、その次の日には――」

ファニーが笑った。「その言い方、なにもかも大嫌い、って言ってるみたい」

「はっきり言えるのは、わたしはドールハウスの人形にはなりたくないってことよ。わたしはまだ、たった十七歳だけど、それでも、たくさんのことを学んできたわ。外の人たちがみんな、愛や優しさといったものについて知った気でいることは、どれも歌を聴いたり、本を読んだりして得たものばかり――ここの蔵書がみんな燃やされたのを、わたしが嬉しく思っている理由のひとつは、そこにあるの。いつでも自由に本を読んで、そこに書いてあるただの嘘っぱちを覚えるなんて、そんなこと、人はすべきじゃないから。それから、さっきあなたは、ダンスやパーティのことを言っていたけれど――はっきり言って、そういうものに温かな感情なんてものは、もはや存在してないわ。男の子とダンスをしたって、その子はこっちの肩越しに、別の男の子を見ているだけ。本物の人たちが残っているのは、もはやテレビ画面のなかだけなのよ」

「あなたの話を信じるなら、あたしも絶対に余計なことをしないでおこうって決めたと思う」と、ファンシー。「でもあたし、自分で外に出て、この目でちゃんと見るまでは、あなたの言うことは信じない」

「あっちには、なにもないわよ」グロリアがきっぱり言った。「厚紙とトラブル以外はなんにもない、張りぼての世界だもの」そこで彼女はしばらく考えてから、こう続けた。「たとえば、あなたが嘘つきなら、変質者なら、泥棒なら、あるいは、ただの病気持ちってことでもいいけど、それだったら、塀の外にもなにかしら得られるものはあるかもね」

ファンシーはドールハウスの上に身をかがめた。「とにかく、外の世界がどれだけみすぼらしくたって、あたしはそんなの気にしない。悪い人なんて怖くないし、安全じゃなくても平気だよ」
「だけど、どんないい人もいないのよ」グロリアがなすすべもなく言った。「あっちにいるのは、疲れていて、醜くて、意地が悪い人間ばかり。わたしはそれを知ってるの」

初代のハロラン氏は、つねに格言やことわざのなかに自らの生き方の指針を見つけ、それにそって忙《せわ》しなき人生を歩んできた人だった。「急がばまわれ」彼は好んで口にした。「最上のものを手にできる可能性は、だれにでもある。しかし、つかんだものをあの世まで持っていくことはできない」建築士や造園技師の集団は、ハロラン氏があの世まで持っていけるわけではない屋敷に、あれこれの文言をごてごて書いたり彫ったり浮彫りにしたりすることを一致団結して拒絶したが、良き助言の一文があればこそ、自分は心強くいられるのだというハロラン氏の飽くなき熱意を前に、結局、譲歩せざるをえない場合が多々あった。ハロラン氏は——キプリングの『もしも《イフ》』という詩を額装して自分の机に飾っていたほど——どのような人間も正しき言葉を前にすれば魂を揺さぶられるものだと考えており、そんな彼が主任建築士との完全決裂を回避できたのは、ひとえに、コロンビア大学で英文学の修士号をとっていたひとりの若者——ありていに言えば、主任建築士の甥にあたる青年の如才ない介入があったからだった。自分が造りあげた壁に〈人はだれしもだれかの友となれる〉といった文句が書き散らされるのを見るくらいなら死んだ方がマシだという主任建築士と、持ち前の頑固さで「だれが屋敷の建築費用を出していると思っている」と言い返しながら、手垢のついた名言が並ぶ引用辞典をめくり続けるハロラン氏。この両者のあいだに立って、コロンビア大学で英文学の修士号をとった若者は、建築士の感情をことさらに害することなく、屋敷のそこここに格言を持ちこむ術をハロラン氏に伝授した。それは、ありきたりな名言を選ぶのではなく、もっと教養に富んだ、詩的な言葉を選ぶこと。青年はこう指摘した――なんにせよ、ある格言と別の格言で、それぞれの意味や意図する内容にほとんど差がない、ということはよくあることで、〈なにもあの世までは持っていけない〉という言葉を〈今、生きずして、いつ生きるのか？〉に置き換えても、それが示さんとするものに致命的な違いは生じませんよ。

かくして、ハロラン氏の屋敷の多くの壁に、上品な書体でつづられた金ぴかの言葉が並ぶことになった。もちろん、それらはなんの効果ももたらさず――キプリングの『もしも《イフ》』の額を目の前に飾っていながら、ハロラン氏が金をためることだけに人生を費やしたように――この屋敷に暮らす人々にとっては時とともに意味のない模様と化して、彼らは〈よき仲間との幸いなるこの食卓に感謝の祈りを忘れるなかれ〉と強く説く言葉の下で黙々と食事をし、〈起きよ、恥じて起きよ、外は花ひらくような美しき朝、たなびく雲の翼の上に太陽神は現われたもう〉という言葉を、あるいは〈愚者に憎まれ、愚者を憎む。それをわが座右の銘とし、わが宿命とする〉という言葉さえ見上げながら惰眠をむさぼり、〈今、生きずして、いつ生きるのか？〉の文字を漫然と読みながら階段を上っている。

英文学修士の青年がストロベリー・ヒル・ハウスを建てたホレス・ウォルポールもかくやの熱に浮かされ、この屋敷の敷地にも岩屋《グロット》を造るべきだと提案した時、ハロラン氏が真っ先に――どのような岩屋を造るのか、あるいは、なんのために造るのかという明確な判断や決意すら、まだ彼のなかになく、もちろん、造ればそこに必要となる家具類をどうするかという考えもまるで浮かんでいない段階で――気にかけたのは、岩屋の壁面を飾るにふさわしい、もっとも魅力的な名言はなんだろうか、ということだった。岩屋についての知識が乏しいハロラン氏にわかるのは、それが蒸し暑い時期であっても、いかにも足を運びたくなる涼しさをたたえた空間だということで、彼はそれにふさわしい言葉を熱心に探し、シェイクスピアの〈もはや灼熱の太陽をおそれるな〉に行き着いた。そう、岩屋とは、そういったものなのだ。ハロラン氏はこの名言を掲げることに決めた。

英文学修士の青年はウォルポールを容赦なくけなしながら、そばに見わたすような湖がない岩屋《グロット》は岩屋として認められないと主張して譲らず、それでハロラン氏は、すでに屋敷の正面には観賞用の池を造ってしまっていたため、作業員たちに命じて、敷地のずっと端の方、実のところ、敷地を囲む外塀と二か所も接するような場所に、せっせと湖を造らせた。その湖のそばに石を使った岩屋は建てられ、上にはまんべんなく土が盛られて、その土に、自然そのままの姿で美しく生い茂るように草花が植えつけられ、そして、内側の石の壁面には、金を差し色にした青い文字で〈もはや灼熱の太陽をおそれるな〉の一文が記された。こうして完成した岩屋は、手のこんだ砂糖菓子のようなストロベリー・ヒル・ハウスと、どことなく似た雰囲気を宿していて、たとえば、生垣が続く庭を散策してきた貴婦人の一団が、ちょっと一服する姿(「まあ、ここの散歩道に広がる自然の、なんて美しいこと!」空気を味わうようにかいで、「そういえば、遠乗りに出た殿方たちは、もう戻ってきたのかしらね?」)が、そこで見られるようになれば……あるいは、ツタの葉をお皿にして、おやつの果物やアイスクリームがおしゃれに並んでいるような、ちょっとした風景であるとか、〈キングス・シアター〉から呼び寄せた合唱隊が、さざ波の立つ湖面に浮かぶ遊覧船に揺られながら、妖精のような歌声を響かせる機会があれば、その佇まいも、いっそう趣のある素晴らしいものへと変わっていったかもしれない。

しかしハロラン氏には、そういったことがまるで見えていなかったのだろう。結局のところ、彼は岩屋が完成すると、あとは見向きもしなかった。なぜなら、岩屋は湿気が強くて居心地が悪かったし、そばにある湖は、これを造るのがどれほど厄介で大変だったかということがつねに思い出されて、見るたびに胸が悪くなったし、それに、自分の妻をそこへ連れていき、壁面の岩のどこかに彼女の名前を記すことが、ついに一度も叶わなかったからだ。が、それよりなにより最悪だったのは、湖に放った白鳥の群れが、幼いリチャードとふたりのメイドに噛みつく事件が起こったことで、この白鳥たちは、もともと屋敷の前の鑑賞池にいたのを、岩屋の湖という辺鄙な場所に無理やり移されるという屈辱にあい、それ以後は、ここで繁殖と喧嘩をくり返しながら、庭師にとっては消えることのない頭痛と脅威の種になっていった。

子供の頃のファニーおばさまは、暇さえあれば外をぶらぶら歩きまわっているような少女で、塀に囲まれた広大な敷地のどの場所にもやたらと深い愛情を抱いており、この岩屋にもよく足を運んで、ゆるやかな風にゆらぐ湖の水を眺めたり、凶暴な白鳥たちから身を隠したり、何度となく鼻風邪をひいたりしながら、かなり多くの時間をここで過ごした。あれからずっと年をとり、風邪やインフルエンザにもかかりやすくなった今は、岩屋に来る機会もずいぶん減ってしまったが、それでも時々、彼女はなにかに引っ張られるように、この方角に足を向けることがあった。実のところ、七月の下旬に入ってから、ファニーおばさまは、父親の造りあげたものを今一度称賛するために、そして、まもなく完全に消える運命にある最愛の場所の数々を、どのような形であれ、記憶にしっかり刻みこんでおきたいと願って、お気に入りのすべての場所を巡礼のようにまわっていた。

これはおそらく記録しておくべきことであろうが、コロンビア大学の修士号を持った例の青年は、ハロラン氏の岩屋造りに貢献した自身の手柄に多くの期待を抱き、きっとハロラン氏は自分への褒美に、専門分野をさらに生かせるような仕事を与えてくれるだろうと信じるまでになって、自身が書いた無韻詩による何本かの舞台劇の脚本のうち、ある作品のある場面の半分をハロラン氏の前で読みあげることにもまんまと成功したのだが、ハロラン氏が報酬として提示したのは自身の会社の文書整理係の口で、その仕事を受けた青年は、のちに事務長の地位まで出世し、結婚もした。

ファニーおばさまが岩屋を訪れたのは、七月の終わりだった。ここに来るのは、かれこれ半年ぶりで、足を踏み入れるなり、放置されていたことがありありとわかる陰鬱な空気に出迎えられた。土に覆われた屋根の上では、まだバラが茂り続け、湖の水も、以前と変わらず、ゆるやかな風にそっとゆらいでいたが、内側の壁は、そこを彩っていた青や緑や金の色がすっかり薄れ、塗料がはげ落ちていた。入り口の石の一部も欠けてなくなり、〈もはや灼熱の太陽をおそれるな〉の文字はほとんど消えてしまっている。岩屋のなかにずっと置かれてきた木製の小さなテーブルやベンチも、壊れたり、腐ったりしていた。湖のはるか向こうの方では、今やすっかり野生化した白鳥たちが、水になにかの模様を浮かべたように動いており、ファニーおばさまは、ここに自分がいることを彼らに気づかれないように、ぐっと頭を低くして、音もたてずに岩屋に入ると——昔からの習慣で——二、三の椅子やテーブルを動かし、入り口をふさぐように置いた。こうしておけば、白鳥がこちらに気づいて襲ってきても、なかに入ってくることはできない。

ファニーおばさまは腹を立てていた。これまでの人生で、これほど怒ったことはないというほど、腹の底から、本気で怒っていた。彼女は、王冠をかぶる計画でいる義理の姉に腹を立て、また、それを止めようとせず、どう見ても間抜けな妻の姿を村人の面前にさらそうとしている自分の兄に腹を立てていた。なにごとにも受け身な態度で、ハロラン夫人の気まぐれのすべてにおとなしく服従しているミス・オグルビーとメリージエーンとエセックスにも腹を立てていた。しかし、彼女がことのほか腹を立てている理由、過去に記憶がないほどの、とてつもない怒りに震えている原因は、今朝、ハロラン夫人が自分によこした一枚のカーボン・コピーで——このわたくしに、なぜ原本ではなく、コピーなんぞをよこすのだと、おばさまはこの点にも腹を立てているのだが——それは、ファニーおばさまにひと言の相談もないまま、ハロラン夫人がひとりで練って、勝手にタイプライターで書きあげた『注意項目』と題する文書だった。

岩屋のなかで腰をおろすと、ファニーおばさまはその紙を取り出し、あらためて読み直した。

われわれはみな、八月三十日の夜になにが起こるかを知っている。これにおいて無事を確保するためには、間違いのない対策がとられなければならず、われわれはひとりひとりが、今後の注意点を記したこの書面をたえず参照し、順守しなければならない。**いかなる形であれ、以下の決まりを破った者は処罰の対象とする。**

『注意項目』

1　八月三十日の午後四時を過ぎたら、どのような理由があろうと、だれもこの屋敷を出てはならない。

2　上記の日時を過ぎたあとは、どのような状況下であれ、何人《なんびと》たりともこの屋敷に入ることは許されない。

3　下働きの者をはじめ、すべての使用人は当日正午までに屋敷を出ることになるため、八月二十九日の深夜以降は、ことさらに用を言いつけて彼らを使ってはならない。

4　八月三十日の夜は、屋敷の外に尋常ならざる事態が多々発生すると思われるため、これまで何度も話題になったように、窓などを守るための予防措置をとらなければならない。よって、屋敷に残った全員は、使用人たちが正午に屋敷を出たあと、ただちに板を打ちつける、毛布で覆うなど、あらゆる可能な手段をもって、すべての窓と戸口にバリケードを築く作業をはじめること。この作業についてハロラン氏に説明する任は、ハロラン夫人自身が負うものとする。

5　八月三十日の午後四時になったら、ひとり残らず応接室に集合して軽い食事をとり、さらに、ハロラン夫人から最後の指示を受けること。

6 八月三十日の夜間は、だれひとり応接室を出てはならない。

7 屋敷に残った者は全員、そのあとの朝を迎えるにふさわしい身支度を整えること。ただし、気温その他が変動している可能性についてしっかり考慮することも忘れてはならない。なお、王冠をつけていいのはハロラン夫人ひとりだけとする。

8 その朝がきたら、まずハロラン夫人が戸口へ進むので、残る全員も神妙な態度で列を作り、そのあとに続くこと。外への第一歩を記すのはハロラン夫人とする。

9 八月三十日の夜を過ぎると、現在のカレンダーは事実上その意味をすべて失うことになるため、これ以後、その翌朝のことを〝第一日目〟と呼ぶことにする。

10 〝第一日目〟に行う作業については、現時点では周辺の状況（たとえば植物の生育はどの程度見込めるか、水は確保できるか等々）を十分推測することができないため、その場の必要に応じてハロラン夫人が指示するものとする。

11 〝第一日目〟は、だれも屋敷の近隣一帯に出かけてはならない。また、各種の禁止事項が定まるまでは、なにかを採取、捕食するなどの、外界の状態をわずかにも損ない、変化させる行動は、だれひとりしてはならない。

12 各人の性交相手については、ハロラン夫人が決めることとする。乱交行為は厳しい処罰の対象とする。

13 〝第一日目〟および、それ以降は、むやみに走る・競う・泳ぐなどの種々雑多なはしたない遊びをはじめ、そうした無責任さが垣間見える行動をとることは、当然ながら許されない。わがグループのメンバーは、その全員が、世界の継承者たる自分の立場をつねに意識し、どのような場面においても適切なふるまいをすることが求められる。特に望ましいのは、誇りに満ちた気品ある態度である。生存者の選定について自分の判断に狂いはなかったと信じることに苦心しているであろう超自然界の監視者を憤慨させることのないよう、われわれは最大限の注意を払わなければならない。

「お父さま」ファニーおばさまは、水中で冷たくぼんやり光っている岩屋の明かりに語りかけた。「お父さま、わたくしになにをなさったの？」

フランシス、フランシス・ハロラン。

ファニーおばさまは恐ろしさにぱっと身を引き、岩屋の壁に背中が当たった。すると、壁を彩る青と緑と金の色が浮き上がって、まわりでぐるぐる渦巻きはじめ、戸口に立つ人影を目にした彼女は、それがだれであるかをすぐに悟った。

13

「だって、もう、なにも見たくないんだもの」グロリアが不機嫌に主張した。「いっそ、ほかの人で試してみれば？　とにかくわたしは、あんなくだらない鏡をぼーっとのぞきこむことに興味はないの」

「グロリア」ウィロー夫人がなだめ口調で言った。「落ち着いてちょうだい。なんにしたって、そんなに興奮していたら、なにも見えるわけがないんだから。さあ、肩の力を抜いて。ここは、あたしたち全員のためだと思って」

「おそらく、未来の美しい景色の方でも、グロリアに対する興味をなくしているんじゃないかしらね」と、ハロラン夫人が言った。「たぶん、今もグロリアは、籐の家具や映画館の案内係の仕事がある世界を夢見ているだろうから。たぶんグロリアは、わたしたち全員と縁を切りたいと思っているのよ」

グロリアは驚いて振り返り、エセックスを凝視した。彼は小さな笑みを見せて、肩をすくめた。

「さっきのは意地悪だったけど」ファンシーがグロリアに言った。「でも、あたしの言ったとおりでしょ？　あいつはきっとしゃべるって」

「エセックスはもともとが計算高いタイプでね」グロリアに微笑みかけながら、ハロラン夫人はこともなげに言った。「このとおり、概して彼の関心は、共同社会に属することの利点にあるの。それで言えば、一個人の気まぐれが、わたしたち全体の未来に悪い影響を及ぼすことは許されないんじゃないかしら」

「エセックスは豚よ」そう言って、ファンシーはグロリアの手のなかに自分の手を押しこんだ。「そう教えてあげたでしょ、グロリア?」

「エセックス」ハロラン夫人が言った。「グロリアに言ってちょうだい。おまえは鏡をのぞくべきなんだと。そうしなければ、わたしの機嫌を損ねる結果になりかねない、って」

「グロリア」エセックスは視線をそらして、うながした。

「のぞいたって、なにもないわよ」グロリアがふてくされる。「そこにあるのは油まみれの、古くて汚いただの鏡なんだから」

「オリアナ、わたくしたちは、ごく近いうちに、その世界を目にすることになるのよ」横から、ファニーおばさまが言った。「グロリアにまたあれをやれと、ここで強制する必要はないわ」

「いいえ」ハロラン夫人は断固たる声で続けた。「グロリアにはどうしたって、鏡をのぞいてもらいます。わたしは子供じみたわがままを仕方なく許す気などないし、それに、じゅうぶんな情報が得られなければ、いくらわたしでも、みんなのための計画を立てることなどできないんですからね。グロリアは見なければならないんです」

「そうやって、みんなをいじめる声を聞くのは、もううんざりだし、気分が悪いよ」ファンシーがにべもない調子で自分の祖母に言い放った。すると、それからしばらく、様子をうかがうような長い沈黙が続き、やがてメリージェーンが、小さいながらも断固とした声で「ファンシーの言うとおりだわ」と言った。「たとえば、あたしにだって、威張り散らした態度を取らなくてもいいはずよ」

「正しく対処するというのは、本当にいつも難しいこと」ファニーおばさまがつぶやいた。

「身内の喧嘩《けんか》ですしね」と、ミス・オグルビーがうなずく。

「まあまあ」ウィロー夫人が勇ましく口論に割って入った。「あたしが見たところ、今は、だれがなにをやっても、必ずだれかの気に障るという空気になっているみたいだから、これは気をつけないと、あっという間に、みんながみんな罵り合いをはじめることになりかねないわ——あたしね、うちのお嬢さんたちが小さかった頃に、よく言ってやったのよ、ふたりがおもちゃなんかをめぐって、髪の毛をつかむ大喧嘩をしている時に——いつも、こう言って聞かせたの、〝鳥だって、小さな巣のなかで仲よく暮らしてるよ〟って。そこで、あたしは問いたいんだけど——ここにいるのは、街一番の豪華な巣に押しこめられた、無力であわれな鳥の群れ？　ねえ、どうなの？」

「これはまた、才能あふれる見事な表現だこと」と、ハロラン夫人。「あなた方がこんなにピリピリしていると知って、わたしは個人的に残念に思うわ。なんだかんだ言ったところで、わたしたちが待つべき時間は、もうそれほど長くはないのだし。それでも、自身の感情を抑えておくことができないようなら、わたしたちは、それなりに距離をとるようにしたほうがいいのかもしれない」彼女はグロリアを見た。「もう一度だけ説明するけれど、わたしは、あなたたち全員を新しい世界へきちんと導かなければならないという、とてつもなく重い責任を負っているの。だから、全面的な協力を必要としているのよ。メリージェーン、みんなの安全をより確かなものとするために、さして頼りにならないあなたの能力も存分に振るってほしいと頼んでいるわたしの言動をつかまえて、それを〝威張り散らす〟と表現する権利は、あなたにはないんじゃないかしら？」

「だから、いつも威張った態度をしないでくれっていう、それだけのことですよ」メリージェーンが不愛想に言い返した。

「さて、これでおれたちは全員、自分の立場ってものが理解できたんじゃないかな」キャプテンがほがらかに声をあげた。「ハロラン夫人、そのお嬢さんが鏡をのぞこうとしないのは、あなたに従う気がないからだなんて、だれも思っちゃいませんよ。女の子のかわいい嫉妬心くらい、大目に見てもいいのでは?」そう言うと、彼はアラベラにウィンクし、アラベラは「まったくだわ!」と、くすくす笑った。

「いいでしょう」ハロラン夫人が言った。「グロリア、あなたの胸の内を賢明なる言葉で教えてくれたキャプテンに免じて、今夜のところは解放してあげます」

グロリアは席を立つと、ハロラン夫人の椅子のうしろにもたれかかっているエセックスの前にまっすぐ向かった。「エセックス、みんなの前で、あなたにもう一度だけ言いたいの。時間はまだあるわ。わたしたちが本気で出ていきたいと思えば、だれも止めることなんてできない。少なくとも、まだ二週間はあるんだから」

「馬鹿な真似はするなよ、グロリア」エセックスは、ハロラン夫人の椅子の背に置いた自分の両手に視線を落とした。「なにがあろうと、ぼくはここを出ていく気はない」

「これであなたも、納得のいく答えが得られたでしょう、グロリア」ハロラン夫人が愛想よく言った。「おやすみなさい」


「あなたって、本当にどうかしてると思うよ」真っ赤なパジャマ姿で、まるで小さな悪魔のように見えるファンシーが、グロリアのベッドの足もとに座りこんで言った。「おばあちゃんが、あそこまで本気で怒り狂いかけているのを、あたし、はじめて見ちゃった」

「とんでもなく恐ろしいばあさんよね。でも、あなたがわたしの味方をしてくれたのは嬉しかったわ、ファンシー」

「で、今はエセックスのことをどう思ってるの?」ファンシーはククッと笑った。「あいつはつまんない人間だよ。前にも、そう言ったけど」

「かわいそうなエセックス」グロリアが理性のかけらもなく言う。

「だけど、わかんないな」毛布のフリンジをつまんで引っ張りながら、ファンシーが続けた。「あたしには、外の世界はすごくひどい場所だって言うくせに、なんであなた自身は、自分といっしょにここを出てくれってエセックスに頼むような馬鹿なことをするの？　それも、みんなが見ている前で」

「たぶん、わたしは本気で彼にここを出てほしいとは思っていないの。ただ彼に、そうしてもいいよって、言ってもらいたかっただけなのよ、たぶん」

「なら、もうわかったでしょ」ファンシーは容赦なしに言った。「おばあちゃんは、あいつを出て行かせたりしない。キャプテンを出て行かせなかったみたいにね」

「わたし、ずっと不思議に思っていることがあるんだけど」グロリアはベッドから起き上がると、ファンシーのほうに身を乗り出して、真剣な口調で言った。「あなたのおばあちゃんは、みんなにずっと言い続けているわよね。その時が、どんなに大変で、どんなに深刻で、どんなにすさまじいかって話を。わたしたちは、それがすべて起こってしまうまで、この屋敷のなかで待たなくちゃならないんだって。それから、わたしたちが、どれほど注意深く行動しなければならないのかっていうこととか、みんながトラブルに巻きこまれないようにするために、彼女がどれほどの責任を負っているのかってこととか、わたしたちは、とにかく彼女の指示を仰いで、彼女に言われたことを守って、あの美しい世界では走ったり、遊んだり、楽しく過ごしちゃいけないって——」

「だから、なに？　本当はなにがどんなふうになるかなんて、そんなのはまだ、だれにもわからないじゃない。そうでしょ？」

「わたしにはわかるわ」グロリアが言った。「だって、あの鏡で何度も見たもの。でも、鏡のなかには、彼女が話しているようなものは、なにひとつ見えなかった。そもそも、あの鏡のなかにはね、あなたのおばあちゃんの姿なんて、これまで一度も見えたことはないのよ」

エセックスは思い切って言った。「オリアナ、あなたはとんでもない大失敗をしてしまったと思うよ。まさかあなたが、あんな下手を打つなんて、ぼくは思いもよらなかったな」

「このわたしが本当に下手を打ったと思うの？　あなたこそ、わたしの真意を読み違えているんじゃない？」

「それはどうかな」エセックスは皮肉っぽく言った。「あなたは自身の権力を相当危うくしてしまった」

「あの小娘の横柄なふるまいを抑えつけたせいで？　あなたには選択する権利があったのよ、エセックス。あの子と行動を共にすることに同意すれば、それでよかったのに」

「そういえば、あなたはぼくをこの屋敷から追い出そうとしたことがありましたっけ。でも、ぼくはここに居続けて、たぶんそれで、外に出ていくだけの力を失ってしまったんですよ」

夕暮れに沈む庭で、ハロラン夫人は、ひどく哀愁を帯びた笑みを浮かべた。「すべてはとっくにはじまっていたのよ。何か月か前に、あなたに話したように、ファニーおばさまの輝く世界をいったん信じると決めたから、わたしはそこに自分のすべてを捧げたの。でも、だからといって、ファニーおばさまやほかのだれかの下の地位に甘んじるつもりはないわ」

「ぼくたちを屋敷から追い出すことができなくなったら、あなたはどこに行く気なんです？」

「これは今、わたしの屋敷だし、この先も、わたしの屋敷であり続ける。今の世界でも、次の世界でも、わたしはこの屋敷にある石ころひとつだって手放しはしない。このことは、全員の頭に叩きこんでおかないとね。

それと、わたしは自分が手にした権力だって、一片たりとも手放す気はないんだってことも、いっしょに。たぶん」彼女は乾いた声で言い足した。「あなたが外に出ていく力を失ったように、わたしはだれかに仕えて働くという力を失ったのよ」

「だとしたら、ぼくたちがあなたに対して抱いているかもしれない愛情というものに、あなたが掛け値なしの信頼を置くことはまるでないと、そう思っていいのかな？」

「そうよ」とハロラン夫人は答えた。「まるでないわ」


翌朝、ハロラン夫人は最後の日とその夜の段取りについて夫に説明しておくために、彼と朝食をともにしていた。ほかの面々も揃ったその朝食室に、あとから現われたグロリアは、顔をすっかり上気させ、目をぎらぎら輝かせ、ほとんど走るようにやってきた。「聞いて！」戸口を通り抜けるなり、彼女は口をひらいた。「今すぐ、みんなに聞いてもらいたいことがあるの。こんなの、まるで予想もしてなかったわ。今、ちょうど髪をとかしていたんだけれど――というか、実はまだ、とかし終わってもいなくて――ほら」彼女は小さな笑い声をもらし、もつれたままの髪に指を通してみせた。「髪をとかしながら鏡を見ていたの。ごく自然に、自分の姿を見ていて、そうしたら、なんの前触れもなく、そこに映っていた自分がぱっと消えて、また鏡のなかをのぞく形になったと思ったら、わたし、歩いていたの。わかる？　今度はなんと、あちら側に自分が入ってしまっていたのよ。そこは小高い丘のてっぺんで、下に目をやると、たくさんの花が咲いている広大な野原が見えたわ。たぶん、前に見たのと同じ赤い花や、釣鐘の形をした青い花、それから、これもまた前に見たのと同じ小さな川が、きらきらと輝きながら、澄んだ流れを――」

「人の姿はあった？」ささやくように訊いたのは、ウィロー夫人の声だ。

「いいえ、わたしだけ。わたしは緑の斜面を駆けだして、丘のふもとまでおりたところで、そこに流れる小川を飛び越え、向こう岸をさらに走って、小さな森に飛びこんだの。それも裸足で。なぜそれがわかったかというと、あちらで踏んだ苔の感触が、今も足の裏に残っているからなんだけど」ここで彼女は息つぎをするために言葉を切り、テーブルを囲んでいるほかの者たちは、だれもが静かに座ったまま、話の続きに耳を傾けた。「あたりには、いろんな鳥のさえずりが聞こえていて、それから——ああ、もっとちゃんと思い出せればいいのに、どんなに素敵な場所だったか、みんなにも見せてあげたかったわ！——花もたくさん咲き乱れていて、なにもかもが、それは穏やかで、暖かくて、明るくて……次の世界は、あんなにも美しい姿になるのね」彼女は目に涙を浮かべながら、そこにいる全員を見まわした。「わたし、本気で信じていなかったと思うの。これまでは、なにもかも、まるっきり」彼女はなかば笑いながら、エセックスのほうを見た。「今はあなたのことを、憎いと思う気持ちさえないわ」

エセックスは厳かに立ち上がると、グロリアの手を取って、テーブルへと導いた。「きみの神殿をトネリコの森のなかに造ろう。神のお告げは、大きく揺れる緑の梢を抜けて、時には、雲霞のごとく飛びまわるムクドリの群れを通して届くだろう。やがてぼくは、若き女神の姿に模して、きみの彫像をこしらえる。そこには、女神のお気に召すような、さまざまな供物がそなえられるんだ。ぶどうなどの甘い果物、きれいな色をした丸い石、いい香りを放つ草花。それだけじゃなく、生贄だって捧げられるだろう。たとえばカワウソ。あるいは、足音をさせずに動きまわれる、たとえるならヒョウなどの、まだ若い動物たちが」

グロリアはエセックスに微笑んだ。「わたしも、その神殿造りを手伝うわ。あなたにいろいろ教えてあげる。小高い丘のどこを駆けおりて、小川のどこを飛び越えて、どこの森へ行けばいいか。そうすれば、わたしたちの神殿を置くのにぴったりの、あのトネリコの森が見つけられるわ」

「その小川に、葦は生えているのかな?」キャプテンがたずねた。「あるなら、それでファンシーにフルートを作ってやろう。そうすれば、彼女はみんなに吹いて聴かせてくれるだろうから」

ファンシーがくすくす笑った。「きっと全員、あたしのあとにくっついて、踊り歩くことになるよ」その言葉に続けて、メリージェーンが気恥ずかしそうに言った。「みんな、髪に花を飾るといいわ。野原に咲いている、赤い花を。そうして、木の下で踊るの」

「奔放な異教徒のようにね」ウィロー夫人が鷹揚に言い添える。

「確かに、奔放な異教徒そのままだわ」いつの間にか席を立ったハロラン夫人が、朝食室の戸口から険悪な声で言った。「みんな、わかっているかしら?　今のあなたたちは、早くも、わたしの法を破っているのよ」

14

八月の終わりが近づくにつれて、天候に異変が現われはじめた。時期はずれの雪嵐、ハリケーン、晴れた空から雹が降るなど、あらゆる形の常ならざる現象が、津々浦々で報じられた。屋敷のあたりでも、毎日、午後になると雷雨が起こるようになった。その発生過程は恐ろしいほどに規則正しく、午後四時をまわるとすぐに黒い雲の塊が地平線に出現し、それが次々と流れてきて、ほんの一時間ほどのうちに空一面を真っ黒に染め、そして、六時になる頃には、また晴天が戻るのだ。初代のハロラン氏が生きていたら、きっとこんな言葉を口にしただろう――人はみな、天気の話をするが、それを少しでも変えられる者はいない。朝の新聞には、異常高温による死者や、水害による死者や、暴風被害による死者が出たという記事が毎回載るようになり、その横には決まって、地球の海面が一世紀に二インチの割合で上昇しているという解説が添えられた。ある火山は五百年ぶりに噴火を起こし、周辺の地域を壊滅状態にしたあと、ふたたび永遠の眠りについた。

シカゴでは、繁華街のデパートにプードルのように毛を刈りこんだホッキョクグマを連れて出かけた女性が逮捕された。テキサスでは、ある男性が、自分が図書館で借りてきた推理小説の最終章を、妻が一冊残らず破り捨ててしまったという理由で離婚した。フロリダでは、とあるテレビがスイッチを切られることに反発した。それは、持ち主が斧を振りおろすまで、ついたり消えたりをくり返しながら、安っぽい音楽や、古臭い映画や、腹が立つほど長ったらしい宣伝を流し続け、ついに斧をくらった時でさえ、ため息のような音とともに最期を迎えるその瞬間まで、ヘアトニックを絶賛していた。

注文していた王冠が届くと、ハロラン夫人はさっそく夕食の席でそれをつけた。「こうして、わたしが王冠をつけている姿には、あなた方もじきに慣れてくれると思うわ」彼女は機嫌よく言いながら、いそいそと食卓についた。「だいたい、いずれわたしたちが適応を余儀なくされる世界の激変に比べたら、こんなのは変化のうちに入らないし」

「ぼくが想像していたよりも、ささやかな作りなんですね」と、エセックスが礼儀正しく感想を述べた。

「わたくしは義理の姉に、これはさすがだと感心させられたことなんて一度もなくってよ」ファニーおばさまがエセックスに言った。「趣味の面においても、あるいは——どう言ったらいいかしら——家庭環境においてもね。まあ、今夜のこれは、いつになく頑張った方だと思うけれど」

「あたしは、それ、わりと好きだわ」メリージェーンが言った。「なんであたし、そういうのを先に思いつかなかったのかしら」

「類は友を呼ぶ」ファニーおばさまが陰険につぶやく。

「ねえ、そういうのって、あたしは全然、理解できないんだけど」ウィローが困ったようにひとりひとりを見ながら言った。「いえ、あたしが理解できないって言ってるのは、趣味がどうのこうのっていう、否定ばかりが先に立った話が出ていることの方よ。あたしの目には、ここにいるオリアナが、これまでいつもそうしてきたように、今後もみんなの上に立つのは理にかなっていると思うし、そんな彼女が自分の好きな格好をして、一体なにが悪いのかしら?　ねぇ、どうです?」彼女はファニーおばさまを見据えた。「あなたはこれまで、ちょっと気負いすぎていたんじゃありません?　まあ、あなたにしてみれば、自分こそが女王として王冠をつけるべきだと思っているのかもしれないけれど」そう断じて、ウィロー夫人は短い笑い声をもらした。

「わたくしの父は――」

「あなたのお父さま――これまであたしたちは、どれもこれも、あなたのお父さまのお告げだと思って聞いてきたけど――それって本当に〝あなたのお父さま〟だったのかしら、よく考えたら、それすら疑問だわ」

「ウィロー夫人」憤激に血の気を失った顔で、ファニーおばさまは立ち上がった。「あなた、このわたくしが私生児だと言いたいの？」

ハロラン夫人がするりと割って入った。「ファニーおばさま、席について。お願いですから。オーガスタ、今後はわたしの許可なしに口をひらかないでちょうだい。あなたの温かい応援を受けると、自分はこれでいいのかと不安になるわ。エセックス――メリージェーン――ミス・オグルビー、王冠をかぶりたがることが狂気の表われだとしたら、あなたたちはわたしを拒絶する？　広く穏やかな心があれば、わたしの姿も変には見えないのではない？　グロリア――わたしは王冠をかぶり続けていいかしら？」

「訊かれたから、答えますけど」グロリアは遠慮なく言った。「ハロラン夫人、今のあなたは、とんでもなく間抜けに見えると思います」

「なるほどね。ありがとう、グロリア。そうやって、わたしの気持ちになんの配慮もなく答えてくれて。それで思ったんだけれど、まだ手遅れってわけじゃないだろうから、あなたはお父さまのところへ戻ったらどう？」

「それで父に、あなたは気の狂ったばあさんで、頭に冠をのっけた姿で夕食の席についていましたと、報告すればいいですか？」

「みなさんには、王冠をつけたわたしの姿を、あまり気にせず見守っていただきたいわ」ハロラン夫人は頭の冠にやさしい手つきで触れた。といっても、そこに〝王冠〟の名が示す威厳や華々しさは、みじんもなかった。それを〝王冠〟と呼ぶことを自身に認めていなかったら、きっとハロラン夫人は、なんの変哲もない金の輪っかを自分の髪に挿しとめることに、大いなる疑問を抱いただろう。「グロリア、わたしのことを〝気の狂ったばあさん〟などと呼ぶのはおやめなさい。わたしはウィロー夫人とさして変らぬ年齢だし、もちろん、狂っているわけでもない。それに、この先ファニーおばさまが、あなたのなかにある疑いの数々をきれいさっぱり取り除いてくれれば、わたしが貴婦人であることは、容易に理解できるはず。なんにせよ、あなたの態度は不躾だったわ」

「申し訳ありませんでした」グロリアは心をこめて謝罪した。「ハロラン夫人、わたしはあなたの〝お客さま〟ですけれど、だからといって、あなたのことを悪く言っていい権利はなかったんですよね。わたしはあなたの冠が本当に好きじゃありません。でも、あなたがそれをつけるのを止める権利が自分にあるとは思いませんわ」

「なあ、みんな、こんな調子でハロラン夫人の王冠のことばかりを、ひと晩中、話すつもりかい?」キャプテンが声をあげた。「それより、今のおれたちに求められているのは、パーティの計画を練ることだつたはずだろう」彼はアラベラを肘でつついた。「最後の乱痴気騒ぎをするために」

「まあ、はしたない」アラベラが含み笑いをした。

15

ミス・キャロライン・インヴァネスはグレーのタフタのドレスを、ミス・デボラ・インヴァネスはピンクのシフォンのドレスをまとい、また、招かれたのがガーデン・パーティだったので、どちらも花飾りのついた、つば広の帽子をかぶっていた。この姉妹が早々に到着したのは、今日のパーティに用意されているものを、もれなく見つけて称賛しなければいけないだろうと気が急いたからで、乗ってきた村のタクシーを屋敷の正門前で降りたふたりは、そこでグロリアとウィロー夫人の出迎えを受け、案内されるまま庭の小道を歩き、すでに炭が赤々と燃えているバーベキュー炉の横を通って、立派な椅子に鎮座したハロラン夫人の待ちうける、玄関前のテラスへと連れてこられた。ハロラン夫人の頭上に張られた金色の天蓋はいささか大きく、彼女の威厳を示すという当初の効果はだいぶ薄れ、むしろ、ただのテントのように見えなくもなかったが、それはそれとして、彼女自身は金色のドレスを着こみ、王冠をつけていた。インヴァネス姉妹はその前に進み出ると、手を差し出して、まずはハロラン夫人に挨拶し、さらに、ファニーおばさまとメリージェーンとエセックスにも、慎重に順を追って挨拶をした。

「お久しぶりです」最後に会った時に、思わぬ嫌な態度を見せられたとあって、ミス・デボラは顔色をうかがいながら、ファニーおばさまに挨拶をした。ミス・デボラも彼女の姉も——姉のキャロラインは妹ほど熱心ではなかったにせよ——あの日の出来事に自分たちがわだかまりを残していないことを、ファニーおばさまに理解してほしいと願っていた。日が暮れるまで怒ったままでいてはいけないという聖書の教えを、わたしたちは心から信じているのだと。「本当に、こうしてまたお会いすることができて、とてもうれしいですわ」ミス・デボラはそうくり返し、それから、隅の方にいたミス・オグルビーを目ざとく見つけて、声をかけた。「ミス・オグルビー、ごきげんいかが？」

「わたしの王冠はどうかしら？」ハロラン夫人が単刀直入にたずねた。

「王冠？」キャロラインは面食らいながら言った。「すみません、ハロラン夫人。それが王冠だとは、気づきませんでした。わたしの目には、帽子の代わりかなにかに見えたものですから」

「王冠なのよ」ハロラン夫人が悦に入って言った。

「そう言われてみれば、わたしにも、だんだんそんなふうに見えてきました。といっても、もちろん、普段使いに適したタイプの……」

「わたしはこれを日常的につけるつもりなの」

「どんな人にもふさわしいものではないでしょうけれど……でも、とにかく、とても素敵ですわ。家宝ですか？」キャロラインは苦心して褒め言葉を見つけた。

「そうなるでしょうね」

「相当な価値があるお品だと、お見受けしました。だからといって、お値段をお訊きすることなど、わたしにはとてもできませんけれど」

「値段などつけられないわよ」

「そうでしょうとも。本当に、よくお似合いですわ、ハロラン夫人」そう言うと、キャロラインはファニーおばさまに向かって、こう続けた。「わたしも妹も、高潔なる人格には心からの信を置き、肩書だけの見かけ倒しは軽蔑するように育てられたの。だからといって、自分たちの意見をほかの人にまで押しつける気持ちは、さらさらないのだけれど」

「そうね」と、ファニーおばさまが答えた。「少なくとも、わたくしの兄の妻には、押しつけないほうがいいわ。なにしろ彼女は、どこからどう見ても、肩書だけの見かけ倒しを高く評価する一方で、高潔なる人格には見向きもしないように育てられた人だから」

「あなたたち、まだわたしの王冠のことを話題にしているの?」ハロラン夫人が横から訊いた。

「いかにも女王にふさわしい、あなたのお振舞いについてですわ、ハロラン夫人」

「それと、その下に隠れているもののこともね」と、ファニーおばさまが意地悪く横槍を入れる。

ハロラン夫人は笑った。「下に隠れているのは、女王たる者の立場よ。ところでミス・インヴァネス、あなた自身は一度でも、王冠をかぶる自分を考えてみたことはあって?」

キャロラインは身をこわばらせ「楽園《パラダイス》で……帯の形の王族風の髪飾りを……」と口ごもり、こう続けた。

「わたしの父は、神を肯定も否定もしない、不可知論者でしたけれど」

「あなたがた姉妹も神から天使の冠を授けられているであろうことを思うと、わたしも心が安らぐわ。でも、今は亡きインヴァネス氏にも一抹の同情は寄せてさしあげないとね。あの方のことは、よく覚えているから」

「宗教の話は客間での話題にふさわしくありませんわ、ハロラン夫人。わたしの父は、死んだら自分はどうなるかを、しっかり考え定めていました」

「まあ、ミス・インヴァネスから、お小言をもらうなんて。だけど、やっぱりわたしは、あなたのお父さまをお気の毒に思いますよ」

「わ、わ、わ、わたくしの父は」ふたりの会話に不穏な空気を感じとったファニーおばさまは、なんとかそれをおさめようと、口をひらいた。「それはもう並はずれて立派な方だったけれど、あなたのお父さまのことを最上級の親しみをこめていろいろ語っていらしたのを、今、思い出したわ」

「それにしても」ミス・デボラが姉にやさしく言った。「あれは全然、王冠らしく見えないわね、姉さん。なんの変哲もない、金の輪っか――」

キャロライン・インヴァネスはさっと視線を送って妹を黙らせると、断固たる口調で言った。「なんて、完璧なまでに美しいお庭なんでしょう、ハロラン夫人。まさに、ご自慢の種ですわね」しかし、ハロラン夫人はとっくの昔にあちらを向いて、学校教師のミス・コムストックと郵便局長のアームストロング氏と挨拶をかわしていた。

はじめのうち、日本の提灯が揺れている芝庭の一帯は気持ちがいいほどがらんとしており、インヴァネス姉妹がミス・オグルビーとともに、きれいに手入れのされた植えこみを愛でながら、そぞろ歩いている姿しか見られなかったが、やがてそこにアームストロング局長とミス・コムストックが加わって、ふたりはインヴァネス姉妹に近づいて挨拶すると、別の方向へのんびり歩きはじめ、その先にあった日時計の前で足を止めて、形ばかりに観賞した。さらにそのあとには、一台の車に相乗りしてきた村人の一団が到着し、彼らもまた芝生の上へ、思い思いに散っていった。ウィロー夫人は門前で客人を迎える役目をアラベラに引き継ぐと、庭に設営された大きなテントで、パーティの参加者にふるまうシャンパンの準備をしているキャプテンの手伝いに駆けつけた。バーベキュー炉ではたくさんの牛肉が、炉内を脂まみれにしながら、おいしそうな音をたてて焼けはじめ、そのそばに設営された第二テントに派遣されたジュリアは、テーブルに付け合せの料理を並べる作業の監督にあたった。ハロラン夫人はテラスの椅子にずっと座り続け、やってくる客はもれなくその前に案内されて、彼女にひとりずつ挨拶をした。ファニーおばさまとミス・オグルビーは、庭に散った人々がシャンパンのテントへと向かうよう、さりげなく誘導しはじめ、そのテントのなかでは、これが本当に酒なのかと疑ってかかる人々に、ちゃんと酔えるから大丈夫だと、ウィロー夫人が請け合っていた。というのも、村人の多くにとって、シャンパンは見慣れない飲み物だったからで、そういうものが、今日のこの場に用意されたのは、ひとえに、パーティにふさわしい飲み物はこれしかないというハロラン夫人の考えによるものだった。そんな彼女のあずかり知らぬところで、キャプテンはエセックスと手を組み、大量に用意しておいたビールをシャンパンとともに出すという秘策に出たのだが、こののち、おおむねご機嫌な空気がまたたくうちに芝庭に広がることになったのは、この二種類の絶妙な組み合わせに、その原因があったとみていいだろう。

エセックスとグロリアは、どうやら互いに相手のことを避けようと決めたらしく、グロリアが門前に立って村人たちを出迎える役目に徹する一方、エセックスはハロラン夫人のそばに控えて使い走りを務めるかたわら、見晴らしの効く地点に陣を構えた将校よろしく、大騒動の種となりそうな小競り合いを見逃さぬよう、芝庭の様子を監視した。到着した客人をハロラン夫人のもとへ挨拶に連れてくる時も、グロリアは無言のままエセックスのそばを通るだけで、そんなふたりの、わざと無関心を装っている微妙な態度に気づいたハロラン夫人は、それを面白がりつつ、あえてなにも言わずにおいた。

芝庭では、全体的に時計まわりの動きができており、ハロラン夫人への挨拶をすませてテラスから庭へおりた客は、人々の流れに自然と乗って、まず日時計の前を通り、次に、広大な芝庭の半ばあたり、すなわち今の時点でパーティ客の行動範囲の限界線となっているあたりで、そこから見える全体の景色や、頭上に幾重にも連なっている日本の提灯の美しさを堪能し、そのあとはシャンパンのテントへと足を進め、やがてそこを出た後は、また大きな円を描いて同じ順路をたどる、ということをくり返していた。一杯のシャンパンで軽く酔いがまわったインヴァネス姉妹は、エセックスが用意した椅子で休憩している人々にまじり、彼らの端の席に腰をおろした。ふたりの隣には〈馬車駅亭〉を経営しているピーボディ氏の母親で、年のいったピーボディ夫人が座っており、二、三人連れで散策を楽しむ人々が彼女たちの前で足を止め、なにやら話しかけては、また立ち去っていくという光景が何度も見られた。

みんながみんな顔見知りで、ふだんは遠慮のないやりとりをしている村人たちだが、今日はハロラン夫人の目が光っているため、お互いに、いつもよりかしこまった態度をとっていた。ピーボディ夫人は、肉屋のストラウスがこの青い綾織のスーツ姿で最後に人前に出たのがだれの葬式の時だったのかを今でもはっきり覚えており、また、ワトキンス家の弟の方が柄にもなく今日のこの場にやってきた理由や、ハロラン夫人がシャンパンのためにどれほど法外な金額を使ったのかも見抜いていて、それゆえに、このパーティを大いに楽しみながら、初代のハロラン氏は見識が高すぎて村人を屋敷に招くような真似はついぞしたことがなかったという話を、さきほどから周囲に語り聞かせていた。「だけど、あの当時だったら」彼女は、自分にシャンパンのグラスを持ってきてくれたキャプテンに、こう言い足した。「たとえ招待を受けたところで、あたしらも自分の見識にしたがって、ここには来なかっただろうけどね」

「肩書だけの見かけ倒しよ」キャロライン・インヴァネスは、足を止めて話しかけてきた知り合いの一団に、みずからの感想を語った。「肩書にあぐらをかいた、見かけ倒しの高慢ちきよ」

「わたくしの父は村のみなさんに対して、いつも高い関心を寄せていましたのよ」ファニーおばさまはそう言いながら、肉屋のストラウスと、ダンス教室をひらいているオーティス夫人に、思いやりに満ちた笑顔を見せた。「父は、みなさんのことを……そう、自分自身の友人だと考えていましたから。それはもう、間違いありませんわ。本当に、立派な人でした」

「ええ、立派な方でした」オーティス夫人は素直にくり返し、ストラウス氏も重々しくうなずいた。

「今でも、よく覚えていますけれど」と、ファニーおばさまが続けた。「この屋敷を建てる話を初めてしてくれた時、父がまず考えたのは、この村に暮らしているみなさんのことでした。〝彼らのことは、常に気にかけてやらなければならない〟父はそう言いました。〝彼らはわたしたちに指導と保護を求めるだろうから〟と」

「もちろん、そのとおりですわ」と、オーティス夫人が言い、ストラウス氏もうなずいた。

「これは当然、認めていただけると思いますけれど」ファニーおばさまはさらに続けた。「わたくしたち屋敷に住む者は、これまで常に、村のみなさんを手厚く遇してきました。今だって——わたくしたちが、このお金のかかったガーデン・パーティをひらいたのは、ひとえに、あなた方に楽しんでほしいという気持ちがあったからです。もし父が生きていたら、きっと喜んでくれたと思いますわ」

「ええ、わたしもそう思います」オーティス夫人がそう言って、ストラウス氏がうなずく。

「もちろん」ファニーおばさまの言葉は続いた。「わたくしにとって、こんなことを口にするのは、本当の本当に気が進まないことですけれど、でも当然ながら、いずれはあなた方も瞬時に理解されるように、わたくしがみなさんのことをどれほど愛しく大切に思うようになったところで、今となっては、みなさんも共にいられるように父を説得することは、わたくしたちには、とても難しいことなんです。きっと父は、わたくしたちと同じように、深く後悔することになるでしょう。みなさんを失って、父はさぞかし悲嘆にくれると思いますわ」

「先のハロランさまは立派な方でしたからね」おばさまの意味不明な話に面食らいながら、オーティス夫人はそう返した。ストラウス氏がうなずいて「いい具合に焼いた牛肉がお好きな人でしたな」と言った。

「ミス・オグルビーですか？」エセックスは丁寧に受け答えた。「ミス・オグルビーは子供の頃、リトル・ウィキッド・ベンド・リバーの人気《ひとけ》のない農場の建物で、先住民のコマンチ族の一団に乱暴されましてね。そのせいで、あんなに無口になったんですよ」

「まあ、なんてひどい！」ミス・デボラはさりげなく首をめぐらして、ミス・オグルビーを盗み見た。「ミス・オグルビーと知り合って、もう何年にもなるけれど、彼女からそんな話はひとつも聞いたことがなかったわ」

「そりゃあ、軽々しく口にできるような話じゃありませんからね」と、エセックス。「ぼくは、まったく偶然に知ってしまっただけなんですよ」

「かわいそうなミス・オグルビー。わたしも姉も、もっと早くに知っていたら、なにかしてあげられたかもしれないのに。その……慰めてあげるとか。わたしが知っているってことを、彼女に話してみてもいいかしらね？」

「絶対にだめですよ」エセックスはいささか慌てて言った。「そんなことをしたら、とんでもないことになる。百害あって一利なしだ。だいたい、この事件のことは、もう長いこと記憶の奥に、うまいこと葬られてきた……」

「だけど、こうして掘り起こされちゃったじゃないの——姉さん！」ミス・デボラは大声で叫んだ。「どうらってしまったのよ。かわいそうな、ミス・オグルビー！　こんなこと、全然知らなかったわ！」

「あなたのパーティを成功させるために、最大限、手を尽くしていますよ」エセックスはそう言いながら、テラスの階段をのぼって、ハロラン夫人に近づいた。

「まだ足りないものがあるとしたら、それは、空からわたしたちを見おろす、チェシャ猫の頭だわね」ハロラン夫人はテラスの上から、今ではだいぶ自由に庭を動きまわっている大量の村人たちをながめた。そのなかにあって、日時計の姿は、そばへ見に寄る者がまるでいないため、すっきりとよく見通せた。うごめく人の波のなかで、それは小さな島のように、ぽつんと孤独に立っている。人々の話す声は、少し距離のあるこのテラスには、ざわめきとなって届いていたが、時折そこに、ウィロー夫人の声が鮮明に響いてきた。「この小さな泡が、あんたの鼻をくすぐってくれるよ」「これぞまさに天使の飲み物、このあたしが保証する。どこの王様だって大満足なんだから！」

「ここにチェシャ猫がいたとしたら、ウィロー夫人は公爵夫人ってところかな」エセックスが面白がって言う。

「確か、公爵夫人はハートの女王の横っ面を叩いて、死刑を宣告されていたわね」ハロラン夫人は笑った。

「そいつらの首をはねてしまえ！」

グロリアが背後からハロラン夫人に近づき、エセックスを見ずに言った。「お伝えするように言われてきました。バーベキューの肉が焼きあがって、第二テントでも、すべての料理がいつでも出せる準備が整ったそうです」

「エセックス」ハロラン夫人がうながした。「あそこにいる人たちに、伝えてもらえるかしら？」

エセックスはテラスをおりて人ごみに分け入っていき、ストラウス氏に「食事の用意ができましたよ」と、声をかけた。「そこの小道にそって、左の方へ進んでください」

「よしきた」ストラウス氏は快諾した。「ありゃあ、いい肉だから、楽しみだ」彼は片方の腕をファニーおばさまに、もう片方の腕をオーティス夫人に差し出すと、ふたりをエスコートして、意気揚々とバーベキューのテントに向かった。そのあとも、エセックスは動きまわって、椅子に座りこんでいるインヴァネス姉妹をせっついて動かすなど、羊の群れを囲いに追いこんでいく牧羊犬のごとく、あの手この手で散らばった人々を正しい方向へ導いた。「バーベキューの準備ができました」彼は同じ言葉を何度も何度もくり返した。「そこの小道にそって左の方へ進んでください」シャンパンのカップを手にした人々は、その声を耳にすると、素直にうなずいて立ち上がり、バーベキュー炉と第二テントがある方向へ、話をしながらのんびり移動していった。「ハロランの大奥さんも、たいそうな大盤振る舞いをしてくださったもんだ」金物屋のアトキンスが学校教師のミス・コムストックにそう話しかけると、シャンパンというものを初めて飲んだミス・コムストックは、ぼんやりした顔でうなずき、くすくす笑った。

「さあ、みなさん、こちらへどうぞ」食事が用意された第二テントから、シャンパンの味をよく知っているウィロー夫人の、大きな声が響いた。「お手持ちのカップをなみなみと満たしたら、あとは、おおいに食べてくださいね――もしかしたら、これが最後の食事になるかもしれないんだから」人々は笑い、サラダのドレッシングに入っているものはなんだろうと互いに訊き合いながら、手から手へ皿をまわした。だれかがミス・コムストックにわたしてやった皿には、肉と、サラダと、ロールパンと、チョコレート味の小さなふたつのカップケーキがいっぱいにのっていた。身体をふらつかせている彼女は、くすくす笑いながら、危うい手つきでそれを持っていたものの、一、二分ほどすると椅子の上に置いてしまい、シャンパンのおかわりを求めに行った。

「こいつはいい肉だ」ストラウス氏がウィロー夫人に言った。夫人は彼の肩を勢いよく叩いて、景気よく返した。「こんないいもの、二度と食べられないんだから、思いっきりいっときなさいよ、あんた!」

「おいしいわ」ポテトサラダを丁寧に味わいながら、キャロライン・インヴァネスが言った。彼女の皿と妹の皿は、どちらがどちらかわからないほど、いくつかの料理が同じように少量ずつのっていて、姉妹はそれをちびちびと口に運んでいた。「外でいただく料理って、どんなものでも本当においしいわね」妹のミス・デボラはそう言うと、皿を持つ手を変えながらため息をもらし、明かりのともった屋敷の窓を憧れの眼差しでちらりとながめた。

外は暗くなりはじめていた。ほんの数分前にははっきり見えていた人々の顔が、今ではだいぶぼやけてしまい、巨大なバーベキュー炉で燃えている炭火の光だけが、時々ぱっと大きくなっては、それぞれの見慣れた顔を赤く、しかも大概は汚らしく、薄闇に浮かび上がらせている。ストラウス氏はとろけそうな表情で、ひとりの男性にまとわりついていた。白い上っ張りを着たその男性は完全なしらふで、大きな肉の塊をはりとめくれる薄さに切り分けては、巨大な木製の皿に盛りつけるという作業を延々と続けている。彼の向こう側では、バーベキュー炉の炎がゆらめいていて、炭の上にソースがしたたり落ちるたびに、ぱっと火の粉が飛び散り、その炎のさらに向こう側では、バラ園とその奥の木立に静かな闇が広がって、ワトキンス家の弟とジュリア・ウィローのふたりが、バーベキューなどそっちのけに、シャンパンのボトルを一本持ってしけこんでいった姿をみごとに覆い隠していた。

「まるでバターを切るようだな」肉切りナイフの動きを見ながら、ストラウス氏が感嘆の声をもらした。

玄関前のテラスでは、ハロラン夫人が手つかずの自分の皿に目をやりながら、もぞもぞと身体を動かした。「食欲がわかないわ。女王として人前に出るというのは、こんなにも疲れるものなのね」

「よかったら、厨房へ行って、なにか少しもらってきましょうか?」そばに控えていたミス・オグルビーは気遣いの言葉を口にしつつ、そういう自分もあきらかに食事を楽しんでいないそぶりで、手元の皿をいたずらにつついた。

ハロラン夫人はため息をついた。「あなたもあっちに行って、シャンパンを飲んでらっしゃい。どうせ、羽目をはずしたかったんでしょうからね」

ミス・オグルビーが、今もなお何人かの呑兵衛がうろついているシャンパンのテントを目指してあたふたと去っていくと、ハロラン夫人はやおら立ち上がった。眼下に長くなだらかに続いている芝庭にあらためて目をやれば、黒く沈んだ芝生を背景に、白い日時計は、まだ、ほんのり姿を見せている。それから彼女は、薄闇におぼろげな形を浮かび上がらせたテントにちらりと視線を移した。そこでは、遠くかすかな笑い声が途切れることなく続いており、また、バーベキュー炉の方からは、人々の声、炭火の燃える音、皿にぶつかるフォークの音などが聞こえていて、時折、そのすべてを凌駕する音量で、ウィロー夫人の声が響きわたった。「わが友たちよ、思い残すことなく食べてちょうだい。こんなごちそうには、もう二度とお目にかかれないんだからね!」ハロラン夫人は皿を置くと、この屋敷を守るがごとくに自分の椅子をぴたりと押しつけておいた、背後の大扉をひらいた。床に白と黒のタイルが張られた玄関ホールに入ったところで、大階段の上に掲げられた〈今、生きずして、いつ生きるのか?〉の警句を読んでみる。するとそれは、ウィロー夫人が叫んでいた言葉の模倣となって、すぐさま跳ね返ってきた。ハロラン夫人は身をひるがえすと、夫のいる右翼棟の奥の部屋へと足早に向かった。ハロラン氏は暖炉の前の袖椅子《ウイングチエア》に座っていた。そばの小さなテーブルには、夕食のお盆が手つかずのまま残っている。「看護師か?」ハロラン氏が振り返らずに言った。「おい看護師、わしはまだ夕食を食べていないぞ」

「ごきげんよう《グッドイブニング》、リチャード」ハロラン夫人が声をかける。

「オリアナか?」ハロラン氏は背もたれの上に突き出している袖《ウイング》の向こうで首をめぐらせ、おぼつかなげに彼女を見つめた。「オリアナ、わしはまだ夕食をもらっておらん。看護師が食べさせてくれないんだ」

「きっと彼女は外のパーティに、すっかり気を取られているんですよ。でも、心配はいらないわ、リチャード。代わりにわたしが、上手に食べさせてあげますから。看護師には、今のうちに好きなだけ、お祭り騒ぎを楽しませてやりましょう」

「オートミールは食わんぞ」ハロラン氏がだだをこねるように言った。「オートミールなら、そんなものは厨房に突っ返して、なにか別のものを作らせてくれ」

ハロラン夫人はボウルにかぶせてある銀の蓋を持ち上げた。「最高にやわらかく茹でた卵がふたつと、見るからにおいしそうな温かいコンソメスープと、小さくてかわいらしいプディングですよ」

「だが、ここにはわしに食べさせてくれる看護師がいないじゃないか」ハロラン氏が不機嫌に言い返す。

「ええ。だから、わたしがどれほど上手に食べさせられるか、あなたにもすぐにおわかりになるわ」ハロラン夫人は夫の首にナプキンを結ぶと、卵の殻のてっぺんを慎重に割った。それから、いつも看護師が使っているスツールを夫の椅子のそばへ運び、夕食のお盆がのったテーブルを横にして座った。「卵からにしますか?」

「スープがほしい」と、ハロラン氏。

「でも、リチャード、まだスープは熱すぎるんじゃないかしら」ハロラン夫人はスープを少しすくうと、ふうふう吹いて冷ました。それから「はい」と声をかけ、夫の口にスプーンを運んだ。素直に口をあけた彼は、それをごくりと飲みこみ、ハロラン夫人はさらにスープをすくって、いつでも飲ませられる姿勢で待った。

「熱い」ハロラン氏が文句を言った。「看護師はいつも先に卵をくれるぞ」

「でしたら、次は卵にしましょう」

「プディングが食べたい」すぐさまハロラン氏が言う。

「でしたら、次はプディングにしましょう」

「なぜ、オートミールがないんだ？　今夜はオートミールが食べたかったのに、それくらい、あいつらもわかっていいだろう」

「あなたにはとてもすてきな夕食が用意されていますよ、リチャード。卵と、スープと、プディングが」

「だったらそれを、早く食べさせてくれ」ハロラン氏が急かした。「看護師は、いつもこんなにのろのろしとらんぞ」

「でしたら、お口をあけてくださいな」

「パーティをやっているのか？」口に入れたものを飲みこむと、ハロラン氏がたずねた。

「大パーティをね」と、ハロラン夫人。「もうひと口、いかがかしら」

「なぜ、わしはパーティに出ておらんのだろう？」

「お食事をちゃんとすませたら、あとで話してあげますよ、リチャード。外の人たちが、どんな様子でいるのかを」

「鐘は鳴らすのか？　ほら、馬車置場の上の鐘だ」

「それは素晴らしいアイディアだわ。さあ、お口をあけて、リチャード。そうね、あの鐘は本当に鳴らすべきかもしれない」

「パーティには、だれが来ている？」

「村中の人たちですよ。今日のパーティは彼らのためにひらいたんです。彼らをもてなすためにね。今はちょうど、バーベキュー炉のそばにみんなが集まって、食事をしているところよ。ここであなたが食事をしているのと同じように。それに、みんな、シャンパンも飲んでいるわ。これを食べてしまったら、あなたにもシャンパンを一杯、持ってきてあげましょう。あなたにも、おもてなしをしなくては」

「卵はもういい」ハロラン氏が言った。「プディングをくれ」

「でしたら、プディングにしましょう。外の広い芝生の上には、たくさんの提灯をくまなく吊るしたんですよ。色のついたほのかな明かりが、それはもうきれいに並んでいて。このあと、テラスの一画に楽団が登場するんです。わたしがわざわざ街から呼び寄せた演奏家たちで、彼らの音楽がはじまったら、みんな芝生の上に出て、提灯に照らされながら、きっと楽しく踊りはじめるわ」

「シャンパンを飲みながら」

「ええ、シャンパンを飲みながらね。でも、あなたの身体に夜の空気は冷たすぎるから、あとで応接室のほうへ連れていってさしあげるわ。そうすれば、大きな窓のそばに座って、外の様子が見られるから。さあ、これでプディングはおしまい。少しも残さず、とてもきれいに召し上がったわね、リチャード」

「ライオネルが死んだ時のことを思い出すな。あの夜はひと晩中、鐘を鳴らしたものだ」

「もっと卵はいかが？　ええ、きっと今夜も、鐘の音が聞こえますよ。そしてあなたは応接室に座って、シャンパンを飲みながら、色のついた明かりの下で踊る村人たちを見物するんです」

「いいや」ハロラン氏は疲れたようにため息をもらした。「わしは、この部屋にいようと思う。ここでも鐘の音は聞こえるし、色のついた明かりなど、わしの目にはまぶしすぎるだろうから」彼は苛立った様子で、椅子の肘掛をばしっと叩いた。「いつになったら、看護師は戻ってくる。知っているか？　わしはまだ夕食を食べておらんのだ。看護師のやつ、わしに食事もさせずに、どこかへ行ってしまいおって、こんなことは、なにがあろうと許されんことだ。さあ、すぐに看護師を捜し出して、言ってやってくれ。わしが腹をすかせているとな！」


「ミスター・エセックス」キャロライン・インヴァネスがシャンパンのグラスを握ったまま、ぐいっと顔を寄せてきた。「ミスター・エセックス、あなたにぜひとも説明していただきたいことがあるの。さっき、うちの妹に聞かされた、悲惨なお話について——」

「ええ、ミス・インヴァネス、あれは本当に悲惨としか言いようがありません。だれが聞いても、言葉にできないほどの怒りをおぼえる話です」

「わたしね、この件におけるハロラン夫人の対応は、これ以上はないほど浅はかで——そう、悪趣味ですらあると思うわ。だれだって、立派なお宅を目にすれば、まさかそこに、不都合な事情を抱えた人が住んでいるとは考えもしませんよ。だからわたしは、妹がミス・オグルビーと親しくすることはもちろん、彼女がうちの小さな店に来て、わずかばかりの買い物をするのを手伝ってやることだって、これまでは許してきたの。なのに、ミス・オグルビーがどういう人かってことをまるで知らされずにいたなんて、あんまりじゃないかしら？」

「だとしても、世間に広めていいような話ではないし」エセックスが声をひそめる。

「それはもちろん、そうよ。だからこの話は、わたしの口からは絶対に広めたりしないと約束するわ。でもね、ミスター・エセックス、ちゃんとした女性は、そういうことを知っておかなきゃならないの。どんな女だろうと、社会的地位のある家庭のなかに身を置くだけで、世間から、非の打ちどころのない人物だという評価を受けるのは、実によくあることですからね。それにしても、これからハロラン夫人とどう話をすればいいのか、それを考えると頭が痛いわ」

「これまでだって、ハロラン夫人とどう話をするかは、常に頭の痛い問題でしたよ」と、エセックス。

「ひとつだけ確かなのはね、ミスター・エセックス、これが先代のハロラン夫人だったら、品性の面に問題のある人物をご自分の屋敷に入れることは、決してお許しにならなかっただろうってことなの。これは、亡き奥様のお顔に泥を塗るような行為よ。ハロラン夫人にもそう言ってやらなくちゃ。おいとまを告げるついでに……そりゃあ、もう帰りますよ、わたしも妹も、この楽しいパーティにいつまでも残っていられるわけじゃないんだから。数々のおもてなしも、主催者のご機嫌をそこねない程度には、もう、じゅうぶん楽しませてもらいましたしね」

「できれば、よけいな気をまわして、ミス・オグルビーになにか言うようなことは、やめてもらえると嬉しいんですが」

「わたしたち姉妹は、ちゃんとした女性として育てられたのよ、ミスター・エセックス。わたしの母は、災難で身を誤った娘をとがめるような人ではなかったけれど、でも、そういうことのあった娘と交友関係を続けるなんて、むろん問題外よ」

「まあ、たいがいはそうなんでしょうね」

「おやすみなさい、ミスター・エセックス」

「お帰りになる前に」エセックスがささやいた。「あなたに本当に話しておくべきだと思うことが、実はまだあるんです。この家の人間と交流するにあたって、あなたには絶対に譲れない条件があるようですから、ファニーおばさまにまつわる芳しからぬ真実についても、きっとお聞きになりたいのでは？　彼女が、ミス・オグルビーと同様、一度も結婚したことがないのはご存じですよね」

キャロラインは息をのんだ。「まさか、ミス・ハロランの身にも、そんなことが？」

「状況は違いますが、まあ、同じです」エセックスは深刻な口調で言った。「ぼくとしては、ファニーおばさまの件のほうが、よっぽど気の毒な話だと思いますが。その昔、ファニーおばさまが一年ほど海外に行っていた時のことを、覚えていますか？　表向き、スイスに滞在していたことになっていますが」

「ええ、覚えているわ」キャロライン・インヴァネスがおずおずと答える。

「本当のところ、彼女は地中海の沖で海賊に誘拐されてしまったんです。で、その七か月後に、イギリスの軍艦が海賊たちを捕まえて、監禁されていたファニーおばさまも、やっと魔の手から救い出された。まさに、過酷きわまる運命ですよ」

キャロラインは震える手でグラスの酒をひと口すすり、「本当に、なんて恐ろしい」と蚊の鳴くような声をもらした。そして、宵闇の中でエセックスを凝視したまま、ぐっと身を乗り出して、ひそひそと確認した。「それで、最悪のことが起きてしまったというわけなのね？」

「悲しきことに」と、エセックスがうなずく。「よかったら、シャンパンのおかわりをもらってきましょうか？」

キャロライン・インヴァネスは一気にグラスをあけて「そうね、お願い」と言った。「わたしも妹も、帰らなければいけないのはわかっているけど、今はなんだか胸が悪くて、しばらく動けそうにないわ」

「ファニーおばさま」エセックスは、シャンパンのテントの外の暗がりに立っている彼女に歩み寄った。

「ひとつ、ぼくの頼みをきいてもらえますか?」

「エセックスなの? ええ、もちろんよ、かわいい人」

「もし、ミス・インヴァネスがあなたに、地中海沿岸で海賊に捕まり、囚人のように暮らしたことがあるかと訊いてきたら、〝ある〟と言ってほしいんです」

「なあに? 〝ある〟と言えばいいの? わかったわ、任せてちょうだい。きっとうまく言ってみせるから。そういえば今夜、お兄さまの姿を見た人はいるのかしら?」

「彼なら、応接室のほうに連れてこられているはずですけどね。窓からパーティが見物できるように」

「そんなこと、きっと兄の妻は忘れているでしょうよ。わたくしが行って、ちゃんと様子を見てこなければ」

「有名な人殺し」エセックスは嬉々としてミス・デボラに言った。「それを、ハロラン夫人は、ずっと匿《かくま》っているんです。司法の手から。いや、それだけじゃない。もっと悪いのは、怒りに満ちた被害者の親類縁者からも、あいつを匿っていることだ。〝キャプテン〟なんて、当然、偽名ですよ」

「だれ――」ミス・デボラは声を詰まらせた。

「彼がだれを殺したか、ですか? おおかたは、年のいった女性です。それも、もっとも衝撃的な手法でバラバラにして」

「それは……つまり、性的な目的で?」

エセックスは肩をすくめた。「そこまでは、とても訊けませんよ」

「丁寧かつ正確に切り分けられた肉というのは、もはや芸術品だ」ストラウス氏が重々しく言った。「食肉を愛する気持ちがなければ、そういう見事な仕事はできない。以前、こんなものは一ミリグラムも好きじゃないという顔で、ロースト・ビーフをスライスしている男を見たことがあるが、ああいう肉を美味いというやつは、おれに言わせりゃ大嘘つきだね」

「お兄さん、もう一杯どう?」ウィロー夫人が訊いた。

「いやあ、奥さん、おれもだいぶ飲んだからなぁ。でも、せっかくだし、少しだけもらおうか。でね、もし、肉の塊を、それこそ赤ん坊を抱きあげるみたいに、愛情あふれるやさしい手つきで扱っているやつを見たら、そう、それこそが、肉を切る資格を持った人間なんだ。それで思い出すのが、何年も前に、うちの店で使っていた男のことで——もちろん、そいつは結婚していたんだが——」

人目を忍んだバラ園のなかでは、すっかり酔いのまわったジュリアが、泣きながら言っていた。「あたしには全然わかんないわよ、なんで終わりを迎えなきゃならないの?」

「終わるって、なにが?」ワトキンス家の末息子が火をつけた煙草を彼女にわたして、笑った。「おれ、ここに来たのは初めてだけどさ、見ろよ、このバラ。これだけの場所じゃ、きっと手入れに、相当な金がかかってるんだろうな」彼はジュリアに言った。「でも、もう道は覚えたから、たぶん大丈夫。これからは時々、ここに来るよ。夜にも、時々な。それにお前の方だって、いつでも屋敷を抜け出して、村まで来ることができるだろ? なのに、なにが終わるって言うんだよ?」

咲き誇るバラの下で、草の上に寝転んだまま、ジュリアは笑って、泣いて、笑った。

「キャプテン」学校教師のミス・コムストックは、ためらいのなかにも強い好奇心のにじんだ態度で、彼に近づいた。「わたしのこと、あつかましい女だと思わないでくださる？」

「少しも思いませんよ」キャプテンはそう答えながら、肩越しにテントの出口をちらりと見やった。そして、一足飛びにそこまでいくには距離がありすぎると判断したのだろう、仕方なく、自分の袖をつかんできた彼女の手を避けないでおいた。

「あなたの冒険談を聞かせてほしいの」

「冒険談？」

ミス・コムストックは、たがのはずれた笑い声をあげた。「わたしみたいな人間にはね、わたしみたいにちっぽけな――」彼女は言葉を捜した。「だから、わかるでしょ？　本ばかり読んでるようなタイプのこと。「そういう人間にとって、本物の冒険をしてきた人と出会うっていうのは、本当に意味があることなの。そうよ、本物の、本物の、本物の、本物の、本物の、本物の、本物の冒険」彼女はため息をついた。

「でも、残念ながら、おれは――」

「たとえば、あなたは鞍の上に――これは、あなたの馬の鞍の上ってことで、つまりあなたは、どこかの砂漠の上を走るあなたの馬の上に置いてあるあなたの鞍の上に、必死にもがき続ける乙女を乗せて、運び去っていくの。悲鳴をあげて、もがき続ける彼女は、これからどんなことが起こるのかを知っていて、だから逃がしてくれって、必死に頼んでる。でも、助けを求める叫び声は、むなしく響くばかりで、彼女はなおももがいて、頼んで、あなたの身体を爪でひっかいて、懇願して――」

「まず、ありえない話だ」と、キャプテンが言った。「おれは、自分から近づいてくる女を相手にするのがほとんどでね。それ以外には、あまり興味がない」

「――そして、彼女は囚われの身となるの。月の輝く夜を幾晩も重ねながら、彼女がひたすら過ごすのは、サテン生地のテントのなかで」学校教師はため息をもらした。「そこに用意されているのは、たくさんのクッションと、トルコのゼリー菓子と、シシカバブー。そして、真珠の長い首飾り」

「そうだな」じりじりと横に移動しながら、キャプテンはあいづちを打った。「真珠の首飾りは欠かせない」

「砂漠の夜空に浮かぶ月も」ミス・コムストックはうっとりと続けたが、すでにキャプテンの姿はなかった。

「わたしが、なんですって？」ミス・オグルビーはそう訊き返し、口をぽかんとあけた。

ミス・デボラが身を乗り出して、耳元でささやく。

「はあ？」と、ミス・オグルビーがくり返す。

「わたしも、つい口に出してしまったけど、きっと気にしたりしないわよね？　わたしはただ、あなたのためを――」

「なんてことかしら」ミス・オグルビーの目が輝いた。「なにからなにまで、完璧に素晴らしい話じゃないの！」

「まあ、当然ながら、わたしは彼が何者かなんて知らなかったわけよ」メリージェーンが熱のこもった口調で言った。彼女とアラベラはテラスの上の静かな一画に座っていた。ふたりからそう遠くないところには、楽団のための演奏席が用意されているが、当の演奏者たちは、まだ食事をしている最中だ。メリージェーンとアラベラは空になった皿をとっくに石の床に置いて、時折そばにやってくるウィロー夫人――今や彼女はテントを飛び出し、両脇にシャンパンのボトルを抱えた姿で「さあさあ、神さまのお酌係が来たよ！」と声を張りあげながら、外にいる人々のあいだを旺盛にめぐり歩いている――を呼びとめては、グラスにお代わりをもらっていた。

「で、彼はなにも言わなかったの?」と、アラベラが訊く。

「言うって、なにを? あれはまさに、映画の一場面みたいだった。本当よ。ある日、彼が図書館にあらわれて、もちろんあたしは受付のカウンター席にいて、彼を見た瞬間、思ったの。この人はどこか普通とは違って見える。この人は……そう、四六時中あたしにつきまとって、デートやなんかに誘ってくる鬱陶しい男どもとは、似ているところがまるでない、って」

「わたしが見た映画では――」

「そして、自分に言い聞かせたの」メリージェーンはお構いなしに続けた。「この人は、これまでの人生で見てきたどんな男よりも育ちのいい紳士に決まってる、って。そうは言っても、彼の名前を初めて知った時には、ちょっとげんなりしちゃったけどね――だって、〝ライオネル〟よ? 正直なところ、彼がライオネルだと名乗った瞬間は、もう最悪、って思っちゃった。だって、この世の中に〝ライオネル〟なんて名前の男は、掃いて捨てるほどいるんだもの。だけどあたしが、最悪を通り越して絶望的な気分に陥ったのは、もちろん、彼が図書館に参考書を探しに来ただけだってことがわかった時。だって、あそこで調べ物なんかする人が、ほかにいる? そりゃあ、図書館にはたくさんの人が来るけれど、わたしに言わせれば、そういうのはちょっと特殊なタイプよ。だって普通は、あたしをデートやなんかに誘うために、みんな通ってきてたんだから」

「でも、最初に愛を感じたのなら――」

「やあね、そんなわけないじゃない。あたしはいつも思うんだけど、あなたも結婚してみれば、こういうことが、もっとよくわかるようになるわ。彼とはあの時、ちょっと言葉をかわしただけで終わったの。それというのも、彼のほしい文献が館内にないことがわかったからよ。ちょうど、装丁の直しに出されていて――そういえば、製本所にイカした男の子がいたんだけど、彼のことも、きっとそのうち話してあげるわ。だって、本当のところ、信じられないくらいハンサムですてきだったのは、その人のほうだったんだから――そんなわけで、あたしは彼に、明日以降に出直してくださいって言ったわけ。もちろん、本当に出直してくるなんて、これっぽっちも思わずにね。あの頃の彼は詩人になるのが夢だったのよ。でも、ほら、あたしたちは結婚してすぐ、この屋敷に住みはじめちゃったでしょう。そうしたのは、もちろん、彼の家族と疎遠な状態で暮らそうなんて、さらさら思わなかったからよ。だって、いつも思うんだけど、家族の利点って、大事でしょ？　まあ、そんなわけで、当然ながら、翌日になると、彼はきちんと図書館に来て、気がつけば、あたしは彼に、ローラースケートをしに行こうって誘われていて、それであたしは――」

金物屋のアトキンス氏と、〈馬車駅亭〉のピーボディ氏と、郵便局のアームストロング局長は、ほかの人々から少し離れた場所に三人で固まって、折りたたみ椅子に座っていた。彼らの膝の上には、まだ料理の皿がのっており、いずれも几帳面なフォーク使いでゆっくりと食べていた。

「親父がうちの店を構えた頃の話だが」アトキンス氏が手にしたフォークを大きく振りながら言った。「あの当時、ここらへんには、なんにもなかった」

ピーボディ氏がうなずいた。「うちの宿も、その頃はまだ、本当に馬車の駅だった」

「今でもよく覚えているが、大勢の人間が土台工事で地面を掘りはじめて」と、アトキンス氏が続けた。「おれは、まだほんのガキで、よくこのあたりまで来ては、作業の様子をながめたもんだよ」

「あの時の作業員で、ひとり、死んだのがいなかったっけ？」と、ピーボディ氏。

「ああ、荷車に轢かれたんだ。おれもその場に、ちょうどいてさ——まだ、ガキだったけど。それで思い出すのは、ここの先代が現場に駆けつけた時のことさ。あのじじい、地面に倒れてる作業員を見おろして、言ったんだ——あの時の声は、今もはっきり耳に残っているが——あいつ、こう言いやがった。〝邪魔だから、さっさとどけろ。ここはテラスを造る場所だぞ〟って。本当に、あの声は今でも耳から離れないね」

「邪魔だと思った相手には容赦ないところのある人だったから」と、ピーボディ氏。

「そういえば」と、アトキンス氏がさらに続けた。「ここに、巡回カーニバルがやってきたことがあっただろう。小型の荷馬車を二、三台連ねた小さな一行で、あれは確かポニーだったか、乗馬用の馬がいて、ほかには、占い人形の箱やなんかもあってさ。それで、小さなテントみたいなものが、ちょうどそこのバラ園あたりに建って、村の連中がぞろぞろと集まってきて、それぞれにチケットを買って、占い人形に足を止めたり——そういえば、あの一行には入れ墨だらけの男もいたな——で、子供たちもポニーに乗せてもらって、みんなで楽しくやっていたら、そこに、用心棒を引き連れたあいつが、怒りもあらわに乗りこんできて、カーニバルの集まりを、そっくり丸ごと追い払ったんだ。あの時の言い草が、〝おれの土地から連中を締め出せ〟だよ。〝おれの土地から連中を締め出せ〟」

「そして、彼は塀を張りめぐらした」と、ピーボディ氏。

「そんな塀などものともしない御仁だって、このあたりにはいたけどな」アトキンス氏がにやりと笑ってそう言うと、郵便局長のアームストロング氏が首を振りつつ、積年の怒りをにじませて言った。

「昔は、うちの親父の柵があっちのあたりにあったもんだが、それでも、村のみんなには自由に歩いてもらっていた。そういう場所だったんだ、親父の農場は。なのに、ある朝、親父が朝の見まわりに出てみたら、自分の農場が、先代の造った塀の内側に入っていて、だから親父は、そこの部分は外側として扱われるべきだと、ずっと思っていたんだよ。ところが、ここの先代は〝とんでもない〟と、ぬかしやがった。〝これはもうおれの土地だ――なんと言おうと、おれの塀の内側にあるんだから、できるものなら取り返してみろ〟と。それで親父は裁判に訴えようと考えて、お袋もそうするべきだと賛成して、なのに蓋をあけてみれば、先代に盾突こうという弁護士はひとりも見つからず、結局、親父は、塀の向こうに時々忍びこんでは、かつて自分のものだった農場をこっそりと歩いてまわり、自分の作った柵をチェックするしかなくなったんだ。しかも、ここの屋敷じゃ、今度は湖が必要だってことになって、今や農場は、十フィートの水の底にあるときている。ところが、そんなことになったあと、ある時、親父は先代から〝構わないから、好きに引き取ってくれ〟と言われたんだよ。〝もう、自分には必要ないから、お前に返してやる。もちろん、多少の水抜きはいるだろうがな〟と。その後、この件の埋め合わせをするつもりで、先代はわたしを街の高校へ進学させたわけだ」アームストロング局長は、手にしたフォークで慎重に肉を突き刺し、口に入れた。

「アームストロング局長」ファニーおばさまが声をかけながら、小走りにやってきた。「ピーボディさん、アトキンスさん――なにか、足りないものはありません？　ほしいものがあれば、遠慮なくおっしゃってくださいね――みなさんを空腹のままお帰しするようなことがあったら、わたくしたちがひどく叱られてしまいますわ。わたくしの父は、自分と食卓を囲んだ人が食欲を満たさずに席を立つのを、いつもひどく嫌っていましたし、それに、なんといってもこのパーティは、みなさんのためにひらいたんですから。わたくしの父なら、きっと真っ先に言ったはずですわ――あなたには最高のもてなしを受ける権利がある、と」

「立派でした」と、ピーボディ氏がうなずく。

「お父さまは、立派な方でしたな」アームストロング局長が疲れたように言った。

「いや、まったく」と、アトキンス氏も続けた。「たいへん立派な方でした」

大きな玄関扉をするりと抜けてテラスに出たファンシーは、祖母のかたわらの階段に無言のまま腰をおろした。そして、たずねた。「もうすぐ終わり？」

「まだまだ途中よ」と、ハロラン夫人が答える。

「みんな、豚やイタチやネズミみたいだね」

「みんな、じきにいなくなるわ」

「なんでわざわざ、あの人たちに、おいしい食事やお酒をごちそうすることにしたの？」

「最後の大盤振る舞いよ。これでわたしたちも、幸せいっぱいな彼らの姿を記憶にとどめておけるでしょう」

「残りの時間はどれくらい？」

「たぶん、一時間か、そこらよ」

「パーティじゃなくて」と、ファンシー。

「ああ、そっちのこと。二十時間くらいだと思うけれど。もう少し、短いかもしれないわね」

「なにが起こったのか、みんなにもわかると思う？」

「どうかしら。わかったとしても、その頃には一分ほどの余裕しかないと思うわ」

「みんな、怪我するの？」

「それはないでしょう」

「怖い思いをする？」

「そうね、たぶん、一分くらいは。これはわたしの希望でもあるけれど、実際のところ、恐怖の時間は、それほど長く続かないはずよ。いずれにせよ、本当の恐怖を味わうのは、自分の身に起こったことを理解したあとなのだから、彼らのためにも、なにがなんだかわからないうちに、すべてが終わってしまうことを願うわ」

「そんなに早く終わっちゃうもんなの？」

「わかりませんよ、そんなこと。わたしの知る限り、こんなことは、かつて一度も起きたことがないんだし。だから、わたしとしては、その時間があまり長く続かないというお慈悲があることを信じるしかないわけ」

「みんな、もう知っているのかな？」

「それはないと思うけど」

「知ってたとしたら、みんな、どうするんだろう？」

「長年あの人たちのことを見てきた感想から言えば、なんらかの行動を起こすとは、とても思えないわね。きっと、ぽかんと口をあけて、馬鹿みたいな薄ら笑いを浮かべ、お互いに顔を見合わせながら、突っ立ったままでいるでしょうよ」

「はじまったら、どんなことが起こっているのか、見物できるといいんだけどなぁ」

「そんなものを見て、わたしたちの目にいいはずがないでしょう。というか、だれの目にとっても毒でしかありませんよ。わたしなど、そんな光景を見てしまったら、とても生きていけないわ」

「その王冠は、いつになったら、あたしにくれるの？」

ハロラン夫人はゆっくりと首をまわし、ファンシーのほうを見た。芝庭に集まった人々のなかから、もう叫んではいないために不明瞭な音と化したウィロー夫人のにぎやかな声が、楽団の奏ではじめた音楽を越えて聞こえてきた。その人山をはずれたところには、少人数のグループがいて、だれに気づかれることもないまま、歌を歌っている。バーベキュー炉のあたりでは、今もなお、そこに人が残っていることを示す物音が続いており、シャンパンのテントのなかでは笑い声が沸き起こった。

「わたしが死んでしまったらね」と、ハロラン夫人は答えた。

シャンパンのテントの片隅で、キャロライン・インヴァネスは肉屋のストラウスの肩にすがって、ぶざまに泣いていた。彼女の口からは酔っ払いの繰り言が次々に流れ出していた――わたしはちゃんとした女性として育ったの、いつも正しい行いをするように躾けられて、女性らしく振る舞うにはどうしたらいいかも教えられて、でも、わたしの母は、今どこにいるの？「彼女はこの世で最高に立派な女性だった」ミス・インヴァネスが泣きじゃくりながら言うと、ストラウス氏は親身にうなずき、彼女の背中をやさしく叩いた。「あなたも、立派よ」ミス・インヴァネスは続けた。「いつだって言える。いつだって、言えるわ。あなたはこの世で最高に立派な女性よ」

ミス・デボラがキャプテンの片腕に抱きつくのと同時に、なぜかまだ足元だけはしっかりしているミス・コムストックが、彼のもう片方の腕にしがみついた。

「あなたって、本当に、本当に悪い人！」ミス・デボラが嬉々として叫んだ。「あなたは海賊で、わたしのことを、もう、ずーっと捕まえたまま。いいの、わかっているわ、あなたは一生、わたしを解放したりしないんだって！」

「シルクのテントのなかで、悲鳴をあげて、許しを請い、懇願を続けるの」学校教師はとどまることなく言葉を紡いだ。「悲鳴をあげて、懇願するのよ、死ぬよりもつらい運命から救われたい一心で！」

「おいおい、お嬢さん方――」キャプテンが声をあげる。

「本当に、死ぬよりもつらいことなのかしら？」ミス・デボラは身を乗り出すと、キャプテンの向こう側にいるミス・コムストックに、急に会話口調で訊いた。「それって、わたしには、いつも疑問なんだけど」

「お嬢さんたち」なんとか制そうとするキャプテンの声もむなしく、ふたりは彼をはさんだまま強引に外へ連れ出すと、芝生の上を大きくまわりながら踊りはじめた。すると、周囲の人々もそれに誘われ、飛んだり、跳ねたり、叫んだりしながら、三人のあとについて踊りはじめた。ダンス教室をひらいているオーティス夫人はアトキンス氏を相手にして複雑なステップに挑んだものの、ものの見事に転倒し、ふたりは芝生の上でもつれたまま、げらげらと笑いあった。するとそのすぐ後ろで、相手もないまま難しいワルツを踊っていたミス・オグルビーが、彼らの上に倒れこんできた。シャンパンのテントのなかでは、外から聞えてくる音楽や笑い声に、ストラウス氏が気もそぞろになっていたが、その肩には、相変わらずミス・インヴァネスが顔をうずめて、しゃくりあげていた。「彼女があんなに立派だったなんて、少しも知らなかった。わたし、自分を殺してやりたい」

色のついた明かりがともる提灯の下では、人々が跳んだり、笑ったり、叫んだり、グラスを投げたり、抱きあったりしながら、大きな円を描いて動き続けていた。エセックスは大勢の人影のなかにするりとまぎれ、グロリアと手をつないだ。そして、空いているもう片方の手を、それぞれ別のだれかとつなぎ合わせると、余計なことはなにも言わず、ただ周囲に引っ張られるまま、ぐるぐるとまわり続ける大きな円の一部になった。「踊ろう、兄弟、さあ、踊って！」ウィロー夫人の声が響き、ファニーおばさまは落ちた前髪が目にかかるのも気にせず、ワトキンス家の末息子と手をつないだ。テラスにいたメリージェーンとアラベラも、笑いながら芝生へ駆けおりて、人々の輪にまじり、ジュリアはピーボディ氏といっしょになって、そっくり返った姿勢で滑稽なステップを踏むケークウォーク・ダンスをしてみせた。「飲もう、姉妹、さあ、飲んで！」ウィロー夫人がわめくそばで、一同は芝生を踏み荒らし、さらには、足元に落ちたカップやグラスを粉々に踏み砕きながら、ぐるぐるとまわり続けている。「悔い改めよ、子供たち、さあ、悔い改めるのよ！」そう吼えたあと、ウィロー夫人もついに踊りの渦に巻きこまれ、両脇にシャンパンのボトルを抱えたまま、くるくるまわって派手なステップを踏みはじめた。

テラスでは、立派な椅子に鎮座したハロラン夫人と、その足元の階段に座っているファンシーが、この大騒ぎを寛大なる目で静かに見守っていた。

突然、ミス・オグルビーが踊りの輪を抜けてテラスに駆け寄り、階段に身を投げ出した。「わたし、あの人たちを帰したくありません」彼女はわれを忘れて言った。「みんな親切で、優しくて、あんなに楽しそうにしているのに、見捨ててしまうなんて、そんなことをしてはだめです」彼女はハロラン夫人に両腕を差し出して訴えたが、夫人は笑って、肩をすくめた。「お願いですから、あの人たちも、わたしたちといっしょに連れて行ってあげてください」ミス・オグルビーは懇願し、ハロラン夫人は笑った。「だめです、だめです、絶対にだめです！」ミス・オグルビーは声を裏返して叫び、それから、急にくるりと振り返って、さっと両手を高く上げた。音楽が止まり、踊っていた人々はためらいがちに動きを止めると、みんな、彼女に視線を向けて、次の展開を待ち受けた。

「わたしの大切な、大切な、大切なお友だちのみなさん」ミス・オグルビーは声を張りあげた。「お願いだから、わたしの話を聞いてください。どうか、どうか、耳を傾けて。みなさんは、今夜このお屋敷を出て行ったら、とてつもなく恐ろしい大惨事にあって、だれひとり生き残れません。わたしたちといっしょに、このお屋敷にいないと、みなさんは死んでしまうんです。だから、お願い、どうかここに残って。頼むから、信じてちょうだい――あぁ、どう説明したら、わかってもらえるかしら？　今からでは、悔い改めても、生き方を変えても、身を隠す場所をほかに見つけようとしても、もう間に合わないんです。だって、わたしたちは、どうしようもない浅はかさで、多くのことを見過ごしてきてしまったんですもの――わたしの言ってること、少しでも信じてもらえます？」まばらな拍手が起こって、すぐにやんだ。「そうじゃなくて」ミス・オグルビーは口調をやわらげて言った。「今はとにかく、わたしを信じてもらえないかしら？　わたしは、みんなが死ぬのを見たくないの。だれにも死んでほしくない。だけど、みんなだって、こんなことは、絶対に理解できないだろうし、もう、どう説明すればいいのかしら？　わたしだって、最初のうちは、なかなか信じられなかったことなのに、どこから説明したら、わかってもらえる？」

　眼下に広がる芝生では、そこここで私語がはじまり、不穏なざわめきが広がった。すると、そのなかにいたジュリアが、周囲に大きく呼びかけた。「さあ、みんな、まだまだ踊るわよ！」

「待って、待って、聞いてちょうだい」ミス・オグルビーがあわてて叫んだが、ハロラン夫人は構うことなく、そばのオーケストラに「音楽！」と声をかけ、また演奏がはじまった。

「だって、みんな、帰ったらだめなのに」そう言って泣きはじめたミス・オグルビーを前にして、ハロラン夫人はファンシーに笑いながら説明した。「こういう人って、よくいるのよ。自分の家のパーティが終わって、お客さんが帰っていくところを見るのは、つらくて耐えられない、っていうのがね」

「さあさあ、踊って！」ウィロー夫人があおった。「明日になったら、みんな、しらふに戻っちまうんだからね！」手と手をつなぎ、歌とおぼしき文句を口々に唱え、もつれる足をすべらせながら、人々は芝生の上をぐるぐるとまわり続けた。ウィロー夫人は、脇に抱えていたシャンパンをラッパ飲みし、テラスでは、ハロラン夫人が無言のまま座っていた。やがて、なんの前触れもなく、終わりの時が訪れた。踊っていた人々は足を止め、手をつないでいた相手を不思議そうに見つめながら、荒い呼吸を整えて、乱れた髪をなであげた。おひらきの時刻を告げるささやきが周囲に広がっていき、だれもが連れの姿を捜して、家に帰る話をはじめた。シャンパンのテントの片隅では、ミス・キャロライン・インヴァネスが、小さなバッグを横に置いたまま、顔の上につば広の帽子をかぶせられた姿で眠りこけていたが、それを見つけた親切なだれかが、ちゃんと家まで帰れるように、彼女を車まで運んでやった。くすくす笑いが止まらないまま、キャプテンにかじりついていたミス・デボラも、彼から力ずくで引きはがされて、姉といっしょに送られていった。ジュリアとミス・コムストックは、涙ながらに別れを惜しんでから、ようやく離れ離れになった。パーティの招待客たちは、ひとつの大きな流れとなってテラスの角をぞろぞろと曲がり、自分の車が停めてある正門前へと進んでいった。そして、暗闇を歩くうちに、今まで自分はどこにいたのかということを急に実感して得た驚きとともに、すみやかに帰宅していった。ハロラン夫人に別れの挨拶をした村人はひとりもいなかった。

16

夜の日時計はどんな時刻も示さない。シャンパンのおかげで、ウィロー夫人はぐっすりと眠り、悪い夢にも悩まされなかったが、しっかり撒かれた二日酔いの種が、朝の目覚めとともに芽吹いて彼女を悩ませることは間違いなさそうだった。ジュリアは、まだ若い自分の人生を台無しにしようとしている残酷な運命を罵って、泣いているうちに眠ってしまった。アラベラとメリージェーンは、ふたりそろって髪を結いあげ、睡眠剤を一錠ずつ飲んで、日に焼けた背の高いハンサムな男たちが出てくる夢を共有した。ファンシーは子供ならではの健やかな眠りについている。ミス・オグルビーは、新しい世界を穢れなく迎えるために、今夜のうちに下着やストッキングを洗ってしまおうと決めたものの、シャンパンのせいで思うように身体が動かず、とうとう服を着たままベッドに倒れこんでしまった。ファニーおばさまは、母親の形見のダイヤモンドをつけて窓辺に座り、悲嘆と切望の眼差しで、夜通し、庭をながめていた。エセックスとキャプテンは図書室に座りこみ、自分自身について嘘の話を語ったり、忘れていた遠い昔の罪を告白したりしながら、かなり遅くなるまで起きていた。ハロラン夫人は、王冠をはずして化粧テーブルの上のケースにしまったあとも、なかなか心が鎮まらず、眠りにつくことができなかった。それで、部屋を出て屋敷のなかを歩きはじめ、図書室にいたエセックスとキャプテンには、軽くうなずいただけでその場をあとにし、ハロラン氏の部屋では扉をあけて、いつも細切れに目を覚ましては看護師を呼びつける夫の様子を確認した。そして最後に、自分の仕事机の前に腰を落ち着けると、まだ未処理の項目がいくつか残っている帳簿をつけ終えてしまうために、この先決して支払うことはないであろう請求書の束にざっと目を通し、この先決して回収できないであろう貸付金の合計額を計算した。

　夜になっても気温はいっこうに下がらず、しかし、風が立ちはじめた。いつ雷が鳴ってもおかしくないと感じさせる空気が満ちていくなか、風は夜明けが近づくにつれて強まり、屋敷の広い芝庭を自在に吹きわたって、日本の提灯を激しく揺らしながら、それをつなぎとめているワイヤーをもつれさせた。午前七時を迎える少し前には、バラ園が丸裸に吹き散らされ、傷つき破れたバラの花びらがひとかたまりになって、熱い風に運ばれていった。離れた場所にある湖では、風にあおられて波立った水が絶え間なく岸に打ちつけ、さらには岩屋のなかにまで入りこんで、白鳥たちが身を縮めている床の上を洗っていた。

　秘密の花園では、揺れていた彫像の一体がついに草花の上に倒れ、地面に叩きつけられたかのように、ふたつに割れた。迷路のなかのアンナ像は、空《くう》を抱いている腕の片側に、飛んできた枝の一本を受け止め、それをやさしく揺らしてあやした。七時になると、ハロラン夫人は身づくろいをして階下におりていき、朝食室でファニーおばさまと鉢合わせした。使用人たちには、休暇の日は出かける前の仕事を早めにはじめるようにと、前々から強く言っておいたため、すでに屋敷は目を覚ましており、朝食室に届く風の音も、屋内に満ちた日常の雑音にまぎれて、だいぶ弱まって聞こえた。ひと晩手つかずになっていたパーティの後片づけは、すっかり終わっていた。なすすべもなくもつれあっているたくさんの提灯と、風にひっくり返されて空飛ぶ怪物と化してしまったテントは放置されているものの、バーベキュー炉はきれいに掃除され、村人たちが使った食器類も食器洗い機による洗浄と殺菌の作業がすまされ、そして、朝食室のテーブルの上では朝のコーヒーが、ハロラン夫人とファニーおばさまを待っていた。

「おはよう、ファニーおばさま」

「おはよう、オリアナ。あなた、外の風に気がついて？」

「ええ、もちろん。正直なところ、少し怖いと感じているわ」

ファニーおばさまは目の前のグレープフルーツをじっと見つめた。「人の心はおかしなものよ。どうでもいい細かなことにばかり、なぜかやたらと気がついてしまうんだから。きっと、ずいぶん先のことになるんでしょうね。こういう、ちゃんと栽培されたグレープフルーツが、きちんとカットされて、またわたくしの前に出てくるのは」

「つまり、それまでは、木になっている果物を自分の手でもいで、直接かぶりつく気でいると？」

「それもなくはないでしょう。いざとなれば、人は自分が思う以上に、野蛮な行動をとれるものよ。わたくしは、この風を少しも怖いとは感じていないわ。ええ、本当に。ただ、これがどれくらい続くのかと、それを考える気にならないってことだけは、確かだけど」

「そうね」ハロラン夫人はうなずいた。「わたしは夜のあいだ、ひどくなる風の音を聞きながら、ずいぶんと考えたわ。今回ばかりはこの風がおさまることはないのだということを、なんとか受け止めようとしながらね。本当に、すべてがわかっているというのは、脅しをかけられているのと同じで、実に耐え難い苦痛よ。ふだんなら、特別な恐怖など感じることなく見過ごせるはずの天候状態が、今回は、いつものように回復する見込みがないばかりか、むしろ、いっそうひどくなって、しまいには――」

「黙って、オリアナ。まだ、使用人たちが屋敷にいるのよ。それに、どんな時であれ、そういう話を聞かされては、こちらも気分が悪くなるわ」

ハロラン夫人とファニーおばさまはトーストを食べ、卵を食べ、ベーコンを食べ、コーヒーを飲んだ。そのあいだ、ふたりは互いをちらちら見ながら、黙って考えていた。きれいな彩色のほどこされた陶器や銀の食器を使って、自分たちのために用意される穏やかな朝食はこれが最後。だから、簡単にすませてはいけない、大切にしなければ、と。それでふたりは、いつもより長い時間をかけて食事をし、その結果、ふたりは同じ空間で、これまでに例がないほど長い時間をともに過ごすことになった。途中、ハロラン夫人は重みのある銀のフォークに目をやり、涙がこみ上げるのを感じた。わたしにとって、これは明日から、どんな役に立つのだろう？　彼女はそう考えながら、ファニーおばさまの前でも、涙を隠すことはしなかった。

「お父さまは、きっとこの屋敷に来てくださる」ファニーおばさまが、そっと言った。「わたくしは一点の曇りもない心で、父を信じているの」

ハロラン夫人とファニーおばさまがテーブルで長居をしているうちに、髪にカーラーをつけたアラベラが、部屋着姿のまま二階からおりてきた。そして、ウィロー夫人が二日酔いなので、許してもらえるなら、朝食のかわりに、コーヒーとトマトジュースとアスピリンの瓶をお盆にのせて持っていってやりたいと申し出た。ハロラン夫人は、トマトジュースに生卵とウスターソースを混ぜると効き目があると教えてやった。「今日はあなたのお母さんに二日酔いのままでいられると、みんなにも不都合ですからね」アラベラは言われたとおりにして、母親の部屋へお盆を運んでいき、それからさほど時間をおかずに、きちんと服に着替え、髪をとかした姿で戻ってきた。その前には、ファンシーも朝食室におりてきていて、次にグロリアが、その少しあとには、メリージェーンとキャプテンが姿を見せた。ハロラン夫人とファニーおばさまは朝食のテーブルに居座って、なおもコーヒーを飲み続け、みんな黙ったままでいた。やがて、だれよりも具合の悪そうな顔をしたミス・オグルビーが現われ、生卵とウスターソース入りのトマトジュースを飲むように勧めるハロラン夫人の言葉を、いつにない激しさで断った。「風が悪いんです」ミス・オグルビーはめそめそと訴えた。「こんな風が吹き続けたら、わたし、正気ではいられなくなりますわ」

「そいつは、おぞましい」と、キャプテンが言った。

最後に朝食の席についたエセックスとジュリアは、その場の全員が、抑制された沈黙のなかで、遠く聞こえる風の音にじっと耳をすましているのを見てとった。「これはまた、身を寄せて終焉の時を待つ、魔女の集会そのものだ」いくぶん緊張のにじむ口調でエセックスがそう言うと、理性のたががはずれかけた声でジュリアがくり返した。「こんな風、やめばいいのに。こんな風、やめばいいのに」

「そうだな」キャプテンが言った。「でも、やまないよ」

朝食室は、朝の太陽の日差しを受けて、室内が気持ちのいい光に満たされるように計算された部屋で、庭に向かって大きくひらく背の高いガラス扉がついている。それがしまっている今は、室内にいれば風の音は多少やわらいで聞こえるものの、しだいに暗くなっていく空は、テーブルを囲んでいる彼らにも、はっきり見えた。庭の一番奥にある木立の上を、黒い雲がゆっくり覆っていく。すると、室内は薄暗くなり、銀のコーヒーポットに映る影がどんよりと灰色をおびた。

「嵐がくるわ」そう言うと、ジュリアはヒステリックに笑いはじめた。

ハロラン夫人は正午になるまでに、使用人たちが二台のステーションワゴンに乗って、出ていく姿を見送った。吹き荒れる風の様子に、もはや一刻の猶予もならないという焦りが募って、早めに彼らを追い出しにかかったのだ。ハロラン氏の看護師は、今日のこの天候が当主の心身に悪影響を与えることを懸念して、自分は休暇を取りやめにすべきだと考え、出かけることを渋っていたが、ハロラン夫人が強弁に、それも声を張りあげんばかりにして外出することを勧めたため、結局は、ほかの使用人たちと出発していった。二台のステーションワゴンが無事に私道を走り去っていくと、ハロラン夫人はほうっと大きく息をついた。

「さて」ハロラン夫人はみんなに言った。「これから、まず、わたしたちがすべきことは、この屋敷の捜索です。隅々まで丁寧に調べて、だれもいないことを確かめてちょうだい。使用人たちについては、わたし自身がしっかり確認したけれど、どこかの隅で酔いつぶれた村人が眠っているようなことがあっては困るのよ。ミス・オグルビーがご招待したせいでね」そこで彼女がちらりと視線をやると、ミス・オグルビーは顔をしかめ、断固たる否定のしぐさをしてみせた。

大人たちが屋敷の捜索をしているあいだ、ハロラン氏といっしょにいるように指示されたファンシーは、祖父のもとへ行って、『ピーターラビット』や『三匹のくま』のお話をきかせてやり、彼はおおいにそれを楽しんだ。

「屋敷は見事に空っぽだ」エセックスは、上の階の廊下で行き会ったメリージェーンに言った。「考えてみれば、この家のなかに、実際どれだけの数の人間がいるのかなんて、みんな、意識してなかったよな。これまで、一度も」

「あたし、今の段階は、まだわりと平気なの」メリージェーンが震えながら言った。「だって、ゲームみたいじゃない。かくれんぼとか、殺人事件の謎解きとか、そんな感じの。でも、この先に起こることに対しては、きっと平気ではいられなくなると思うわ」

「少なくとも、ここでは風の音が聞こえないしね」とエセックスが言った。

全員が応接室に戻り、屋敷のなかには自分たち以外にだれもいないことが確認できると、ハロラン夫人は、大きくなる一方の風の音にかき消されないよう、声を張りあげた。「みなさんには、昼食の前にシェリーを一杯飲んでおくよう、心からお願いするわ。やるべきことは、まだ山のように残っているし、これは言うまでもないけれど、わたしたちは持てる勇気をすべて奮い起こす必要があるのだから」

「みな、曇りなく信じる心を持たなければならないわ」ファニーおばさまが言った。「これまで、お父さまがわたくしにメッセージを与えてくださったことを。そうは言っても」彼女はあいまいに付け加えた。「今さら手遅れではあるけれど」

「あたし、こんなの、耐えきれそうにない」ジュリアが震えの止まらない唇で、やっと言葉を絞り出した。

「最終局面よ」ハロラン夫人の声は、広い応接室のなかでこだまのように響いた。外の気温はここ数か月、いや、おそらくは、ここ何年かにも類がないほどの高さに上昇していたが、広い室内にあるすべてのものは、湿りをおびた寒気に覆われ、この場にいる全員が、火の気のない暖炉の前に、自然と身を寄せあった。

「これが、本当の最後」ハロラン夫人が続けた。「もはや時間はないのだから、パニックやヒステリーを起こすことは、いっさい許しません。わたしたちはみな、今日という日とその夜が来ることを、何週間も前から知っていて、明日の朝にはどんな光景を見ることになるか、それもまた知っている。よって、あなたたちのだれであろうと——ジュリア、これは特に、あなたに対して言っているのよ——感情の抑えがきかなくなって、周囲に当たり散らしたり、勝手な振る舞いをする者は、今後、わたしの独断で、クローゼットに監禁します」彼女は口調をやわらげて続けた。「あなたたちはわたしの民だから、わたしには、この信じがたい体験を無事に乗り切ることのできるよう、ここにいる全員を導く責任があるの。だから、わたしを信じて」

「わたくしの父が——」

「外に出たい」ジュリアが歯の根の合わぬ、不明瞭な声で訴えた。「これ以上、ここにいたくない」

「みんな、自分たちは完全に孤立した状態にあるのだと、そう考えるように努めてちょうだい」ハロラン夫人が続けた。「わたしたちは、荒れ狂う海に浮かぶ、小さな島にいるようなもの。破滅する世界のなかで、安全な場所にいるの。想像してみて」彼女はうながした。「今日、外の世界では、まさに今頃、人々が不思議に思いはじめているはずよ。彼らだって、この天候には当然、気づいているはずで、おそらく、ちょっとした危機感くらいは、すでに心のどこかで感じているでしょう。今はまだ早い段階だけど、家屋や敷地の心配をしはじめた人は、それなりにいるだろうし、死の危険を思い浮かべてしまった人だって、ひとりやふたり、いるかもしれない。でもね、危険を案じなければならないのは、向こう側にいる人たちだけ。ここにいるわたしたちは、安全なの。ジュリア、この言い方は、ミス・オグルビーの真似をするようで嫌だけど、どうか、わたしの話に耳を傾けてちょうだい。ここは安全なの。今日はこれから日が暮れるまで、そして日が暮れたあとも、わたしたちはずっと恐怖と向き合うことになる——それはきっと、想像を絶するような強い精神力を、わたしたちに求めてくるでしょう。だって、これは世界の大変動なのだから、それを生き延びることは容易ではないわ。朝が来るまでに、わたしたちがどれほどの恐怖を味わうことになるのか、そんなことはだれにもわからない——でも、これだけは絶対に覚えておいて。どんな恐怖に直面しても、くり返し、くり返し、自分にこう言い聞かせるの。危険にあうのは外の人間だけ、自分たちは安全だ、と」

「お父さまが——」

「こんなの早すぎる」ジュリアが無力をかみしめるように言った。「あたしには、見たいものや、したいことが、まだ、たくさんあったのに……」

「わたし、お父さんに一度も手紙を書かないで終わっちゃった」グロリアが言った。「今さらだけど、ちゃんと〝さよなら〟を言っておけばよかった」

「ふん、あたしからすれば、あんな堕落しきった世界に惜しむ価値などなんにもないね」ウィロー夫人がぶっきらぼうに言った。「これまでに見られるものは、なんでも見てきたあたしが言うんだ、この言葉に嘘はないよ」

「庭のバラをいくらか摘んでおけばよかったわ。そうすれば、髪に飾ることができたのに」アラベラがメリージェーンに言うと、メリージェーンも恨みがましい口調でこう返した。「あの人が、あんなに急いで使用人たちを出発させなきゃよかったのに……聞いてよ、今朝はあたしのベッドを直しに来る人間が、ひとりもいなかったのよ」

「わたしたちにとって賢い行動とは」ハロラン夫人が続けた。「できるだけ早く、この屋敷にバリケードを築いておくことだと思うわ。今のところ、差し迫った危険はないようだし、知ってのとおり、夜になるまで、この天変地異が最高潮に達する気遣いはないけれど、それは見方を変えれば、あとからでは間に合わない作業をしておく時間的余裕がわたしたちに与えられている、ということで、さらに言えば、作業に没頭すれば、この風の音もいくらかは気にしないでいられるという効果もあるだろうから。こうしてただ聞いていると、屋内をじかに吹き抜けているかのような轟音だものね。とにかく、できる限りの方法で、屋敷の守りをしっかりと固め終えたら――」

「この屋敷はちゃんと残るはずだと、みんな知っているわ」と、ファニーおばさま。

「――一旦、集まって昼食をとり、それから、それぞれ自分の部屋に戻って、身支度を整えて、午後四時に、またこの部屋に集合すること。みんな、もちろん覚えているだろうけれど、午後四時をまわったあとは、わたしたちは全員そろって、この応接室で過ごすのよ」

「行動開始」キャプテンが号令をかけた。「みんな、ばりばり働けよ――そいつが、うまく乗り切る秘訣だ。忙しくしていれば、パニックを起こす暇もなくなる」

「窓は毛布で覆ってちょうだい。特に、ガラスの扉は念入りにね」ハロラン夫人が指示した。「外に通じる扉は、暴風であいてしまうことがないよう、家具を使って、できるだけしっかり押さえるように。それと、もちろん、夜に自分たちが使う毛布を何枚か残しておくのも忘れないで。この先、気温がどこまで極端に変わるか、予想すらつかないんだから」

「あと、蠟燭の準備も」エセックスが彼女に近づいて言った。「じきに電気が止まるかもしれませんからね」

「シャンデリアにご注目」そう言って、ジュリアは狂ったような忍び笑いをもらした。「電気の光が見られるのも、これが最後よ」

「それでいいんだが」キャプテンが提案した。「作業をしているあいだ、屋内の照明を全部つけておこうじゃないか――今さら、電気代を心配する必要などないんだし」彼は笑った。「それから、女性陣のうち、だれかふたりくらいで最後の電力を余さず利用し、コーヒーや温かいスープを作って魔法瓶に入れておくなど、考えつく限りの準備をしておいたほうがいい。夜になったら、冷たいものしか食べられなくなるだろうから」

「それと、ラジオも」アラベラが言った。「ラジオも、全部つけておきましょうよ」

「だめ！」ジュリアが嚙みつかんばかりに言った。「ラジオはだめ。絶対につけないで。そんなことしたら、ニュースが流れて、いろんな情報や、警報や、災害の様子が……」彼女は身を震わせた。

「確かに」ハロラン夫人がうなずいた。「だれも、外の様子を見たいなんて少しも思っていないし、外の様子についての情報だって少しも聞きたくはないわ」

「水もいる」キャプテンが続けた。「容器を使って、できるだけ大量の水をためるんだ。いずれ水道が使い物にならなくなるのはわかりきった話だし、言っておくが、おれ自身は、雨のなかに突っ立って、バケツで雨水を集める作業を進んでやりたいとは思わないんでね」

「それなら、コーヒーと水の準備はわたしがすることにしましょう」そう言って、ハロラン夫人は戸口に向かったが、部屋を出るところで足を止めると、「これは確認なのだけれど」と、ためらいがちにたずねた。

「窓を覆う毛布は、釘を打って留めなければならないんでしょうね？」

「ええ、残念ですが」と、エセックス。「かなり、がっちりと」

「それは、やっぱり、木造部分に？」ハロラン夫人の声に迷いがにじんだ。「あの美しい窓枠に？　あれは、この屋敷にあわせて特別な彫刻がほどこされた逸品なのに」

「今日は、この屋敷を大切にしている場合じゃありませんよ、オリアナ」

「この屋敷はいつだって、大切なのよ、エセックス。でも、わたしだって、わかっているわ。窓枠に釘穴があいてしまうくらい、認めないわけにいかないんだと。でも、あとから修復することは、きっとできるわよね？」

「少なくとも」キャプテンが同情のかけらもなく言った。「コーヒーを作ることに専念していれば、こっちの作業は見ないですみますよ。ベラ、きみは蠟燭の準備だ。この部屋はいわば作戦本部だから、蠟燭立てをたくさん置いてくれ。暖炉を使うのは、きっと、まずいよな？」彼はエセックスに意見を求めた。

「浅慮の極みだと思う」と、エセックス。「煙突だって、いずれ壊れるに違いないんだから」

「それに、消防車だって呼べないしね」ジュリアが甲高い声で言い、クククッと笑った。

キャプテンは戸口にちらりと目をやり、ハロラン夫人が出ていくのを確認すると、声を低めて言った。

「おれの見るところ、上の階まで作業してまわるには、人手も道具もあまりに足りない――ということで、この際、上の窓は放っておこうと思う。そのせいで、上の部屋にある家財道具やなにかに被害が出たとしても、それはもう仕方ない。屋敷全体にバリケードを張るなんて、どだい無理な話なんだし、どうせ、おれたちにとって必要なものは図書室に集めてあるんだ」

「そうなる頃には、だれも応接室から一歩も出さないという話だから、それでいいんじゃないかな」と、エセックス。「ぼくが窓を覆いたいと思うのは、外からの目をさえぎって身を守るためだけじゃない。こっちも外を見るのはごめんだからさ。ぼくたちのだれであろうと、そんなものを見せられる義理はないからね。それに」彼はこう付け加えた。「この屋敷が残ることを、ぼくたちは知っている」

「この部屋の大窓を覆うには、かなりの布がいるだろうな。でも、おれだってきみと同様、外など少しも見たくはないさ」

ふたりは肩を並べて、大階段をのぼりはじめた。カーブを描いて上へと伸びる階段は、吹きつける風の衝撃で、早くも小刻みに揺れている。その踊り場で、キャプテンは頭上の壁に掲げられた〈今、生きずして、いつ生きるのか?〉の文字を、にやりと見上げた。「なあ、この屋敷がどんな状況をくぐり抜けるはめになるのか知っていたら、ここの先代さんも、いささか違う建物を造っていたんじゃないか」

「それでも、頑丈には造ってくれたんだ」と、エセックスが答えた。「そのことだけは感謝するよ」

午後三時になるまでに、一階の大きな窓という窓は、曇りなく磨かれたガラスの上に隙間なく覆いがかけられた。エセックスとキャプテンは、グロリアとメリージェーンの手を借りて、毛布を使い、ベッドカバーを使い、テーブルクロスを使い、シーツを使い、しまいには、外のバーベキュー炉まで行って、そこの巨大なカンバス地のカバーを、唸りをあげる暴風と格闘しながら持ってくるという危険まで冒して、作業を完了させた。その間、ジュリアは応接室の片隅にある大きな椅子にうずくまり、めそめそと泣きながら、天井の大きなシャンデリアを一心に見つめていた。屋内の照明は今もまだついており、それを見た何人かが、窓を覆ってしまったとはいえ、荒れ狂う天候で空が暗かった先ほどと比べても、明るさは少しも変わらない、と口々に言い合った。ファンシーと彼女の祖父は、彼の部屋でチェッカーをして遊んでいた。ハロラン夫人は、冷たい昼食の足しにするため、二本目のシェリーの瓶を出しておいたが、キャプテンと、エセックスと、なんとか体調が回復したウィロー夫人は、ウイスキーを飲む方を選んだ。屋敷内で見つけた、ありとあらゆる使える容器は、どれも水でいっぱいに満たされ、また、応接室の長いテーブルの上には、図書室の備蓄品のなかから出してきた魔法瓶がずらりと並んで、そのどれにも〝コーヒー〟〝スープ〟〝お茶〟のラベルが張られ、表記どおりの中身が入っていた。隅のテーブルの上にはきちんと積まれた毛布の山が、また、すべての蠟燭立てには蠟燭がセットされて、予備の蠟燭が入った箱は、いくつものマッチ箱といっしょに炉棚に置かれた。ハロラン夫人は、作業に身の入りきらないウィロー夫人を助手にして、何皿分かのサンドイッチを作り、油紙で覆いをしたあと、それを魔法瓶の並んでいるテーブルに運んだ。さらに、ウイスキーはロックで飲むのが好きなエセックスの助言に従って、断熱性のアイスバケツ二個に氷を用意して出しながら、冷蔵庫さえ動き続けてくれれば、ぬるいウイスキーを飲む必要もないだろうにと、彼に面白がって言ってやった。「今夜はおおいに飲むつもりなんですよ」と、エセックスが言った。「それなら、あたしも付き合うわ」と、ウィロー夫人が言った。

ジュリアは別にして、彼らのなかにあった当初の恐れは、いつしか根の暗いユーモアとでも呼ぶべきものに変化していた。やれるだけのことをやり、横殴りに屋敷にぶつかってくる風の猛威にもだいぶ慣れた今、彼らはピクニックでもしているような、陽気な気分と興奮に浮かされていた。

「二日酔いがすっかり消えたわ」ウィロー夫人が心底嬉しそうに宣言した。

その言葉に、メリージェーンが「あたしも、もう喘息とは、きれいさっぱり縁が切れたみたい」と笑って、ファニーおばさまにこう言った。「わかります？　ライオネルが亡くなって以来、今日はあたし、一番体調がいいんです」

「それはね」ファニーおばさまが手厳しく言った。「いつもと違って、あなたがちゃんと早起きをし、多少なりとも頑張って働いたからですよ。その様子なら、これからはきっと、あなたも人並みに活動できるでしょうね」

「そろそろ着替えに戻るわ」と、ハロラン夫人が言った。「この電気も、いつまでついているかわからないし、蠟燭の明かりを頼りに着替えるのは避けたいから」

「それでも、蠟燭は持っていったほうがいいですよ」と、キャプテンが声をかけた。

ハロラン夫人は腰を上げ、部屋の中央に立って言った。「わたしがここを出る前に、今後についての注意を全員がきちんと理解しているか、確認を取っておきましょう。すでに何度も説明しているように、各自、身なりを整えたあとは、午後四時までに、ひとり残らずこの部屋に集まること。その時刻を過ぎたら、だれも、この部屋から出ることは許しません。あなた方には、できるだけきちんとした服装をするよう、強く勧めます。衣類の選定にあたっては、気温の変化や安全性に配慮するのはもちろん、明日の朝の自分たちの姿が外目にはどのように映るかもよく考えて、好感を第一に心がけるように。明日の朝、この屋敷から足を踏み出す時、わたしは、きれいに身だしなみを整えた、どこから見ても感じのいい、きちんとした家族を連れた姿で、洗い清められた世界へ進んでいけるようにしたいの。忘れないで」そこで彼女は、一分ほど押し黙った。それは、声が震えて、うまく言葉が出なかったからで、やがて彼女は唇をそっと手で押さえて、こう続けた。「忘れないで、これが――これが、わたしたちが長らく待ち続けた最後の時だということを」

「まさにそのとおりよ」ファニーおばさまが横から騒々しく言った。「わたくしたちは、最高の装いをしなければならないわ」

「それに、急がないと」アラベラが言った。「ジュリア、いつまでもいじけてないで、さっさと動いて」

「明かりが暗くなってきたわ」と、ジュリア。

「だったら、なおさら急ぎなさい」ファニーおばさまに言われ、ジュリアはふらふら立ち上がった。

「ファンシー！」メリージェーンが廊下に向かって呼びかけた。「ファンシー！　戻ってきて、パーティ用のドレスに着替えて。もう、時間よ」

「お父さまはいつも、きれいで可愛らしい娘の姿をご覧になるのがお好きでね、でも、パーティがはじまるまでは、上にエプロンドレス《ピナフォー》をつけていないと――」

「気が乗らないな」エセックスがキャプテンに言った。「輝く自由な世界を迎えるのに、なんで、ジャケットとネクタイが必要なんだ」

「なんか場違いだろ、って？」キャプテンが訊き返す。

「都会のビジネスマンがサマーキャンプにスーツで参加するようなもんさ」

「それでも、時々は、気軽な格好をさせてもらえるんじゃないのかな」と、キャプテンが言った。「なにしろ、おれが聞いた記憶では、狩りをしているきみの格好は、とんでもなく気軽そうだった」

「行くよ、お嬢さんたち」ウィロー夫人はジュリアとアラベラを追い立てながら言った。「ふたりとも、社交界の花みたいに着飾らないとね。だってこれは、パーティみたいに盛り上がるはずなんだから。そうよ、パーティ！　ジュリア、あんたもドレスを着れば、きっと少しは気分が晴れるよ。ベラ、貴婦人だったら、だらだらせずに、とっとと身支度にかかって。ファニーおばさま、よかったら、あたしの蠟燭をどうぞ。どうやら、ご自分の蠟燭はお持ちじゃないようですからね。あたしはベラのを使うからいいんです。さあ、さっさと行くよ、うちの美人さんたち！」

「まあ、どうしましょう」ミス・オグルビーが動揺しながら言った。「わたしもドレスに着替えるべきですか、ウィロー夫人？　蠟燭をいただいたほうがいい？　ひょっとして、わたしだけはここに残ったほうがいいのではありませんか？　そうでなければ、ハロランさま――ハロランさまのお部屋へ、お手伝いに行くとか？」

「ミス・オグルビー」ウィロー夫人はピシャリと言った。「あんたもあたしたちと同じ、未来の継承者なんだから、服を着替えないなんていう怠慢は許されないわよ。リチャードの支度だったら、三十分もあればじゅうぶん。それに、あんたがもっとまともな服を着て、四時にこの部屋にいなかったら、ハロラン夫人はさぞ不機嫌になるんじゃないかしら。これはね、ミス・オグルビー、教会に行くようなもんなの。そう、まさに教会に行く時の――ああいう、きちんとした服装よ、わかるでしょ。でもね、ミス・オグルビー、悲しいかな、結婚式を挙げにいく時とは違うわよ。祝福を受ける行事といってもいろいろあって、それぞれの微妙な違いなんて、あんたにはずっと理解できないだろうけど。とにかく、ミス・オグルビー、今のあたしたちはね、なにを置いても大急ぎで行動しなきゃだめなのよ」

「でしたら、そこの戸口からどいていただけませんか」ミス・オグルビーがきっとした口調で言った。「そうすれば、きっとわたしは、そこを通ることができるでしょうから」

彼らが着替えているあいだに、屋内の照明がついに消えた。すると、笑いながら部屋から部屋へ駆けまわる音や、暗い廊下でなにかを叫ぶ声が響きわたった。その音量は、外の風の音さえかすんでしまうほどだったので、ハロラン夫人が階段を落ちていく音など、なおさら、だれにも聞こえなかった。ともあれ、お祭り気分で派手に着飾り、それぞれの手に蠟燭を持って、意気揚々と階段をおりてきた面々は、〈今、生きずして、いつ生きるのか?〉の警句がかかる踊り場に立ったところで、すぐ、金色のドレスをまとったハロラン夫人が階段下の床の上に無残な姿で横たわっているのを発見し、大きな驚きにつつまれた。蠟燭の弱い明かりのなかで、金色のドレスの生地が、やけに豪華な輝きを放っている。「ハロラン夫人?」ミス・オグルビーが気遣わしげに声をかけた。しかし、ハロラン夫人はなにも答えず、動きもしない。

「大変だわ」ミス・オグルビーは周囲にそう言ったあと、ふたたび下に向かって呼びかけた。「ハロラン夫人? 大丈夫ですか?」

「きっと、だれかに階段から突き落とされたのよ」ウィロー夫人はそう言うと、重々しくうなずいて、こう続けた。「剣を取って生きる者は、剣によって滅びる」

「どうしてこんなことが起こったのかしら」ファニーおばさまが言った。「かわいそうなオリアナ。いつもあんなに足元に気をつけていた人なのに」

「だれかが突き落としたのよ、そうに決まってる」と、ウィロー夫人がくり返す。

「わたし、彼女の決めた規則や注意項目のことが、前からずっと疑問だったの」と、アラベラが言った。

「ひょっとしたら、彼女はわたしたちとは違う場所へ行こうとしているんじゃないかって、ずっと思っていたんだけれど、やっぱりこれって、わたしは正しかったってことよね。そうでしょ?」

「あたしの王冠!」ファンシーが突然叫んで、ぱっと階段を駆けおりた。

「ファンシー、気をつけて――あなたまで、つまずいて落ちちゃうわ!」そんな、メリージェーンの注意をよそに、ファンシーはハロラン夫人の身体をよけて最後の二段を一気に飛びおりると、王冠をつかんで引っ張った。「やだ、くっついてる」

「ちょっと待つんだ」キャプテンはゆっくり階段をおりてくると、ハロラン夫人の上にかがみこんだ。そして、一分ほどかけて注意深く観察し、彼女の手首を取って脈を確認したあと、首を振りながら、立ち上がった。「この人も気の毒に」彼はそうつぶやくと、ファンシーに向かって「確かに、この王冠はもう、きみのもののようだな」と言った。そして、ハロラン夫人の頭部をやさしい手つきでそっと動かし、留めつけてあった王冠をはずすと、ファンシーの頭にのせてやった。

「これで、あたしの王冠ね」ファンシーが嬉しげに言った。

踊り場に立ちつくしていた面々も、自分の背後にいる相手を、つい不信の眼差しで確認しながら、一段、また一段と慎重に足を運んで、階段をおりてきた。「剣を取って生きる者は、剣によって滅びる」ウィロー夫人が相変わらず聖書の言葉をくり返している。彼らはハロラン夫人をぐるりと囲み、その姿を、しばらく黙ったまま見おろした。やがて、グロリアが口をひらいた。「こんなこと、信じられない。彼女には無作法な態度をとってしまって、本当に申し訳ないことをしたわ」

ファニーおばさまは、キャプテンが王冠をはずした時に乱れてしまった髪を、そっとなでて直した。そして、自分でもいくらか驚きながら、「この人がいなくなるなんて、さびしいこと」と言った。

「だから、だれかに上から突き落とされたんだって」ウィロー夫人が言った。「彼女が、自分から落ちるはずないんだから」

「そんなのは、たいした問題じゃないわ。そうじゃなくて？」とファニーおばさまが言い返した。「かわいそうなオリアナ」

「彼女、まわりに立ったわたしたちに、こうしてじろじろ見られているなんて、嫌なんじゃないかしら」そのグロリアの言葉をきっかけに、全員が視線をそらしながら、少しうしろに下がった。

エセックスは階段の一番下の段に腰をおろし、ハロラン夫人を見つめた。「前に彼女は、ぼくたちと行くなら支配者として行く。そうじゃないなら行かない、というようなことを言っていた」彼は力なく、周囲の顔を見まわした。「その考えを、変えることができていたらよかったのに」

「どんなときでも、なかなか意志を曲げようとしない人でしたからね」ファニーおばさまはため息をついた。「本当に、彼女がいなくて、さびしくなるわ」

「もしかすると」キャプテンは物事の明るい面を見つけるのに長けた口調で、仮説を披露した。「おそらく彼女は、どのみち乗り気じゃなかったのかもしれないな。つまり、明日の世界に行くことが」

「行ったら、すごく疎外感を感じたかもしれないしね」と、アラベラが言い添える。

エセックスは身を乗り出して、ハロラン夫人の頬にやさしく触れた。それから立ち上がって、背を向けた。「あたしの王冠を見て！」ファンシーが、彼のそばでぴょんぴょん跳ねながら、せがんだ。「ねえ、エセックス、あたしの王冠を見てってば！」

「とてもよく似合っているわよ、ファンシー」と、メリージェーンが目を細める。

「だとしても、見栄を張るなど、年端もいかない少女のすることではないわ」ファニーおばさまがたしなめた。「覚えておきなさい、ファンシー。どれほどの物や財産を手に入れたところで、高貴な魂は育たない。王冠を持っているというだけで、あなたが同じ年頃のほかの女の子よりも偉いということにはならないのよ」

「剣を取って生きる者は、剣によって滅びる」ハロラン夫人を立ったまま見おろしながら、ウィロー夫人がまたくり返した。「彼女を階段から突き落とすなんて、いったいだれの仕業なんだろう。まあ、それはそれとして、彼女をここに置きっぱなしにしておくわけにはいかないわよね」

「階段を使うたびに彼女の横を通るというのも面白い話ではないし、それは正しい判断ですよ」と、キャプテンがうなずく。

「だったら、外に出さないと」と、ファニーおばさま。

「確かに」そう言ったあと、キャプテンは思い出したように眉をひそめて「扉には、もうバリケードが」と指摘した。

頭に王冠をのせたまま、蠟燭を持って玄関ホールをゆらゆらと踊りまわっていたファンシーが、大人たちに向かって叫んだ。「でも、おばあちゃんは、外の様子なんか見たくないって言ってたよ」

「もう、彼女はなにも見ないさ。そんな心配は必要ない」と、キャプテンは答え、こう続けた。「個人的な考えを言わせてもらえば、彼女の遺体をずっとそばに置いておこうなんて、だれも考えているわけじゃない。だから、今はこのままにして、埋葬するなり、なんなりするのは、明日の朝にしたらどうだろう。ほかにどんないいことが待っているにせよ、せっかくの第一日目が興ざめなものになってしまいそうではあるけれど」

「だめよ」ファニーおばさまが言った。「外に出すのが正しいわ。彼女を外に出してしまって」

「でも、扉にはもうバリケードが張ってあるしねぇ」と、ウィロー夫人が言う。

「そうだ、二階の窓なら――」と、キャプテンが言いかけると、ファニーおばさまは首を激しく横に振った。

「彼女は、わたくしの兄の妻だった人なのだから、それにふさわしい品位を保って、この家を出ていくべきです。ハロラン夫人を二階の窓から外に出すなんて、わたくしにとっては考えられないことだわ。そうはいっても……」ファニーおばさまは、ふっと考える顔つきになって続けた。「思い出してみれば、彼女がこの屋敷に来て、最初に通ったのは正面玄関ではなかったけれどね。そう、もともとは使用人の通用口を使っていたのよ。でも、いずれにしろ、彼女を出すのは、この玄関からでなければだめよ」

「やれやれ」キャプテンはため息をつき、エセックスを見て、声をかけた。「一丁、やるかい?」

ハロラン夫人をずっと見おろしたままでいたエセックスが、ゆっくりと口をひらいた。「みんながなんと言おうと、ぼくは、わりと彼女が好きでしたよ」

「まあ、エセックス」ファニーおばさまは彼に近づくと、その腕に慰めのしぐさで手を置いた。「わたくしたちだって、みんな、彼女のことは心から愛していたわ。でもね、今のわたくしたちに必要なのは、先に目を向けること。新しい朝のことを考えなければならないの。今夜のうちに消えてしまうであろう、外の人たちのことを思い浮かべてみて――彼女のことは、その無数の人々のなかのひとりにすぎないのだと思ってちょうだい」

「もちろん」ウィロー夫人が横から言った。「だれかがわざと彼女を階段から突き落としたのよ」

「だとしても、すべては過ぎてしまったことだわ」ファニーおばさまはなだめる口調で続けた。「ねえ、エセックス、あなたひとりが悲嘆にくれることはないの。この喪失感は、ここにいる全員が同じように感じているのだということを忘れないようにして。そして、彼女を外に出してちょうだい」

「玄関のバリケードを全部はずすなんて、気が進まないな」と、キャプテンが言った。「とんでもない大仕事をして、やっと完成させたのに」

「でも、やらなければならないのよ」と、ファニーおばさま。

「そうでしょうとも」キャプテンは不機嫌に言うと、扉をふさぐように置いておいた大きなチェストを、片側から押しはじめた。ほかの者たちもすぐに手伝いに加わって、揺らめく蠟燭の明かりのなか、バリケードを崩す作業はてきぱきと進みはじめた。その横ではファンシーが、優雅な円を描いて白と黒の大理石の床の上を動きながら、いくつもの背の高い鏡に自分の王冠がキラリと光って映る様子を楽しんでいる。やがてキャプテンが脚立にのぼって、戸口の天辺にしっかり打ちこんでおいた釘を端からこじるようにはずしていくと、とめつけてあった毛布が順にゆるんで落ちはじめ、ウィロー夫人とファニーおばさまはそれを下で受け止めると、ハロラン夫人を外に出したあとで、またすぐに元の場所に張り直せるよう、チェストの上に積みあげていった。

「さて、今や風は、相当に強くなっている」キャプテンが注意を与えた。「彼女を外に運び出すのは、おれとエセックスでやるから、きみたち女性陣はここの扉のところに立って、おれたちが出たら、すぐにしめるんだ。で、おれたちが戻ってきたら、また、すぐに扉をあけられるように準備していてくれ」それから、彼はエセックスに言った。「彼女を運ぶ役目は任せる。きみのほうが、彼女のことが好きだったんだからな。おれは、きみが彼女を落とすかなんかした場合に備えて、いつでも助けられるよう、そばについているよ」

エセックスはハロラン夫人を抱き上げて——その亡骸は、彼女がまっすぐ立っていた時よりも、なぜか余計に大きく感じられた——戸口へと進んだ。「行くぞ」キャプテンの声を合図に、大きな扉がひらかれる。すると、大量の風が一気に吹きこんで、ホールの大階段を上へ下へと駆けめぐった。エセックスとキャプテンが隙間から外に抜け出ると、扉はすぐにバタンとしまった。「どこにする?」声を張りあげて訊いてきたキャプテンに、エセックスはためらうことなく答えた。「日時計だ——ほかにないだろ?」

風は強く吹きつけてきていたが、ふたりは無理のない足取りで確実にテラスを進むと、日時計に近いほうの階段をおりて、観賞池の縁を沿うようにしながら、風が池から吹き散らした水ですっかり濡れた芝生の上を進んでいった。日時計にたどり着くと、エセックスは、そこに記された〈この世はなんなのだろう?〉の言葉の前で、ハロラン夫人を抱いたまま立ちつくした。

「さあ、彼女をおろせ」キャプテンがうながすと、エセックスは「なあ、どうしてぼくたちは、ここに彼女を連れてきたんだろう——彼女がこの銘文を好きだったことは一度もなかったのに」と言って、その先の一文をつぶやいた。「〃だれに添われることもなく、ひとり横たわるしかないというのに〃」

　それから彼は、キャプテンに急かされるまま、ようやくハロラン夫人を日時計のすぐ横に、遠くまで続く美しい芝庭に顔を向ける形でおろすと、その足先をきちんとそろえ、両手を膝の上にのせてやった。キャプテンも慎重な手つきで、金色のドレスの長い裾をきれいな形に整えてやった。それが終わると、ふたりはその場に立って、日時計の横に両手を重ねて座り、今もこの敷地は自分のものだと言わんばかりに庭をながめているように見えるハロラン夫人の姿に、しばし見とれた。それでも一、二分ほどすると、まずキャプテンが踵を返し、エセックスも、最後にもう一度だけ彼女の姿を見てから、キャプテンのあとに続いた。屋敷に向かって吹きつける風に、ふたりは背中を突き飛ばされるようにしながら、観賞池のわきを通り、大理石の階段をのぼって、テラスの上を玄関まで進んだ。「終わった、入れてくれ！」扉を叩いてキャプテンが叫ぶと、玄関がさっとあき、ふたりとともに大量の風が一気に吹きこんで、ホールの大階段を上へ下へと駆けめぐった。その場にいた全員は、すぐさま体重をかけるようにして、元どおりに扉をしめた。

「まぁ、やることはやってきたよ」大きなチェストの上にへたりこみながら、キャプテンが額をぬぐって言った。「外はまさに大荒れの天気だ」

「すぐにバリケードを築き直さなきゃ」と、ウィロー夫人。

「その前に、ひと息いれさせてくれ」エセックスが言った。「はるばる、日時計のところまで行ってきたんだから」

　ファニーおばさまがうなずいた。「申し分ないわ。このあたりで本当に彼女に似ているものといったら、あの日時計だけですもの。と言っても、あなた方には、よくわからないかもしれないけれど」

　それからあとの作業は、すでに経験済みとあって、彼らはきれいに伸ばして広げた毛布を手際よく釘でとめつけていき、さほどの苦労もなく扉を覆い直した。そのあと、全員で力をあわせて、大きなチェストを戸口の前へと押しやる作業にかかったのだが、面倒な仕事もこれで終わりだと思うと、彼らのあいだからは自然と笑い声が起こった。こうしてすべての仕事が終わると、彼らは応接室に集まって、思い思いにくつろいだ。ファニーおばさまは右翼棟へ行き、ハロラン氏を車椅子に乗せて戻ってきた。ハロラン氏は当惑していたものの、みんながいる場所に来られたことを素直に喜んで、部屋に入るとすぐ、暖炉の火のことをたずねた。

「火だったら、明日の朝につけてあげるわ、リチャード」ウィロー夫人が言った。「その頃になっても、まだ本当に火がほしかったらね」

「もちろん、ほしいに決まっておるさ。たとえ朝だろうが、わしは暖炉の火が好きなんだ」

「今夜はひと晩中ここにいなければならないのだけれど、そのことはちゃんとわかっていて、リチャード?」ファニーおばさまがたずねた。

「確かに、そう聞いたと思う。なにが起こるのかは忘れてしまったが、だれかがわしに、とにかく我慢強く頑張って、ひと晩中、応接室で起きていなければいけないのだと言っていたよ」

「わたくしたちも、あなたといっしょに、みんなでこの部屋にいるわ」

「もしも、すごく疲れたら、わしは座ったまま居眠りをするつもりだ」と、ハロラン氏が説明した。

「さて」ウィロー夫人はぐっと脚を伸ばして、あくびをした。「夕食にはまだ早すぎるし、しかも、先には長い夜が待っている。だれか、ブリッジをやらない?」

「わたくしはご遠慮するわ」ファニーおばさまが言った。「どうせ、違うやり方ですることになるんでしょうからね、ウィロー夫人」

「だって、あたしの見るところ、ここにブリッジのできる人は五人しかいないんですよ、ファニーおばさま。

となれば、先々ブリッジをやる時には、あたしたちだって違うやり方で妥協しなくちゃならないでしょう」

「わたし、どうにも落ち着かないのよ。ずっと、なにかが起こりそうな気がしていて」そう言って、アラベラが笑った。

「まだ風の音が聞こえる」と、ジュリアが続ける。

「ちょっと、ジュリア」ウィロー夫人が言った。「今さら、あれこれ気に病んで、いたずらに動揺したって、なんの役にも立ちやしないよ。そういう態度は、ほかのみんなを、ただ白けさせるだけなんだから。あんた、一杯やりなさい」

「それはいい考えだ。とりあえず、氷ならいっぱいあるしね」エセックスがそう言って、応接室に運びこんでおいた、移動式のミニ・バーの方へ行った。

「でも、明日の朝のために、わたくしたちは頭をはっきりさせておくべきではないかしら?」ファニーおばさまが気遣わしげに言う。

「ファニーおばさま、ぼくらが頭をはっきりさせておくべき時間は、とっくの昔に過ぎてしまいましたよ。ウィロー夫人は――スコッチで?」

「ありがとう、エセックス」

「今、なにか壊れた音が聞こえなかった?」ジュリアが神経質に手を動かした。

「きっと、木の一本でも折れたんでしょう」と、ファニーおばさま。「ジュリア、あなたにとって肝心なのは、気づかないように努力することよ。もっとほかのことを考えるようになさい」

「ハロランさま」ミス・オグルビーが車椅子に近づいた。「お寒くはありませんか?」

「とても暖かいよ、ありがとう、ミス・オグルビー。そういう、きみはどうだね? ショールをかけたほうがよくはないかな?」

「ありがとうございます、わたしも、とても暖かいですわ。ただ、あなたのことが、気になったものですから」

「親切だね、ミス・オグルビー。ところで、確か、今夜のわしは、ひと晩中椅子に座っていないといけないんだったかな?」

「ええ、そうです。ハロラン夫人が——」

「だれだね?」ハロラン氏が訊き返した。

「その王冠、時々、わたしにも貸してくれない?」グロリアがファンシーに頼んだ。

「だめ」そう断ったあと、少女はくすくす笑って続けた。「でも、あたしのドールハウスなら、あなたにあげてもいいよ」

「あんな冠なんかつけて、今にファンシーは、頭痛に悩まされるようになるわよ、絶対」ウィロー夫人が予言した。「みんな見ててごらん、じきにあの子は冠を脱ぎ捨てるから」

ファンシーが言い返した。「あたし、これをつけて踊るのが好きなの」

「結局それは、陰謀でもなんでもなかったわけ」メリージェーンはアラベラを相手にしゃべり続けている。「演技だったの。つまりね、彼らは実在してるんだって、本気でそう思っちゃうくらい、実に本物っぽかったのよ。まさに、すばらしい演技だったわ。もちろん、彼らは本物の原住民を使っていたし、ほとんどの写真は、オトゥリの森で撮られたもので、動物なんかも——ね、わかるでしょ? でも、彼らが虐待するところでは、あたしも本当に泣いちゃって——」

「まったく」ウィロー夫人が伸びをして、ため息をついた。「長い時間になりそうだわ」

「最初になにをするか、ぼくは決めたよ」エセックスがグロリアに言った。「きみに、花冠を作ってあげる」

訳者あとがき

　私とシャーリイ・ジャクスンとの出会いは一九九九年。この年、彼女の長編小説のひとつ The Haunting of Hill House がヤン・デ・ボン監督の手で再映画化され、それに合わせて、東京創元社より同書の翻訳依頼がありました。この作品はモダン・ホラーの帝王スティーヴン・キングが絶賛している名作で、すでに日本でも『山荘綺談』（小倉多加志訳・ハヤカワ文庫ＮＶ）として長く親しまれていましたから、それを新たに訳し直すというのは、駆け出しの翻訳者にとってハードルの高い挑戦でしたが、当時の私には主人公のエレーナと若干の共通点があり（同じ年頃の未婚女性で、身内の介護に関わっている等）そういう自分であれば、この作品を訳すことにも意味があるように思えて、ためらうことなくお引き受けしました。こうして生まれた拙訳書『丘の屋敷』は、幸いにも良い評価をいただくことができ、今もたくさんの方に読んでいただいています。（注：初版時のタイトルは、ロバート・ワイズ監督による初映画化作品の邦題にちなんで『たたり』とつけられていましたが、その後、諸般の事情により『丘の屋敷』と改題することになりました。ただ、映画公開時に表紙の違う版が出ていたため、それぞれ違う作品だと勘違いして二冊買ってしまわれた方がいたとのこと。この場をお借りして、お詫びいたします）

　あれから十数年、仕事では違う系統の作品を訳すことが多くなり、ジャクスンの作品については、もっぱら一読者となって楽しんでいた私ですが、今回、縁あって本書『日時計』を訳すこととなり、久々にジャクスンという強敵と四つに組み合う醍醐味を味わうことができました。

そう、ジャクスンは強敵です。なにしろ、彼女の書く文章はなかなかに難解。平易な文章のなかにいきなり異質で堅苦しい言葉を放りこんできたかと思えば、ごく平凡な単語ひとつに何重もの意味を含ませてみたり、時には、ひとつの文章がピリオドのないまま、ページの半分以上も延々と続いて、その自由奔放さには、こちらもはたと立ち止まって料理方法に頭を悩ませることもしばしばです。おまけに、彼女の作品には古今の文芸作品その他からの引用が豊富。前出の『丘の屋敷』では、シェークスピアの『十二夜』で道化がうたう"Journeys end in lovers meeting"（拙訳：旅は愛するものとの出逢いで終わる）が重要な意味をもってくり返し使われたほか、日本人でも知っている有名なものから、英米文学について深い素養がなければピンとこないものまで、作品全体にわたって散りばめられていましたが、それは本書も同様で、ハロラン氏が看護師に読ませる『ロビンソン・クルーソー』などは、そのまま題名が出てくるので見逃しようもありませんが、物語のキーワードとなる、日時計の盤面に記された〈この世はなんなのだろう〉をはじめ、出典が明かされていない引用が盛りだくさんに用意されていました。たぶんジャクスン自身は、これを〝わかる人にだけわかればいい隠し味〟として使ったのでしょうが、日本人にとっては馴染みのない引用も多かったため、訳出にあたっては可能な限り原典にあたり、必要に応じて引用元がわかる訳文にしました（それでも、不勉強な私には見逃しや勘違いが多々あるかもしれません。本書を読んで、お気づきのことがありましたら、ぜひ、ご教授ください）。

しかし、このふたつ以上に、ジャクスンを強敵にしているもの、それは、魔女と称され、魔女を自称した彼女が、人間の負の部分を情け容赦なくあぶり出してみせる作風そのものです。すでに本書を読んでくださった方には言うまでもないことですが、この物語には友達になりたいと思える人物がひとりも出てきません。だれもかれもが自分第一で、自身の打算や愚かさを露呈しながら、相手に対してなんら配慮のないむき出しの感情を、時には悪意と呼んでさしつかえないものをぶつけます。けれどそれは、だれにとっても見覚えのある、自分のなかにも確かにある闇。それを、〃不快〃が〃嫌悪〃に変わるぎりぎりのラインを保ちながら、一定のユーモアを加えて「さあ、どうぞ」と読ませるシャーリイ・ジャクスンの手腕を、いかに崩すことなく再現できるか……翻訳者にとって、これほどの大勝負はありません。『丘の屋敷』を訳した時は、自分と主人公に共通点がある強みを生かして、なんとかうまく乗り切りましたが、さて、これといってシンパシーが感じられない登場人物だらけだったこの『日時計』での私の勝敗はいかに? 戦いすんで日が暮れて、結構へとへとになったけれども、今は充実感に包まれている、とだけ、ここでは申し上げておきましょう。

さて、シャーリイ・ジャクスンは、かの有名な『くじ』をはじめ、膨大な数の短編を書いた作家ですが、その一方で六編の長編小説を残しました。そのうち、これまで日本で紹介されていたのは、『丘の屋敷』と『ずっとお城で暮らしてる』の二編のみで、これは五番目と六番目の作品にあたり、本書『日時計』は、ちょうどその前にあたる四番目の作品です。

ハロラン家にもたらされた〃お告げ〃を発端とするこの物語は、一見、怪奇現象ものの形をとってはいますが、実際に読んでみると、むしろ人間模様を描いた作品としての色合いが濃く、中心となる人物だけで十二人、その他の、名前があるサブ・キャラクターまで含めれば軽く二十人を超す群像劇になっています。そのため、枝葉のエピソードに、それだけでも面白い作品が別に書けるのではないかと思うほど力が入っている部分と、読者の想像力に任せるべく、書きこみを最小限に抑えている部分(唐突な幕切れもそのひとつ)が混在しており、これまでに翻訳された長編二編に比べると、全体のバランスは、必ずしもいいとはいえません。しかし、私はここに、作者の情熱が見える気がします。ジャクスンはその数少ないインタビューのなかでも、みずからの作品について語ることをよしとせず、作品のことは読んだ人がそれぞれに理解すればいい、という考えを示していたとか。つまり彼女は、読者の反応を意識する以前に、まず、自分の思うままを綴ることに集中するタイプの作家だったのでしょう。その姿勢は、『くじ』を発表した当時のように激しい批判を受けることもありましたが、同時に、彼女の優れた創作性は多くのファンを魅了しました。本書はそういうジャクスンの作家の顔をよく表わしている、貴重な作品だと思います。

また、この作品を訳していて、私がとても面白いと思ったのは、この『日時計』に、この後に続く二作品の原点ともいうべき要素が描かれている点です。こまかな点を数えあげるとキリがありませんが、ざっくりいえば、住む人の妄執にとらわれている屋敷の存在と孤独なファニーおばさまが経験する怪奇現象の部分が、次の作品である『丘の屋敷』に、また、ハロラン家の孫娘ファンシーの造形とハリエット・スチュアートのエピソード（前述の〝力が入っている部分〟ですね）が『ずっとお城で暮らしてる』に生まれ変わったのではないかと、私は考えます（ちなみに、ファンシーの造形元には、ジャクスンが数多く残した子供を題材にした作品があるのはあきらかでしょう）。

これに先立つ長編三作は（これまた不勉強なことに私は未読なのですが、書籍に記されているあらすじ等をもとにご紹介しますと）The Road Through the Wall が郊外の住宅地における中流階級の住民たちの狭量な姿を描いた群像劇、Hangsaman は高圧的な父親のもとを逃れるように大学に進んだ少女が理想と現実の違いに精神を病んでいく物語、The Bird's Nest は叔母とふたり暮らしをしている博物館勤めの孤独な女性が多重人格に苦しむ物語と、三者三様の形をとっており、これと比べても後半三作品の共通性はかなり高いのではないでしょうか。少なくとも、日本で読むことのできるジャクスンの長編三作は、いずれもいわくつきの屋敷を舞台にした物語ですので、勝手ながら、私はこれを〝お屋敷三部作〟と呼んでいます。

著作リストを見ますと、ジャクスンはだいたい三年おきくらいに長編小説を発表しています。しかし、六番目の『ずっとお城で暮らしてる』が上梓された三年後、彼女は四十八歳という若さで心不全により、この世を去りました。もし元気だったら、このあとはどんな長編小説を読ませてくれただろうかと考えるにつけ、稀代の魔女の早すぎた死は残念でなりません。

そして今年（二〇一五年）は、シャーリイ・ジャクスンが亡くなってから、ちょうど五十年の節目の年にあたり、先日には、彼女の死後に子供たちの手で編纂された短編集 Just an Ordinary Day が『なんでもない一日』（市田泉訳・創元推理文庫）となって新たに発表されました。それに、だいぶ遅れをとってしまいましたが、こうして本書『日時計』を皆様にご紹介できたことを、訳者として、とても幸せに思います。

最後になりましたが、私にこの作品を任せてくださり、個人的事情で遅れに遅れてしまった原稿をどこまでも辛抱強く待って、すてきな本に仕上げてくださった文遊社の皆さまと担当編集者の久山めぐみ氏に、心よりの感謝を申し上げます。ありがとうございました。

二〇一五年十一月三〇日

渡辺庸子

シャーリイ・ジャクスン著作リスト

〈長編小説〉

1　The Road Through the Wall (1948)

2 Hangsaman (1951)
3 The Bird's Nest (1954)
4 The Sundial (1958)
『日時計』拙訳・本書
5 The Haunting of Hill House (1959)
『山荘綺談』小倉多加志訳（ハヤカワ文庫ＮＶ）
『丘の屋敷』拙訳（『たたり』改題・創元推理文庫）
6 We Have Always Lived in the Castle (1962)
『ずっとお城で暮らしてる』山下義之訳（学研ホラーノベルズ）
『ずっとお城で暮らしてる』市田泉訳（創元推理文庫）

〈短編集〉
1 The Lottery・The Adventure of James Harris (1949)
『くじ』深町眞理子訳（早川書房）二十五編中二十二編を収録
2 The Magic of Shirley Jackson (1966)
3 Come Along with Me (1968)
『こちらへいらっしゃい』深町眞理子訳（早川書房）
4 Just an Ordinary Day (1996)
『なんでもない一日』市田泉訳（創元推理文庫）五十四編中三十編を収録

5　Let Me Tell You (2015)

〈ノンフィクション〉

1　Life among The Savages (1953)
『野蛮人との生活』深町眞理子訳（早川書房）

2　Raising Demons (1957)
『悪魔は育ち盛り』深町眞理子訳（早川書房・『ミステリマガジン』に一部連載）

〈児童書〉

1　The Witchcraft of Salem Village (1956)

2　The Bad Children: A musical in One Act for Bad Children (1959)

3　9 Magic Wishes (1963)

4　Famous Sally (1966)

訳者略歴

渡辺庸子

1965年、東京都生まれ。法政大学文学部日本文学科（通信課程）卒業。
訳書にシャーリイ・ジャクスン『丘の屋敷』（『たたり』改題）、ケイト・トンプソン『時間のない国で』三部作、少女探偵ナンシー・ドルー・シリーズ、ジェラルド・ペティヴィッチ『謀殺の星条旗』ほか。

日時計

2016年1月10日初版第一刷発行

著者 : シャーリイ・ジャクスン

訳者 : 渡辺庸子

発行者 : 山田健一

発行所 : 株式会社文遊社

東京都文京区本郷4-9-1-402　〒113-0033

TEL: 03-3815-7740　FAX: 03-3815-8716

郵便振替 : 00170-6-173020

装幀 : 黒洲零

印刷 : シナノ印刷

乱丁本、落丁本は、お取り替えいたします。
定価は、カバーに表示してあります。

The Sundial by Shirley Jackson
Originally published by Farrar, Straus and Cudahy, 1958

ISBN 978-4-89257-116-9

飢えと窮乏の日々

ネール・ドフ
田中良知 訳

極貧のなかで生き抜いたオランダ出身の女性フランス語作家が描く、驚愕の自伝的小説。ゴンクール賞候補の表題作ほか、一世紀を経て、自伝的小説三部作全てがついに本邦初訳。帯文・工藤庸子
装幀・黒洲零　ISBN 978-4-89257-114-5

鷲の巣

アンナ・カヴァン
小野田和子 訳

旅の果てにたどりついた〈管理者〉の邸宅〈鷲の巣〉。不意に空にあらわれる白い瀑布、非現実世界のサンクチュアリ——強烈なヴィジョンが読む者を圧倒する、傑作長篇、本邦初訳。
書容設計・羽良多平吉　ISBN 978-4-89257-113-8

われはラザロ

アンナ・カヴァン
細美遙子 訳

強制的な昏睡、恐怖に満ちた記憶、敵機のサーチライト……。ロンドンに轟く爆撃音、そして透徹した悲しみ。アンナ・カヴァンによる二作目の短篇集。全十五篇、待望の本邦初訳。
書容設計・羽良多平吉　ISBN 978-4-89257-105-3